U0439024

2019
05
QWX

人民文学出版社

「青春文学」
QING CHUN WEN XUE

图书在版编目（CIP）数据

2019青春文学／人民文学出版社编辑部编．—北京：人民文学出版社，2020

（"岩层"书系）

ISBN 978-7-02-016078-5

Ⅰ．①2… Ⅱ．①人… Ⅲ．①中国文学—当代文学—作品综合集 Ⅳ．① I217.1

中国版本图书馆CIP数据核字（2020）第025164号

责任编辑　马林霄萝
装帧设计　崔欣晔
责任印制　任　祎

出版发行　人民文学出版社
社　　址　北京市朝内大街166号
邮政编码　100705
网　　址　http://www.rw-cn.com

印　　刷　三河市龙林印务有限公司
经　　销　全国新华书店等

字　　数　289千字
开　　本　710毫米×1000毫米　1/16
印　　张　22.75　插页4
印　　数　1—5000
版　　次　2020年5月北京第1版
印　　次　2020年5月第1次印刷

书　　号　978-7-02-016078-5
定　　价　48.00元

如有印装质量问题，请与本社图书销售中心调换。电话：010-65233595

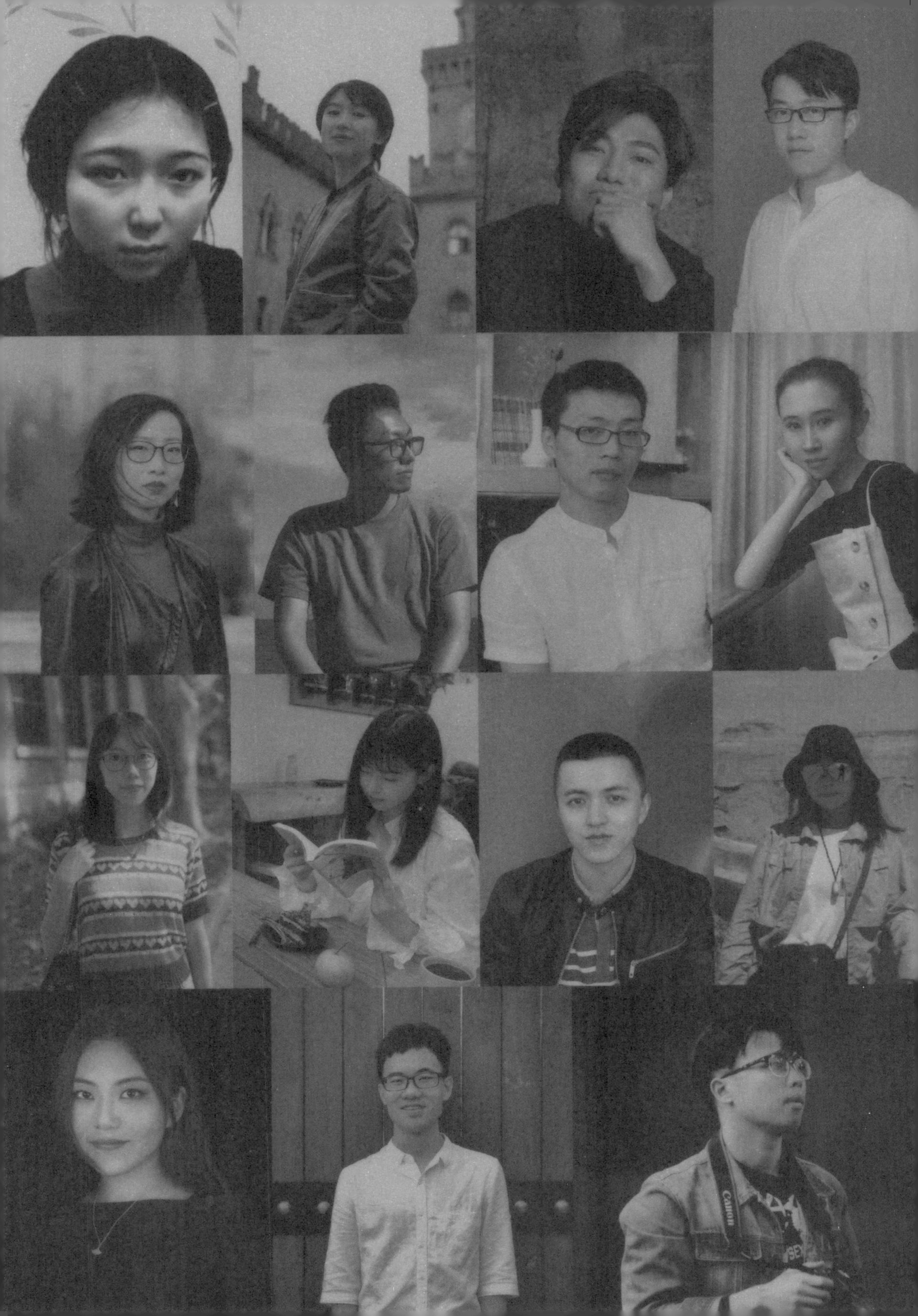
Canon

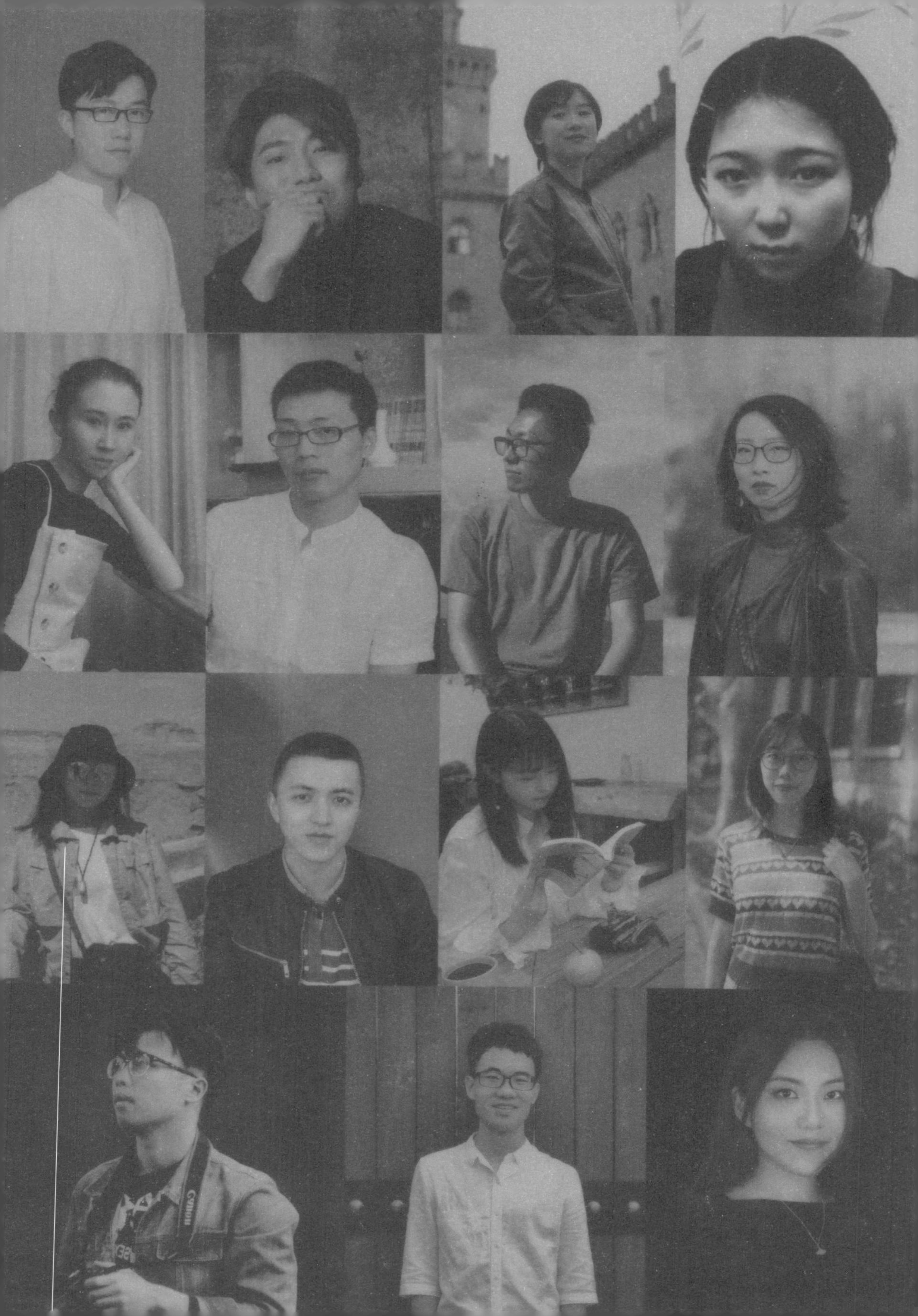

出版说明

我社多年来坚持出版各类年度文学选本，在文学界和读者中具有广泛影响。这些选本，视线多集中于成年作家队伍，在青年作家、青春文学这一领域，一直较少涉及。21世纪以来，"80后""90后"群体的创作渐成一股引人注目的潮流，从中发掘新人力作，为富有潜力和才华的作者搭建展示平台，成为我社亟待完成的工作重点。基于此，我社决定推出"岩层"年选，以便及时总结年度青年文学创作的成绩，向读者集中推荐优秀作品，也为21世纪的文学积累做出贡献。

"岩层"年选拟每年出版一本，以小说为主。所选为年度最具代表性的青年文学作品，力求反映该年度青年作家队伍最主要的创作流派、题材热点、艺术形式上的微妙变化。更多关注成名作者以外的新人，探索青年文学新现象、新发展、新风貌。坚持精品至上原则，不排斥网络作品。

"岩层"年选的编选工作得到许多著名文学评论家和编辑家的支持和帮助，他们应我社之邀，对当年的青年创作状况进行深入、广泛的研讨，提出许多极有价值的选目。我们在广泛阅读的基础上，充分参考专家们的意见，严格进行编选。在此，谨向诸位专家深表谢忱。

人民文学出版社编辑部

傻子乌尼戈消失了 / 渡　澜　003

比特圈 / 王姝蕲　025

仙　症 / 郑　执　049

蛇行入草 / 赵　雨　077

语　膜 / 王侃瑜　095

莉莉在不在书店 / 陈润庭　119

斑斓的诅咒 / 魏市宁　135

路　灯 / 丁　颜　169

目 录

目 录

新　人 / 林　鹿　191

所有罕见的鸟 / 栗　鹿　209

李茵的湖 / 陈春成　235

都　播 / 余　览　251

偷走人生的少女 / 昼　温　271

光明团 / 陈小手　303

囚　鸟 / 梁　豪　327

渡 澜

蒙古族，1999年出生，内蒙古自治区通辽市库伦旗人。现于内蒙古大学文学与新闻传播学院就读。作品散见于《收获》《人民文学》《青年文学》《青年作家》《小说选刊》《草原》。

傻子乌尼戈消失了

  我的房客乌尼戈，在一个鼢鼠满世界跑的春季消失了。虽说他消失了，但我几乎每日都可从他身边路过。只要我愿意让自己的思绪驰骋在一条回忆的轨道上，他便无处不在。

  他是在一个断电的夏夜来到我家的。那时，我和我的厨娘——柳泽真由娜仰躺在沙发上聊天。产下她的是一只来自日本的、个头很大、非常可怕的雌性黑乌鸦。给她取名字的是大阪卫生管理局的一名工作人员，他可能是《14岁的妈妈》的忠实观众。这位来自大阪的英俊小伙儿因为误食了一块儿菌盖厚实板硬、菌柄上有菌轮的不知名的蘑菇而死亡。柳泽真由娜因为此事伤透了心。当了我家的厨娘后，每次烹饪蘑菇她都会用葱在蘑菇盖上擦一下。虽说她现在呈现在我面前的是人类的姿态——三十岁左右的、头发稀少的女性，但她依旧保留着乌鸦的一些糟糕的习性——她总是在聊天中薅我的胡子。正因如此我们的谈话总是被我"哎哟哎哟"的痛呼声打断。我们起先并没有发现乌尼戈。直到柳泽真由娜在聊天中熟睡并被惊醒。她直挺挺地坐起来，将嘴唇凑到我耳边，她轻声说话时，嘴巴里传出蝲蛄的味道："我们家里多出了一个人。"

  我被吓出了一身冷汗，环顾了一下漆黑的客厅："是谁？他在哪里？"

  "我不知道，"她说，"我做了一个梦，梦到我在厨房洗菜。"

  "这不过是一个普普通通的梦。"我反驳她。

  "不不，你等我说完。我先洗了芹菜和葱，然后我洗了土豆。最后我洗完了西红柿。我把最后一个西红柿装进篮子里，然后我想，我该醒来了。可怕的事情就在这时发生了！"

"是什么事情？"我惊恐地问。

"我的梦变成了一张素描纸。纸上布满了沁出血珠的细密伤口。"

"真可怕，"我问她，"那你为什么说家里多出了一个人？"

她几乎已经再无半分力气，只蜷伏在沙发上一径喘息："我们应该点个蜡烛，他也许藏在餐桌下面，或是柜子里。"我感到不可思议，没有相信她的话。柳泽真由娜只得起来，手中攥着家里最硬的杯子，缓缓走向储藏蜡烛的小木柜。她一直在颤颤发抖，我不禁开始心疼她。我虚弱地呼喊她的名字："你找到蜡烛了吗？"我在黑暗中摸索着走向她。人与人的相遇总是那么的神奇。乌尼戈穿了一件灰茶色和利久色相间的衬衣躺在地上，他和地板的花纹一模一样，像一只变色龙。我并没有发现他，踩着他的额头走了过去。然后我牵着柳泽真由娜的手踩着他的肚皮走回沙发。她点燃了蜡烛，烛光盈满客厅。柳泽真由娜突然回头，惊讶地盯着地板："看！一个漂亮男孩！"

地板上躺着的乌尼戈睁着他的大眼睛，额头上和肚皮上满是我们的脚印。他是个十四五岁的男孩，浑身散发出孩子与少女的气息，整个脸颊瘪陷出两个坑，里面落满斑斑点点的雀屎。他竟有着无限接近自然的美，躺在地板上像一株柔软的植物，毫无违和感。我神经紧绷，他是一个全然的陌生人，他是在极其唐突的情况下来到我家的。我坚信拥有自然美的孩童需受控制，于是我用一根红麻做的绳子将他拴在了餐桌上。他发出了类似白鸽的"咕咕"声以及布里亚特语里"道路"这个词的读音。我尝试与他交谈，他冲我的嘴巴吐了口水。我并未气恼，甚至有些亢奋，可不多久又开始颓丧于自己的亢奋。当柳泽真由娜靠近他时，他表现得异常温顺，甚至用鼻尖顶她胸前的阿拉善玛瑙项链。他似乎使柳泽真由娜联

渡　澜　|　傻子乌尼戈消失了

想起了那些灰绿色的、布有褐色细斑的乌鸦蛋。柳泽真由娜的眼中柔柔泛起薄雾，她眯着眼，拍他的背，揉自己的乳房，仿佛一腔母爱无处发泄。

我轻声问柳泽真由娜："是这个漂亮男孩划伤你的素描纸的吗？"

"不是的，"他竟然开口说话了，乌尼戈说，"是门。"

"什么门？"

"大门，摇晃的大门。"

"大门为什么在摇晃？"

"我是从大门下面钻进来的，大门就开始摇晃。"

"你的意思是摇晃的门划伤了素描纸？"

"纸是门，伤口是生锈，"他说着陌生的谚语，用青涩热情的声音回答我，透出罕见的文雅气息，"门让我提醒你们，它生锈了，它需要油。"他用手掌轻拍桌腿，发出"啪啪"的声音。听见这声音，我才想起来他是谁。我见过他——在走不到尽头的，一束光就可以将它照亮的马路上，他挥着一个坏掉的红色球拍，击打着树叶，不断地发出"啪啪"的声音。乌尼戈是在新镇长上任时来到我们镇上的"傻子流浪汉"。他总是在街头流浪，同镇民们说着莫名其妙的话，遭人厌弃。我没有第一时间认出他的原因是因为他的年龄并不是固定的，我只能通过他发出的某种声音认出他。

"你叫什么名字？"我问他。

"乌尼戈。"

这个名字令我感到陌生，但如果在前面加上一个"傻子"便变得令我无比的熟悉。镇里的每个人都会这样喊他——"傻子乌尼戈"。乌尼戈这个名字很难被人记住，"傻子乌尼戈"这个称呼却被赋予了神奇的魔力。它纯真质朴，切中主题且极具戏剧性，为人们留下了深刻而难以磨灭的记忆。这也许是另一种 KISS 原则（Keep it simple and stupid）。

　　从我们发现乌尼戈躺在地板上到乌尼戈拍打桌腿发出"啪啪"的声音，只过去了大概二十分钟不到的时间。这二十分钟里，乌尼戈至少长大了十岁，已经是个成年男子了。他的嘴角上生着几根黄胡楂儿，像刚割过的韭菜。于是我又出现了和前次一样的神经紧张和沉思冥想。是什么促使一个拥有自然美的孩子在二十分钟里飞速生长？他就像一棵每年能长高八米的新几内亚桉树。他体内疯狂分泌的生长激素、甲状腺激素迫使软骨细胞分裂增殖。骨干和骨骺之间的骺板软骨在这种动力中不断地纵向分裂、繁殖，生成新的软骨。好似这段时间里他吸入的不是氧气、氮气或是氖气而是羊奶和黑艾日格，超标的营养令他飞速长大。他身上映现着我们的痴人梦。这是我第一次近距离接触他，同时想避开他。因为我发现了他身上奇特的性质，像牙齿矫正器。

　　但我的厨娘显然不是这么认为的。她在二十分钟前还是满脸母亲的笑，恨不得掏出乳房让他吮吸。而现在她的脸被色欲熏得淫邪通红。乌尼戈身上传来不知是从哪里偷来的甘甜的色欲气味，冲昏了柳泽真由娜的头脑。她身上坚硬的黑色轮廓被自己心间满溢出的淫欲之水泡软了，转变为红色球形糖果的弧度。她摸索乌尼戈的嘴唇。他的嘴唇薄得像"单独监禁"，几乎没有肉，柳泽真由娜饱满厚重的唇肉狂热地沾上他的嘴唇时，就像呻吟的肉团撞上了冬天的玛瑙。我急忙解开拴着乌尼戈的红麻绳，将他藏在身后。柳泽真由娜因此号啕大哭。我震惊地发现他已经被柳泽真由娜褪下了裤子，露着白皙的屁股。我拍下他股间的黄色半日花花瓣和带着紫色金属闪光的乌鸦羽毛，替他拉上了裤子。乌尼戈向我道谢，那些香喷喷的黄色花瓣和冰糖味的紫色羽毛沿着木制地板的纹理流淌。

　　我不得不让他住下来。因为当我推开门想将他送出去时，柳泽真由娜——一只热泪滚滚的鸟，抄起一口滤锅打在了我的鼻梁上。我痛得打滚，却不忘将手

渡　澜 | 傻子乌尼戈消失了

指塞进鼻孔防止血弄脏衣服或地板。每当她不服从我的命令时，我就会开始怀念她未长牙时的微笑。透过书桌旁的大窗户，我看见路旁的红嘴松鸡站在交通灯旁边。高高挂着的交通信号灯像个三只眼睛的幽灵，最令它感到自豪的就是红眼球。因为根据光学原理，红眼球发出的光波长很长，穿透这浑浊的空气的能力也就强得多。三眼幽灵可以睁开红眼睛警告所有人站住。我拔出自己的手指，让血自由地滴落在地板上，渴望地板上的红色警告我的厨娘。但除了递给我抹布外，她没有任何表示——若没有原子之稳定，我想我可能已经破碎。

　　乌尼戈成为了我们的房客。在接下来的短短两天里，他从二十岁到了一百二十岁。一百二十岁的生日那天他睡了一整天，也许我可以写成"死"了一整天。他又变回了婴儿的模样，然后不到两个星期就变回了"漂亮男孩"，激发着柳泽真由娜的母性。再过两个星期，柳泽真由娜便会褪下乌尼戈的裤子，亲吻他的臀部，将自己的羽毛填满他的臀缝。几乎每个生命在诞生之初都显得极其匮乏，这种匮乏很难靠遵从某种外力得以实现。但乌尼戈身上的富足和匮乏却是随意切换的——他可以在诞生之初表现得极其富足，却在年老时变为备忘录般的贫瘠。这简直令人大跌眼镜。我二十四小时带着放大镜，妄想探索他身上的奥妙，但随着我的深入，更深一层的恐惧笼罩了我，我不断地感到沉重的罪恶感。我看着放大镜像看着自己的遗物。

　　让他住下来是个错误的决定。

　　生活在小镇上的人们，自古以来都极其反对"种植，然后等待，最后变化"这个原则。他们厌恶一切变化，恐惧已知事物被另外的事物取代。他们害怕老去，害怕自己的孩子成长。他们害怕时间的前进，害怕风的吹拂和水的流动。他们忌惮接触自然，认为自然是一切变化的源头。镇民们尽量避免自己碰触生命力过于旺盛的草木，并教导自己的孩子远离这些咀嚼太阳的、绿油油的恶魔。所以理所当然的，这位飞速变化的甚至拥有自然美的"傻子流浪汉"遭到了所有人的排斥。他们对他恶语相向。性情温和的熟食店老板看到他走进店里，也会把他赶走，还不忘看着他走远以后，谩骂一句"傻子乌尼戈"。四处的质疑悄悄从门缝钻进来，他们不理解我为什么让一个傻子住下来。我对镇民们表现出的巨大的敌意感到愤怒和诧异。他们以歌代泣，轮流来到我家门前对着钥匙眼唱歌。他们唱"害群之马"，唱"乌尼戈在破屋顶上排卵"。倘若我抛开良知去听他们的歌声，会感到风正偏离正确的方向，甚至自心中钻出一股沉重的期待——这是传递的力量，我不置可否。那条曲折狭窄的小孔道像喉咙般因歌声膨胀着，直到我站在门外向孔里插入钥匙，钥匙会"叮当"一声摔落在门对面的室内地板上时，他们才有所收敛——因为柳泽真由娜可以透过胀大的钥匙眼毫无障碍地窥见他们的悬雍垂，并通过悬雍垂辨认出他们具体是谁。

那天，我家门口响起了争吵声。乌尼戈和俄日敦德日格勒的裁缝站在我房前的小路上。裁缝指着乌尼戈的鼻子，疯狂地咒骂他。我当机立断，决定像一位拥有很多孩子的父亲那样制止这场闹剧。"你这个傻子！"他突然大喊着把乌尼戈愤然掷到路的末端。我愣在那里，发出难以抑制的惊呼。可怜的乌尼戈几乎散架，但他似乎完成了一场完美而彻底的奉献，与路面依偎紧靠，高兴得噙满了泪珠，宛若置身天堂之中。柳泽真由娜最近在忧心忡忡地进行着减肥计划，饥饿使她的感觉异常敏锐。她冲出家门将倒在地上的乌尼戈扶了起来，我看见他们端坐在一颗圆圆的太阳前，感到不可思议——他们看起来像叠在一起的勺子。

那位此时应是满脑子血腥话题的裁缝叉腰站在原地，小里小气地缩着脖子和肩膀。他仿佛被剃须刀切入了眼球，眼球里泛着伤痕累累的光。我好奇地问他："发生了什么？"他指了指草丛里的红嘴松鸡问我："那是什么？"

"松鸡。"我毫不犹豫地回答。

渡　澜 ｜ 傻子乌尼戈消失了

"你看！那个傻子这么问我，我就是这么回答他的。"

"那你们为什么争吵？"

"他说，只有我们能看到的这面才是个松鸡，你不知道我们看不到的那面具体是什么。"裁缝的牙齿都在打战，他用力拍了拍自己的胸膛，"听了他的话，我感到很愤怒。他侮辱了我，侮辱了镇长女儿的裁缝。"

人的愤怒往往来源于恐惧，而"自然恐惧"或乌尼戈的"这一面，另一面"的恐惧又是力大无穷的。我无法安抚他，只好装聋作哑着走回了家。不久，柳泽真由娜牵着乌尼戈的手走了进来。乌尼戈身上的瘀痕就似树的指纹，他的小耳朵就像岬角，此时血淋淋地滴着血。他注视着我，黑漆漆的眼眸像漂浮在奶表面上结成薄膜的油脂。我想那片小小的眼眸定是镜子的背面。在忽略视神经和外直肌的前提下，翻滚他的眼珠，让眼球的另一面面对我，倒映出的一定是一只将要死在空花瓶里的昆虫——或是一位戴着眼镜略显死板的老教授。但如果我不将眼珠翻过来，就让它那么待着，那镜面里百分百反射出的是乌尼戈的世界——那里绝非他人所想的那样狭隘。它极具弹性，像附在牛蹄骨上的韧带织成的大网。这个空间对"自然"和"变化"有着无尽需求，有着对"乌尼戈"的感情的探索欲望——它就像一本敏感的笔记本，一个液压阀。这里包容一切审美冲突，崇尚黑艾日格的神圣力量。这种弹性世界安抚了世间万物对自身独立性所抱有的忧虑。意识不到乌尼戈的弹性世界，你就会被审美规范化，不断地模仿过去，置身于残忍的人类同化和无自由混乱。他们——这些镇民，害怕接触自然力，以至于自身拥有的自然力基础太过薄弱，丧失了美感，沦为"无生命"罪犯，在高楼的护栏处充满犹豫地向下看。他们干不了别的，除了教自己的孩子在冬季拧开暖气。

镇民们处心积虑要消灭傻子乌尼戈，他们把这种暴行转化为收获无限精力的神秘来源。他们折断了乌尼戈的红色球拍，甚至趁柳泽真由娜不注意，偷偷剪他的耳朵。镇里的老妇人们终日坐在门口，提着棒针，渴望将它捅进乌尼戈的脚掌。就连小孩子也渴望将他驯服，他们用胶带缠住他的嘴，避免他说话。他们让乌尼戈跪在长满刺的蛰麻子上，用自己父亲的皮带抽打他。回家时，乌尼戈的膝盖变得像瓢虫的鞘翅一样又红又亮，肿得像红气球。柳泽真由娜哭着为他涂小苏打水。我们竭力控制这种悲观情绪的影响，但悲观感受已经萌发了。对镇民们糟糕的"消灭乌尼戈计划"所造成的创伤，我仅仅对之实施无害化处理。这虽有悖于我自身的品性，甚至被柳泽真由娜称为"彻头彻尾的铁石心肠"，但我依旧不曾插手，我认为这是大事发生的前提设定。这里提到的大事，可以是"自然之爱""宇宙之爱"或是"失去协调"。我的行为——应该被称为"彻头彻尾的现代精神"。

"在他住下来之前，镇民们只是对他表示敌意，他们在远处窃窃地发出嘘声，但并未欺负他或是弄疼他。但现在——乌尼戈成为了我们的房客，人们却开始羞辱折磨他。这是为什么？"柳泽真由娜给我写了一张小纸条，偷偷塞进了我的头发里。我阅读完毕，将它戳到破旧的木挂钩上。晚饭时，我向她解释："他们早就想这么干了，他们认为乌尼戈有毒，所以不敢动手。就像你烹饪蘑菇前会用葱在蘑菇盖上擦一下一样。"

"是什么促使他们开始烹饪蘑菇的？"她问。

"他成了一名房客。"我说。

花儿从圆熟到枯萎，我们迎来了冬季。除了裸体的树上多出的斧痕，这个冬季没有任何变化。

俄日敦德日格勒的裁缝——邪恶的失败者，恶意潜入他的心中，在这个寒冷的死气沉沉的冬季，他想出了一个消灭乌尼戈的方法。他充分利用了俄日敦德日格勒的权力。俄日敦德日格勒是家里最小的孩子，一个六岁的小女孩。俄日敦

渡 澜 | 傻子乌尼戈消失了

德日格勒的父亲在有她之前是个有名的穷光蛋，甚至卖了祖传的鼻烟壶买酒喝。有了她之后就成了富可敌国的大富豪。因为俄日敦德日格勒吐口痰都是块金子。她出生的第二天拉了一泡柏油状的绿黑色胎粪，不知是与空气中的二氧化碳产生了什么化学反应，三分钟不到那泡胎粪就变成了一大块西峡碧玉。她的父亲多半还是头一回陷入财富错综复杂无穷无尽的奥妙之中，他扒开女儿的肛门想知道这奥妙从何而来，却被女儿放出的马奶酒味的屁熏醉了。当他察觉到小女儿被剪下的指甲变成了碎钻石，尿液发出辛辣气味的香味，脱落的胎发全部变成庞巴迪的私人飞机飞走时他才意识到一个事实——他发财了。于是本来给小女儿取的名字"杜达古拉"也被改成了"俄日敦德日格勒"。

俄日敦德日格勒从疼爱她的姐姐那里得到了一个白色的小花瓶，她非常喜爱它，执意要在里面插一朵世界上最漂亮的花。镇长极力反对，认为属于自然的花朵会改变俄日敦德日格勒，使她丧失在新陈代谢中创造财富的魔力。

"你们可以找个花的替代品取悦她。"他说。

裁缝知道后，当即捧着一本封面上镶嵌着宝石的日历去找达林台——俄日敦德日格勒的护卫。俄日敦德日格勒虽说拥有制造坚硬的钻石的能力，骨头却脆得惊人，稍不留神就会被折断。她的父亲生怕她脖子里掌管生命和财富的珍贵骨头被扭断，于是给她找了一位强壮的护卫达林台。达林台肌肉发达，身强力壮。他力大无比，忠心耿耿，服从一切命令。裁缝无法直接接触俄日敦德日格勒，于是他开始接近与她寸步不离的达林台。我亲眼所见——他们在一棵树下交谈！那本被夹在他们两人之间的日历是态度暧昧的背叛者。它自身没有任何动力和方向，却为这群邪恶的人们创造力量，提供方向，搅起一阵暴行涟漪。

那天，我知道厄运即将降临，心中不无一种大祸临头的预感。我体内反应异常，脑海掀起大波澜，不断地冲柳泽真由娜开些过于辛辣和危险的玩笑。她退去血色的脸看起来干净极了，像刚匀过粉那样细润："边巴，出了什么事儿？"

"恐怕连我自己都不知道。"

马蹄把地上的雪踏得嘎吱作响。我绝望地惊呼，阻止柳泽真由娜将大门打开。"我们不能让客人待在门外！"柳泽真由娜直截了当地说，坚决又严厉。

我只能眼睁睁地看着她打开了门。推开门后，马尿散发出的缕缕氨化物的气味涌入室内，达林台骑着马慢悠悠地靠近我们。他定在牧区生活过，骑马来时极其忌讳惊动别人的畜群。哪怕我们根本没有畜群。马儿结冰的马具下看得到它的肌肉如波浪般鼓起。这是匹非常强壮的马儿，就像它的主人。达林台轻松地拉着缰绳，似笑非笑，他的大腿和臀部熟悉烈马背上的每块肌肉，于他而言，没有比征服一匹烈马更轻松的事了。见我们出来了，他翻身下了马。达林台颊上凝起冰珠，浑身湿透，身上的泥污结成硬块。

"您好吗？"他礼貌地打招呼，同我握手。因为惊恐，我的蛀牙全部噤声不语了。黑夜突然且猛烈地降临，他庞大的身躯变成了一团模糊的影子，他仿佛与黑夜沉瀣一气了。达林台俯下身轻轻拥抱了我，我的灵魂遭受了痛击，感到了"鬼门关"的痛感。

"边巴！我们要让客人进门，外面太冷了。"柳泽真由娜提醒我。我不知她是否感知到厄运即将降临。她极其敏感，她经常要在噩梦后泡洗自己的枕头，她认为噩梦会钻进枕头，填满里面的荞麦壳。我们一起进了屋，柳泽真由娜让他坐在沙发上，递给他一杯茶。达林台直奔主题："边巴老师，请把乌尼戈给我，那个像花儿一样的男孩。"他边说边从怀里掏出了一本封面上镶着宝石的日历（这位背叛者！），指着一个被红笔做了记号的日期："就在今天，他开得非常好。"我把我认识的每个字都推到嘴唇边，反复斟酌和修改，最后搞得自己冷汗直流："她的花瓶有多大？"

渡　澜　|　傻子乌尼戈消失了

　　达林台露出牙齿笑了笑，握紧了拳头在我眼前摇了摇："大概这么大。"
　　我的眼前一黑，一团无声无息的泥块塞住了我的嘴巴。我让自己的脸上尽可能惟妙惟肖地展现出与他脸上相同的表情。柳泽真由娜坐在一个角落里，只有她知道乌尼戈在哪里。她拱起肩膀，理顺着自己被打乱的羽毛，膝上的托盘里是一把锋利的水果刀。她随时准备在达林台的火焰中烧焦自己的羽翅。房间里充满了各种力量，这些力量像一团团湿漉漉的脂肪，被一根理智的纤维胡乱地串联起来。我必须阻止悲剧发生。
　　"这不可能，你根本不用尝试，你会失败的。达林台，乌尼戈现在有一米六、五十公斤。你不可能把他塞进拳头大的花瓶里，你根本不用尝试……"
　　"如果我成功尝试了失败，那么我到底是成功了还是失败了？"他突然问我，轻轻揉着自己的大腿，继续说，"您是镇里知识最渊博的人，我非常尊敬您。您要知道，把一个东西变小的方式永远比把它变大的方式多。您想一想修剪羊毛或者压缩饼干。"
　　"我不否认你为了取悦她而付出的艰苦努力。达林台，可你不能这么做，我们的祖先……那些将摇篮系在马背上的伟大的英雄们，他们的信念不减……"
　　他现在把注意力放在柳泽真由娜身上了，口气冷酷又令人毛骨悚然："要么您把乌尼戈给我，要么把她给我，我可以把她埋到花篮子里。"
　　人心为什么这么复杂善变？我从沙发上噌的一下站了起来。我的脖颈全湿了，我的皮肤散发着一股恐惧的臭味儿。我意识到自己无法阻止错误意识的涌动。我感到一波又一波的战栗在身体中忽上忽下，以至于我的声音听起来像个小孩子："达林台！你这个畜牲！他们不会愿意干一只小鸟的！"
　　"他们的小鸟愿意，边巴老师，"他笑着说，"把乌尼戈给我，或者我买下来。"冬季奇怪而简单的气味和他身上的羊膻味汗臭味裹成一个大气球塞进我鼻子。这些残忍的话和气味让我抑郁,我动作僵硬地整理衣领,试图驱散这种抑郁的气氛。突然间我像尊雕塑般一动不动,因为我看到乌尼戈从厨房跑出来了。空气凝滞的屋内,每个人的视线都停留在了乌尼戈身上。他睁着自己困惑的大眼睛,频频摇头。柳泽真由娜紧紧握着水果刀哭泣。

"这不就对了。"达林台起身拍了拍我的肩,向乌尼戈走去。傻子乌尼戈完全不知道逃跑。达林台用两根手指捏着乌尼戈的后颈,将他拉出了门。乌尼戈回头看我们。我正在拼命阻止柳泽真由娜扑上去用水果刀刺杀达林台:"不可能的,你连他的皮肤都刺不破。"我想我的理智和严谨成了我绝望和痛苦的根源。有时我竟渴望自己变成一个傻子,呼吸空气和咀嚼植物都能令自己感到愉悦。我从不自夸聪明,因为那就像囚犯夸耀其囚房敞亮一样。

远处突然传出了惨叫。我急忙向外看去。原来是乌尼戈突然跳起来咬下了达林台的鼻子。达林台捂着鲜血喷溅的鼻子,抬脚狠狠踹上乌尼戈的肚子,他"哐啷——"一声撞上大门,全身的肉都在颤抖。达林台扯过他的衣领将他狠狠按在大门上。乌尼戈的后脑勺与大门碰撞,发出了骇人的巨响,他再次发出了鸽子一样的"咕咕"声。疼痛彻底激怒了达林台,他狠狠砸了几下乌尼戈的脑袋并冲乌尼戈血肉模糊的后脑勺吐了一口唾沫,抽出了自己的弯刀。达林台的蒙古弯刀用钢打制,刀刃锋利无比,削铁如泥。弯刀长度足足有二十厘米,刀柄与刀靴是银制的。刀靴上还镶嵌着漂亮的宝石。达林台低低的眉弓下是一双阴沉的眼。我放下尖叫的柳泽真由娜,冲上去阻止他,他竟然一拳捣上我的脖子!击打脖子可是痛苦万分的事,我感到脖颈滚烫剧痛。我躺倒在地,捂住脖子,拼命咳嗽。我想肯定有骨头断掉了,我咳出的血像虫子,扑哧扑哧落在地上。我感到窒息,一块骨头突出错位,将我脖子的皮肉顶出了一个小小的尖角。达林台没再管我,他坐在乌尼戈腰上开始打他,他双腿肌肉紧绷,像一个铁箍紧紧卡住乌尼戈。随着达林台的痛击，乌尼戈逐渐呼吸困难，脸色发紫，指甲发紫。他开始拼命吸气，却被达林台的弯刀割断了喉咙!

那些细微的光在吃了血的雪中无法控制地出现了，雪地里有无数的隐形人发出声音，这些声音将我的疼痛硬化。我想伸手抓住自己熟悉的声音，却陷入某种可怕的思维混乱。"你们才是傻子！ 你们在为自己签下罪状。"我终于听见自己的声音了。这一句话耗费了我全部的力气，我浑身无力，脸贴着雪面，声音和痛苦均被它精巧的白色长网吸收。它擦洗我的瞳孔，冰冻我的牙龈，使用的力气是那么固执己见，像在摘除高脚蛛的网，像失眠者吝啬的闭眼。雪中的每一粒地球尘埃划伤我的眼球和硬邦邦的牙龈时都能为我带来欢愉和遗忘。它如无色的母亲般将我藏入秘密潮流，造成我奇异的、在人世间的短暂缺席。

我做了一个小手术，喉管里也因此充满了血的臭味，我感谢我的死神表现出巨大的耐心，虽说这就像一出票价低廉的劣质闹剧。出院后，我回到家，看到乌尼戈站在门前迎接我，令我心颤的是 —— 他竟然没有了影子！

"他开始生活在黑夜里了……"我无比的心痛，却又感到欣喜，因为他并未消失。当我猛然发现乌尼戈闪闪发光的眼中竟满是神圣的宽宥时，不由得冲上去拥抱他，我们泪流满面。

"你缺了一大块！乌尼戈！"我悲伤地说。

"唯一能填补我的是虚无。"他亲吻我。

乌尼戈身上发生了一些变化。他无法维持"漂亮男孩"的形态，他总是白发苍苍，脸孔黑得像岩石。乌尼戈在夜晚跪在地上冲着泡菜坛喃喃自语。他已没有了自然美，但依旧会唱只有柳兰花或是马兰花才听得懂的神奇音乐。悲剧发生的那晚他原谅了一切。

达林台因为没有了鼻子失去了自己的工作。因为俄日敦德日格勒一见到他就哇哇大哭，眼里滚出形状不一的锂辉石。镇长不得不在她下巴上套一个袋子，用来收集宝石。

　　不知是谁报复了我们——向我的房子里扔进了几条短短的毒蛇。它们只有我的指甲那么长，枹果丝那般细。这些向日葵色、藤黄色的毒蛇看起来就像玉米饼的一部分。我经常扭下玉米饼的一小块，将它放在掌心缓缓揉搓，直到它变成大米粒一样才塞进嘴里。我的厨娘曾评论说，这种恶童般的举动令我散发出单身老头儿的怪味。我的书桌下也因此经常出现黄色的"大米粒"，柳泽真由娜见怪不怪。正因如此我们根本就没有发现它们——这些毒蛇，直到它们吐出邪恶的紫色芯子。它们竟然爬上了我的书柜，钻进了我的书里。哪怕柳泽真由娜向它们撒大蒜和雄黄粉它们也无动于衷。当我把怒气撒到她身上时，她愤怒地说："我有什么办法？我又不是走鹃！"最后我只得架起梯子爬上去，小心地用手捏住它们，然后用一把小镊子撬开它们的嘴，迫使它们拔出毒牙。这些小家伙竟是管牙类毒蛇，它们有像注射器一样的牙齿，牙齿中空，连接蛇的毒腺。我拎起我的书，书页变软成波状。我看到在页角处，毒液堆积形成了一个紫色的三角形——它滴滴答答往下淌着毒液。

　　"你为什么要用镊子？"柳泽真由娜帮我扶着梯子。

　　"它们太小了，"我说，"我的老天爷，太恶心了！蛇长着一张镇长的脸。"

　　"我的书都湿透了！它咬了不止一口！"

　　当我把毒蛇们丢进山沟里，以为事情结束了时，柳泽真由娜突然拉住我大喊："它们中毒了！"

　　"什么？"

　　"你的书！"

　　哦！这群野心勃勃妄想征服世界的毒蛇！眼前恶毒的场景令我恨不得蜷缩

渡　澜 ｜ 傻子乌尼戈消失了

在自己体内，产生了第一次嗅到自己体味时的羞愧感。惨遭毒液入侵的书本，变得像破绽百出的茶歇，每一个字都被错误的意志镀亮，变得耐磨结实，仿佛再也无法被修改。某些盲目满溢的借口正在将它们接管。我听到一阵阵可疑的不幸的掌声。它们，这些失去轮廓的书本，吸入大量的氧气，使我变得通红，不得不与它们苦苦争夺氧气——它们妄想让我的心脏停止搏跳。我如盯着宿敌般全神贯注地盯着这些下流的错误书本。那堆积在页角处的膨胀的巨大的紫色三角气球鼓动间发出意外的韵律，仿佛正从被没有口袋的裹尸布掩盖的人面羔羊腹中为我带来深深的祝福。

　　我陷入了窘境。在仿佛患了啤酒病的夜晚里，我的梦境中不断涌现出无数个旋转的紫色三角形，使我痛苦不堪。我曾怀着一颗躁动不安的心四处奔走，寻找那些藏着知识的书本，我也的确做到了。但如今，当我被这噩梦般的场景扰乱头脑时，我才发现，我寻到了知识，却并未寻到智慧。这一认知终止了我全部的交际活动，我变得胆怯，总是对着食物强颜欢笑。柳泽真由娜为我购置了崭新的图书。她常常用含有试探意味的目光与我对视。我和她谈一些琐事，她则抱来动物的幼崽让我抚摸它们。柳泽真由娜开始穿漂亮的绿衣服，腰间系着一条彩色的腰带，她看起来像温和的气候。我记得有一天，她嘱咐我好好休息后便穿着厚厚的大衣、戴着一顶大帽子出门了，她也许要去买菜或是调味料。柳泽真由娜迈着轻松的步子，轻轻哼着调子，她只会哼两种调子——"圆满"和"重逢"，那调子听起来像小鸟的啼叫，清脆悦耳。因为她的关心，我终于又再度怀着感激重回世界，与人互动。

　　以上故事我是用西里尔蒙古文写下的，接下来的故事我要用自己比较熟悉的回鹘式蒙古文记录。

　　虽说大家处心积虑要乌尼戈消失，但他们从未得逞。乌尼戈从不显示出隐藏自己的样子。他在镇子里遭受折磨，变成黑色的老人，但他身上却源源不断地传出和谐和安宁的光明力量。他看起来像即将到来的春天——翠绿而饱足。人是在自然造物的手中被塑成千姿百态的，她把我们塑得可爱，我们将自己破坏成可怜，我们并未意识到自我的艺术价值，甚至破坏他人少得可怜的艺术价值。在乌尼戈成为我们的房客的这几个月，我们彼此间隐藏许久的关系慢慢得以确认。我们爱他，他也爱着我们。我们肯定他的艺术价值，他也肯定我们的。他填补了我们的空白，唤起我们年少时的欢乐。

春天到了，大自然铺青叠翠，镇子里满是豆荚爆裂的声音。喜鹊开始筑巢繁殖。

三月初的一天，乌尼戈大叫着冲进我的房间，我屏住呼吸，惊恐地注视着他。乌尼戈的头发上粘满绒毛状的尘埃，裸露在外的胳膊上布满了细细密密的伤痕。他的左脚因残疾萎缩了，黑得像岩石一样的皮肤因为疼痛变成了粉红色。他的衣服被污泥溅得肮脏不堪，口袋里装满了别人吐出的痰。乌尼戈抱着一只又胖又亮的大喜鹊。他的脸涨红，脖子僵硬地挺着。

"你这是怎么了？乌尼戈？"

"边巴，你看我发现了什么——一位伟大的画家！"他将那只喜鹊按在我的书桌上，就在我的茶杯旁。他兴奋地说："这只喜鹊在我肩膀上画了一幅画，边巴。"他边说边蹲了下来。

我凑近他的肩膀，果然看见了一幅白色和褐色相间的鸟的自画像。鸟像《捷娅科娃像》里二十三岁的捷娅科娃一样文雅娴静地将头轻轻偏着，因为乌尼戈的肩膀实在是太窄了，画中的鸟不得不局促地硬挤在狭窄的画框中。我猛地捂住了鼻子："快把肩膀上的鸟屎擦干净！"那只喜鹊在我的吼声里不急不慢地呷了一口杯子里的茶。它的眼球好不害羞地朝外凸出，此时此刻，它是否沉浸在自身的伟

渡　澜 | 傻子乌尼戈消失了

大之中？

"我要把这块布剪下，用圆角形式的框把它装起来，然后用卡纸盖边，用有香气的玻璃覆盖画框正面，画的背板必须用银质的射钉枪进行固定……"他发表着自己的言论，因为镇里的年轻人强迫他嚼玻璃，乌尼戈的声音充满了痛感。我用两指捏住喜鹊黑色的趾胝，防止它撞倒茶杯。

"带着你的大画家离开，"我低声说，"它们总是制造麻烦，柳泽真由娜要回来了。"

"它们没有制造麻烦。"

"你上次也带来了一只喜鹊，就在星期六。那只喜鹊仰躺在柳泽真由娜的蜂蜜罐里睡了个午觉。它的背部把蜂蜜染成了蓝绿色，柳泽真由娜因此大骂了我。"

"她不会为这点小事生气的，她也是从蛋里出来的，她喜欢下蛋的小鸟。"

我的语速飞快："她不听我解释。我刚从墨西哥国立人类学博物馆回来，她执拗地认为我在蜂蜜里洗了毒蘑菇。"乌尼戈对我的话充耳不闻，他执意要用我的剪刀剪下自己肩膀上粘着鸟屎的那块布料。我毫不犹豫地递给他剪刀，并趁他不注意开窗放走了那只喜鹊。

傻子乌尼戈很快就发现它不见了，他并没有表现得多么失望。乌尼戈将身子探出窗外，注视着渐远的喜鹊。他的姿势像是将要起飞的鸟儿。

"啊！"乌尼戈突然发出一声尖叫向后直直倒了下去。我急忙扑到他身上，看见他按着自己的一只眼——它正汩汩流着血。一块粘着血和泥土的三角形石头滚到了我脚下，窗外一阵鄙视的笑声哄然爆发开来——是镇民们！我的耐心消失殆尽，冲他们大吼："你们在干什么？这实在是太过分了！"

一个不友善的声音在作响应："傻子乌尼戈！我们在惩罚他，他往鼬鼠洞里丢石子，让它们磨牙，搞得今年鼬鼠多得吓人。"这种生活在内蒙古大草原上的小动物一生都在忙忙碌碌，不停地寻觅着食物，并将数量庞大的食物储存到自己的洞穴里。它们行动不便时会藏在洞里以这些食物维持生命。它们需要啃咬硬物，磨短门牙，否则就会因门牙无限生长而无法进食。鼬鼠自己并没有收集硬物的习惯，所以它们往往活不了太久。

"我没有，边巴。"乌尼戈伤痕累累，不住哀鸣，他的眼神似乎在说他有什么不明白的地方。他松软衰老的皮肤上刻满了像草皮一样的伤疤，他纹丝不动，毫无还手之意，哽咽着说："我不会干那样的事情的，那是不对的。"乌尼戈很容易忘却身上的疼痛，但现在他却仿佛迫使自己记住疼痛，他痛得发抖，汗水顺着他的脊背滑了下来。这是他的底线，我不禁这么想，他们触碰了乌尼戈的底线。窗外的行凶者早就跑远了。我扶起乌尼戈，为他包扎伤口。他轻声对我说："边巴，我的好朋友。给我一根没有洗的胡萝卜吧，或是一碗黑艾日格。我该走了。"

但是他失败了，他被镇民们抓了起来。

镇里的鼬鼠的确变多了，它们铺天盖地地涌出，满大街乱跑。灾难轰鸣着落到了这个小镇里。母亲们死死将孩子拴在背上，防止他们溺死在鼬鼠群里。镇里的房子都被鼬鼠吃光了，人们甚至无法找到盛水的容器。他们用铁板盖高高的房子，防止鼬鼠的啃咬。镇民们一口咬定这场灾难的元凶就是乌尼戈。我和柳泽真由娜尽力维护他，但根本无济于事。乌尼戈被这群疯子拉到了广场上，当着众人的面被毫无人道地注射了硫喷妥钠，当场变成了无数片齿状的娇叶，被一股脑儿塞进了火化炉里。他们兴奋地欢呼，载歌载舞。

人们也是在做完这件事后才意识到这件残酷的事情对身边的人、对家庭造成的可怕影响。他们已经到了异化的边境——他们逐渐发现自己的身体内部萌发出了一种无法忍受的负担，他们甚至开始呈现出诅咒的外貌特征，他们的生活开

渡　澜 ｜ 傻子乌尼戈消失了

始掺杂恐惧。这种恐惧在早期鼓舞他们进行悲剧性的狂欢，在后期却促使他们对生活的欲望消极麻木。他们开始用不喝水的方式使自己和别人从这一切痛苦之中解脱出来，直至死亡。

两个星期后，所有的人毫发无损地死掉，尸体黏在高得像是要把天戳破的铁房子的屋顶上，连苍蝇都飞不上去。

乌尼戈成为灰烬的那天，柳泽真由娜出门了。她依旧迈着轻松的步子，哼唱着"圆满"和"重逢"。她没有再回来，我的厨娘像她清脆的鸟啼一样随风而散了。

我辞了职，搬出了镇子。我的姐姐住在离镇子不远的扎格斯台，我带着为数不多的行李和她住在了一起。亲情的力量使我从悲痛中走出。我常常和她坐在门前的摇椅上看鸟群飞过，看树下窸窣生长的温煦。每当我的姐姐拉开窗帘，打开窗户，将我轻轻推出门外，嘴巴里嘟囔着"心情不好就出去晒晒太阳，你也是一株植物"时我都会意识到自己终于回归了。

有一天，我和她行走在扎格斯台的乡间小路上，这是一条蜿蜒如蛇的泥路，两旁是一间挨着一间的砖头小屋。远处响起一串串孩子的笑声。我们走得很慢，这速度令我陶然若醉。我们要去哈布尔家，她生下了一个可爱的小女孩，我们要将精心准备的礼物送给她，以庆祝她获得了生命。

路途中，我遇见了我那被烧成灰的房客——他可能是被风吹来的。乌尼戈仰躺在一捆捆散发着芳香的木枝旁，迎着阳光，每一寸皮肤都充盈着生命。乌尼戈的掌心里长满了小巧玲珑的草，里面蛰伏着草爬子。他的每一个关节腔里都有蚂蚁在建造新的宫殿。鸟在他额头上产卵，山羊在吃他影子里的草。他仍然在呼吸，胸膛轻轻起伏，像个摇篮一样使他胸前的小动物们昏昏欲睡。他竟能与自然如此完美地结合在一起，这可爱的场景令我心醉。他依旧是初次见面时的"漂亮男孩"，这种去而复返后已有所改变的音乐般的美丽仿佛在告诉我——生命仍然一如既往地缓缓前行。这就是他一生都在听从其召唤的命运。我们的朋友乌尼戈永生不息——他只是用自己的方式消失了。

我并未停下脚步,心中一片平静,就像看到跃出水面的鱼儿又坠回了水中。

选自《收获》2019年第4期

王姝蕲

1983年生于四川，现居北京。2008年毕业于莫斯科国立大学，获新闻学硕士学位，研究方向网络传媒。2008年加入凤凰网，2011年加入腾讯文化频道创始团队，供职于腾讯新闻，全程参与中国网络媒体的转型和技术变革。媒体工作之外，作为小说家创作《花前一人食》《比特圈》《未来药》等一系列作品，处理"互联网时代"这个重要的现代性命题，探讨网络技术如何通过对生活方式颠覆性的改造，重塑当代人的精神世界，更成为年轻一代的生命底色。

比特圈

A

这是深山里头的深山了。

山与山之间奔腾有河，河流半中拦腰垒起一条堆石坝，蓄一库水，建起小小的水电站，小得像是谁丢在山涧的玩具。电站不远处另有一方小水泥盒子，喷薄袅袅水雾，仿佛一块儿冒烟的干冰。也是玩具，有钱人的。

矿工驾车从镇上回来，停在山梁，思忖玩具的主人，思来想去都与自己没啥两样。就连人工智能也这么说。网上有免费的"AI看相"，他把自己和小温州的照片传上去，得到的批语分别是：否极泰来；枯木逢春。

水库里有一点儿红，颤动着。矿工摘下墨镜丢进车抽屉，再翻出个望远镜——抽屉里塞满了各式玩意儿，瑞士军刀、豹纹手铐、杜蕾斯——矿工拨转对焦环把那点儿红拉近，近至伸手能捉，果不其然是小温州昨天带来的那个美院女学生。女生在望远镜狭小的视窗里剧烈起伏，惊恐地攀缠在小温州后背上。矿工没来由地回想起自己还在城市时，群租房楼下有一个投币摇摇车，丑，但深受小朋友喜爱。小温州驮着女生，又一猛子扎进水里，红裙漾了一漾，跟着深潜下去，在蓝玉般的水库中变成红紫色、紫色、蓝紫色。水面皱起，好像是痒了，疼了。

早上矿工开车出去时，女生一路追赶拍打车门，仓皇取走她落在车上的相机。相片见不得人啊？矿工正想这样逗她，女生已将相机藏进怀里，一溜烟跑没影了。有什么可遮羞的，无非被窝里那点儿东西，矿工想，网上见多了，啥肤色啥调门儿没有？矿工收起望远镜，上车点火冲下山梁，一口气冲进水泥盒子前的院坝。

噪音和热浪从机房里生扑过来，矿工迎上去，不躲闪。往天他会立刻戴上防噪耳机，但从这个礼拜起不一样了，他喜欢上这些机器的轰鸣，嗡嗡嗡嗡，像某种超现实的吟诵仪式，让他成为机器跟前祭祀的牲畜他也愿意。机房百十平方米，矿工径直走到热风区，检查把边的一二三四五，五台矿机，像产科护士看顾保温箱里的五个婴儿。乖乖儿，乖乖儿，矿工歪嘴露出微笑，他左半边脸不利索，因在这机房里积年累月地受风，面瘫了，估计还要去镇上扎一礼拜针灸才能端端正正笑上一个。今晌午从针灸馆出来，一农妇尾随他，神神秘秘道，面瘫改了面相，贵贱贫富寿夭都有变数哦。农妇说得凶险，矿工却心头暗喜，有变数好啊，他这背时命就怕没变数。看着面瘫后得来的五台宝贝矿机，矿工更加信实自己否极泰来、枯木逢春了。

忽然，半边笑容僵滞在脸上。一台矿机的电路板烤出了黄斑，再凑近细看，黄斑面积不小，像癌细胞在吞噬脏器，穷凶极恶地。天杀的热风区，室温飙到五十摄氏度，矿工心疼宝贝矿机，却不能给它断电歇息，时间就是金钱，一秒钟也歇息不起。矿工能做的只是拿起记事本用力扇风，就像当年群租房里那个中年女人，一下又一下给熬夜背书的儿子打扇子。"豺狗吃瘟鸡，我瘟了一辈子。等你考起大学，我就享福了。"那女人说。窗户外，投币摇摇车在单曲循环一首儿歌："爸爸的爸爸叫爷爷……"似乎一个谶语，龙生龙，凤生凤，瘟鸡会一代一代地瘟下去。心事拥挤在蒲扇的褶皱里，矿工皮肤上的灼烧感越燃越烈，似乎已被烤得五分熟，真变成祭祀在矿机下的瘟鸡了。

矿工脱去黏在身上的涤纶汗衫，布料上均匀地析着一层盐粒，是汗水在炙烤下迅速结晶了。他闻了闻汗衫和胳肢窝，孜然味。衣兜里抖搂出一枚杜蕾斯，红亮喜庆，矿工记起自己从汽车抽屉里顺了这个，遂拿出手机给晓棠发去微信："我已经五分熟了，你要尝一口不嘛？"

消息石沉大海，和之前的几十条一样——

老婆，你哪天来？机票买好了没有？

老婆，你咋个不说话？

唐晓棠，快说话！

你该不得真的是个骗子？

我错了老婆，理我好不嘛？你晓得我爱你。

日你先人板板，骗子！还钱！

唐晓棠消失了，矿工记不清是多久发生的，像是今早上，又像有月余，他在深山里失去了时间感，只记得上次联系时晓棠还很甜。他说，心肝儿你来嘛，这里是神仙地界，我带你下河摸鱼，还可以去山里头打野味。晓棠发来表情包咯咯笑，我哪打得到。他说，打不到没事，我可以做你的野味。晓棠说，山沟沟，你莫把我卖了。他说，我卖币，不卖人。晓棠说，你老是说比特币比特币，到底长啥样，给我看看嘛。他说，虚拟货币，看不见摸不着。晓棠问，那你见天见晚在山里头挖啥子挖？他解释，不是真挖矿，是电脑做运算得到一组代码，代码就是比特币。晓棠不信，代码当钱使？他说，好比钞票上的序列号，你计算出序列号，这张钞票就归你了，算这玩意儿有公式，不费脑子，只是太费电，四川山里头有入不了电网的小水电站，电费便宜，我就把矿场建在这里，安了五百台矿机二十四小时不停地算。晓棠说，你们有钱人耍得稀奇，直接耍钱，我跟你耍不起，往返机票就要我几个月不吃不喝。他说，心肝儿，只要你来，我出路费。晓棠感动得哭出来。他微信转账五千元，晓棠接收了，发回一个火热的唇印。再无音信。

矿工想不通，背时的总是他。他听见过小温州打电话谈生意："少废话，签什么合同，哪有时间跟你签合同，磨磨唧唧别混币圈！"电话一挂，几百万直接打过去，过几天新矿机就送来了。

B

二楼生活区乱得无处下脚，废弃的矿机显卡和包装盒堆积成山，显卡上星罗棋布的点和线串联着，似在万米高空上俯瞰一个过度发达的城市。路过小温州寝室时，矿工朝里望了望，皱巴巴的床单上扔满五颜六色的裙子，欢乐谷的样子。矿工鬼使神差地走进去，往床上撩了一把，那些滑溜溜的绸缎裙子像溪水样流淌起来，脂粉香气浮到半空，他一猛子扑进去，潜入一个松软的梦。这一切似曾相识，好像发生过，可是曾几何时呢？

肋间被硌了一下。绸子底层埋着一台小相机，银色镀铬机身，裹覆着棕色皮革。正是女生早晨慌张取走的那一盒秘密。秘密诱惑他触碰开关……

屏幕上陡然显出他的脸孔，清晰得骇人。左半脸是僵死的化石，与活着的右半脸构成一场"找碴游戏"，任何一丝微表情都在对比中昭然若揭。他看到自己右眼燃着野火，险些把相机烫出个洞，慌忙按下删除键，伴随碎纸机的声效，火嗖地消失，却紧接着弹出另一个他，手捧保温杯蹲在松木梯子上发呆。矿工一怔，点击回放按钮，一百多张照片涌出来，他像呛了水，无法呼吸。每张都是他，干活的，偷懒的，树下啄瞌睡的，崖上撒野尿的……女生进山一天多，未与矿工说过半句话，却暗地里偷拍一百多个他，究竟啥子意思？如果她是那个意思，那她像水草一样缠绕着小温州又是啥子意思？

矿工眼前出现潋滟的水库，女生骑在小温州肩头，扬手从头顶浇下一束清水，水光披挂在身体上，矿工仿佛听见凉水浇在热石头上的刺啦声。他一遍又一遍地听见凉水浇在热石头上的刺啦声，猛地从床铺跃起，操上泡方便面的铝皮大瓢，舀一瓢水，大跨步下楼。一条长裙挂住他脖子，像个披风，威风凛凛。水瓢颠簸洒一路，到机房时还剩浅浅的一个底儿，他瞄准一台高速转动的矿机泼去——刺啦，水雾蒸腾。哐当哐当，矿机停了下来。矿工脑壳里却轰的一声。

一百多个怪形怪状的自己，如宇宙爆炸，膨胀旋转，生出一种离心力要将矿工抛掷出去。屋前的小溪不知何时将尾巴甩到了他面前，他纵身跳下，毛孔骤然一紧，轰鸣的幻影冻结了，如星云缓缓弥漫开来，四下寂静，他听到手机在草甸上轻轻一响，叮咚。

半个笑从矿工嘴角咧出，不用看手机他也晓得是那条信息提示：你有一台矿机已经二十分钟没有提供算力。

小温州也收到了同样的短信，沿堆石坝一路小跑回来，衣服挂在脖子上，光上身，精瘦精瘦的。女生追着他，湿漉漉的红裙子服帖着身体。接近机房时，女生脚步慢下，整墙巨型风扇旋出的热浪推着她往后退，贴在身上的湿裙子迅速失去水分，越来越轻，最后嘭的一下飞起，小温州扑住裙子，像飞行员落在红艳艳的降落伞上，一猛子把女孩扑进机房。

刺啦——矿工又掬一捧水浇在后脑勺，这时想起针灸大夫的话，莫拿凉水激，忙从水里起身，扶住裤裆处支棱的帐篷，却见女生一人出了水泥房子，往小溪来。她胸前挂着个小方盒，晃来晃去，银色镀铬盒身，裹覆着棕色皮革。矿工认出那台相机，忙又蹲回水里，拉一小丛灌木枝丫掩体。女生翩然而至，脱了凉鞋蹚进溪水清洗泥和草屑，脚尖刚点到水，她嘶了一声，像溪里有嘴咬她。矿工捂住半张脸憋笑，掩体灌木一颤一颤，她也是这样偷看我的，矿工猜。女生捡起一块浑圆的鹅卵石，不大不小刚好一握，浸在水里洗净，再从纱布兜里掏出一捧指甲花花瓣，细细致致地拿鹅卵石碾碎，将水红色的花浆涂到脚指甲上，花浆不慎沾了裙子，女生慌忙把裙摆撩高，大腿皮肤白生生发亮，和麦色的小腿形成鲜明色差。估计喜欢户外运动，矿工想，是个野味。女生仰面倒向草甸，脚跷入天空踩着游云跳舞，她举起相机对准自己的腿。矿工想到那相机里还装着上百个他，一阵酥酥麻麻的痒爬上皮肤，他未曾与女生说过话，却与她亲亲密密挤在一台小相机里。女生踮着天空玩够了，坐起来拨开花浆查看脚指甲的颜色，似乎很失望，用树叶把花浆擦去。

"你那花瓣不得行。"

女生吓一跳，循声找去，模模糊糊看见矿工坐在上游，隐藏在夕阳刺目的光芒中。女生唰地把裙裾拉到脚脖子，严严实实裹住腿，像歌舞剧场拉上大幕。可矿工这边才刚到开场白。

"你在机房里走一圈，花瓣都烘干了，染不上色的。山后头有一大片指甲花，鲜得很，一般人晓不得，我带你去。"

女生听着，不吭声……啪！她猛拍一下自己的胳膊，摊开手掌皱皱眉，"山里蚊子太厉害，我回去了。"

矿工忙说："我帮你摘一些？"

"谢谢。"女生蹬上凉鞋，踩着河滩上的乱石趔趔倒倒往回跑，边跑边挥舞细长的手臂,像是驱赶蚊虫。

指甲花喜阳,山前花开得早,都快败了,山后阴凉坝的花才刚刚开起来,鲜红鲜红,每一个花瓣都是漂亮的心形。矿工把此处当作私家花园,一次又一次想象晓棠到来,他们赤身在花丛里打滚,发间沾满碎枝草叶,脊梁手膀脸颊嘴唇被染成一片片水红色。矿工掐了掐花瓣,汁液浸出来,给他手指甲染出一个红边儿。这样的指甲花是最好的,矿工摘下来,用女生丢在溪边的纱布兜装了满满一口袋,顺路又摘了一只野苹果。

小温州寝室门依旧半敞着,床上拉起了蚊帐,朦朦胧胧看见女生枕在小温州肚皮上摆弄相机,小温州枕着满床的花裙子抚弄女生的乳房。对堂风吹得蚊帐一鼓一鼓。

"你那矿工怪怪的,怕是在山沟沟里憋出了毛病。"女生软软道。

"死肥宅,山里城里没差别,给台电脑打游戏就高潮了。"小温州懒懒道。

"辜负了好山好水哦。这里多美,像《瓦尔登湖》。"女生隔着蚊帐逗窗台上一只画眉鸟——嘘——嘘嘘。

"什么湖?"

"《瓦尔登湖》,美国作家梭罗的作品。"

"他顶多满脑子糨糊。三天两头闹着要走,屁本事没有,还大学生呢。能找个矿工的活儿算他命好,管吃管住管打游戏,工资还高,要在外面,他想打游戏怕是连显卡都买不起。"

"瞧你说的,像个废人似的。"帐子里缓缓伸出一只蜜色的胳膊,握着相机,给画眉拍照,画眉扑两下翅膀,飞到对面树上去了,"你能把比特币矿这种高科技交给一个废人看场子？"

"高科技那是上游，挖矿是产业链最底层，矿工不过就是修电脑的。现在连电脑都不用修了，只管把坏掉的机器换下来，打包寄去维修点。多轻省啊，这懒骨头还闹辞职，最近在机房里把嘴吹歪了，闹唤得更凶。"

"想过换人吗？"女生掉转镜头，隔着帐子给自己拍了一张。

"换谁不一样？我看他脸歪嘴斜怪可怜的，答应给他腾出五个机位，他自己也摆上五台矿机，这下安分了。"

"小伙子挺精明。"

"猴子都没他精。他那五台矿机跟供菩萨似的，我的五百台他就瞎糊弄，停转半小时也不见修。他开我的车去镇上扎针灸，车回来了，人没回来？这孙子。"

矿工贴墙根站在门口，野苹果表皮被掐出一排污浊的月牙形，掉落在地上。他把装花瓣的纱布口袋塞进裤兜里，重重敲门："电站老板喊你搓麻将！"

"哦。"小温州隔着蚊帐答应。

矿工转身踢一脚野苹果，苹果在垃圾山上滚了两滚，跌跌撞撞落下楼梯。帐子里女生游丝般嗔骂："别闹！人还在门外等着呢……别亲鼻子，臭一天……"

C

电站老板堂屋的四叠门大敞着，老远就能望见墙上的巨幅瀑布和迎客松，画框上题着两行红字："生意兴隆通四海，财源茂盛达三江"。电站老板忙不迭从柜子顶取下麻将匣子，把闲置许久的"萬"请出来，加进麻将铺子里。平时山里只有他和矿工两个人，使不上"萬"，用"筒"和"条"打二人麻将解闷，越解越闷。每个月小温州上来巡山，打三人麻将，还是闷，但小温州懂事，故意输些小钱，他两人就不觉得闷了。赶上小温州走桃花运，带个女朋友上山，那就过节了，能巴巴适适打一回四方麻将。

"这回这个女朋友是干啥的，会打麻将不？"电站老板问。

"鬼晓得。"矿工点一盘蚊香，放在脚边，躺到竹椅上耍手机，追了大半年的盗墓小说今天又更新了八千字。蚊香外侧最大一环渐渐燃尽，细碎的白灰一截一截往下掉，矿工眼皮越来越沉，瞌睡了，小温州还不来。摸金故事中断在一个湿漉漉的洞穴里，矿工溺水于美国作家笔下的那啥子湖里，红紫色的水妖像水草样缠绕着他。他语重心长跟水妖讲，你不晓得，我窝在山里头当矿工是做实验呢。薛定谔的猫你听过吗，我就是那只猫。我关在盒子里，是有一半可能成废人，但还有一半可能成贵人呢，究竟是废是贵，等打开盒子那一天才晓得……话在水里咕噜咕噜地冒气泡，混沌不清。一个水泡炸开，嘭，手机弹出语音信息，点开只听见一个音：买。

那声音像死去的母亲，又像针灸馆前泄露天机的农妇。矿工条件反射地坐起来，登录比特币交易所，果然有涨的势头。买！却发现银行卡里只剩百十来元，矿工又急又气，给唐晓棠发消息，五千块先还我，路费我过几天再给你。等了许久不见回音，矿工打电话去，听到语音答复"您所拨打的电话是空号"。

心口堵着的那块礁石又火烫起来。电站老板见矿工半张面孔扭曲抽搐，问，咋了，针灸扎拐了？矿工不吭声，把脸埋进手膀子，狠命摁住心中的火石，火却越燃越旺。

火里走出一对金人儿，脚步带着步步生金的仪式感。"这是我未婚妻，美术学院的研究生，学视觉传达专业。"小温州搂着女生，扬扬得意地介绍，他头一回这样郑重其事，以往的女友总是面目模糊，像在夜总会里打个响指，就来个女人，再打个响指，又换个女人。

"你小子玩洋格哦！视觉传达是啥子？"电站老板问。

"说了你也不懂。"

矿工偷瞄女生，她肩膀上挎着那台相机，小坤包样，里头装着他二人的一百多个秘密。女生在矿工对面坐下，仅隔麻将桌，一整天了，矿工第一次近距离看清她的脸貌。罂粟花，矿工想到一个词。尽管从来没见过罂粟花，但他晓得那是鸦片烟的花朵。这就是视觉传达，矿工突然懂了。

女生领口有黑白分明的晒痕，一个草莓大的血印子在领边忽隐忽现，充满野趣。矿工轻轻把脚边的蚊香朝女生踢近一些，为了掩饰这个动作，他顺势跷起个二郎腿，脚撞了什么一下。他收了收脚踝，换个角度把二郎腿完成。

"不好意思，我踢到谁了？"女生说。

矿工半边脸燥热，细品刚才脚尖的触觉，比桌子腿来得温暖些，比男人腿来得清凉些。他低头看桌下，女生的水晶凉鞋正对着他，贝壳样的脚指甲上泛着浅浅一层水红色。矿工想起自己裤兜里还有一包指甲花。

"我一点儿也不会打，请多包涵。"女生两指捻着麻将牌，城墙砌得歪歪扭扭。

"没事，放心点炮，老子给你提供弹药。"小温州把一沓粉红色的钞票拍在女生面前，震得女生一激灵。矿工蔑一眼小温州，暴发户，却见女生转身拿起相机，让小温州重演一遍。小温州这次戏做得更足，斜叼着烟，眯缝着眼，高举钞票，重重往桌上一拍，像官老爷拍下惊堂木，满桌麻将跳跃起来。女生按下快门，很满意，接着把镜头对准电站老板、矿工、筒子条子萬子，还有茶缸里半杯子的烟屁股，她完全忘记自己是来打牌的。小温州纵容宠溺着她，替她摸牌，一家打两方。电站老板明示暗示缺个幺鸡，小温州立刻打出幺鸡。电站老板把牌一推，和了！女生责怪他和得太快，没抓拍到，央求重新推倒一次。电站老板莫名其妙地看看小温州，小温州一伸懒腰，露出硕大 logo 的 LV 皮带和肚子上的毛，得意道，艺术家的世界你不懂。

快门咔嚓乱响让矿工烦躁难忍，医生曾告诉他面瘫会并发听觉过敏，就像用他的听小骨刮一块玻璃。那相机再不是矿工与女生的秘密世界了，快门每开合一次，小温州和电站老板就贼头贼脑地往里钻，矿工想象一百多个自己把贼人弄死在入口处。可是刹那间又败下阵来。

"不打了，肚儿饿了。"矿工把麻将一推，起身进灶屋将小温州带来的虾和青蟹蒸上锅，接着剥蒜做油碟。女生的相机镜头又凑过来，矿工问："蒜也是艺术啊？"

女生惊讶："这是蒜？这么大个？"

"独蒜。"

"有毒？"

"独，单独的独。"矿工切下薄薄一个蒜片给女生，指指领口草莓大的血印子，"你那毒蚊子咬的，拿去敷一敷就好了。"

女生对着蒜片按了快门。

"你没有啥子话要跟我说？"矿工问。

女生愣了一下，说谢谢，紧接着眼波流转，寻找别的新奇事物去了。

小温州从筲箕里抓一把湿花生，剥着吃，跟电站老板拉家常："昨天咋没见你？"

"昨天回家处理些事，老太婆跟邻居跑了。"

"嫂子怎么的？"

"老太婆，不是老婆。我妈跑了。"

"哦，大婶怎么的？"

"老太婆说你们在这儿挖矿，得罪山神，让我撵你们走。"

"我一不开山，二不打洞，就修了个机房，拉了根网线，哪里得罪山神？"

"她说噪音太大，把山神惊到了。"电站老板用下巴指指矿工，"他不是嘴歪了吗，我上周带他回镇上去看医生，我家老太婆见到吓惨了，说他遭了天罚。"

"那是在机房里受了风。"

"老太婆不听。我说得罪山神就得罪嘛，挖比特币的是佛祖派来救我的，要不是他们来开矿，电站早垮屎了，全家喝西北风。我这小电站以前白花花流过的是水，他们来了，流的是美元。佛祖比山神官大，要听佛祖的。老太婆将信将疑，心头矛盾，跟邻居一起到西藏朝圣问佛祖去了。"

"那么大年纪去西藏行吗？"

"去了好，她心头舒坦，我耳根清净。只是她一走，我就没得天气预报了，枯水期电力不够，焦人，老太婆一喊骨头痛，我就放心了，保准下雨。她风湿腿灵得很。"电站老板说着，见相机像小加农炮一样架在灶台上正对着他，红灯闪烁。

"听着怪有意思，兴许剪成纪录片。"女生说。

"风湿腿这段掐掉哦，都晓得我是个孝子。"

大虾、青蟹热腾腾地摆上桌，云蒸霞蔚，在这深山里出现海鲜，不像真的，像是海市蜃楼。

小温州起开一瓶拉菲，电站老板照例拿来雪碧，小温州摆手让他拿走，电站老板皱眉，红酒不兑雪碧多难喝。小温州像电影里法国人那样摇晃高脚酒杯："都嫌老子是暴发户没品，说三代才能培养出一个贵族，老子才不信邪。"他一把将女生拉进怀里，"我老婆是艺术家，老子一代就整出个贵族来。"

"暴发户有啥不好？谁逮着机会谁暴发，比拼爹拼爷爷的贵族强。"

"这话对！谁敢相信呢，几年前我还在网吧当网管。"这句话他逢酒必讲，这次的版本略有不同，他拿酒杯和女生碰一下，"就是你学校门口那个网吧。"

"我没见过你。"女生说。

"可我见过你。一见钟情，常常梦到你，一梦就是六年。"

电站老板笑："没看出你小子还是个长情的。"

"六年长吗？"小温州呷一口红酒，"也就是一眨眼吧，自从进了币圈，就像上了高速列车，飙得太快了，我都有点晕车。我技校毕业在网吧打工，好死不死赶上二〇一二年，智能手机加3G上网不要太方便，谁还去网吧摸那些沾着鼻屎和方便面汤的键盘鼠标？网吧没生意，电脑闲着也是闲着，我就拿来挖矿。"

"网吧破电脑能挖到矿？"

"那年头狼少肉多，显卡好一点就能挖。现在简直变成军备竞赛了，你看我这矿场五百台最先进的矿机，二十四小时不停转，你猜一天能挖多少？"

"一万个？"

"半个。"

"半个？五毛钱？"

"宝贝儿，你这金融知识是在菜市场学的吧？听好喽，今天的行情，一个比特币值八千美金。正好给你买个包。"小温州满脸醉态，他酒没喝多少，迷醉在自己的传奇故事里，"我永远忘不了六年前挖到第一个比特币，去交易所卖了十几美元，当时我就蒙了，这玩意儿有卵用啊，卖这么贵！我一天工资都没这价。

网吧没生意，老板想遣散我，我扭脸借高利贷把网吧盘下来，把他遣散了。"

"高利贷？你不怕遭追杀？"

"二○一二年世界末日，欠债怕什么，债主全家都死绝了。谁知道币圈这么邪乎，几个月就赚回来了。还完债我才开始害怕，怕真的地球毁灭，老子还没开始享福呢。"

"妈的，二○一二年我搞啥去了？"

"正常过嘛，谁信世界末日。亏得他读书少，傻儿有傻福。"

"傻吗？"女生轻叹一声，"世界末日，好多傻子说要裸奔，最后谁兑现了？我们班有个人精，她兑现了，办了一场末路狂花影像展。我们谁也瞧不上她，但是到现在，全班只有她一个人成了有名有姓的艺术家，其他人都去设计公司做图了，被甲方爸爸指挥着'logo大一点、字体粗一点、颜色鲜一点'。我不肯当修图工，考了研，可是有什么用，只是晚三年成为修图工而已，现在我又要毕业了。"

女生的声音很远，像个气泡飘在天上，每说完一句漏一点儿气，最后坠在地上。矿工如同看见漏气的自己，心生怜悯，傻妹妹啊，读大学已经上瓜当了，还读研？看吧，现在俩大学生巴巴看着技校生炫富。

不掺雪碧的红酒没有气性，却更汹涌，倒灌进矿工脑壳里，噬掉昏昏欲睡的锈，他清清楚楚看见电站老板眼珠贼亮。"末路狂花是啥，当真光着奶子在大街上跑？"电站老板问。矿工又看到三个男人目光齐齐落在女生身上，投影出她同学末路狂花的样子，那同学比女生更丰润些，奔跑时惊涛骇浪。

小温州摩挲着女生的大腿："等咱俩领了证，我给你开个艺术公司，想搞啥艺术就搞啥艺术。"

女生不搭话，下意识朝矿工看了一眼。矿工揣不透这一眼的含意，但觉得眼神是特别的，被女生看在眼里的自己也是特别的。

王姝蕲 ｜ 比特圈

　　小温州又说："我在南非订的鸽子蛋大钻戒下周就到货。"
　　女生不响，拿一根筷子拨弄调料盏里的蒜末。
　　电站老板舔肥帮腔："妹娃儿，嫁给小温州好福气哦。来这儿开矿的都是有钱人，独独小温州豪气！周边的矿主三两下搭个铁皮房子就急着挖矿，只有小温州修一栋砖房。人间一天币圈一年，砖房工期四十五天，你算算他损失多少钱。"他一只手搭上女生肩膀，神秘道，"你知道他为啥修这砖房？"女生扭扭肩，想把那只手抖掉，电站老板却涎皮搭脸凑得更近，耳语，"因为他会心疼人。"女生缩起脖子僵硬地往后躲，向小温州使眼色求救。小温州愣愣地望着她，眼里空洞洞。电站老板的嘴贴上女生耳朵，胡楂扎进女生脖子，"你不问问他心疼谁？"矿工手里剥着虾，粉嫩的虾肉从壳里一点一点露出来。女生红色的领口一点一点往下垮，露出蕾丝内衣的边缘，像烽火间升腾的狼烟。矿工剥虾的手一顿，朝电站老板袖子上拉了一把，递上手机说："你不是说要炒币，账户帮你开好了，我教你。"
　　电站老板推开手机："吃饭呢，不整这个。"
　　迷迷离离的小温州猛地醒过神，瞪着眼睛冲电站老板喊："你有没有搞错？"
　　女生趁机逃出猎套，拉起衣领，理顺乱发，感激地看矿工一眼。倏忽一瞬，像是极隐秘地扔来一把钥匙，矿工接住，打开女生眼底他从未去过的深庭内院，他和女生又有了新的秘密世界。
　　电站老板被小温州瞪得心里发毛，端酒准备自罚一杯，却听见小温州说："你跟他学炒币？有没搞错？他一根嫩韭菜，能教你什么？跟着我炒，我有肉吃，你就一定有汤喝。我给你讲，庄家吸货的时候，你就埋伏进去，拉高的时候就撤退。千万别追涨杀跌。"
　　电站老板愣了一下，说："我不学赚。最近赌钱输光了，没法给老婆交代，我说是投资比特币了。你给我讲讲咋个亏钱。"

"亏？我哪会。你还是问他吧，他经验丰富。"小温州瞥一眼矿工，问，"我刚才发消息让你买进，你买了吧？今天涨势陡，叙利亚可能要俄美对抗，有增量资金进来，瞬间从六千八百美金拉到八千美金一个。"他停顿一下，等待矿工表达崇拜和感激，矿工却不声不响地剥净一只虾，蘸了调料放进嘴里慢慢嚼。"你买了多少？"小温州又问，见矿工不理睬，小温州登时火冒三丈，"没买？让你买你不买，不让你买你瞎买，活该被庄家割韭菜。是不是又没钱了？你钱呢？"

矿工煞着半张脸，噌一下站起来，"我去厕所。"板凳撞倒在地，像炸雷。矿工出门，感觉一道目光利箭般射向他，而又一道目光温柔缠绵地追着他，好似他穿了一件豁口的线衣，被那双眼睛勾住线头，他一路走，弯弯绕绕的纱线就一路跟，一直跟到崖上。青山在脚下层峦叠嶂，矿工拉开裤门，朝着山野用力扫射，一群灰翅膀的飞鸟从树丛里蹿出来，扑啦啦逃走。矿工顶起腰，奋力追击，他的小兄弟异常愤怒，浑身通红像块烙铁。矿工被自家小兄弟吓得一软，尿断了线，怎会红成这样？他战战兢兢地抖一抖，不疼，再按一按，真的不疼，这才稍稍松了口气，扒下裤子仔细检查，发现裤兜里的指甲花压烂了，大腿根处染红一大片。看着胯下这片红霞，矿工嗓子眼涌上一股甜，他喉结滚动，反复品味蜜糖的滋味。矿工很诧异，竟一点儿也不惦记晓棠了，被唐晓棠骗走的钱算不得什么，小温州的踏谑也算不得什么。身后的一切都干涸成死去的标本，陈列在时间长廊里不痛不痒。他眼前一片开阔，未来舒展在山野之间，枯木逢春，湿润丰盈。他现在有了五台矿机，假以时日会生出五十台、五百台，小温州现在能给女生的一切，他都能给，他能充满她，他发誓充满她。矿工抚摸着那片红霞，小兄弟兴奋起来，火烧云席卷西天，他的每一根骨头都在添柴加火，最后和夕阳一起燃成灰烬……天色暗下，电站老板堂屋亮起一小团橘色的灯光，像灰烬里最后一块火炭，矿工腾云驾雾地往那儿去，那里热闹非凡，近了，才听清楚有人在吵架。

"你去做矿工的女人不是更好，多行为艺术啊？跟着我做什么？"

"你说的什么混账话！"

随后的话音湮没在噼里啪啦的摔打声中，一团火红冲入青灰的暮色，矿工知道是女生跑了出来，他目光热烈地啄住她，仿佛二人刚刚在崖上交付了彼此。擦肩而过时，矿工想拉住女生的手，问她的名字。女生却像失控的火车头撞开他，一瞬间矿工看见两只通红通红的眼睛刀子似的划过。

屋里人还在气急败坏地骂："这贼婆娘动机不纯，她不是图我的钱！"

"你千万别心软依了她啊。她这哪是在考验你，是在考验我啊。她来当矿工，山里就我和她两个人，你答应，我老婆也不得答应。女人当啥矿工，想精想怪的。"

"想炒新闻办摄影展呗。不肯嫁我，还盘算着拿我的矿场作嫁衣？"

"还不如她那个末路狂花的同学，至少人家裸奔消费的是自己……"啪！一声脆响，似一个耳光，"……温州崽儿你抽啥风？"

"那个浪蹄子也配跟婷婷比？我婷婷还是处！"

"处？不得了哦？你个尻货，尻死算屎了。她来当矿工嘛，老子头晚黑就给她剪彩。"

又一声脆响。

"当屁的矿工，矿都要黄了！"

"啥？"

"我想趁着矿还在，和她结婚……"

"矿场咋了？"

"……我有钱，她有才，我们好好养个孩子，既不像我，也不像她……可是这傻瓜，她不图我的钱！她办不起摄影展，宁可打裸条跟我借高利贷，也不肯嫁给我！"

"你在说些啥？矿场到底咋了，是不是不准搞了？快说！你龟儿要急死老子哦！"

D

四下埋伏的夜色合拢了，世界像一个扎了口的黑色塑胶袋，白天有趣的虫鸣鸟叫在夜晚瘆得人发寒。无边的黑暗里只有三处漏光的破洞，一处是月亮，毛茸茸的，明天要下雨。另两处是亮着灯的电站和矿场。矿工回味那些乱糟的对话，心情糟乱，他点开手机上的手电筒，白亮的小椭圆落在山路上，像在黑暗里撑起一只小船，摇摇摆摆往矿场驶去。

机房里鬼影颤动，五百零五台矿机在黑暗中闪烁绿色的 LED 灯光，像是满屋子鬼火。初来山中的第一个年头，他被这些鬼影折磨着，一入夜就戴上耳机，没完没了地打游戏，对抗彻夜的恐惧，直到天光开亮口才能安心入睡。他每一秒都想逃，却不知逃向哪里，当初应聘矿工，不就是为了逃离城市吗？他怕极了城里的目光——群租房室友五六双眼睛盯着他在马桶上憋劲；洗净的衣服在走道里阴干，透着一股怪味，地铁里邻座捂着鼻子递来白眼；每天早晨开工前，店长押着他们在街沿跳舞喊励志口号，路过的家长对孩子说，你考不起大学，以后就找这种工作，羞不羞人……

他在网络小说里看到一个词"薛定谔的猫"，量子物理什么鬼他懒得懂，但他羡慕那只猫。多好啊，关在盒子里，没有人看见它半死不活。等打开盒子那天吧，要么死透，要么活出个人样。他进山挖矿，火车换大巴再换摩的，一路上人越来越少，密林幽深，野草恣肆，欢腾的河流边丢着一只水泥盒子，他躲进去，长长地伸了个懒腰，几十公斤的疲惫和酸楚从骨头缝里钻出来，被负压风机吹散在山野间。矿工把自己耕种在山里，等待来年五台宝贝矿机像种子样生根发芽，破盒而出……可这背时矿场！

矿工走到机房深处，见一个黑袍幽灵在矿机间扭动腰肢，变换奇怪的姿势。矿工呆看许久才想起来害怕，转身要逃，瞬间又一道白光亮起，闪电般把黑色幽灵照成红色，幽灵的脸孔在强光中闪现——是女生。三脚架支撑的相机正对着她，每隔几秒，曝光一次。几道白光过后，女生上前检查相片，神色失望而沮丧，她重新把相机调好，走到镜头前，缓缓脱下衣裙……

绿光洒在她光洁的皮肤上，双乳小巧如绿岛，腰线起伏如海岸，煞似一只摄人心魄的水妖。闪光灯亮起的瞬间，绿岛变成一座雪原。

矿工雪盲症犯了，畏光流泪，想起深山里每一个白皑皑的新年。下一个新年好远啊，远得让人发慌。

"做我的女人嘛，你就用不着拍这种照片了。"

"谁？"女生惊了魂，仓皇抓起衣服挡住身体。

"莫怕，是我。"矿工点开电筒，却发现那只迷人的水妖不见了，他移动电筒的光柱四下搜索。

"出去！"

"婷婷，傻妹妹，就算小温州答应让你当矿工，你一个女娃儿待在山里不怕吗？跟我嘛，我保护你，你踏踏实实搞创作。"

"不用了，我明天就走。"

"明天下雨，山路危险。"

"我说了，明天走！"

"他撵你走？你莫睬他，技校暴发户不懂艺术。"矿工歪着脸，努力绽放一整个真诚的微笑，"你来当矿工拍视觉日记，真是个好创意，就像那个美国作家在啥子湖，有了像样的作品，你就不用……"

"不关你的事，快滚！"

"听我说完婷婷，我可以帮你。薛定谔的猫你听过没？它可能是死的，也可能是活的，只有打开盒子才晓得。可是谁见过关在盒子里头那只猫呢，死与活叠加着，稀奇吧？你来拍嘛，进盒子里来……"

"你再不滚，我喊人了！"女生话音刚落，电筒的光柱猛一下打到她脸上，女生惊叫。忽明忽暗中，矿工抓住女生，粗暴地箍在身前，电筒煞白的光亮在女生脸上缩成一个小圆，"梭夜子女人，你宁肯展览裸照，也不肯跟我？"机房里一片可怖的光明，除了光明什么也看不见，女生鹅鸣般呼救，却被巨大的噪音吞噬掉，她只得在无边无际的光明中漫无目的地拳打脚踢。一架子矿机排山倒海地跌落，绿灯大片熄灭，矿工一瞬间恍神，女生不见了，满地是滚烫的碎片。矿工跳着脚追赶，把女生扑倒，重重给她一耳光："跑啥跑！你敢看不起我？"接着反手又是一耳光，"你晓得老子是哪个！"女生在滚烫的矿机中间缩成一团，哀求："放了我，求求你放了我。"矿工冷笑："小温州为啥不留你？你真信他是矿主，我是矿工？"他将脸埋入女生身体，像一只癫狂的野兽，"你真信他在网吧挖矿一夜暴富？呸，世上哪有这种好事？那孙子在山里当矿工快憋出病了，让我配合他骗你进山来耍，他穿我名牌，戴我金表，开我汽车，跟你演戏呢。蠢女人，睁大眼睛看清楚，我才是矿主！我计算机专业的！我才是矿主！"忽然一柄火辣辣的利刃刺进矿工后背，矿工疼得一躬身，女生从他身下溜走。矿工反手拔下炙热的矿机碎片，踉踉跄跄追出门，见女生已经逃上二楼，赤裸的身体在走廊昏暗的灯光下反射出病恹恹的姜黄色。逃到小温州寝室门口时，女生往里望了一眼，慌乱的脚步突然放慢了，她犹疑地愣在原地，没有呼救，也没有推门，转身背靠墙壁虚弱地往下滑。

矿工缓缓走上楼梯，步步逼近。女生绝望地看向他，视线穿过矿工的身体，失焦在深不见底的黑暗中。黑夜像一个瓮。眼泪在女生脸颊上无声滑落，矿工目光舔舐着她，笑，你同学那个艺术展叫啥来着？

女生蜷缩在垃圾山上瑟瑟发抖，姜黄姜黄的，化作一个残破的瓦楞纸箱。

叮咚，手机响起来。矿工按掉，把手机揣进裤兜，裤兜里却像栽跟斗似的又响起一连串叮咚声。矿工掏出手机，再按，却怎么也按不掉。屏幕上弹出一连串短信：

——你有一台矿机已经二十分钟没有提供算力。

——你有一台矿机已经二十分钟没有提供算力。

——你有一台矿机已经二十分钟没有提供算力。

……

选自《人民文学》2019年第2期

郑 执

1987年生，沈阳人。19岁出版长篇小说处女作《浮》，2007年至今出版多部长篇小说、中短篇小说集。代表作《生吞》《我只在乎你》等。2018年12月于首届"匿名作家计划"大赛中凭借短篇小说《仙症》夺得首奖。2019年获首届"《钟山》之星"文学奖、"辽宁文学奖"特别奖。

仙　症

一

　　倒数第二次见到王战团，他正在指挥一只刺猬过马路。时间应该是2000年的夏天，也可能是2001年。地点我敢咬定，就在二经街、三经街和八纬路组成的人字街的街心。刺猬通体裹着灰白色短毛，短小的四肢被一段新铺的柏油路边缘粘住。王战团居高临下站在它面前，不踢也不赶，只用两腿封堵住柏油路段，右臂挥舞起协勤的小黄旗，左臂在半空中打出前进手势，口衔一枚钢哨，朝反方向拼命地吹。刺猬的身高瞄不见他的手势，却似在片晌间读懂了那声哨语，猛地掉转它尖细的头，一口气从街心奔向街的东侧，跃上路牙，没入矮栎丛中。王战团跟拥堵的街心被它甩在烈日下。

　　我从出租车上下来时，哨声已被鸣笛淹没，王战团的腮帮子却仍鼓着。两个老妇人前后脚扑上前，几乎同时扯住了王战团的后脖领子，抢哨子跟旗的是女协勤，抢人那个，是我大姑。有人报了警，大姑在民警赶来前，把她的丈夫押回了家。

　　王战团是我大姑父。

　　目睹这一幕那年，我刚上初一，或者已经上初二。跟妻子Jade订婚当晚，我于席间向她一家人讲起这件事，Jade帮我同声传译成法语，坐在她对面的法国母亲Eva几次露出的讶异表情都迟于她丈夫。Jade的父亲就是中国人，跟我还是老乡，二十多岁在老家离了婚，带着两岁的 Jade 来到法国打工留学，不久后便结识了 Eva 再婚。Jade 再没见过她的生母。中文是父亲逼她学的，怕她忘本。那夜的晚餐在尼斯海边一家法餐厅，微风怡人。我和 Jade 相识，发生在我第一次到尼斯做背包客时偶然钻进的一家酒吧里。当时她跟两个女友已经醉得没了人样儿，我见她是东方人样貌，主动上前搭讪，想不到她操起家乡口音的汉语跟我攀谈，彼此竟出生在同一座城市，甚至在同一间妇婴医院。我说，这是命，我从小信这个。Jade 说，等下跟我回去，我自己住。三个月后，我们闪婚。

  订婚那夜我喝醉了，Jade 挽着我回到酒店。我一头栽进床之际，她突然说，你讲的我不信。我问为什么，Jade 说，我不信城市里可以见到刺猬。我说，那是因为你两岁就离开老家，老家的一切对你都是陌生跟滑稽的，说起来都订婚了你还没见过我父母，我签证到期那天，跟我一起回去吧。Jade 继续说，每年夏天她一家人都会去法国南部的乡下度假，刺猬在法国的乡下都没见过，中国北方的城市里凭什么有，况且还是大街上？我急了，就是有，不光有，我还吃过一只。Jade 要疯了，你说什么？你吃过刺猬？你一喝醉就口吃，我听不清。你说那种浑身带刺的小动物？我说，对，我吃过，跟王战团一起，我大姑父。刺猬的肉像鸡肉。

二

  我降生在一个阴盛阳衰的家族里，我爸是小儿子，上面三个姐姐。上辈人里，外姓人里王战团最大，1947 年生人，而我是孩子辈里最小的，比王战团整整小了四十岁。记忆里第一次能指认出王战团是大姑父，大姑父就是王战团，是在我三岁刚上幼儿园的那年。一天放学，我爸妈在各自厂里加班加点赶制一台巨型花

郑 执 | 仙 症

车的零部件，一个轮胎厂，一个轴承厂。花车要代表全省人民驶向北京天安门参加国庆阅兵。而我奶忙着在家跟邻居几个老太太推牌九，抽旱烟，不愿倒空儿接我，于是指派了王战团来。当天他本来是去给我奶送刀鱼的。

我迎面叫了一声大姑父，他点点头。王战团高得吓人，牵我手时猫下半截腰，嗓音略低沉地说，别叫大姑父，叫大名，或者战团，我们连长都这么叫我。我说，我爸不能让，直呼长辈姓名不礼貌。王战团说，礼貌是给俗人讲的，跟我免了。他又追了一句，王战团就是王战团，我娶了你大姑，不妨碍我还是我，我不是谁的大姑父。我问，你不上班啊？我爸妈都上班呢，我妈说我奶奶打麻将也等于上班。王战团笑笑，没牵我的那只手点燃一根烟，吸着说，我当兵，放探亲假呢。我说，啊，你当什么兵？王战团说，潜艇兵，海军。你舌头怎么不利索？

一路上，王战团不停给我讲着他开潜艇时遇见过的奇特深海生物，有好几种大鱼，我都没记住，只记得一个名字带鱼但不是鱼的，XX大章鱼，多大呢？比潜水艇还大。王战团说，那次，水下3800多米，那只大章鱼展开八只触手，牢牢吸附住他的潜水艇，艇整个立了起来，跟冰棍儿似的，舱内的一切都被掀翻了，兵一个撂一个地滚进前舱，你说可不可怕？我说，不信。王战团说，有本小说叫《海底两万里》，跟里面讲的一模一样，以前我也不信。书我回家找找，下次带给你。法国人写的，叫凡尔赛。我说，你咋不开炮呢？王战团一包烟抽光了，说，潜艇装备的是核武器，开炮，太平洋里的鱼都得死，人也活不成。我说，不信。

当天回到我奶家的平房，天已经黑了。旱烟的土臭味飘荡整屋，我饱着肚子想吐。一看钟八点多，我放学时间是四点半。我妈已经下班回来，见我跟王战团进门，上前一把将我夺过，说，大姐夫，三个多点儿，你带我儿子上北京了？王战团还笑，说，就青年大街到八纬路兜了五圈儿，我俩一人吃了碗抻面。我妈说，啥毛病啊，不怕把孩子整丢？王战团说，哪能呢，手拽得可紧。我奶正在数钱，看精神面貌没少赢，对王战团说，赶紧回家吃饭去，我不伺候。王战团背手在客厅里晃悠一圈儿，溜出门前回头说，妈，刚才说了，我吃了碗抻面，刀鱼别忘冻冰箱。他前脚走，后脚我妈嚷嚷我奶，妈，你派一个疯子接我儿子，想要我命？我奶说，不疯了，好人儿一个，大夫说的。

后来我才得知，我妈叫王战团疯子，就是字面意义上的，精神病。王战团是个精神病人。他当过兵不假，海军，那都是他三十岁前的事儿了。病就是在部队里发的，组织只好安排他退伍，转业进了第一飞机制造厂当电焊工，在厂里又发一次病，领导不好开除，又怕瘆着同事，就放了他长假养病，一养就是十五年，工资照发，老厂长都死了也没断。发病十五年后，我大姑才第一次领王战团正经看了一次大夫，大夫说，可治可不治，不过家人得多照顾情绪，轻重这病都去不了根儿。

大年初二是家族每年固定的聚餐日，因为三十儿当晚三个姑姑都要跟婆家过，只有我跟爸妈陪我奶。在我的记忆中，初二饭桌上，连孩子说话都得多留意，少惹乎王战团，越少说话越安全。我爸订饭店，专找有包房能唱歌的，因为王战团爱唱歌，攥着麦克不放，出去上厕所也揣兜里，生怕被人抢了，其实哪有人敢跟他抢。唱起歌时的王战团高兴，对大家都安全。王战团天生好嗓，主攻中低音，最拿手的是杨洪基跟蒋大为。除了唱歌，他还爱喝酒，爱写诗，象棋下得尤其好。他写的诗我看过，看不懂，都跟海有关。喝酒更能耐，没另两个姑父加我爸劝，根本不下桌。每年喝到最后，我爸都会以同一句压轴儿，还叫啥主食不？饺子？一家老小摇头，唯独王战团接茬儿，饺子来一盘也可以，三鲜的。说完自己握杯底敲下桌沿儿，意思跟自己碰过了，也不劝别人。我爸假装叫服务员再拿菜单来的空当，大姑就趁机扣住王战团杯口说，就你缺眼力见儿，别喝了。一瞬间，王

郑执 | 仙症

战团的眼神突然大变,扭脸盯着大姑,眼底会涌出暗黄色,嗓音很低地说,没到位呢,差一口。每当这一幕出现,一家老小都会老老实实地作陪,等他把最后一口酒给喝完。

反而是在大年夜,我奶跟我爸妈说起最多的就是王战团。我奶说,秀玲为啥就不能跟他离婚?法律不让?我妈说,法是法,情是情,毕竟还有俩孩子,哪能说离就离啊。王战团第一次在部队里发病的故事,每年三十儿我都听一遍。他十九岁当兵,躲掉了下乡,但没躲掉运动。运动闹到中间那两年,部队里分成敌对的两派,连长政委各自一队,王战团不想站队,因为他是副连长的第一人选,得罪谁都不是。连长跟政委也都了解王战团的个性,胆小,老实,哏,开大会上发言也默许他和稀泥;但偏偏他业务最强,学问也多,双方都想拉拢,就是闹不懂他心里到底想些啥。祸根就埋在这儿,王战团心里不是没立场,他是硬憋着不说,结果疖子憋冒出个大头儿。某天半夜,在船舱六人宿舍里,王战团梦话说得震天响,男低音中气十足,先是大骂连长两面三刀,后是讽刺政委阴险小人,语意连贯,字字珠玑,最终以口头骂了两个人的妈收尾。宿舍里其他五人瞪眼围观王战团骂到天亮,包括连长跟政委本人。第二天,全连停训,两派休战,联手开展针对王战团一人的批斗大会。连长说,战团啊战团,想不到你是个表里不一的反革命分子,而且是深藏在我军内部的大叛徒,亏你父亲还是老革命,百团大战立过功,你对得起他吗?你对得起自己名字吗?政委就是政委,言简意赅,王战团,你等着接受大海浩瀚无边的审判吧。

王战团被锁在一间狭小的储物舱里关禁闭,只有一块圆窗,望出去,太平洋如同瓮底的一摊积水。没有床,他只能坐在铁皮板上,三天三夜没合眼。有战友偷偷给他供烟,他就抽了三天三宿的烟,放出来的时候,眼球一圈血丝都是烟叶色。再次站上批斗大会的台前,对着麦克风哑了半天,手里没拿检讨稿,开始反复念叨一句，不应该啊，不应该啊。顿了下又说，我从来不说梦话，更不说脏话。台下的政委跳起身指着他说，哪有人说梦话自己会知道的！王战团对着麦克清了清嗓子继续，我结婚了，有老婆，要是我说梦话，秀玲应该跟我说啊。算了，我给大家唱首歌吧。

三

我大姑去旅顺港接王战团的时候，挺着六个月的大肚子。王战团当兵的第四年跟我大姑经媒人介绍结婚，婚后仍旧每半年回家一次。当他再次见到大姑，第一句话就问，秀玲啊，我说梦话吗？大姑不语，挽起王战团的胳膊，按着脖领子并排给政委鞠躬。政委说，真不赖组织。大姑说，明白，赖只赖他自个儿心眼儿小。政委说，回家也不能放弃自我检讨，信念还是要有。大姑说，明白。政委说，安胎第一。大姑说，谢谢领导。

两个人的大儿子，我大哥王海洋三岁时，王战团在一飞厂险些当选小组长。他的病被厂长隐瞒了。那场运动到最后，政委被连长扳倒，失意之际竟第一个念起王战团，想到他退伍后赋闲了两年多，转业的事还没落实，于是找到已经是一飞厂厂长的老战友，给王战团安排工作，特意嘱咐多关照。政委说，毕竟不是真的坏同志。失足了。

王战团与小组长失之交臂的那天，正在焊战斗机机翼，忘记戴面罩上阵，火星滋进眼睛，从梯子上翻落，醒过来时就不认人了，嘴里又开始叨咕，不应该啊，不应该啊。再看人的时候眼神就不对了，好像有谁牵着线吊着他的两个眼珠子，目光不会拐弯儿了。我大姑去厂里接他的时候又是大着肚子，怀的是我二姐。

我问过大姑，当初为什么没早带王战团去看大夫。大姑说，看了就是真有病，

郑执｜仙症

不看就不一定有病，是个道理。道理都懂，其实大姑只是嘴上不愿承认，她不是没请过人给王战团看病，一个女的，铁岭人，跟她岁数差不多，外人都叫赵老师。直到多年后赵老师给我看事儿时，我才听说过出马仙的名号，家里开堂口，身上有东西，能走阴过阳。

在我出生前的十五年里，王战团的病情时好时坏，差不多三四年反复一回。大部分时间里，他每天在家附近闲逛，用我大姑上班前按日配给的零花钱买两瓶啤喝，最多再够买一包鱼皮豆。中午回家热剩饭吃，晚饭再等我大姑下班。王海洋没上幼儿园以前，白天都扔给我奶。王战团的父母过世早，没得指望了。我奶的言传身教导致王海洋自幼懂看牌九，长大后玩麻将也是十赌九赢。后来他早早被送去幼儿园，王海鸥又出生了，白天还得我奶带着，偶尔有二姑三姑替手。我奶最不亲孩子，所以总是骂王战团，骂他的病。夏天，王战团花样能多一些，有时会窝进哪片阴凉下看书，状态好的时候，甚至能跟邻居下几盘棋。王战团也算有个绝活儿，就是一边看书一边跟人下棋。那场面我见过一次，在我奶家回迁的新楼楼下，他双手捧一本《资治通鉴》，天热把拖鞋甩了，右脚丫子搁棋盘上，用脚拇指推棋子儿，隔两分钟乜斜一眼棋，继续看书，书翻完，连赢七盘，气得邻居老头儿给棋盘掀了，破口大骂，全你妈臭脚丫子味儿。王战团不生气，穿好拖鞋，自言自语说，应该吗？不应该。

赵老师第一次来给王战团看事儿，是运动快结束那年，我二姐满月后。日子没出正月，大姑在我奶家平房里简单张罗了一桌，都是家里人，菜是三个姑姑合伙炒的，我爸那年十六，打打下手。王战团当天特别兴奋，女儿被他捧在怀里摇了一下午，到了晚上第二顿，二姑三姑都走了，王战团说想吃饺子。我奶说，不伺候。大姑说，想吃啥馅儿？王战团说，猪肉大葱。大姑说，猪肉有，咱妈从来不囤葱。我爸说，我去跟邻居要两根儿。王战团抢先起身，说，我去，我去。

大姑站着和面时，小腿肚子一直转筋。王海洋说，妈，房顶有响儿，是野猫不？大姑放下擀面杖说，我得看看，两根葱要了半个点儿，现种都长成了。刚拉开门，我奶的一个牌搭子老太太正站在门外嚷，赶紧出来看吧，你家王战团上房揭瓦了。一家老小跑出门，回首一瞧，自家屋顶在寒冬的月光下映出一晕翡翠色，那是整片排列有序的葱瓦，一层覆一层。王战团站在棱顶中央，两臂平展开来，左右各套着腰粗的葱捆。葱尾由绿渐黄的叶尖纷纷向地面耷拉着，极似丰盛错落的羽毛。那是一双葱翅。王战团双腿一高一低的站姿仿佛要起飞，两眼放光，冲屋檐下喊，妈，葱够不？我奶回喊，你给我下来！王战团又喊，秀玲，女儿的名字我想好了，叫海鸥，王海鸥。大姑回喊，行，海鸥就海鸥了，你给我下来！王战团造型稳如泰山。十几户门口大葱被掠光的邻居们，都已聚集到我奶家门口。有人附声道，海洋他爹，海鸥她爹啊，你快下来，瓦脆，别跌了。我爸这边已经开始架梯子，要上去迎他。王战团突然说，都别眨眼，我飞一个。只见他踏在前那条腿先发力，后腿跟上，脚下腾起瓦片间的积灰与碧绿的葱屑，瞬间移身至房檐边缘，胸腹一收力，人拔根跃起，在距离地面三米来高的空中，猛力扑扇几下葱翅，卷起一阵泥草味的风，眯了平地上所有人的眼。当众人再度睁开眼时，发现王战团并非一条直线落在他们面前，而是一条弧线降在了他们身后。我爸挂在梯子上，抬头来回地找寻刚刚那道不可能存在的弧线，嘟囔说，不应该啊。

这场复发太突然，没人刺激他，王战团是被章丘大葱刺激的。我奶再次跟大姑提出，将王战团送去精神病院，大姑不用想就拒绝。我三姑说，大姐，我给你找个人，我插队时候认识的，绝对好使。大姑问，多少钱？三姑说，当人面千万别提钱，犯忌。大姑说，知道了，先备两百，不够再跟妈借，你说这人哪个单位的？三姑说，没单位，周围看事儿。

郑 执 | 仙 症

赵老师被我三姑从铁岭接来那天,直接到的我奶家。我奶怀里抱着海鸥。我爸身为独子,掌事儿,得在。再就是我三个姑姑,以及王战团本人,他不知道当天要迎接谁。赵老师一走进屋,一句招呼都没打,直奔王战团跟前,自己拉了把凳子脸对脸地坐下,盯着他看了半天,还是不说话。三姑在背后对大姑悄声说,神不?不用问就知道看谁的。那边王战团也不惊慌,脸又贴近一步,反而先开口说,你两只眼睛不一般大。赵老师说,没病。大姑说,太好了。赵老师又说,但有东西。我奶问,谁有东西?赵老师说,他身上跟着东西。三姑问,啥东西?赵老师说,冤亲债主。二姑问,谁啊?赵老师不再答了,继续盯着王战团,你杀过人吧?我爸坐不住了,扯啥犊子呢,我大姐夫当兵的,又不是土匪。赵老师说,别人闭嘴,我问他呢,杀没杀过人?王战团说,杀过猪,鸡也杀过,出海时候天天杀鱼。赵老师说,老实点儿。王战团说,你左眼比右眼大。赵老师说,你别说了,让你身上那个出来说。王战团突然不说话了,再没说一个字。我爸不耐烦了,到底有病没病?赵老师突然收紧双拳,指骨节顶住太阳穴紧揉,不对,磁场不对,脑瓜子疼。三姑说,影响赵老师发挥了。大姑问,那咋整?赵老师说,那东西今天没跟来,在你家呢。大姑说,那去我家啊?赵老师忍痛点头,又指着我爸说,男的不能在,你别跟着。王战团这时突然又开口了,说,海洋在家呢,也是男的。赵老师起身,说,小孩儿不算。

大姑家住得离我奶家最近,隔三条街。一男四女溜溜达达,王战团走在最前面引路。到了大姑家,王海洋正在堆积木,被二姑拉到套间的里屋,关上门。赵老师一屁股坐进外屋的沙发,王战团主动坐到她身边,说,欢迎。赵老师瞄着墙的东北角,说,就在那儿呢。三姑问,哪儿呢?谁啊?赵老师说,你当然看不见,这屋就我跟他能见着。赵老师对身边的王战团说,女的,二十来岁,挺苗条的,没错吧?王战团又开始不说话了。赵老师对我大姑说,好好问问你老头儿吧,他手上有人命，现在人家赖上他不走了。你俩进屋研究，研究明白再出来跟我说，我就坐这儿等着，先跟债主唠唠。

大姑领王战团进了屋，关紧了门。二姑跟三姑在外面，大气不敢喘，站在那儿看赵老师对墙角说话，声调忽高忽低。你走不走？知道我是谁不？两条道儿给你选，不走，我有招儿治你；想走就说条件，我让他家尽量满足。二姑三姑冷汗一身地出。也不知过了多久，里屋的门开了，大姑自己走了出来。赵老师问，唠明白没？大姑说，唠明白了。赵老师说，有人命吧？大姑说，不是他杀的，间接的。赵老师说，对上了吧？大姑说，都对上了。三姑对二姑说，还是厉害。赵老师说，讲吧，咋回事儿。大姑坐到赵老师身边，喝了口茶水，说，他跟我结婚以前处过一个对象，知识分子家庭，俩人订下婚约，他就当兵去了。1967年，女方她爸被斗死了，她妈翻墙沿着铁路逃跑，夜黑没看清火车，人给轧成两截了。赵老师说，债主还不止一个，我说脑瓜子这疼呢。大姑继续说，那女的后来投靠了农村亲戚，再跟战团就联系不上了，过了四五年，不知道托谁又找到战团，直接去军港堵的，当时我俩已经结婚了，那女的又回去农村，嫁了个杀猪的，天天打她，没半年跳井自杀了。大姑又喝了一口茶水，二姑跟三姑解汗缺水，轮着递茶缸子。赵老师问，哪年的事儿？大姑说，他发病前半年。赵老师说，这就对了，你老头儿没撒谎？大姑说，他不会撒谎。赵老师说，一家三口凑齐了，不好办啊，主要还是那女的。大姑说，还是能办吧？赵老师说，那女的姓名、八字，有吗？大姑说，能问，他肯定记着。赵老师说，照片有吗？大姑点头，起身进屋，门敞着，王战团正坐在床边，给王海洋读书，《海底两万里》，大姑把书从他手中抽起，来回翻甩，一张两寸黑白照跌落到地上，大姑捡起照片，走出来递给赵老师看。赵老师说，就是她。三姑问，能办了吗？赵老师说，冤有头债有主，主家找对就能办。大姑舒一口气，转头看里屋，王战团从地上捡起那本《海底两万里》，吹了吹灰，继续给王海洋读，声情并茂，两只大手翻在面前，十指蜷缩，应该是在扮演章鱼。

四

赵老师第二次到大姑家，带来两块牌位，一高一矮。矮的那块，刻的是那位女债主的名字，姓陈。高的那块，名头很长：龙首山二柳洞白家三爷。赵老师指挥大姑重新布置过整面东墙，翘头案贴墙垫高，中间放香炉，后面立牌位，左右对称。赵老师说，每日早中晚敬香，一牌一炷，必须他自己来，别人不能替。牌位立好后，赵老师做了一场法事，套间里外撒尽五斤香灰，房子的西南角钻了一个细长的洞，拇指粗，直接通到楼体外。一切共花费三百块，其中一百是我奶出的。那两块牌位我亲眼见过，香的味道也很好闻，没牌子，寺庙外的香烛堂买不着，只能赵老师定期从铁岭寄，十五一盒。那天傍晚，赵老师赶车回铁岭前，对大姑说，有咱家白三爷压她一头，你就把心揣肚里吧。记住，那个洞千万别堵了，没事多掏掏，三爷来去都打那儿过。全程王战团都很配合，垫桌子，撒香灰，钻墙眼儿，都是亲自上手。赵老师临走前，王战团紧握住她的手说，你姓赵，你家咋姓白呢？你是捡的？赵老师把手从王战团的手里抽出，对大姑说，要等全好得有耐心，七七四十九天。

我出生到王战团死的后十五年里，我只亲眼见他发过两次病，加上我不在的前十五年，前后三十年的病史中，王战团没伤过人也没伤过己，绝对算得上是精神病里的先进个人。尽管如此，各家大人还是不肯让自己的孩子跟王战团多接触，唯独我偶然成例外。1998年夏天，我爸妈双双下岗。我爸撺掇另一个下岗的发小儿合伙开家小饭馆，租门脸，跑装修，办营业执照，每天不着家。我妈求着在市委工作的二姑夫帮忙找活儿干，四处登门送礼，于是我整个暑假就被扔在我奶家，王战团平日没事儿最爱往我奶家跑，离得近。有时他就坐厅里看几个老太太推牌九，那时他被大姑逼着戒烟，忍不了烟味时就拎本书下楼，脚丫子上阵赢老头儿棋。我奶当他隐形人，老头儿视他眼中钉。我跟王战团就是在那个夏天紧密地来往着。

有一天，我奶去别人家打牌，他进门就递给我本书，《海底两万里》。王战团说，你小时候，我好像答应过。我摩挲着封面纸张，薄如蝉翼。王战团说，写书的叫凡尔纳，不是凡尔赛，我嘴瓢了，凡尔赛是法国皇宫。我问，啥时候还？王战团说，不用还，送你。我说，电视天线坏了，《水浒传》重播看不成了。王战团说，能修。我说，你修一个。王战团说，我先教你下棋。我说，我会。王战团随即从屁兜里掏出一副迷你吸磁象棋，记事本大，折叠棋盘，码好棋子，摊掌说，你先走。我说，让仨子儿。王战团说，不行。我说，那不下了。王战团说，最多两个。我闷头思索到底是摘掉他一马一车，还是两个车，再抬头时，王战团正站在电视机前，掰下机顶的 V 字天线，嘴叼着坏的那根天线头使劲往外咬。我说，这能好？王战团说，就是被灰卡住了，抻顺溜儿就行了。他嘴里叼着天线坐回我对面，一边下棋一边咬，用好的那根天线推棋子。王战团说，去年没咋见到你？我说，我上北京了。王战团说，上北京干啥？我说，治病。王战团说，捋你那舌头？我说，不下了。王战团再次起身把天线装回电视机顶，按下开关，电视画面历经几秒钟的雪花后，恢复正常。王战团说，修好了。我说，也演完了。王战团说，你看见那根天线没有，越往上越窄，你发现没？我说，咋了？王战团说，一辈子就是顺杆儿往上爬，爬到顶那天，你就是尖儿了。我问他，你爬到哪儿了？王战团说，我卡在节骨眼儿了，全是灰。我不耐烦。王战团说，你得一直往上爬，这一家子，就咱俩最有话说，你没觉出来吗？虽然你说话费劲。

郑 执 | 仙 症

　　1998年的夏天结束，我爸跟发小儿的饭馆开张，意外地红火。我妈也有了新的工作，在妇联的后勤办公室做临时工看仓库，虽然没五险一金，仍比在厂里挣得多。小家日子似乎舒服起来，我更没理由把夏天里跟王战团交往过密的事告诉他们。同年秋天，我第一次亲眼见证王战团发病。时间是在中秋节后，刺激来自女儿王海鸥和她男朋友。那个男的叫李广源，是王海鸥在药房的同事，抓中药的，比她大八岁，离过婚，没孩子，但王海鸥还是大姑娘，之前从没谈过恋爱。李广源十八九岁起就混舞场，白西裤，尖头儿黑皮鞋，慢三快四，搂腰掐臀行云流水，不少大姑娘都被他跳家里去了。王海鸥生得白，高，小脸盘，大眼睛，基本都随了王战团。她天生性子闷，别说跳舞，街都不逛，下班就回家，最大的爱好是听广播。我大姑后来要找李广源拼命时怎么都想不到，他的突破口竟然是王战团。起先李广源约过好几次王海鸥跳舞，王海鸥最后拒绝得都腻了，直说，我爸是精神病，都说这病遗传。李广源说，能治。王海鸥问，你说我？李广源说，我说你爸，我给你爸抓几服药，吃半年就好，以前我太奶跟你爸得的一种毛病，那叫瘾症，吃了我几服药，多少年都没犯。王海鸥说，我爸在家烧香，拜大仙，仙家不让吃药。李广源说，那是迷信，咱都是受过教育的，药归我管，不用你掏钱。

　　王海鸥真把李广源开的药偷偷给王战团喝。李广源在药房先熬好，凉凉装袋，王海鸥再拿回家，温好了倒暖壶里，骗我大姑说是保健茶，哄王战团喝了半年。半年里，王海鸥跟李广源好了，李广源真的为她戒了舞，改打太极拳。一天，王海鸥隔着柜台对李广源说，我怀孕了。李广源说，等着，我给你抓服药，补气安胎的，无副作用。王海鸥说，跟我回家见父母吧。李广源说，好，下班我先回家一趟，裤线得熨一下，你爸喝了药有反应吗？王海鸥说，一直没犯。李广源说，那就好。

李广源一进家门，我大姑就认出他来，一见俩人手拉手，二话没有，转头进厨房握着菜刀出来，吓得李广源拉起王海鸥掉头跑了。大姑气得瘫在沙发上喘粗气，菜刀还握着。王战团仍在上香，跟白三爷汇报日常，嘴里念着，我的思想问题已经深刻反省过，现在觉悟很高，随时可以登船。大姑说，你跟这拜政委呢？可闭嘴吧。当晚王海洋也在家，他当了公交车司机，谈过一个三年的女朋友，分手后一直耍单，住家里。王海洋问，妈，那男的谁啊？大姑说，一个老流氓，你妹废了。王海洋说，他家住哪？我撞死个X养的。大姑说，你也闭嘴吧，你妹都搭进去了，你不能再搭进去，明天我去药房找他唠唠。

第二天一大早，大姑鼓着气出了家门，包里装着菜刀，可不到中午人就回来了，气也瘪了。王战团问，你咋了？大姑说，是你女儿咋了，怀人家孩子了，晚了。王战团问，怀谁的孩子了？大姑说，昨晚来家里那男的，海鸥药房的同事，叫李广源。王战团说，我去看看。大姑说，老实待着吧你，腿都烂了。那段时间，王战团右腿根儿莫名生出一块恶疮，抹药吃药都不管用，越来越大，严重到影响走路，多少天没下过楼了。但王战团坚持说，我去，我去。大姑没理他。

第三天傍晚，快下班时，药店迎来了一瘸一拧的王战团。王海鸥不在，李广源主动打招呼，叔来了。王战团说，叫我大名，我叫王战团。海鸥呢？李广源说，请假了，在我家躺着呢，不敢回家。王战团说，我喝的茶你给的？李广源说，是，感觉咋样？王战团说，挺苦。李广源说，良药苦口。王战团说，你怕我不？李广源说，为啥要怕？王战团说，他们都怕我。李广源说，我不怕。王战团说，海鸥真怀孕了？李广源说，快四个月了。王战团说，你觉得应该吗？李广源说，应该先见家长，是我不对。王战团说，将来能对海鸥好吗？李广源说，能。王战团说，答应好的事做不到，是会出人命的，这方面我犯过错误。李广源说，我不会。王战团说，打算啥时候结婚？李广源说，父母得同意，我爹妈不管。王战团说，下礼拜，一起吃个饭。李广源说，我安排。王战团转身要走，瘸腿才被李广源看见。李广源说，叔，你腿咋的了？王战团说，大腿根儿生疮，咋治都治不好，我怀疑还是思想有问题。李广源说，我看过一个方子，刺猬皮肉，专治恶疮，赶明儿我给你弄。

回家一路上，王战团瘸得很得意。来到家楼下，又赢了邻居三盘棋才上楼。大姑问，你上哪去了？王战团说，去找李广源唠唠。大姑说，你还真去？唠啥了？王战团说，唠明白了。大姑说，咋唠的？王战团说，下个月办婚礼。大姑猛地起身，再次手握菜刀从厨房出来喊，王战团，我他妈杀了你！

那场聚餐，李广源没订饭店，安排在了青年公园，他喜欢洋把式，领大家野餐。大姑用了一个礼拜终于想通，王海鸥肚里的孩子是底牌，底牌亮给人家了，还玩个屁，对家随便和。但她坚决不出席那场野餐，于是叫我爸妈代她出席，主要是替她看着王战团。我跟着去了，王海洋也在。王海鸥是跟李广源一起来的，两个人已经正式住在一起。青年公园里，李广源选了山前一块光秃的坡顶，铺开一张两米见方的蓝格子布，摆上鸡架、鸡爪、猪蹄、肘花，洗好的黄瓜跟小水萝卜，蒜泥跟鸡蛋酱分装在两个小塑料袋里，还有四个他自己炒的菜，都盛在一般大的不锈钢饭盒里，铺排得有条不紊，一看就是立整人。李广源先给我起了瓶汽水，说，喝汽水。我爸说，广源是个周到人。李广源说，听说今天老叔家带孩子来，汽水得备，海鸥也不能喝酒。李广源又问我妈，婶儿喝酒还是汽水？我妈说，汽水就行，我自己来。李广源给王战团、我爸、王海洋，还有自己起了四瓶雪花，领头碰杯说，谢谢你们成全我跟海鸥，从今往后咱就是一家人了，我先干为敬。李广源果真干了一瓶，自己又起一瓶，说，今天起我就改口了，爸，你坐下。王战团从始至终一直站着，因为腿根儿的恶疮又毒了，疼得没法盘腿。王战团说，站得高看得远。李广源又单独敬王海洋，说，哥。王海洋说，你他妈比我还大呢。

李广源说，辈分不能乱。王海洋还是不给面子，李广源又自己干了一瓶。王海鸥终于说了句话，你慢点儿。

　　饭吃得无声无息。只有我妈主动跟李广源交流过几句，珍珠粉冲水喝到底能不能美白。我被遗忘在一边，时间不知道过了多久，王战团忽然从背后牵起我的手，低声说，逛逛去。我起身被他领着朝不远处的后山走，中间回了一次头，好像没有人发觉我俩已经消失。我突然想起三岁那年，王战团接我放学，牵我的手他还得猫腰。如今他的腰杆笔挺，但腿又瘸了。没走几步，我俩已经置身一片松林中。几只麻雀的影子从我两腿之间穿过。王战团突然叫了一声，别动。他飞速脱下夹克外套，提住两个袖口抻成兜状，屈腿挪步，我还没看懂，他已如猫般跃扑向前，半跪到地上，死死按住手中夹克，下面有一个排球大的东西在动，他两手一收兜紧，走回来，敞开一个小口在我面前，说，你看。我平生第一次见到活的刺猬。他说，你摸一下。我伸手进去，掌心撩过它的刺尖，没有想象中扎。我问王战团，带回家能养活吗？王战团说，去多捡点儿树枝子。我问，它吃树枝？王战团说，它不吃，我吃。我照办。捧着枯枝回来时，王战团竟然在生火，地上被刨出一个坑，里面已经铺上一层枯叶，一簇小火苗悠悠荡荡地升起，越燃越大。当时他已经戒了烟，我实在想不到他用什么方法生的火。王战团说，放地上，一点点加。我掸了掸胸前泥土，问，刺猬呢？王战团指了指自己脚下的一个篮球大的泥团，说，里面呢。我以为他在开玩笑，刺猬在里面？你生火干啥？王战团说，烤熟吃。我受到惊吓，蹲坐在地上，说，你为啥要吃它？王战团说，它能治我的腿，下个月你二姐婚礼，我瘸腿给她丢人。我害怕了，但我无力阻止王战团，瞪眼看着土坑里那团火越燃越旺，泥团被王战团小心地压在燃着的枯叶上，持续在四周加枯枝做柴。太阳快要落山时，那伙麻雀又飞回来，落在头顶的松树枝上，聚众围观。王战团终于停止添柴，静待火星燃尽，用一根分杈的粗枝将外层已经焦黑的泥团顶出坑外，站起身，朝下猛跺一脚，泥壳碎如蛋皮，一股奇香追随着热气升涌而出，萦绕住一团粉白色的肉球，没有刺，没有四肢，更辨不出五官，它只是一团肉。王战团又蹲下，吹了吹，等热气散尽，撕下一块，递到我嘴边。我毫无挣扎，像丢了魂儿般，张开一半嘴，任由那块肉滑进我的齿间，嚼了一下，两下，第三下时，刚刚那股奇香从我的舌根一路蔓延至喉咙、胸肺、腹肠，最终暖暖地降在脐下三寸，返回来一个激灵，从大腿根儿抖到脑顶。王战团说，你没病，尝一口就行。他于是撕下一整块，放进嘴里嚼起来，再一块，又一块，很快，那团肉球只剩骨头。月光下，分明就是一副鸡骨架。

松林外，喊我跟王战团名字的几人声音越来越近。王战团两只手在后屁股兜蹭了蹭，牵起我的手。走向松林外的步伐，两个人都迈得很急。那一刻，我的魂儿仿佛才被拽回到自己体内，我抬头望着王战团棱角清晰的下巴，明白他是发病了。但他的腿应该真的好了。

五

王战团的恶疮不药而愈，王海鸥的婚礼却没如期举行，是王海鸥自己坚持不想办的。怀孕七个月，她跟李广源领了结婚证，我大姑才第一次放李广源进自己家门。孩子出生是女孩，就是我的大侄女。李广源给女儿取名李沐阳，寓意健康阳光。可惜新婚并没能给王战团冲喜，他的病情反而出现严重反复。沐阳出生后，王海鸥生了一场大病，奶水就此断了，我大姑干脆结束了半下岗状态，提前退休回家帮带孩子，好让王海鸥安心养病。她再没有多余的精力看着王战团了，由着王战团乱跑，香也不上了。后来邻居向我大姑举报，说王战团最近不下棋了，总往七楼房顶跑，探出一半身子向下望，下棋的人仰脖一看，楼顶有个脑袋盯着自己，瘆人极了，以为他要跳楼，一头杵死在棋盘上。大姑没招儿，再三有人劝她把王战团送进医院里住一段，起码有人看着，打针吃药。大姑反问，啥医院？你们说精神病院？做梦吧。我不要脸，海洋跟海鸥还要脸呢，他死也得死我眼皮子底下。

那么多年，大姑到底是筋疲力尽了，最终决定二请赵老师。她先给赵老师打手机，没等说话，那边先开口说，你电话一响我脑瓜子就疼，磁场有大问题，你老头儿是不又犯病了？大姑说，你真神啊赵老师，这次犯病挺重，我怕出人命。赵老师说，我现在北京给人看事儿呢，过不去，就电话说吧。大姑说，这回他老琢磨跳楼。赵老师打断说，别讲症状，讲事儿。大姑不懂，啥事儿？赵老师说，他肯定又干损事儿了，你心里没数吗？大姑说，哦，哦，我想想，对了，半年前，他抓了一只刺猬，烤着吃了。电话那头许久不响。大姑说，喂？信号不好？听筒突然传出一声尖吼，你等着死全家吧！大姑也急了，说，你不是修行人吗？咋这么说话！那头吼得更大声，你知道保你家这么多年的是谁吗！你知道我是谁吗！老白家都是我爹，你老头儿把我爹吃了！

大姑被骂呆了，里外转了一圈儿，打个电话的工夫，王战团又偷跑了。她也懒得再追了，回沙发摇外孙女睡觉。晚上，李广源来了，说海鸥想孩子了，今晚抱回去一宿。大姑说，广源，你知道白三爷是谁吗？你学中医的，我想你懂得多。李广源说，我第一次进咱家门就看见那俩牌位了，高的那个是白仙家。大姑说，白仙家到底是谁啊？李广源说，狐黄白柳灰，五大仙门，中间的白家，就是刺猬。大姑说，哦，刺猬是赵老师她爹。李广源说，谁爹？大姑摇摇头。李广源说，妈，以前我不是这个家的人，不好张口，现在我想说一句。大姑点点头。李广源说，我爸还是应该去医院。大姑说，我再想想。李广源说，牌位也撤了吧，不是正道儿。大姑说，要不也得撤了，你爸把人爹给吃了。李广源说，啥？大姑说，广源啊，我明白了，你不是坏人。那一回，大姑还是下不了狠心把王战团送给外人关起来，她选择自己将他软禁，大链子锁屋里不让出来，偷偷喂王战团吃安眠药，半把药片捣成粉末兑进白开水里，早晚各喂一杯。王战团乖乖喝了，成天成宿地睡，一天最多就醒俩小时，醒了脑仁也僵着，最多指挥自己撒两泡尿，吃一顿饭，然后继续栽回床上。如此一年多，王战团都没有再乱跑了，大年初二的家庭聚会也不出席。我奶都忍不住问大姑，王战团好久没来看我打麻将了，没出啥事儿吧？大姑说，老实了，挺好的。两岁的李沐阳已经会叫人了，爸爸，妈妈，姥姥，嘴可溜，就是姥爷俩字练得少。每周日，李广源跟王海鸥带孩子回娘家一趟，李沐阳偶尔会突然冒出一句，姥爷呢？大姑说，姥爷累了，睡觉呢。李沐阳说，姥爷永远在睡觉。李广源说，妈，爸总这么睡不是个事儿啊，要不我给抓服药？大姑想了想，说，广源，有没有能让人睡觉的中药，副作用还小的？李广源说，都这样儿了，还睡？

　　安眠药的秘密，大姑本没打算告诉任何人，却在无意间被我得知。自从上回王战团牵着我消失在松林中，我爸妈明令禁止我不许再跟他来往，否则腿打折。然而我受到一股熟悉的力量驱使，在某个周六，独自来找王战团。上次来，两块牌位还在，香火不断。这一次，同一张翘头案上，牌位被换成了十字架，耶稣基督被钉在上面，耷拉着头。我说，大姑，你信教了？大姑说，是信主。我说，你信主了？大姑说，不信的时候其实已经信了，主一直就在那儿，是主找到了我。我说，我找大姑父。大姑说，在里屋。

　　门虚掩着，我轻轻推开，王战团平躺在床上，没盖被，身子笔直且长，一双大脚与床根平齐。我走近了，一半身子贴着床边坐下。王战团的眼皮频繁地微微抖着，双唇有节奏地翕合，起先声音细弱，像是在说梦话，但又听不清。我悄声说，大姑父。大姑父说，来了。我一惊，本以为他睡熟了。我恢复到正常音量，说，来找你下棋。王战团也恢复到正常音量，说，一车十子寒，死子勿急吃。我听不懂，问，什么？王战团又重复了一遍，死子勿急吃。我听懂了，他念的是象棋心诀。我说，大姑父，棋我永远下不过你。王战团说，顺杆儿爬，一直爬到顶，就是人尖儿了。我说，别卡住了。王战团说，死子勿急吃。之后他的唇咬死了，一道缝儿也没再漏。我才醒悟，他确实是在睡觉，说的一直都是梦话。

我退了出来，把门带上。大姑正跪在十字架前，俯首合掌。大姑说，主啊，我早该跟你告解，向你忏悔了，我是个罪人。我给我的丈夫下药，我是比潘金莲还毒的毒妇。我太累了，主啊，我也想一觉睡过去，我真的累啊，主啊，主。大姑没有察觉到我就站在她身后。有哭声传出，眼泪吧嗒吧嗒地打在两手指尖。我故意用鞋底在地板上蹭出动静，暗示自己的存在。大姑缓缓回过头，脸上挂着泪说，我有罪。我说，我也有罪，我也要告解。大姑说，你说吧，主都听着呢。我说，王战团抓那只刺猬，我也吃了，而且不止吃了一口，我不记得自己吃了几口，很嫩，味道像鸡肉。大姑瞪大了眼睛，双唇像躺着的王战团一样翕动，嘴里却发不出半点声响。我继续说，还有，我恨这个家，恨我爸妈，恨我自己。我以后不会再来了。

六

结婚已经两周，关于去哪里度蜜月这件事，Jade 跟我始终没能达成共识。不办婚礼是我们共同做的决定，蜜月就更显弥足珍贵。那时她已随我回过老家，也见过了我的父母，还有我奶、我大姑，以及我二姑三姑和她们的儿孙，同堂四代人都把 Jade 当外国人看，可他们的样貌其实并无出入。我大姑已是全头白发，一直攥着 Jade 的双手不放，直接摘下自己右腕上戴了许多年的佛珠，顺势

郑 执 | 仙 症

套在 Jade 手上，嘴里不停念着，好孩子，阿弥陀佛，阿弥陀佛。那次回来以后，Jade 变得对我家里的故事异常感兴趣，佛珠也一直没摘。她终于相信我没有撒谎，相信我真的吃过刺猬。我说，不然去斯里兰卡，听说是世外桃源，而且消费不贵，毕竟咱们预算有限。Jade 说，你大姑父，王战团，梦里说的那句心诀，到底是什么意思？我说，哪句？Jade 说，死子勿急吃。我想了想该怎么组织语言，说，大概就是，有的子虽然还没死，但已经死了，不，是早晚会死，只要搁那不管就好了，不影响大局。Jade 说，你觉得王战团是在说他自己吗？我说，他只是在说梦话。Jade 说，有些人活着，但他已经死了，有些人死了，但他还活着。中学课本里的一首诗，我正在恶补呢。我说，你的中文进步神速，吓到我了。Jade 吻了我一口，说，就斯里兰卡吧，那里四面环海。

2003年的秋天，我大哥王海洋死了。王海洋死于一场车祸，那本是一个平常的清晨，他驾驶一辆237路公交车，空车离开始发站，正常行驶到青年街路口时，被一辆载满沙石的重型卡车拦腰撞翻，人被沙石埋进地面，当场就没了。此前王海洋已经交到新女朋友，公交车售票员，大他三岁，两人已见过父母，但男方家只有我大姑出席，因为那时王战团终于被大姑送进医院，精神科病房。关于这件事，有两套说法。我爸称，我大姑那年摔伤了腰，照顾自己都困难，只能痛下决心。但据我妈讲，我大姑后来在外面有了相好的，实在没法再把王战团留在跟前。他俩说的，我都不信。

王海洋葬礼那天，王战团被两个白大褂直接从医院病房送到火化间门口，告别厅的仪式都没出席，是我大姑特意安排的。一家人哭得再无泪水盈余，王海鸥跟那个女售票员已经抽搐到双双无法站立，李广源一人扶起两个，王战团才到场。大姑说，战团，我是怕你受刺激，不敢叫你来，但我想了又想，不能不让你来，你要理解，阿弥陀佛。王战团点头，面无表情，目不转睛地盯着停尸台上被白布从头到脚覆盖住的儿子,说,我再看一眼海洋。大姑说,别看了,模样都不在了。王战团坚持说,我看看,看看。他伸手要去揭盖面的白布时,身穿白大褂的殓导师上前挡住了他的手,叫了一声,大哥。王战团说,大夫,我没事儿。殓导师说,魂已西去,相留心中,放手吧。我不是大夫。终于,王战团在一众亲友的注目下,缓缓收起了手。殓导师独自推着白布下的王海洋,径直走向火化间的入口。那道门很窄,差一点把王海洋卡住。殓导师的白大褂跟王海洋身上的白布化作一体,一声高呼从那抹纯白中传回,西方极乐九万九! 通天大路莫回头!

当王海洋化作一缕灰烟遁入云里时,王战团一直站在火葬场外仰头追看,没有人敢上前跟他说话。我不顾爸妈阻拦,独自走上前,对王战团说,大姑父,该走了,去烧纸。王战团的表情仍旧读不出,只默默跟在我身后。我放慢脚步,等他上来,牵起他的手,并排走在最后,我的身高马上要追上他。走在前面的人群一半是我的亲人,另一半是我不认识的王海洋单位领导同事,他们不时回头看我俩,神情都很怯懦。但我没有跟他们对望过一眼。王战团说,得捡根棍儿,越长越好。我说,等下到了地方,肯定有别人留下的。王战团说,不要别人的,就要新的。我说,好,我办。

祭悼场人满为患,非家属站在场外不再跟进。一家人排队守住一个刚刚腾出来的烧纸位,半圆形的墙洞内,上一位逝者的冥钱还没有收完,火苗将熄。我大姑第一个上前,将自家带来的烧纸投进去,炉火续燃,我大姑哀号一声,儿啊,你走好! 阿弥陀佛接应你! 一家人的哭声再度响起,接下来是王海鸥跟李广源,然后是二姑一家、三姑一家,跟着我爸妈。我奶按规矩不能给隔辈人发丧,怕被带走没来。他们陆续向炉中添纸,说着差不多的悼语。王战团排在最后一个,快轮到他时,我正从外面回来,手中握着一根新折下的松树枝,笔直细长。王战团沉默地从我手上接过树枝,轮到他上前,一口气把剩下两摞烧纸全部丢了进去,

郑 执 | 仙 症

刚刚烧得很旺的火一下子被闷住，他再用树枝伸进去捅，上下不停挑弄，火重新旺了回来，一发不可收拾。我站在王战团的身边，看着他专注地烧纸，火舌从墙洞口蹿出，两张脸被烤得滚烫，恍惚间，我闻到一股似曾相识的香气。我听见王战团在身旁说，海洋啊，你到顶了，你成仙了。

没人敢催促王战团，一家人安静地等待他亲眼见证了最后一丝火苗熄灭。守候在外的单位同事早已不耐烦。王海洋单位出了四辆公交车，返程时，差几位坐满。大姑坐在我身边，我靠在窗边。大姑拉起我的手说，大姑谢谢你，佛祖会保佑你，阿弥陀佛。我说，大姑你信佛了？ 大姑说，是迷途知返，才修回正路。我问，信佛好吗？ 大姑说，好。她戳了戳自己心坎儿说，这儿不闹了。我想通了，你哥该走，都是因果。我问，大姑父呢？ 大姑说，他也该回去了。我顺着大姑的目光朝窗外看，不远处停着一辆白色面包车，王战团的背影正猫腰进车。车外，李广源给两个白大褂塞钱，看不清是多少。两名白大褂最后也上了车。车门拉上前的一瞬间，我忽然很想大声地喊一声王战团，或者大姑父。但我始终没能成功发出声音。王战团的身体被紧挨他的一个白大褂遮住，他的头扭向另一边的车窗外，没有让我看到他的表情。那是我最后一次见到王战团，我大姑父。

Jade 曾问起，王战团是怎么死的？ 我说，他死在医院病房里，就在葬礼后的第二个月，突发心梗。早上护士给他盛粥的工夫，一扭头，脑袋已经杵在了窗台上，像在打瞌睡。Jade 说，法国老人都很羡慕这种死法，毫无痛苦。我说，全世界人都一样。Jade 问我，结婚以前你为什么没跟我说，你得过抑郁症的事？ 我说，怕你嫌弃。Jade 说，其实你不用怕，但我很高兴你现在愿意告诉我。我说，我很抱歉。Jade 说，别这么说，不是你的错，其实抑郁症也不是真的，对吗？ 我说，不知道。Jade 问，你现在还恨你父母吗？ 我说，不存在恨。Jade 说，我也不恨我父母，他们离婚是明智的。我的生母没必要因为生了我，就做一辈子母亲。片刻沉默。Jade 突然说，不然我们不去斯里兰卡了，把钱省下来，回去老家买房交首付。我笑说，你越来越像个中国人了。Jade 说，嫁鸡随鸡，嫁狗随狗。我说，上次你带我去凡尔赛宫，我盯着墙上展出的一幅油画哭了。Jade 说，我记得，当时问你，你不说。我说，那幅画里有一片海，海上有一艘船，我想起了王战团。他其实从来都没当过潜艇兵，就在普通的战舰上，桅杆上打旗语的那个人。Jade 问，你怎么知道的？我说，他在自己的诗里写过，后来我跟大姑也确认过。Jade 问，诗里怎么写的？我说，王战团在诗里写道，船在他脚下前行，月光也被踩在脚下，他指挥着一整片太平洋。潜艇在前行时，是不可能见到月光的。

　　我想我可以确认，王战团指挥刺猬过马路那年，就是2001年，我十四岁，按年纪该念初二，却仍被卡在小学六年级。那天我本来是被爸妈逼着，去我大姑家见赵老师，求她帮我看事儿的。我天生患有严重的口吃，直到十岁那年，我因在学校里被同学嘲笑，越发自闭，躲在家中不肯再上学，爸妈没办法，轮流请长假，开始带我到北京寻医问药，1997年大半年里，我都在北京跟家之间奔波，在石景山的一间小诊所里，舌根被人用通电的钳子烫煳过，喝过用蜈蚣皮熬水的偏方，口腔含满碎石子读拼音表，一碗一碗地吐黑血。直到后来我已坦然接受自己一生要面临的耻辱时，我爸妈却已经折磨我成瘾，或者他们是乐于折磨自己。一年后，我回到学校，口吃丝毫没好转，反倒降了一级。原本成绩不错的我，因为厌学一落千丈，再度被迫留级一年。当我最初的同班同学已经是初二的中学生，我仍旧是个小学生。十四岁生日当天，我半只脚踏出我家六楼的窗台，以死相逼，才终于让我爸妈放弃对我的二度治疗。当我从窗台上下来的一刻，我决心再也不跟任何人讲话。我做了整整三个月的哑巴，任我爸妈及所有人如何诱逼，都没能再从我口中撬出一个字。我妈先是以泪洗面，哭烦之后带我去看心理医生，我当

郑执 | 仙症

然更不可能对医生开口，他们便初步诊断我为抑郁症，但不说话根本没办法治疗。最终，还是在我三姑的引导下，我爸妈终于确信我得的是邪病，决心三请赵老师出马。赵老师要求，我父母不能在场，地点在我大姑家也是她选的，因为房子西南角那个洞还在，白三爷一样能来去自由。我妈把我送上出租车，跟司机说了两遍地址，付了车费，含泪目送我赴往。车就快驶到我大姑家时，竟被王战团跟一只刺猬堵在了街心。

那一天，我大侄女李沐阳感冒，我大姑因为着急带外孙女去医院，早上忘记给王战团喂安眠药，才有了后来那一幕。王战团被我大姑押回家的路上，一直很欢腾，我下了出租车追上去。王战团笑着跟我打招呼，来了？我不语。王战团又说，舌头还没捋直？变哑巴了？我瞪着他，咬死了牙。

三人回到大姑家。一进门，香气缭绕，我见过的那副十字架没了，白家三爷的牌位重新被立上翘头案。赵老师我还是头一回见，她身披一件土黄色道袍，手持一柄短木剑。王战团仍旧很兴奋，主动说，哎呀，老朋友！赵老师剑指王战团说，你与我白家血海深仇！别让我看见你！她又剑指我大姑，还有你！王战团笑了起来，说，今天我刚救了你家一口，我们能不能扯平了？赵老师大喊，孽畜！滚！王战团被我大姑强行拽进了里屋，跟自己一起反锁在门内。赵老师又剑指我，过来！给三爷跪下！又是那股力量，推着我，按着我，走过去，跪下，头顶是龙首山二柳洞白家三爷的牌位，咬紧牙关之际，后脑被猛敲了一记，只听赵老师站在我身后高呼，说话！我仍咬牙。木剑又是一击，说话！我继续咬牙。再一击更狠，我的后脑似被火燎，三爷在上！还不认罪！我始终不松口，此时里屋门内竟然传出王战团的呼声，我听到他隔门在喊，你爬啊！爬！爬过去就是人尖儿！我抬起头，赵老师已经站到我的面前。爬啊！一直往上爬！王战团的呼声更响了，伴随着抓心的挠门声。就在赵老师手中木剑即将击向我面门的瞬间，我的舌尖似乎被自己咬破，口腔里泛起久违的血腥，开口大喊，我有罪！赵老师也喊，什么罪！说！我喊，忤逆父母！赵老师喊，再说！还有！刹那间，我泪如雨下。赵老师喊，还不认罪！你大姑都招了！我喊，我认罪！我吃过刺猬！赵老师喊，你再说一遍！我重新喊，我吃过白家仙肉！赵老师喊，孽畜！念你年幼无知，三爷济世为怀，饶你死罪，往下跟我一起念！一请狐来二请黄！我喊，一请狐来二请黄！赵老师喊，三请蟒来四请长！我喊，三请蟒来四请长！赵老师喊，五请判官六阎王！我喊，五请判官六阎王！赵老师喊，白家三爷救此郎！我喊，白家三爷救此郎！

木剑竖劈在我脑顶正中，灵魂仿佛被一分为二。我感觉不出丝毫疼痛。赵老师再度高喊，吐出来！剑压低了我的头，酝酿在我嘴里的一口鲜血借势而出，滴滴答答地掉落在暗红色的地板上，顷刻间遁匿不见。一袋香灰从我的头顶飞撒而下，我整个人被笼罩在尘雾中，如释重负。我再也听不见屋内王战团的呼声了。许多年后，当我站在凡尔赛皇宫里，和斯里兰卡的一片无名海滩上，两阵相似的风吹过，我清楚，从此我再不会被万事万物卡住。

选自《腾讯·大家》"匿名作家计划"

赵 雨

1984年生，浙江宁波人。文字见《十月》《作家》《江南》《滇池》《小说月报·原创版》《小说界》《散文》等，有作品被《中华文学选刊》《青年文摘》《散文海外版》等转载，获第十四届滇池文学奖。

蛇行入草

很长一段时间，我们总能看到赵大鹏背着一只陈旧的蛇皮袋在那片垃圾场附近的荒草丛中寻找一条蛇的踪影。他的面容明显已带上苍老的痕迹，长满老茧的左手握着一把顶端开叉的铁棍，犹如扫雷兵一般，小心翼翼观察荒草丛中的一举一动。若有窸窣响声，他就会联想到蛇爬行时的曼妙身姿。他渴望见到那样一条全身布满花斑、尖头细尾的剧毒五步蛇，那会让他像打了鸡血一样亢奋无比。他对蛇曾是如此强烈地爱着，但他没有意识到，这里是城市，不是他从小长大的乡村，在城里要找到一条蛇的身影，比登天还难。

赵大鹏就是我的大伯，此刻，以这样一幅近乎徒劳的捕蛇场景来展开对他人生的追述，我感到困难重重。首先，他的形象已然变得模糊，相比身在城市的那段岁月，他的乡村生活更让人津津乐道，更值得浓墨书写。那个乡村如今当然也已不复存在，它消失于一场人为安排的集体拆迁，消失于推土机、挖掘机的铁臂和大型机械冒出的滚滚黑烟中。我至今记得它的轮廓线、它的天际线，那里不仅是赵大鹏生长的地方，也是我记忆深处无法回避的场所。要讲述赵大鹏的人生必须从我的记忆出发，我跨过漫长的时光轴重现村庄原始的面貌：它的土地、它的河流、它的屋宇以及笼罩在它上方的天空。天空是蓝色调的，云朵点缀在蓝调之间，不时变为各种物体的形状，晴朗的傍晚会出现火烧云，红色喧宾夺主，带着烧马棚的架势。我离开村庄后，再也没见过这样色彩的天空，城市的天空都是千篇一律的。我警告自己避免陷入鼓吹田园牧歌的矫情套路，城市自有它独到的好处，是乡村无法比拟的，但对我、对赵大鹏而言，我们的脚步印在乡村土壤上无法抹去，追忆无疑要从那里开始。

我让记忆一次次返回我们和赵大鹏聚族而居的场院，它在村庄的东边，类似于四合院的扩大版，东西南北住着十来户人家。赵大鹏的家就在北边靠近宗祠之处，前后两进屋子，外面一个院落，用围墙围起来。院子里种着一棵大银杏，一到秋天，满树金黄扇形叶片。银杏树旁有一间茅房，就是赵大鹏关蛇的地方。赵大鹏是个乡村捕蛇人，这个名号伴随他度过大半生。他把捉到的蛇都关在银杏旁的茅房里，进到里面能闻到一股腥臭的气息，蛇芯子吞吐发出的轻微窸窣声。蛇笼整齐地码放在墙边，笼身散发出凄冷的光泽，每个笼子里盘踞着两条以上的蛇。最外围是无毒蛇：菜花蛇、白条锦蛇、鼠蛇，身子细长。赵大鹏告诉我们，火赤链也是无毒的，但它的样子很可怕，通体红色，掺杂着黑色斑点，犹如火冒三丈的人；往里走是微毒蛇：槽蛇、水蛇；最后则是剧毒蛇。

我们不知道赵大鹏这样摆放蛇笼的目的何在，蛇房就像一个展览馆，进去参观的只有我们——我和我表哥，表哥是赵大鹏的儿子。外婆无数次警告赵大鹏别带我们去那种鬼地方，蛇房在她眼里充满危险，她是一位善良的老人，从小对我们关怀备至，她后来死于一种奇怪病症，我至今对她念念不忘。赵大鹏对外婆的话置之不理，他说男孩就该胆大，不能搞得跟女孩一样娇滴滴。他带我们去蛇房仿佛是一种锻炼我们胆量的仪式，但他每次都让我们止步于微毒蛇区域，关押剧毒蛇的笼子盖着厚厚的棉被，我们无法察看笼内的情况。我们不满足，问他剧毒蛇是怎样的。他说了两个字：漂亮。这更增加了我们的好奇，问他什么蛇是剧毒蛇。他说，五步蛇。这个名字在我脑海里持久发酵，赵大鹏用一种沾沾自喜的语调说，被这种蛇咬到的人，走五步就会气绝身亡。我问，那么，不走路不就不会死吗？他敲敲我的脑袋说，这是打个比方，别钻牛角尖。

赵　雨 | 蛇行入草

对五步蛇无缘由的偏爱导致了他离开村庄来到城市后一心想再寻这种蛇的踪迹，这是后话，作为一名资深乡村捕蛇人，城市带给他的只有无可奈何和无计可施，乡村才是他施展本领的最佳场所。

现在我要具体讲一讲他这个人。

他是个孤僻成性的人，在别人眼里不合群，不出现在聚众的地方，比如乡村小店。他郁郁寡欢，在成为职业捕蛇人之前，干过许多行业，均以失败告终。他的性格中有一种阴冷的成分，在多年生活中给家人带来数不尽的麻烦，或许这样的人最终才会以捕蛇为业。他本就适合一个人生活，偏偏结了婚，又酷爱喝酒，酒精和他如此妥帖地融为一体。喝过酒的他，喜欢施展暴力，对象就是他的老婆——我表哥的母亲即我的大伯母，大伯母面对他的拳头，忍气吞声，无数次蜷缩在房间的一角，暗暗流泪。她不知道他揍人的缘由，不知道自己什么地方让他不满意，只能归因于他天性如此。他小时候就显露残暴的一面，乡村天地凡能捉到的昆虫、野物，均遭他的毒手，或被分解，或被剁为肉泥。他曾告诉过我对一只青蛙采取的玩法：用一管注满水的针筒戳进它的屁股，慢慢将水推送进它体内，眼看青蛙的肚皮鼓胀，舌头从嘴中吐出，爆肚身亡，脏器流了一地。他在讲这事时，表情怡然自得，仿佛沉浸在对往事的美好追忆之中。

他的暴力向着不可抑止的方向发展，几年后，大伯母忍无可忍，搬回娘家常住，但没离婚，乡村不时兴离婚。表哥随着年龄的增长，也对他产生看法，因为他开始将暴力转移到儿子身上，那时他已操起捕蛇之业。表哥对他做的任何事都采取排斥心态，进蛇房参观这种事，我们只一起度过了很少一段时光，表哥和村里的坏坯们混在了一道。对此，大伯赵大鹏放任不管，仿佛他有了蛇就容不下别的东西，蛇成了他生命的全部寄托。而我，始终和他不离不弃，我更像是他的儿子，凡听到村里有人说他坏话，我会和那人争论甚至动手，他对我，也表露出奇怪的温情。这一切，我想源于我也同样痴迷蛇这种爬行动物。很多年后，我还会偶尔翻阅一些关于蛇的书籍，观看一些关于蛇的纪录片。我觉得它们身上美丽的花纹有一种神奇的魅力，能吸引我的注意力，去观摩它们、研究它们。村庄拆迁多年，我在城市的安置房甚至动过养几条蛇作为宠物的念头，那是我对周边的一切抱有最大恶意的时候，没有一件顺心的事，和人交流充满阻碍，工作到处浮荡着虚伪的假面，情感无着落，多年结交的朋友散落遗失。那一刻，我有点理解赵大鹏了，想起他的蛇房、想起他的五步蛇，他已从人间永久蒸发。

  我暗地里央求过他很多次，带我去捉一回蛇，他以外婆不会答应为由加以拒绝，到后来我只能说，如果不带我去，就永远不进他家门，他这才应允。那次出行做足了准备工作，他拥有全套捕蛇行头，防护措施严谨到位。出发前，他在我脚上包了两层塑料膜，再用绑腿绑起来，戴上一双塑胶手套，这让我的四肢行动极为不便，但没过一会儿，就习惯了。我们从他家院子的后门出发，成功避开外婆的视线，出后门是一条直通太白山的机耕路，这条路的模样现在还在我眼前浮现。它没有一条弯道，笔直的，后半段呈现上坡趋势，远远望去，有不可言说的弧线美。路的两旁是水稻田，一块块整齐划一的田地浸润在光亮的水波中，水稻刚抽一点头，微风下随着水波拂动，耳边尽是青蛙的鸣叫。不知何处传来煤焦泥的气息、泥土潮湿的气息。路上铺着细碎的小沙石，一只硕大的蝗虫趴在路面，尾部插入小沙石，像种在石子里面，赵大鹏告诉我，这只蝗虫正在产卵，我觉得这种产卵方式很恶心，刚一转念，赵大鹏提起大脚，踩在蝗虫身上，脚跟转了两下，将它踩得粉碎，红色内翅和绿色外翅、黄色浆汁混为一坨，越发让人作呕。我想象那些毙于赵大鹏脚下的虫卵痛苦蠕动的样子，他已走出好远，我赶紧跟上。

赵　雨 | 蛇行入草

上坡，来到太白山的山脚，太白山是这一带海拔最高的山，山脚有一大片竹林，长得枝繁叶茂，绿油油的。据赵大鹏透露，有一次，他在这里捉到过一条竹叶青。这也是剧毒无比的蛇，浑身碧绿色，缠在竹枝上，受到惊吓会像一支箭一样蹿下来咬人。赵大鹏跟那条竹叶青纠缠了大半天，才将它收入蛇皮袋，卖了三百元。赵大鹏的蛇都是用来卖的，毒性越大价格越高，顾客一般都是城里人，私下交易，用来泡酒补身，也有卖给医院的，价格相对低一点。我奇怪赵大鹏为何要捉无毒的蛇，根本找不到买家，只能理解为养着玩，就像我后来想养几条蛇当宠物那样。竹叶青难得一遇，赵大鹏很少进竹林，这天，他带我从竹林外围沿山路绕到后山腰，到了那片蛇出没最频繁的场地，本地俗称"蛇林"。

一片高低错落的草地、灌木丛，也有高大的树木。一踏入这地方，我感到脚底冒起一股凉意，背脊不觉紧了紧。想到随时可能遇到蛇，紧张中又带着一丝快意，感到探险的乐趣。很快发现，事实并非如此，"蛇林"之名广为流传，其实哪里会遍地都有蛇。这里的植被倒是和别处有所不同，除了捕蛇人，一般不会有人走，没有一条完整的路。赵大鹏手上那根顶端分叉的铁棍成了开路棒，拨开前方的灌木和野草，用力很轻，他说不能打草惊蛇。

日头已升到半空，脚上、手上绑缚的东西热得要命，我有点失去耐心，跟在赵大鹏身后问，到底有没有蛇啊？话音刚落，他停住脚步，我还以为他要对我说什么，他指着前方让我看。是一个直径约半米的凹坑，坑中央分明盘着一条红色的蛇，火赤链！我喊道。是火赤链，这蛇我在蛇房看过不下一百次，不会认错。但在野外看到感觉不一样，它成了一个鲜活的生命，暴露在阳光和空气中，使我产生一种敬畏感。我问赵大鹏，捉它吗？赵大鹏说家里已经有三条，这蛇太多了，多了没用。我问，放了它？赵大鹏说，它就在那里，谁要你放？然后他做了一个奇怪的动作：双脚并拢，上身微屈，右手摊开，向一旁一挥，说：蛇行入草。然后大踏步朝前走去。火赤链原本盘蜷的身子舒展开，迅速游向草丛，不见踪影。我问他，蛇行入草是什么意思？他说，这是和蛇打招呼，告诉它，我们要从这里过去，您啊让一让路，请自便。我觉得这很有意思，肯定是上一辈捕蛇人遗留下来的，或者就是他的师傅，凭他这么一个粗人，怎么想得出如此儒雅的一句话。

我们从那个凹坑走过，一闪身，来到另一片场域。这里也是野草丛生，多了些泥泞的洼地，随处能见脚下的湿泥泛出水渍的光泽，踩下去，拔出一个个浅浅的脚印。两边有四五棵大树，不长叶子，树干光溜溜的，没有生命的迹象。四周的声音繁杂起来，分不清是什么生物发出的，阳光在此也比别处暗淡，透出阴森的气象。一走到这里，我觉得更接近冒险的中心地带，它是如此独特，仿佛不属于这片大山，它是一个梦境最恰当的注脚。后来我在城市的安置房无数次想起那天的梦幻色彩，那时我坐在安置房房间的北窗下，窗外一片高楼大厦，那种密集的气派挤不出一点想象的空间，我发现自己好久没做梦了，越发怀念那天在"蛇林"发生的一切。怀念即将走出"蛇林"时，那条让我铭记一生的蛇，它就攀附在一段横倒的枯木上，身子有四根手指那么粗，灰褐色花纹，间杂着倒三角的斑，头也是倒三角，尾巴细长。我拉了拉赵大鹏的衣袖，让他看那条蛇。他整个人差点蹦起来，一把将我掩于身后。我看着他，用目光寻求答案。

他说了三个字：五步蛇。

原来五步蛇就长这样啊，我真是走了狗屎运，第一次跟赵大鹏出来就碰到五步蛇，等待看他怎么行动。他压低身子，左手握三角叉棍，右手提蛇皮袋。我问他，不是说蛇行入草吗？他说，他要去捉它，怎能让它入草，入草个屁。他让我

赵 雨 | 蛇行入草

乖乖待在原地，不准挪动半步，除非不要命，然后静悄悄向枯木逼近。用蹑手蹑脚还不足以形容他脚步的轻捷，仿佛是凌空飘向目标物的一个幽灵，眼一眨离五步蛇只有两步远。这时，他全身静止，成了一尊雕像。五步蛇丝毫没有察觉，像在安然晒太阳。突然，他猛地抽出捕蛇棍，一下就把蛇头钉在三角叉之间。蛇身闪电般甩开，他弯腰抓住蛇尾，提起来，蛇头往上探了两探，身子完全展开，有两米多长，犹如蜿蜒的一匹绸缎在空中飞舞。他打开蛇皮袋，将蛇丢进去，束紧袋口，用麻绳捆了两捆。

　　我看得不敢挪开视线，直到一切都完成，他来到我身边，我还不相信那么一条蛇在几秒钟内就被他收服。我问，蛇在袋子里？他说，当然。用棍子敲了敲袋子，里面唰唰乱响。随即他就笑起来，我从没见他笑得那么开心，嘴角最大幅度拉展开，露出两排常年被劣质烟草熏染变黄的牙齿。那种灿烂辉煌的笑也就只有那么一次，简直抵达了他人生事业的巅峰。

　　随后，我们走出"蛇林"。

　　他的得意劲还在延续，一个人在前头，背着蛇皮袋，哼着小调。他的背影成了一幅永恒的画面，脚步弹棉花般轻盈地落下、抬起……

　　我们走的是小道，下山时，经过和大道交叉处，一辆拖斗车开过来，他竟全然没发现，我大声喊他，有车，当心！车喇叭和我的喊声同时响起，他这才反应过来，慌忙避开，一个趔趄，差点跌倒。车子从他身旁开过，司机留下一句骂娘的话。他追了几步，回骂几句，掸掸身上的灰尘。那时候，村里出现车辆已不足为奇，不少人在开采太白山的石头，我跑到他身边，他怒气未消，说，这种浑蛋真要人命。我没答言，他又说，这么下去，这里迟早待不下去。我问为什么，他说，这儿的地被人看中了，要征用，我问什么叫征用，他说，就是让我们搬到别处，这里做别的用途。我奇怪他这种几乎与世隔绝的人哪来的小道消息，听起来有点滑稽。

　　总之这就是我第一次也是唯一一次和他一起去捕蛇的经过，回来后，他把五步蛇关进蛇笼，我于是看到笼中另外两条五步蛇，它们比这条小多了。赵大鹏把这条丢进去，三条蛇很快缠在一起，缠成一团大麻花，分不清彼此。只有三个三角形的头各朝一边，向上抬起，像是盯着前方某个猎物，伺机而动，完成一次捕食。这些蛇最后都被他卖掉了，卖了个好价格，我童年关于蛇的记忆至此也到了尾声。

　　事后证明，赵大鹏那天说的村子征用的消息是确切的，那年头，如火如荼的城市发展工程已拉开帷幕，各地都在重新布局，规划建设。我们居住的村落地处几大县（市）区的交界处，交通位置独特，适合作为货物运输中转站。

　　没过一年，正式批文下来了，村子被纳入拆迁计划，上面来人丈量土地，核实住房和自耕地的面积，给予补偿，村民们除了拿到一笔实打实的钱，还能住进安置房。面对这些政策，大多数人是满意的，他们早厌倦了村里的无聊生活，渴望成为城里人，这让拆迁进程无比顺利，村子一天一个样。

　　我当年仔细观察过推倒一幢房屋的全过程，挖掘机的铲斗升到半空，向砖墙撞去，那墙体就像蛋糕上的奶油一般松软，赫然出现一个大豁口，铲斗上下左右一搅和，墙面轰然倒塌，房子随即变为一堆废墟。挖掘机如入无人之境，所到之处，全是墙倒屋毁的声音。没过多久，我们的场院也迎来了这样的结局，那天我们收拾完最后一批行李，正好遇到挖掘机光顾赵大鹏家，赵大鹏无论如何都要看铁臂如何对待他家的房子，首当其冲的却是他的蛇房。我们一大家族人站在那个种有大银杏树的院子，挖掘机的履带挪到蛇房门前，一记挥臂，从上到下把屋顶破了个洞。驻足凝望的赵大鹏突然想起什么，发了疯，大喊，等等！拔腿冲进蛇房。挖掘机停止作业，我们不知道赵大鹏要干什么，里面的蛇已售罄，他当然不是为了它们，外婆急得吼道，混账东西，赶紧出来。他出来了，手上拿着两样东西：捕蛇棍和蛇皮袋。银灰色的棍子在阳光中熠熠生辉，赵大鹏像拿着一件传家之宝，脸上挂着神秘莫测的表情。

所有人住进了安置房。

这安置房在东部新城，也有名字，叫"新安村"，十排，每排二十间，每间两层，一模一样的房屋建制，房内的格局也一样，像同个模具做出来的。我家分到第三排的第六间，我在那里足足住了十六年，父母才攒够钱，买了新小区的商品房。赵大鹏住在第四排的第五间，我们前后屋，他不再以捕蛇为业，需要一份稳定的工作，他什么都不会，城里的工作是怎样的也不知道。幸好同村的一位本家开了爿小五金作坊，雇他去做装配工：把两个金属片合在一起，放到操作台上用手动压铸机压一压，毫无技术含量，单这个，他花了不少时日才学会。

他一星期干足六天，星期天才拥有自己的业余时间。但他不知道怎么打发这一天，他没有任何爱好，街坊邻居去城里逛游，他的足迹从未离开"新安村"，我多次看到他从屋里出来，沿着两排房屋之间的走道，慢慢行走，从南到北，拐个弯，绕到另外两排房屋间，直到走完十排房屋的九条走道，回家。我表哥不和他住一起，在城西的开发区打工，自己租房子住，大伯母待在娘家分配到的安置房，只隔了几排屋，从不走动。他成了一个孤家寡人，变得更加孤僻、阴沉，陪伴他的只有酒。他喝得越来越凶，别人上班时，他已喝得醉醺醺，那位雇用他的本家知道这情况，碍着面子不好说。下班回来接着喝，餐桌上最常见的是一盘饺子，他亲手包的，就着酒，喝一口，吃一只。喝到别人家窗口的灯依次熄灭，左近只有他这里还亮着光，一个人独坐在窗户后，影子拉在窗帘上，老长，从外看去，活像一个阴森的鬼。

这一带变化不小，"新安村"前面的那条路，自我住进去那天起，就一直在翻挖。烂泥堆在马路两旁，中间一道两米深的沟壑，一会儿安装管道，一会儿铺设电缆，像是战场上的战壕。隔着几百米远，一座大型购物中心正在紧锣密鼓施工，打桩机的声音彻夜不歇，高高的吊机垂着缆绳，钩吊工地的钢筋材料，明亮的灯光在夜空中犹如燃烧的太阳。过了半年，突然停工，传言包揽这工程的老板在别处投资失利，跑路了，当地政府接手烂摊子，重新复工，加快进度，这才终于落成。

开业那天正逢星期日，我可能太过无聊，跑到赵大鹏的家，要拉他一起去逛逛。坦白说，那时的我跟他也很疏远了，一年进不了他家几次，他越来越不好相处是一个原因，我随着年龄增长，应付更多七零八碎的琐事，是疏远他的另一个原因。他起先排斥，看得出又喝过不下一斤烧酒。我对他说，去吧，你再不出门走走就要烂在家里了，他说，烂在家里就烂在家里吧。我不知哪来这么一股决心，跟他杠上了，他几乎是被我强拉出门。到了外面，走出"新安村"，他跟在我身后，去购物中心的路上，我不时回头看他，只见他绷着肩膀、缩着手、半低着头，四下张望，时刻关注路边的汽车。

我们进了广场，三栋大楼矗立在广场中央。走到其中一栋里面，光可鉴人的地面、琳琅满目的商品、美食店、衣服店，升降电梯和坡梯，犹如进了一座闪烁的宫殿。到处都是人，黑压压的人头攒动，到处都是叽叽喳喳的声响，听久了便连成一片单音节循环。我从正门来到一家店面前，发现赵大鹏不见了，没想到他会跟丢，这么多人找不过来。他喊我的名字，嗓音尖锐，凌驾于一切嘈杂之上。循声望去，他站在一处角落，像被寒风冻住的一只鸭子，眼神惶恐，不知所措，双手绞在一起使劲搓，四周的热闹和五光十色没有一丝一毫进入他眼里，他提防着不被人潮带到某个陌生的地方。我走过去，他说，回吧，烦得很。带着暴躁的

赵 雨 | 蛇行入草

口气，我只得依从，为自己的多事带他来感到后悔。

　　回去时，我们走另一边马路，路右侧有一道半人多高的长长的围墙，上面各种涂鸦，用粉笔写满各种服务的电话号码以及小广告纸片。视线越过围墙能清楚地看到里面的东西，是一大堆垃圾，这就是那片垃圾场。奇怪的是我住了这么些日子，竟从没发现这里有个垃圾场，堆成一个小山丘模样，塑料、铁质品、机械零件、建筑垃圾、废弃的家电外壳，甚至车辆的残破形体，一股脑堆在一起，混成一团，触目惊心，闻不到一丝气味，估计是经过了初步处理。场地中有不少工程车来往，倾倒新的垃圾，带走旧垃圾，不知它们会被带往何处，是否别处还有更大的垃圾场？它占据城市一隅，在距离新落成的购物中心这么近的地方，给人一种奇怪的感觉。垃圾场旁边，是一处荒草地，半人多高的荒草，和垃圾场的基调很匹配。脚不点地往前走的赵大鹏像受到了什么牵引，一下站住了，他望着那个方向，神经被触动，站立许久，如一位巡视疆场的将军，说了一句话：这块地倒是很好啊。

　　他要开展行动了。

　　当天夜里他从安置房狼藉堆放的旧物堆里找出那根当年被他从蛇房中抢救出来的捕蛇棍，喝过酒的他双手颤抖，捧着棍子到灯下照看。棍身上不可避免出现了几处锈迹，顶端那个钉住过无数蛇头的三角叉布上结了一层蜘蛛网。他不知道自己是怎么将这根棍子抛到脑后、怎样将捕蛇这件事抛到脑后的，时间真是个可怕的东西。他来到挂在墙上的一面镜子前，看着镜中的影像，前所未有地意识到如今的他如此面目可憎、精神萎靡，和废物没什么两样。这是一个奇妙的时刻，诸多往事涌上心头，他想起和蛇打交道的那些岁月，想起老家乡村的田地和太白山的"蛇林"，然后对今后的时光该如何安排有了坚定的打算。这些心理变化都是垃圾场旁那片荒草丛带给他的，可以说是一个暗示。他将捕蛇棍放在床头，睡了一个安稳的好觉，第二天将自己交托给了那片荒草丛。

我们重新见到了回归后的捕蛇人形象，拿着三叉棍，出没于半人高的野草之间。他逢人便说，他在寻找一条蛇的踪影，这条蛇正是剧毒无比的五步蛇。至于他为什么非要找五步蛇，无人得知，面对他这一举动，抱着看笑话心态者居多，五步蛇？赵大鹏啊你先找一条草蛇让我们看看。赵大鹏不服气，别忘了，他可曾是村里最好的捕蛇人，但他不得不服气，翻遍了那块地表的每寸土地，翻出不少蚯蚓、田鼠、蝗虫、蚱蜢、甲虫、灰蛙和蜈蚣，就是没有一条蛇，真的连一条他妈的草蛇都没有。大家都拿他当笑话，只有我，内心无比酸楚，我明白他这一举动背后潜藏着多大的委屈和不满。他连工作都不要了，五金件？装配？放到操作台上压一压？压他娘的卵，他吃什么呢？人总不会饿死吧。不久他便拉长战线，战火从荒草丛一路烧到垃圾场，他成了垃圾场上的捕蛇人，我们谁都无法理解日复一日身在垃圾场的感受，谁都相信荒草丛中没有蛇，垃圾场上更没有蛇，蛇难道学会了吃垃圾？最让人没想到的是，赵大鹏渐渐迷恋上了和垃圾相处，他一心觉得，每一件垃圾最初都是有用之物，从有用之物变成垃圾，这个过程沾染着无数人生活经历的烙印，购物中心最后也会变成垃圾，这个城市的每一处地方最后都会变成垃圾——这，当然不是赵大鹏那颗榆木脑袋能想到的东西，是我总结出来的——他迷恋垃圾的真正原因很简单：蛇不是寻常之物，它喜欢在人迹罕至的地方做窝，他在垃圾堆里翻找、徘徊，总有一天能找到它的身影。但我看不下去了，别人能把赵大鹏当个傻瓜，我可不行，他再怎么说都是小时候对我最好的亲人。一天，我找到他说，赵大鹏你赶紧离开那鬼地方，这样下去你就要变成一个大垃圾了。赵大鹏抬头对我笑笑，从他的笑容中我知道他不会把我的话当回事，他说，如果能找到蛇，变成垃圾又有什么大不了呢。说这话时，他的脸上带着庄重的神情。

赵 雨 | 蛇行入草

　　我不再管他，我也有自己的事要忙活。那一年，我二十四岁，在一场朋友的聚会上认识了一个女孩，谈起恋爱，半年后，彼此没有心生倦意，就扯到了谈婚论嫁。她父母提出结婚的话，新房是肯定要的，我当时还和父母挤在不到一百平方米的安置房内，我爸为此犯难，最后还是决定买一套新房。谈妥了此事，双方父母打算见一面，算是默认了这桩姻缘。我们约在位于安置房往西一公里远的商业街的一家海鲜楼吃饭，叫齐了家中所有长辈，提前一天我跟赵大鹏也打了招呼，让他无论如何都要出席。他当时正在家里研究捕蛇的新计划，听说我有了对象倒是口头道了一声喜，说一定会来的。
　　那天，长辈们陆续到来，到饭点，大家入座，正要开吃，赵大鹏却没到。我妈说不要等了，等他干什么，开始吧。我犯了牛脾气，我觉得这种场合赵大鹏应该到场，这种场合怎么能少了他呢。
　　他没有手机，除了等，没有别的办法。
　　我后来才得知，他并非有意缺席，那天一大早，他还是在荒草丛和垃圾堆寻找那条不存在的五步蛇，十一点半左右，徒劳收场，准备前往我的饭局。他先回"新安村"，放下捕蛇棍，离开安置房地界，来到一个十字路口，一下子迷失了方向。我怎么都想不到，这么近的路，他居然会迷路。他以前在太白山那样山路崎岖的地方从没迷过路，面对一条街道、一群行人、一些高楼，感到茫然不知所措。眼前的一切对他来说那么陌生，与这地方长期的隔阂使他找不到适合自己的定位，不知走向何方，那些移动的物体在他看来和张牙舞爪的怪兽无异。于是他坐在路口的路牙子上，抽了一根烟，那时他可能想过回去，退回到让他感到安全的安置房。最后还是站起来，赶往我的饭局。对此我是心存感激的，他毕竟对我的感情没有消失，压制住了对陌生事物的恐惧，奔跑着，穿过马路。这时一辆小型轿车从另一头疾驰而来，不偏不倚撞上他，将他抛到半空，转了两个圈，脑袋狠狠碰向地面。这是命运的诡异安排，我们以前一起去捕蛇的那次，也有一辆车差点撞到他，是我挽救了他的命，这次我没在他身边，没有人对他喊那一声：当心，有车。

赵大鹏当场死亡，而我们，没有一个人知道。我们最后还是在没有他参与的情况下开始了那场饭局，当我们推杯换盏、其乐融融的时候，交警正赶到出事地点。现场极其混乱，围观的人里三层外三层，肇事司机躲在车里不敢下来。赵大鹏卧在马路中央，交警发现几米远处有一根铁棒，他们不可能知道这是什么鬼玩意，赵大鹏的身上没有一样能证明身份的证件，交警从他的穿着来猜测，这或许又是一个倒霉的无业游民，最近这地方这种人特别多。他们把他抬上救护车，明知去医院只是例行公事，白痴都知道这人已死透了。救护车离去后，现场剩下一摊血迹、撞人的小车遗留的前保险杠以及那根被忽略的铁棒。它带着赵大鹏手上的余温，带着铁锈，横卧在路面，顶端三角叉的一边直指天空，被路过的几个小孩捡去当玩具，下落不明。

两天后，大伯母接到一个电话，让她去认尸。她去了趟医院太平间，回来告诉我们，她认不得。那时，赵大鹏失踪的消息已传遍整个"新安村"，我们问她什么叫认不得。她说，脸撞烂了，一团模糊的肉，吓得她看了一眼就对警察说这人她不认得。我们背脊冒出一股凉意，心想，赵大鹏竟被撞成了这个地步。过了一天，警察又打来电话，说再来认。大伯母说，她都说了认不得。警察恼火，什么认得不认得，身份核实了，赶紧签字带走。大伯母又去，这次从他穿的内衣辨别，没错——是那个曾打她打得不要命的男人。这件衣服是他们结婚时她给他买的，上面都是小破洞，那会儿他们感情还不错。

赵大鹏死后，大伯母和表哥住进了他生前的安置房，把东西清理一遍，整理出一大堆没用的废物，单是酒瓶就不下百余个，有些瓶里还有残酒，放在门前让

赵　雨 ｜ 蛇行入草

收破烂的收走。收破烂的把每个瓶里的酒都倒干净，拿去卖钱，不过它们最后的归宿可能还是那个垃圾场。有个细节不容忽视，是办完赵大鹏的丧事后，表哥亲口告诉我的。他说，在清理那些酒瓶时，他强忍住厌恶，想到每个瓶子的瓶身上留有赵大鹏的手掌温度，瓶嘴上留有他口中的唾沫痕迹，甚至还有他凑着瓶口吐进去的胃酸，有一种作呕的感觉。那些瓶子层层叠叠，彼此紧挨、垒砌，只能像抽积木一样小心翼翼取出来。弄到一半时，表哥恍惚看到一样东西浮现在瓶身玻璃的夹缝间。他说，那感觉像在看一帧3D画面，透过绿色玻璃交叠的折射作用，那东西在直射到瓶子的一缕阳光下被放大好几倍，是一条盘曲起来的蛇。倒三角的蛇头有拳头那么大，丑陋地变形，扭曲，蛇身慢慢舒展，在瓶和瓶的空隙之间拉长、扩展，弹珠般的蛇眼一动不动盯着他，红色蛇芯子一伸一缩。表哥说，那毫无疑问是一条五步蛇，一条藏身于酒瓶堆的五步蛇，它是怎么进去的、何时进去的，他一概不知，他本能反应就是往后退，脚步刚挪动，蛇就爬走了。它在哈哈镜效果般的瓶壁之间摩擦，不知爬到哪里去。我听了他的话，说，表哥你肯定是看错了，大伯在这里想捉到一条五步蛇快想疯了，他的屋子里不可能有一条五步蛇，否则他早就跟我说他捉到了一条五步蛇。表哥说有可能是他的幻觉，最近三班倒做得他非常疲劳，但为什么偏偏就看到一条五步蛇的幻影呢？我说，我也不知道。

　　一位乡村捕蛇人的一生差不多就是这样，很快大家会忘记他，包括我。一直以来我对赵大鹏心存愧疚，觉得对他不够好，理应多给予他一些关心。他整个人都是灰扑扑的，身上没有什么让人印象深刻的东西，除了一个动作。没错，他的一个标志性的动作让我记住了，记到现在。就是带我去捕蛇的那次，面对一条不打算捕捉的蛇，双脚并拢，右手向旁一挥，对蛇说：蛇行入草。我想，他的暴毙会不会和他捉了太多无辜的蛇有神秘的关联？如果他能对每一条蛇说那句话，放它们到草里去，会不会就能多活几年？我记得他说那句话时，神色从容安详，带着一股温情，他的一生太少有这样的时刻了。

选自《十月》2019年第1期

王侃瑜

九〇后青年作家,毕业于复旦大学创意写作专业,上海市作家协会签约作家,科幻苹果核创始人,亚洲科幻协会副秘书长。曾在"彗星科幻"国际短篇小说竞赛中获得优胜,并多次荣获全球华语科幻"星云奖"。著有个人小说集《云雾2.2》,即将出版个人小说集《海鲜饭店》。

语　膜

1

　　就这样说话吗？ 录音设备应该已经开启吧？ 好，那我开始说了。

　　我叫伊莎，很高兴能够得到这份工作，成为巴别的柯莫语语膜采集对象是我的荣幸。我不太意外，怎么说呢，我知道我会成功，我有这个自信。当了这么多年对外柯莫语老师，我的语言习惯是很好的，熟知语法规则，使用标准发音，时刻注意语言风格，只有自己的语言好才能教好学生，不是吗？ 我曾连续五年获得优质教学奖章、作为教师代表接受媒体访问、与柯莫文化部部长握手，我的教学质量和语言水平一样获得认可，普通人没法拥有这些成就。不得不说，巴别选择我十分明智，我是最合适的人选。

　　当然，我对巴别的印象也很好。我很早就听说过巴别在国际上的成功，几轮面试中，工作人员都很友善，专业度也很高，尤其是最后一轮面试，我与柯莫语项目组负责人汉森聊得很投机。虽然他说德语，我说柯莫语，但是在巴别的翻译服务帮助下，我们基本沟通顺畅。巴别的无线翻译耳机可以将使用者听到的外语上传至云端服务中心，经由神经机器翻译后再实时传回使用者的耳中。

　　在英语、德语、西语、汉语等四十余种语言市场中，巴别提供的翻译服务表现优异，但我在面试中听到的柯莫语翻译只是内部演示。说实话，效果不怎么样，词语层面的准确率不错，但语句表述仍很生硬，句与句、段与段之间也不太统一，听起来很别扭，现实生活中没人会愿意长期付费使用。这也是巴别尚未对市场开放柯莫语翻译服务的原因，他们不想砸了自己的招牌，他们需要为自己的柯莫语翻译覆上一层语膜，使用真人的语言习惯来加工翻译结果，进行润色和统一，所以他们才需要我。

　　说实话，我没想到巴别招人是要录语膜，我之前压根没听说过语膜。我以为我需要参与的是翻译过程本身，我当了十几年对外柯莫语教师，对语法规则非常熟悉，可以在翻译法则方面帮上忙。可汉森却说如今的机器翻译早就不是基于语法规则了，甚至不是基于统计概率，循环神经网络可以学习不同语言间的映射并输出翻译结果，他们需要的是我的语言风格和口语习惯。

　　他跟我解释了语膜的大致原理，不难懂。如果说前一步神经机器翻译是基于对大量语料的学习，需要海量数据，那么后一步的语膜则是基于对单一个体语言使用习惯的长期跟踪，需要一贯连续。每个人的语言习惯都不一样，有人使用大量语气助词，有人讲话惜字如金，有人委婉，有人直接，因此好的作家才能在不指明说话人的情况下让读者明白对话人是谁，而读者也能通过文风猜测某一作品是哪位作家匿名所写。我很兴奋，这比我原来想象的更好，我将用自己的语言习惯帮助巴别建构一张完美的柯莫语语膜。

　　该说一张吗？抱歉，我不太确定应该使用哪个量词，毕竟语膜是一样新东西，柯莫语的量词系统又那么丰富。我参与这个项目的原因之一就是想为柯莫语做点贡献，把这种丰富性尽可能完全保存下来。大家都知道，柯莫语正在式微。就说我儿子雅克吧，从小被他爸送去国际学校，即便后来在我的坚持下转学回到柯莫公立学校，他的柯莫语水平也已大不如前，他讲话只会用最简单的表述，总有这样那样的小错误，口音也有点微妙，不那么地道，让我非常失望。

　　这种情况在柯莫年轻人中并不罕见，柯莫是个小国，以柯莫语为母语的人口

王侃瑜 | 语　膜

不足三十万。大概十来年前，柯莫当局为了经济发展和国际贸易大力推广英语教学，并鼓励外资进入柯莫，引发了一大拨外国人涌入，对外柯莫语教学一下子成了风云产业，可很快外国学生们就发现柯莫语实在太难学了，他们坚持了一阵子，逐渐随着学习英语长大的一代柯莫人步上工作岗位而退缩，柯莫人的英语说得比他们的柯莫语好太多了。

　　在我看来，这简直不可理喻，明明是外来者进入柯莫，凭什么要柯莫人学外语？我所工作的语言学校学生越来越少，柯莫年轻人花在英语上的精力倒越来越多，太不像话了，照这样下去，柯莫语迟早会走向濒危，我不能允许这种事发生。柯莫语极具特色，与邻国那几种彼此相近的语言截然不同，在语言学上有很高价值；柯莫语音韵典雅古朴，就连日常对话听起来都宛若吟唱，悦耳动听却不乏力量感；柯莫文学也成就不凡，出过两位诺贝尔文学奖得主，在周边地区中绝无仅有，安丽雅的《夜歌》和德木的《浮冰纪事》真的太美了，读过的人都赞不绝口，我无法想象未来的柯莫孩子将无法欣赏他们的篇章。年轻人是不懂了，我这个年纪往上的人仍以说一口纯正的柯莫语为荣，这是我们的语言，我们的文化，我们的骄傲。

　　无论如何，我都要为保护柯莫语尽一点力，用语膜挖出一条护城河，挡住外来语言的入侵，不再让它们挤占柯莫语的生存空间。我看过数据，在巴别用户比例高的国家和地区，学习外语的人数显著下降，有靠谱翻译服务的话谁还会耗费精力学外语呢？柯莫语翻译服务早一天上线，柯莫人就早一天不用再说英语，通过翻译耳机，他们的话会被翻译成对方的目标语言，而他们耳中听到的，也将是经过语膜处理的柯莫语，带有我语言风格和习惯的柯莫语，耳濡目染之下，年轻人的柯莫语应该会好起来吧。

　　让我看看多久了？才十分钟，天哪，我以为我已经说了很久，离七小时还远着呢，我得每天说七小时柯莫语才能达到巴别的要求。好吧，我先去喝口水，一会儿等雅克回来再继续。

2

放学铃响，趴在课桌上的雅克抬起头，镜架支脚在他鼻梁上压得生疼，右手臂麻了，右侧脸颊也微微发烫，刚才他又睡着了，他总在柯莫语课上睡着。他用左手拍了拍脸，又捏捏右臂发麻的部位，从课桌里抽出一张纸巾擦掉嘴边残留的口水渍。枕在头下的柯莫语课本也被濡湿了，原本规规矩矩挨个排列的字母如今有一小片变胖变淡，好像一笔一画都在逃离原来的位置，各朝各的方向而不统一，要将字母本身撕裂开似的。

雅克感到一阵烦躁，"啪"的一声合上课本，明黄色的封面上用大号字体写着"柯莫语"，换一行是更小字体的"适用于16—18岁"，阿拉伯数字6和8的圆圈都被雅克用圆珠笔涂成实心。他不喜欢柯莫语字母，就连能用来涂的圆圈都没有几个，长长短短的笔画就像钢丝，要不就是紧紧缠绕彼此不留缝隙，要不就是兀自杵在半空，不时还要转几个弯打几道折，最后发散出几个点，就好像用漏墨的笔写字，写到一半不顺畅，一甩笔杆造成的。雅克永远搞不清那些点具体该点多远才是"恰到好处"，母亲说他写的柯莫语就好像醉鬼写出来的。

雅克不懂母亲为什么坚持要他学好柯莫语。原先他在国际学校念书，几乎所有课都用英语上，他的成绩说不上好，也说不上差，在学校同学老师都说英语，他早就习惯了用英语表达自己，甚至觉得英语才更像自己的母语。国际学校的柯莫语只是选修课，母亲逼着他一定要选，课上教的内容对他来说太简单，同学们大多是外国人，连基本发音都没掌握。他向母亲抱怨过一回，母亲说可以跟她供

王侃瑜 | 语　膜

职的语言学校打个招呼，让他利用周末时间来补课，到母亲的高级柯莫语班上旁听，他吓得赶紧说不用不用，在学校和其他同学一起重新打一遍基础也挺好。

那时候他还住校，只有每周末回家，母亲周末要上课，他们在一起相处最多的时间段就是母亲开车接送他往返学校与家的路上，周五晚上回，周日晚上走。那条路总是很堵，车开上几米就又得停下，开开停停中雅克有点晕车。母亲要他在路上汇报一周来的近况，用柯莫语说，他只好强忍住不适硬着头皮说，挑简单的，尽量不犯错，以掩盖他没遵照母亲的指示每天朗读背诵《柯莫语名篇100篇》的事实，幸好母亲要专注驾驶，没有工夫让他一句句背给她听。

后来转学到柯莫公立学校，所有的课都换成用柯莫语上，老师的教学风格、考核方式都和原来截然不同，雅克的成绩一落千丈。他一直记得母亲看到他转学后第一份成绩单时的表情，那是一次柯莫语测验，他得了二十分，满分一百。他读不懂那些文章背后的主旨，也挑不出句子中的错词。母亲深深叹了口气，没有多说什么，但那之后，雅克感觉母亲看自己的眼神彻底变了。

雅克也努力过，想把柯莫语学好，把成绩赶上去，可实在是太难了，他比同年级的学生们差了好几年的基础，他们在学古柯莫语、文学名篇的时候，他在学英语演讲、作文结构，解数学、物理、化学题时，他都要费点力气把专有名词翻译成英文来理解，生物和历史就更是灾难了。

过了几年，母亲不再孜孜不倦纠正他说的每一句话，而是接受了他说不好柯莫语的事实，很多东西一旦一开始记错就很难再改过来。他以为只要熬过高中的最后几个月，他就有理由说服母亲让自己和国际生一起参加升学考试，读个英语教学的大学项目。

母亲前阵子找了份新工作，说要帮巴别录什么语膜，提供自己的语言风格和说话习惯，以完善巴别的柯莫语翻译结果。雅克为母亲的新工作感到高兴，毕竟这几年来语言学校的学生越来越少,她上课上得好像也不太开心,但他不喜欢这份工作的内容,他不喜欢机器翻译,快捷便利却冷冰冰的,听不到说话者原先话语里的温度,还让人失去学外语的动力,这下更没有人愿意跟他说英语了。更何况这份工作也太累了,她每天要说七小时话,持续一年。七小时,光是听人说话七小时就够痛苦的了,更别提说。

才几天雅克就受不了了。如今他不住校,每天都得回家,一见他回来母亲就开始对他说话,东拉西扯,以凑够规定时长,雅克都快被烦死了。被人一天到晚在耳边唠叨,谁能受得了啊?他想尽办法拖延回家的时间。

放学后,同学们要么第一时间奔向校门,要么四散去参加各种兴趣小组,雅克坐在教室最后一排靠窗的座位,看着教室一点点变空,最终只剩下他一个。空荡荡也挺好的,至少没人跟他说话,没人逼他讲柯莫语。他想了想,掏出课桌肚里的英文科幻小说,上个月见面时大卫推荐给他的,说保证精彩,他不敢带回家所以只能藏在学校。转学以后,他和原来的朋友联系越来越少,只有大卫和威廉还偶尔跟他见面,他们借给他一些英文书,告诉他谁谁谁又申上了国外名校,他听完笑着恭喜,他们便不再多说什么。他打开书,翻到夹书签的那一页,若有所思地读起来。

3

我从没想过说话会这么难。没错,柯莫语的表述非常丰富,可在反复述说之下再丰富的表述也会被耗尽。我根本没那么多话好说,我的日常经验十分匮乏,每天的生活一成不变,我已经把家里所有的角角落落都描述过一遍,用四种不同的修辞形容门口那排白杨树的挺拔,用六种不同的组合叮嘱雅克早点回家吃饭。

王侃瑜 | 语　膜

　　雅克最近回来越来越晚，一回家就钻进自己房间。我知道，他嫌我烦，嫌我太唠叨，可这是我的工作啊。他可能忘了，我刚和他父亲分开那会儿，他成天黏着我，就连上班都想跟去。现在怎么连听我说几句话都不愿意？

　　我曾经以为我的婚姻很幸福。我和他是高中同学，相恋五年，大学一毕业就步入婚姻殿堂，婚后第二年生下雅克。他从商，我教学，在各自的领域都是精英，在别人眼里更是神仙眷侣。他很爱我，说我是全世界最特别的女人，从国外给我买来稀有的香水、丝巾和皮包，他知道我不喜欢跟别人用一样的东西；我也很爱他，我爱他的方式是成为最优秀的自己，让他为我感到自豪；他是最好的丈夫，也是最好的父亲，他带雅克去滑雪、去海钓，让他体验令同龄男孩艳羡不已的活动，成为同学眼中的明星。直到亲眼看见之前，我根本没想过他会背叛。

　　那天是情人节，结婚那么多年，我们早就不过这种节日。他打电话给我说接到国外急单需要加班，让我和雅克不用等他吃晚饭。我没想多，毕竟他总是加班，他的公司做外贸，很多生意上的事都得顾及客户时差。或许因为那天我没课，或许是心血来潮，或许是心疼他工作辛苦，我突然想给他再做一次巧克力，他说过我做的巧克力天下第一。

　　我买了最好的原材料，花了一整个下午制作。巧克力有记忆，比人的记忆还稳固，做巧克力必须耐心等待，等它升温或冷却到合适的温度后才能进行下一步。我喷上他买的香水，系上他送的丝巾，提着巧克力，想给他一个惊喜。

　　那是我第一次去他办公室，秘书匆匆出来接待。她是个外国人，不会柯莫语，只懂英语，她发型乱糟糟的，衣服前襟的扣子也扣错了，我皱眉，他怎么请这种没能力又没教养的秘书。看到我，她一愣，听说我找他，她表情更微妙了。直到她转身进屋去叫他，我才发现她系在头上做发带的丝巾，和我编在发间的那条一模一样，而她离开后残留的香水气息，正是我出发前刚喷上的法国小众沙龙香后调。

　　我没等他出来就走了。回到家，我拆开包装好的巧克力，一颗接一颗吃掉，吃到后来觉得太甜，又开了一瓶伏特加。我不懂为什么，为什么他懒到连香水都买一样的，哪怕是同一品牌的不同香型也好啊。我吃着，喝着，巧克力的甜味和伏特加的辛辣交织，我回想过去的种种细节，终于明白他为什么总是加班，为什么总是在出差后拼命讨好我和雅克，而我却连他们什么时候开始的都不知道。我不知道的事情还有很多，不知道她是否是唯一一个，不知道她在哪里见过我，不知道她为何要模仿我的打扮，不知道他和她如何调情，她连柯莫语都不会说，难道用英语吗？不觉得别扭吗？

　　他当年在大学里就选了英语专业，我嗤之以鼻，学英语能有什么用？果不其然，刚毕业那阵子他根本找不到对口工作，柯莫法律规定，产假在父母两人中间自行分配，我生完雅克，很快就回去教课了，那时候想学柯莫语的外国学生多，上课的老师不够，他休的产假比我还多。后来他跳槽出来自己做外贸，恰好赶上柯莫鼓励国际贸易，他人聪明又勤奋，我们的日子才算好起来，但他也越变越忙，总是出差或加班。儿子到了上学年龄，他坚持要送国际学校，说那里的师资条件和硬件环境都更好，将来儿子柯莫语和英语都会达到母语程度，很占优势，而且从小让他住校可以培养他的独立能力。我虽不大同意，母语就是柯莫语，英语哪能算母语，但也随了他，毕竟那时他为这个家赚的钱多。没想到这些都是他的诡计，为他铺平了出轨的路。他总是在忙，只有假期才带雅克出去，而每周的接送、每月的家长会、每次的亲子活动永远都是我去。我恨他，可我更恨那个勾引他的外国女人。

　　我越想越气，气到牙齿打战，双手发抖。恍惚间，我砸了酒瓶，碎玻璃在夕阳余晖的照耀下闪闪发光，我捡起一块大的，往手腕处比了比，也许这是一个梦，

王侃瑜 | 语　膜

醒过来就好了，疼了就会醒了。我试着用碎玻璃割自己，太钝了，皮肤上留下一条浅浅的痕。我正要再试，雅克回来了。他跑向我，夺走我手中的玻璃。他抓得那么紧，玻璃割开他的手掌，鲜红的血渗出来，但他没有哭，他反而抱住我，说，妈妈别哭。他用英语说，妈妈别哭。我瞪了他一眼，好像不认识他一般，他改口用柯莫语。

　　我回抱他，边哭边跟他说对不起，又挣脱出来，手忙脚乱为他包扎。我的眼泪滴下来，他伸出另一只手轻轻替我擦。那年他才多大啊？十岁？十一岁？都怪我，怪我盲目信任他父亲，任由他在外面跟一个外国女人乱搞，导致雅克被送去什么国际学校连柯莫语都说不好，怪我对雅克的柯莫语学习抓得不够紧，我应该再严厉些，逼他把那些名篇名句都背下来，逼他用柯莫语说话和写作。哦，雅克，我的儿子，都怪我你才说不好自己的母语。不，不怪我，怪你父亲，怪勾引你父亲的女人，怪他们，都怪他们。

　　我不能让雅克像他父亲一样学英语，不能让他长大后也被外国女人偷走。我在离婚官司中赢得了雅克的抚养权，让他从国际学校转回柯莫公立学校，让他回到熟悉的母语环境中间接受教育，我给他补课，纠正他的每一个错误，提示他更地道更准确的说法。可惜已经晚了，几年下来效果不尽人意，雅克总是发不好颤音闪音，也不记得连读要变音，他说话很少很慢，一个个音节断断续续蹦出来，丧失了柯莫语的灵魂。我带他测过智商，医生说没有问题，属于中等偏上的正常水平。中等偏上，那他在班里的成绩为什么总是倒数？我和他爸以前总是包揽班里的第一第二啊。

　　更糟糕的是，雅克似乎进入了青春叛逆期，越来越沉默，什么事都不跟我说。我知道他还和国际学校认识的那些朋友保持联系，他跟他们交流只能说英语，或许正因如此才导致他老说不好柯莫语。这孩子，一点都没有危机意识，高中都快毕业了，看他的成绩也考不上大学，还成天跟一群外国小孩鬼混，我真得想想办法为他早做打算才行。哦，等一下，语膜或许可以帮到他，更直接地帮到他。对，没错，如果语膜可以用于翻译结果修饰的话，那也一定可以这么用。一定不止雅克一个人有这种需求。天哪，我真是个天才，我要找时间跟汉森聊聊，或许能跟他谈谈条件，或许能让雅克……巴别那么大一家公司，一定有办法的。

在那之前，我会用语膜筑起一道无形的壁垒，把雅克保护起来，让他不用再说英语。巴别的翻译服务会隔开他与那些外国朋友们，让他意识到他和他们有区别，他是柯莫人，一个血统纯正的柯莫人就应该说柯莫语，这是深深烙印在我们身上的文化基因，不能改，不能丢。如今的乱象只是暂时的，等到语膜完成，等到巴别的柯莫语翻译服务上线，一切都会慢慢恢复秩序。人们会贪图巴别的便利性而使用翻译耳机，久而久之，人们会重新意识到不同族群间人的巨大区别。没错，他们能够理解彼此的意思，却是经过加工后的语言，而没有巴别、没有语膜，他们将无法交流，他们会明白过来的，他们本就是不同的人。

天哪，我怎么说这些，一定是因为喝了酒。幸好巴别承诺不会用真人员工处理数据，神经网络会剔除我说话的具体内容，保留下来的只是我的语言习惯。不过说出来可真畅快啊，我从未跟人吐露过这些情绪，如今倾倒出来，好像翻出埋在谷仓最底下受潮发霉腐烂的陈年稻谷，在酒精的催化下燃烧，升腾，回归其本真，真是太爽了。

4

雅克一直等到天黑透了才回家。

屋里黑着，他没有去开廊灯，而是借着路灯的昏黄光线，找到那把正确的钥匙，插进锁眼，很轻很慢，尽量不发出一点声音。他小心翼翼地转动钥匙，"咔嗒"一声，锁舌弹了进去，这声响在静谧的夜里被无限放大。雅克心脏一阵痉挛，千万别醒，千万别。他侧身将耳朵贴在门板上听房间里的声响，过了好一会儿，没有响动。他一点点压下门把手，轻轻朝里推，控制住幅度，不发出一点动静。他又花同样的力气合上门，脱掉鞋，踮起脚尖往自己屋里走，就在他即将踏进自己房门时，黑暗中传来一声呼唤。

"雅克？"

他没有应。

"啪嗒"一声，客厅的灯被打开。刺目的亮光瞬间包围了他，他眯起眼，往后缩了缩，感觉自己好像聚光灯下的罪犯。

"你总算回来了啊，雅克，你知不知道我等了你多久？"

雅克仍不答，他想钻进自己的房间紧闭房门，但他知道这样没用，她会追上来，在门口不断说不断说。

"你去了哪里？最近你都不怎么回家？这样可不行，凡事都有个限度，玩玩可以，千万别当真。"她晃晃悠悠站起来，朝他走来，夹带一身酒气。

他告诉自己要挺住，别反驳。

"我不说你以为我就不知道了吗？你交了外国女朋友吧？你知不知道这很危险？她们都一个样，从别处来到柯莫，狩猎愚蠢又善良的柯莫男人，掏他们的心，喝他们的血，毫不留情。雅克啊，我的雅克，你还记得你父亲吗？你可千万别像他一样，成为她们的猎物。"

他捏紧拳头，告诉自己忍耐，她受父亲的伤害太深，以至于产生臆想。他哪里有什么外国女朋友，他连朋友都没几个，学校到六点要锁门，他又不想回家，只好在外游荡。小时候他不懂父亲为什么要那样做，长大后他有些懂了，母亲就是这样一个人，一丝不苟，完美无缺，给身边的人太大压力。喝了酒后的母亲反倒更像个真人，他宁愿看她喝醉酒把压力都释放出来，而不是总一个人绷着。

"我教过那种女孩儿，她们脑袋都不太好使，记不住柯莫语的十五种时态，也分不清名词的四个性，讲出来的话漏洞百出。天哪，我真受不了那些不正确的表述，柯莫语本该顺滑流畅又轻盈多变，那些语法错误、不当用词就像沙砾，听起来就像在牛奶里喝到鱼刺，在丝绸上摸到虫卵，难受、恶心、不堪，再加上怎么都纠正不过来的发音和语调，真是个灾难，这种人也配说柯莫语？"

他告诉自己母亲不是在说他，她只是在攻击一个假想敌，在她的想象中拐走了她儿子的假想敌。但他仍忍不住想她每次听到自己说柯莫语犯错时的感觉，真的那么令人难受吗？正因为担心犯错，他才越来越少在她面前说话。他说柯莫语时总觉得自己就像个做错事的孩子，好像矮人一头，说英语时的他才是真正的他，可母亲从不让他在她面前说英语。

"你怎么不说话？你同意是吗？那就好，我的乖儿子，听妈妈说，往后要早点回家，别再这么晚回来了，别再跟外国女孩儿交往。要说话可以跟妈妈说，妈妈有的是话跟你说，我给你讲故事，给你念儿歌，你躺在我的膝头，我们一起看星星，像小时候那样。多好啊，你永远不会长大，永远不会离开我，永远不会说英语。你还记得你爸背叛我的时候，你对我说的话吗？你说妈妈别哭，你说你会照顾我，会陪我一辈子……"

她到了他近前，手里还举着酒瓶。雅克把脑袋微微歪向一侧，想绕过她的肩头去看地上有多少空酒瓶，她到底喝了多少才会醉成这样？不料却被她一把抱住。

"雅克，我的儿子，我的宝贝……"燠热的糜烂的衰朽的气息淹没了他，他下意识挣脱，却不料她失去平衡往后摔去。

王侃瑜 | 语　膜

"Watch out!"他脱口而出一句英语，伸出去想扶她的手滞在半空。

她跌坐到地上，埋着头，头发遮住脸，肩头耸动。雅克以为她在哭，没想到她却在笑。

"哈，哈哈，这就是你对待母亲的方式吗？翅膀硬了，能飞了，就一把推开养育你的人。这就是你对待母语的方式吗？学了英语，能说了，就忘了自己到底是谁。你告诉我，你是不是不想当我儿子，是不是不想当柯莫人？柯莫语就是被你们这种人糟蹋的，自己的母语不好好说，自己的文化不好好尊重，崇洋媚外，被外国字外国妞迷得神魂颠倒。你知不知道自己的柯莫语说得有多差？知不知道我对你有多失望？我为什么要去录这个语膜？为什么要这么痛苦？还不都是为了你。你懂不懂？懂不懂？你根本不了解我的苦心！"

又开始了，她又开始了。她才是那个什么都不懂的人，她从不听他说话，只是把自己的想法强加于他，他体谅她不跟她吵，她却只当是他无能。她让他觉得自己渺小却愤怒，他好像绑了一身炸药，遇上她的酒精，只要一点火星就会把整个家炸得灰飞烟灭。英语和柯莫语在他胸腔中混作一团，驳斥和咒骂在他喉咙翻滚，他闭紧嘴，赶在它们汩汩流出来之前跑出去，奔向无尽的黑暗，希望阴冷潮湿的夜能浇灭他，也能浇灭她。

5

我懂了，说话一定是种刑罚。每个发音都需要多个器官的共同协作，喉头的每一次振动、软腭的每一次开合、舌头的每一次卷伸、嘴唇的每一次变化，元音辅音，长短轻重，说话这个行为本身在物理意义上就复杂无比。每天每天，我说啊说，说到嘴唇麻木，喉咙烧灼，口干舌燥，精疲力竭。至于搜寻说话的内容，更是心灵上的折磨，我好像被人压着后脑勺，就像响尾蛇那样吞噬自我，用舌头挖掘角角落落所有可说不可说的素材，将丁点的碎末都舔舐干净，再混上数倍的口水吐出来。

我掏空所有能说的话，却还不能停。一旦不说，耳麦就会发出提示音，像蜜蜂，像苍蝇，在我耳边盘旋，嗡嗡嗡，嗡嗡嗡，嗡嗡嗡嗡。有时候，即便我在说，也会产生幻听，耳麦的嗡鸣萦绕在我脑中，我不得不暂停，回想自己有没有违规，有没有过度重复，有没有不小心模仿别人的口吻，暂停时间长了，提示音便真的响起。我抱住头，捂住耳朵，没有用，声音更响了，耳麦在我耳朵里。

我分不清自己说的是真是假，当下在反复描摹中失真，过去的回忆也早就被咀嚼殆尽，我只能编故事、说谎话，不再顾忌逻辑和真实，说话内容无关紧要，我只要保持唇舌的嚅动，输出我的语言风格就好。我的嘴除了说就是吃，吃是为了维系生命，毫无任何愉悦可言，说才让我有活着的实感，近乎撕裂的实感。我好像一条蚕，吞食桑叶，吐出蚕丝，一丝一丝，在身周织成一个茧。

经过一年的酝酿，我会破茧而出，语膜会破茧而出。承载我所有柯莫语造诣和期望的语膜一定不同凡响，她会有虹彩羽翼，在空中翩翩起舞，将所有粗鄙简陋的不规范柯莫语包装成优雅高贵的样子，就像我本人的语言一样。

语膜不会像雅克那样令我失望，我倾尽所有来塑造她。三百六十五天，每天我都用最上等的养料浇灌她，最纯正的柯莫语，她会出落得俊俏又标致，有标准的文法和句子结构，用恰当的词组和句读。我用语言塑造她的骨架，用鲜血滋养她的血肉，用记忆拟合她的灵魂，并用酒精调制她的体香，以弥补我在教导雅克过程中产生的所有遗憾。语膜会替我将纯正的标准柯莫语传承下去，她是个贴心又听话的女儿。

对，语膜就是我的女儿，我的第二个孩子。这痛苦又漫长的过程仿佛孕育，

王侃瑜 | 语 膜

所有的不适都只是妊娠反应，我怀雅克的时候也有过，不是吗？很快了，很快她就将诞生。看哪雅克，你快要有妹妹了。可是雅克去哪儿了？我已经好几天没见他了，他怎么了？闹情绪了吗？因为我教妹妹说柯莫语比教他更用心而嫉妒吗？

别这样啊，雅克，你听说我，你是当哥哥的，要疼爱妹妹，而且妹妹出生以后会帮你，她能润饰你说的话，你再也不用担心说不好柯莫语了。妹妹会帮许许多多人，她有一颗金子般的心，会一视同仁将所有人的柯莫语都修缮一新，用我提供的语言风格，绝对可靠，柯莫人的耳朵配得上听到最好的语言。

语膜是模型也是标本，哪怕有一天语言的世界彻底大变样，她也能保存标准柯莫语的样本，哪怕再没有人说纯正的柯莫语，她也能让人们看到柯莫语曾经的荣光。

啊，她踢我了，她说她需要养分，她需要酒，哈，她在提要求呢。

（哐当，噗——咕嘟，咕嘟，咕嘟。）

真爽啊，酒可真是好东西。我最爱伏特加，因为它的纯净，它的简单，喝伏特加不需要造作的仪式，随时随地，快速补充酒精。它无色无味，因此万能，是很多鸡尾酒的基酒，比如血腥玛丽。调杯血腥玛丽吧，伏特加，加上血。哈哈，骗你的，是番茄汁，但是用血也未尝不可。要不要试试？

刀呢，我有刀，上好的刀，闪闪发光，几乎都能当镜子用，天哪，这个人是谁？黑眼圈怎么这么重？真可怜，来，我给你也做一杯吧，喝点酒就好了。刀割破皮肉是什么感觉？不痛，一点都不痛，血往外流的速度也不快，缓缓沁出，好像一串血做的珠子，珠子滴落进酒杯，殷红晕染进透明，好像盛开的花，真美啊，血做的花。疼，好疼，原来疼痛只是迟到了，威力一点都不减。这感觉太妙了，我感到我活着，我好像看见了烟花，血做的烟花。

血，好多血，我在流血。雅克，你在哪里？快帮帮我，帮帮妈妈。手机，通信录，雅克，没人接，短信，发短信吧，只能用一只手编辑，最简单的，求助，定位，发送。你会来吧，雅克？一定会的，你答应过的，你答应过要保护我……

6

雅克近来反复做同一个梦，梦里他被许多人围住，他们离他十几米，有高有矮有胖有瘦，每个人都面容模糊，每个人嘴里都念叨不停。离得远时还听不清，只当是一片嗡嗡声，可从某一刻开始他们集体朝他迈近，他们每一个人都拥有母亲的"声音"，说着母亲的语言，从四面八方将他挟裹。

"雅克，你听我说，你必须尊重柯莫语，你得说好自己的母语，这关乎文化自信……"

"不准再说英语了！快和她断绝交往，我会给你找一个柯莫女朋友，像我一样说一口标准柯莫语的……"

"白色，一切都是白的，白色墙面，白色天花板，白色从吊灯上流淌下来，缠上左手腕，一圈又一圈，白里洇出一点红……"

雅克想推开他们冲出去，但人群后面是更多的人，像海浪般朝他涌来，他感到呼吸困难，他猛然惊醒。

抬起头，他发现母亲已经醒了，是她在一直说，她一醒来便开始描述医院病房的环境。

他坐起身子，动了动脖子和肩膀，在病床边趴伏一夜，身体有点僵硬。他摸到眼镜戴上，模糊的世界重又变得清晰，他看到母亲正试图用右手去拆左手腕上的绷带。他赶紧站起来，按住她。

王侃瑜 | 语　膜

"雅克，"她见到他一怔，"你……我这是在哪儿？我的手怎么了？我睡了多久，没耽误工作吧？最后一个阶段了，我得坚持下去，语膜很快就会完成的，别担心，语膜一定可以帮到你……"

他没有说话，他不知道该说些什么，他也不知道能说些什么。他只是张开双臂，俯下身，环绕母亲，紧紧抱住，就像他小时候抱她一样。他不记得自己有多久没抱她了，他都快忘了她是那么瘦，嶙峋的骨头硌得他生疼，疼到他流下眼泪。

巴别的人也来了，男人自我介绍说叫汉森，是柯莫语项目组负责人，他跟雅克说英语，像对待成年人那样同雅克握手，雅克却不怎么喜欢他。在他心里，母亲变成现在这样，多少是巴别的过错。汉森要和母亲聊点事，雅克便走出去。

外面天气很好，丝丝缕缕的云缀在天边，和煦的风打着旋钻进他鼻尖，混杂着新鲜泥土、枝头嫩芽和野蘑菇的味道。真好啊，很快就会结束了，等结束之后，他就和母亲谈谈，关于他的大学申请，关于他的未来打算。他喉咙一阵发痒，咳嗽起来，这才想起春天到了，空气中飘满了看不见的杨絮。

他退回室内，守在病房外面。不一会儿，汉森也走出来。

"雏形已经完成了，"他用带浓重口音的英语说，同时递给他一样东西，"给，试试看吧，你可以说柯莫语，我说德语也会更自在。"

雅克接过来，是一对迷你螺旋塔状耳机，雅克将它们置入双耳，耳机的弧度恰好贴合外耳道，几乎没什么重量负担。他注意到汉森耳朵里也有一对一样的，不时闪现蓝光。

"第六代巴别无线翻译耳机，底部的收音系统收集人声，上传到云服务中心进行处理，翻译成目标语言后再传回，通过顶部发声单元传到耳中，我们最新也最满意的硬件产品。你现在能听懂我说话吗？"

雅克点点头。汉森的话被翻译成柯莫语，由一个中性柯莫语女声念出来，他不认得这个声音，话语底下却有些东西让他感到很熟悉。

"根据你妈妈提供的语言素材，经过分析和抽象后制成的柯莫语语膜，负载于所有柯莫语输出结果之上，每位选择柯莫语作为目标语言的用户都会听到经过她语言风格加工后的翻译结果。"

原来这就是熟悉感的来源，这声音、这话语不属于母亲，却又分明属于她，他从没想过语膜的效果竟是如此……诡异。

"你不用担心，她提出的设想我们已经实现了，工作的事儿也没问题，巴别一般要求大学学历，但对你可以网开一面，毕竟你妈妈做出了巨大贡献。你快毕业了吧？到时候就来吧，可以先从底层的销售做起，正好你的语言情况也能为客户提供示例。"

巴别？工作？什么意思，母亲私自替他决定了未来？替他向人求情？可她根本没问过他，他不想工作，他还想念大学。

"进去陪陪她吧，录语膜真的很辛苦，她都是为了你。放心吧，巴别在柯莫语市场的表现会很好，你再也不用担心自己说不好柯莫语了。"

雅克张了张嘴，想要辩驳，但他什么都没说出来，他不知道该说柯莫语，还是英语。

"有那么好的妈妈，你真是幸运。"汉森拍拍他的肩，走了。

雅克回到病房，母亲已经坐起身来，半倚在床上读一小张三折页，她耳中的耳机不时闪现蓝光。

"你好好感谢汉森先生了吗？多亏他帮这个大忙，往后你可要好好表现。"见他进来，母亲合上手里的三折页，封面上画着一对小小的螺旋塔状耳机。

王侃瑜 | 语　膜

雅克的喉咙动了动，吐出一句含混的话，伴着杨絮飘扬到空中，却迟迟不落下。

"你说什么？"母亲碰了碰耳朵里的耳机。

雅克又重复一次，一字一句，用柯莫语说："巴别，我不去，想考大学。"

"雅克，我知道，你有上进心，但也要现实点，你的成绩……离考大学还有点距离。巴别的工作很好，全球最佳雇主，多少人想挤进去啊，而且就算你考上了大学，毕业后能找到这么好的工作吗？我都给你安排好了，听妈妈的话，不会错的。"

"国际学校，送我回去，我可考上。"他继续用柯莫语说。

"不可能的，你在柯莫公立学校读了这么多年，压根没受过针对国际学校学生的高考训练，你怎么可能考得上？更何况，你用自己的母语柯莫语学习都学不好，用英语就更加……"

"母语你的，不是我的。我，你根本不了解。"雅克咕哝道。

"雅克，我太了解你了，我是你妈妈。你说话的每个习惯我都了解得清清楚楚，哪怕现在语膜修饰了这些错误，我仍能想象你说的每一句话原本是什么样子。"

雅克皱起眉："我原本的话，你不听到？"

"对，巴别已经实现了我的设想，你不用再担心自己说不好柯莫语了。你说的每一句话都会在经过语膜修饰后才传入我耳中，别人的也是。你听到的是我原本的话，那只是因为语膜用的本来就是我的语言风格，不用再作调整。怎么样？你妈妈是不是个天才？是我想到语膜可以有更广泛的应用，不只是翻译结果，而是所有的柯莫语输出，语膜可以用于你的话，你那些外国朋友的话，人工智能的话，所有需要标准化输出柯莫语的地方。我跟汉森说了这个想法，没想到他们这么快就做出来。"

"所有人的话,你篡改?"雅克感到难以置信,他从未想过语膜还能这么用,语膜不只加工翻译结果,连原本就说柯莫语的人甚至人工智能的话也会被加工?从今往后,所有人听到的都将是统一后的柯莫语风格,他们将不再拥有自己的个性,经过巴别的语膜过滤,所有柯莫语都会被标准化成母亲的语言。

"这不叫篡改,是修饰,我提供的只是语膜,巴别通过算法来润色柯莫语输出,说话的内容不会有变,只是语膜让这些话更优雅动听而已。"

雅克感觉耳膜嗡嗡作响,他切换成英语:"那我说柯莫语,英语,或者别的什么语言,对你来说有什么区别? 你听到的都只是自己的语言,你根本听不到我的声音。"

"我当然听得到你的声音,汉森说了,巴别的语音模拟项目也快完成了,只要几句话的数据就能帮助他们拟合出说话者的声音波形,这会和柯莫语服务一起上线,想想看这有多吸引人,巴别会在柯莫大获成功,掀起一场风暴、一场变革。"

雅克感觉自己被一盆凉水从头浇到脚,他无法想象这场"变革"后世界将变得多么单调,经由语膜,所有人都将用母亲的语言说话,完美无缺、优雅高贵的语言。他意识到那么久以来他都想错了,他以为母亲是不想听到不标准的柯莫语,但其实她只是不想听到异于自己的声音。她试图按照她的想法来塑造儿子,让雅克说一口她那样的"正宗柯莫语",但却失败了,所以她才对他如此失望。这几年来他所有的自卑和沉默,都不过是因为他没能按照她的计划成长。在母亲眼里,雅克不只是说不好柯莫语,根本是一无是处,只因为他和她要求的不一样。所以她彻底放弃了对他的任何期望,转而用最大的力气去塑造语膜,完完全全按照她的意志、她的想法,造出了自己的第二个孩子——语膜,用以取代这个不成器

王侃瑜 | 语 膜

的儿子，成为她的骄傲。即便如此，她仍不愿放手对于儿子人生的干涉，她仍希望彻底掌控他的生活、决定他的未来，她剥夺他的声音，剥夺所有人的声音，但她自己却毫不自知。

"怎么了，雅克？汉森说语言素材暂时够了，我可以提前结束工作，出院后我们去庆祝吧。我救了柯莫语，再也不用担心标准柯莫语流失了。你再也不用说英语了，也不用担心自己说不好柯莫语，你不必再自卑了，你不开心吗？"

雅克抿紧嘴，他在酝酿。他要说出来，把一切都说出来，从没有人真正告诉过母亲，父亲选择了逃向其他女人，他选择了忍耐，但这一次他必须说出来，亲口告诉她。他要用英语说，用他真正感到舒适的语言，而非他所不擅长的、让他结结巴巴又缺乏自信的"母语"。她会听下去的，她会听到经过语膜润饰的完美柯莫语，但内容却是他想告诉她的现实。也许说完之后他该把巴别的耳机取出来扔到地上踩碎，让她再听听自己说英语。但他得让她先耐心听完，他张开嘴开始说，用他真正的母语。

选自《收获》2019年第4期

陈润庭

1993年生,广东汕头澄海人。文学硕士,《羊城晚报》特约评论家,曾获广东省高等院校"高校校园作家杯"首奖、首届全国大学生汉语创意写作大赛银奖、中国台湾"南风文学奖"现代小说组第一名等。作品见《花城》《山花》《芙蓉》《作家》《作品》《湖南文学》《广州文艺》等刊。

莉莉在不在书店

到了八月底，就连背风坡的大港也要下起雨来，莉莉住进不在书店也就满一年了。这是她分手后离开嘉义南下，找到的第一份工作。老板庄臣是个大胖子，他和老婆薇儿两人都从事金融行业。薇儿会打扮，不仅打扮自己，也把自己的老公打扮得高了五厘米，好像只有一百八十斤那么胖。早年，他们在股票上赚了钱，在高雄市中心的三多商圈置了房产，又买下附近几间相邻的临街店铺，光租金和股票收入就够他们衣食无忧。每到过年，除了到普通的庙里去拜拜之外，他们俩还到七贤一路的万应公庙拜拜。

万应公庙就在路角，平日里没什么人。整座庙有半座都沉在路面之下，从路面上看，除了黑漆漆一片，什么也看不清。顺着石阶往下，眼前才渐渐浮起斑驳的朱红色庙门。左边那扇门的油漆剩得多一些，但也很斑驳了。在高雄警方还未严打的时候，这里人多，但不见香火旺。来这里的，不是穿着开衩到大腿根的旗袍的小姐，就是前胸后背文了半个动物园的大哥，还有就是瘦得脚腕比手腕细，眼睛发着绿光的白粉仔。他们在这人间地平面一点五米以下的庙里，买卖那些叫人发狂的粉末。一个夜里，他们四处逃散，希望自己从人间蒸发得快一些，也有人从裤头拔出黑色手枪，要跟警察"较输赢"。"砰砰"的枪声过后，输家躺在了地上。二十岁的庄臣赶到这里时，救护车还没赶到。父亲老庄就靠在这敞开的门和门槛之间的夹角里。他大口大口地喘气，文在颈动脉上的青龙不时抽动着。手枪不知道丢到哪去了。西装外套下的肚皮被打出一个枪眼，血淌了一地，一只手在木门上抓着,想抓住黄铜门环,最后也只是在门上留下变形的血印子。

也是从那一年起,庄臣每年都到万应公庙里来拜拜,拜万应公庙里的孤魂野鬼,也拜自己的老庄。结婚后,就和薇儿两人一起来拜拜。庙里空间窄小,也不见名人题献的金漆牌匾,神坛上没有神像,只挂着一面本是正红色的绣花帘子,帘上有明黄色流苏,风吹不动。据说帘子之后,有一尊石像。但建庙以来,也无人敢掀开一探究竟。就连换帘子也无人上前。日久不换,帘子就被香火熏成难以形容的颜色。年初时,庄臣按往年惯例,上香后甩甩签筒,又捧起杯珓往地上一掷。福德老爷灵签第36号!口水流到木桌上的解签阿伯被叫醒,拿起老花眼镜一戴,歪着头想了很久。两天后的下午,庄臣夫妇开着他们的凯迪拉克,穿过盐埕埔来到苓雅区的文化中心附近。车子在林泉街角停下时,一个警察刚好开着大排量的机车呼啸而过。

待转区书店的老板黄先生后来跟我说,这对夫妇完全不像是开书店的角色。他们真是什么都不懂,好像平生和书没打过交道。只因为听了神明的指示,才要来开书店。我跟他们讲了一个下午,大概讲清楚了书店经营是怎么一回事。噢对了,我记得了,那天下午他们被警察贴了罚单。他们还骂了声,靠夭!

据交警的罚单显示,那一个月里,这辆崭新的凯迪拉克一直来往于盐埕区的驳二文创园区与七贤一路之间。门口该摆什么展品,庄臣和薇儿相持不下,便交给神明决定。最后一次,贪睡的阿伯被叫醒时,已经不再抓起老花眼镜,只是拿食指和中指捏着签诗看了一会儿,说:"阿万应公指示你们二位,去东南方向请一位设计师!"

不在书店开业的那天,来捧场的多是庄臣夫妇在金融界的朋友。庄臣和他们在门口站着抽了几支烟,穿着尖头皮鞋的两只脚不断变换姿势,承载身体重心;然后带他们钻进书店兜了一圈,店内的装饰把其中一位额头撞得瘀青,后来他们

陈润庭 ｜ 莉莉在不在书店

对着驳二集仓库式的建筑拍了几张照片，就各自散了。晚饭的时候庄臣接到一个越洋电话，让他到西欧去待半年，等到公司的新项目落地了再回来。

到书店面试那天，莉莉穿着牛仔裤和T恤。T恤上有一只鼻子长长的大象。谈妥了工作时间和薪酬，庄臣带着她在店里兜了一圈。莉莉才知道自己的工作环境那么美妙。庄臣说，楼上的策展空间还没开放，有一张折叠床和一些简单的生活用品，你要的话，可以在这里过夜。

从公寓出发前，莉莉换好了工作服，把黑色围裙装进包包里。从轻轨下车，步行三百米，莉莉发现不在书店入口处的展品换了。前几天面试时，还是一只举着双爪故作凶恶的大白熊，浑身光溜溜的。现在这尊公仔侧身坐着，浑身都是破布，也许是热衷扮演达摩的孤独症患者吧。虽然只来过一次，但她已经记得那些黑色幕布穿插的角度。手不再往前伸去，依靠触摸带来的安全感。脚尖不断变换行走的方向，静待眼前即将降临一天的黑暗。

凭着某种直觉，莉莉摸到了柜台的边边。圆角。从肩膀取下包包，放在柜台平面上，听见木头倒地碰撞的声响。总闸被推起时，刚好是上午十点半，许多航船还停靠在香蕉码头上不肯出发。莉莉一转身，五十几朵黯淡的光正对着她漂浮着。每一束快要断气的灯，都努力照亮着一本摊开的旧书。这让莉莉有创造了世界的欣喜。

打开了冷气，又把电脑打开。屏幕设定得很暗，音乐软件里是设计师留下的歌单。莉莉扫了一眼，都是有些过时的电子乐。按下播放键后，声音从店内最顶处的角落里流淌出来。尖锐的高音一直在远处不肯靠近，隐喻让空气的流动显形，最后与黑暗结缘，把空间的边界消弭。像持灯的使者，绕过了桌子圆圆的边缘，莉莉点亮下一张桌子上摆放的小灯。在角落里，莉莉找到了通往二楼的楼梯。她在书店游走了一圈，仔仔细细地看着那些被照亮的书。她找到一本俄文版的《战争与和平》，小纸条上写着，这是19世纪末的版本，当时列夫·托尔斯泰还在世。

中午过后，有几个客人陆陆续续地摸了进来。他们从柜台右侧的幕布小心翼翼地探出脑袋，发出一声刻意压低了的惊呼。仔细而缓慢的步伐绕着发光的书走了一圈之后，大多会在收费区处停留一会。把小圆桌上的牌子凑近鼻尖，看到一列咖啡的名称与价格，又把牌子放回原处，朝柜台的文创产品走来。

小熊。摆在门口的过时展品，小白熊的缩小版引起了他们的喜爱。第三天的下午，有五只小熊被带走了。黑色笔记本放在篮子里，旁边是镀了金的美工尺。旁边那一篮筐的不在蜡烛无人问津。它们被包在褐色的纸套里，一碰就发出沙沙的声响。只有一个瘦瘦高高的巴西男人举着它问莉莉，我可以在这里把它点燃吗？

也有熟客会问，之前的女店员到哪里去了。那是个不太计较薪酬的女生，扎着双马尾，穿着牛仔吊带裤。起初庄臣对她很满意。但后来薇儿发现她对漆黑的氛围和空灵的电子乐毫无抵抗力，总是在椅子上呼呼大睡。一开始薇儿来过几次，她发现莉莉总是戴着围裙，看上去也很认真负责。在小港机场送走了庄臣，原本庄臣负责的部分现在落到了她的身上。薇儿更忙了，每天晚上八点之后才能空闲下来。书店开张之后，她再也没有到过万应公庙，也忘了中元节的临近。莉莉也让她很放心，除了每个月底来结算之外，她到书店和回到三多住宅的次数都越来越少。

一个月后，莉莉收拾了行李，搬进了不在书店的楼上。策展空间还未开放，装在木箱里泡棉纸外溢的建材占据了大部分的空间，隐约可闻到油漆刺鼻的味道。楼梯左手边有一间木板围起的小房间。贴墙放着的折叠床只有九十厘米宽，坐上去咿呀作响，不知道以前如何承载庄臣的重量。除了一面穿衣镜之外，所有的生活用品都是崭新的，它们欢迎莉莉的到来。枕头的正上方装着一盏和楼下同

陈润庭 | 莉莉在不在书店

款的灯,灯泡正对着睡下的人。一开始莉莉把枕头放在床的另一边。打开灯后,灯照亮她从被窝里伸出的小脚,墙上有两个模模糊糊的影子,像两只老鹰。莉莉试着做"脚影":仓鼠、番石榴和起重机。如果什么都不做,放在那里就是两株沙漠里的仙人掌。后来莉莉喜欢上了这盏灯,便把枕头掉过来。睡觉时也不关灯,她的脸在明暗之间沉浮,如同一本书在黑暗中发着微弱的光。

分手后,莉莉陷入了长时间的失眠,每天靠着安眠药才能入睡。她怀疑自己不适合再和他待在同一座城市,所以选择南下。那盏小灯没有阻碍她的身体分泌褪黑素,反而治好了她的失眠。每天结束营业后,莉莉走出书店去迎接大港的黑夜。

一开始她对下班之后的世界总是充满了兴趣。傍晚时分海员和长官聊天的侧影也足以打动她。海员帽下的鼻梁被夕阳勾勒出回忆的轮廓,令莉莉想到那个男人。他们的生命曾经如此紧密地缠绕在一起,以至于时间成了形体的附庸。入了夜的驳二不再有游客,从西子湾吹来的风甚至有些凉意。她走出大港,发现路上只有24小时便利店还开着门。有几次稍早一点,她会到旁边的微热山丘坐一会儿。那个长得很像日本人的小姐站在门口招呼她,又给她递上一杯清茶和一块凤梨酥。多数时候,莉莉顺着大路走出驳二,到路边去吃80台币一碗的锅烧面。回到黑暗之前,莉莉会摸摸门口的孤独症患者的公仔,好像它等了自己太久。

而在阴影的遮蔽之下,另一些变化则微妙而难以察觉。莉莉本来是敏锐的。她总是能吃出锅烧面里的小虾新鲜度不太一样,没有一天的虾是一样的。等到她发现,自己已经分不清虾和蚵仔味道的区别时,她开始觉得锅烧面汤头咸得难以忍受。过重的盐味让她变得昏昏沉沉,记忆也随之变成蝴蝶似的重影。

那天夜里,大港开唱音乐节的人流朝着盐埕埔捷运站拥去。我在舞台前已经喝了几罐啤酒。几个戴着头巾的年轻人坐着捷运站的电梯沉下去,还一边跟我举起手大笑。我突然不太想与他们为伍，便转身走进旁边的"佬掉牙"酒吧。店里除了吧台的莉莉和酒保，还有几个酒客坐在暗处的角落里。莉莉化着浓妆，穿着一袭红裙，在高脚椅上露出自己好看的小腿。我点了一杯精酿，吧台前没有他人，于是我们聊了起来。莉莉说酒保是她的男友，自己在等他下班。酒保正在调酒，听到这话，手上动作顿了一下，一颗樱桃掉进了调好的酒里。我说自己经常游走于高雄的各大书店之间。莉莉说自己工作的书店就在驳二。听到我猜诚品书店，她有些鄙夷，仿佛听到了新华书店。她说自己经常去待转区书店找黄先生聊天，还在那里买过一本《将军族》。因为她想到书店工作很久了。待转区书店的黄先生则说绝无此事，因为陈映真的作品他只有一本，至今都未售出。

  莉莉的酒见了底，我帮她多叫了一杯调酒。她的手沿着吧台滑过，停在我手肘不远处。你说你也去过不在书店，那是很神奇的地方。在那里，时间被折叠了。我常以为只过了一个小时，其实早就过去了两个小时。她指了指手表，它告诉我人间的时间，而我的脑子……告诉了我，别的。

  莉莉似乎越来越喜欢黑色与迷离的电子乐。即使营业时间结束，她也很少关掉音响。料理完一切，她会关掉书店里除了柜台处之外所有的灯，然后走到角落里。书店里的电子乐依旧持续，木板台阶踩上去好像溶化了的棉花糖。每往上一步，乐声就淡了一些，到了转角再往上走几步，便完全远去了。依旧听得见，也能感受到空灵的氛围，甚至还能由此猜想一楼的大小。楼下还在响着，以永恒无意义的声音，在召唤着什么。或者什么也不召唤，只是暗暗地提醒，楼上的此间是毫无声音的存在，而彼间则是充满了声音的静谧。

  每天似乎只剩下14个小时，莉莉总觉得自己只睡了五分钟便醒了。不困，充满了活力，连午睡也不需要。莉莉开始觉得束在右手腕上的红色手表有些累赘。

等到她变得毫不在乎时，红色手表也就不知所踪。没有顾客的时候，她在柜台昏暗的灯光下看书。一开始她拿的是柜台下的库存书，后来库存书看完了。她开始拿书架的书。若有顾客问起，就说卖光了。

外出的时间渐渐变少，莉莉每次到便利店，都会一次性采购一周的方便食品以及生活用品。驳二的港口边停泊的两艘军舰似乎再也引起不了她的兴趣。她总是步履匆匆，外界似乎令她感觉到窒息。她似乎在练习如何更加简单地生活，从一小时耗氧18升、16升，而后是14升。如果她是潜水员，不在书店便是她在水下的潜水钟。

不在书店的生意似乎变差了。不见得是莉莉的工作态度出现了问题。她依旧热情，脸上带着笑，对顾客提出的任何问题都能给出合理的解答；也不曾因为见多了初次到访的顾客的惊讶流露出一丝鄙夷。但书店的来客似乎变少了。有一阵子，莉莉以为自己的眼睛出了什么问题。刚刚进店的顾客总是行色匆匆，身影扑朔迷离，几乎是奔跑着，身后带着黄色的重影。他们的动作令人目不暇接，五分钟就能翻完一本书。两只手指翻书时把书页扫成了一片炫目的白色。神奇的是，当他们再放回原位时，书的边角完好如新。他们在店内运动的速度与待在店内的时间呈负相关。等到莉莉看清楚他们的样子时，往往他们已经走到柜台前，手里拿着选好的书。而那些只在店里绕行一圈便离开的顾客速度更快，没等到莉莉把他们记住，他们便又离开了。

时间成了压缩饼干，不意味着生活变得轻松。只是丧失了水分，变得干干巴巴、盐分过重以及难以下咽。它需要更多的唾液、更坚硬的牙齿以及更短的保质期。莉莉总觉得眼睛有些干涩，自己的双手不停从顾客手中接过书，手指从未离开收银机的键盘，她不断地收钱、找钱，永远看不清顾客的样貌。睡眠似乎无助于改善眼睛的干涩，眨眼也不能。已经延长到两个星期一次的采购时间被推迟到了深夜，卖眼药水的药店早已关了门。

　　午夜的街灯像做过的梦一样璀璨，而紧闭的店门让人想起回忆当初的模样。莉莉想起自己给那个男人写过一些信，里边有类似的话，只是已经忘了是何时何地因何事而发。而那个男人的回信总是很短，零碎的话语粘在薄薄的信纸上，早被莉莉丢进了港口的海里。行走在无人的街上，莉莉总觉得像是在做梦。她已经很久不做梦了。甚至在小房间里的睡眠，也变得可有可无。她可以睁着眼睛一整夜望着那盏灯，也可以闭着眼睛。微弱的光芒透过眼皮，有时她觉得自己活着，有时觉得自己不过是黑暗里的一本书。睡眠在光明的世上，是一艘行驶在忘川渡到彼岸的船。而在不在书店待久了，睡眠比蝉翼更加轻盈，以至无足轻重。在这里，清醒和睡眠共享的沙漏被悄然颠倒，想法从原本的底部开始向上流去。有序而重复的生活里，仿佛只有突如其来的重复可以帮助记忆。

　　阿伯第三次来到不在书店的时候，莉莉终于记住了他。不过想起的是他第一次来的模样。阿伯穿着一身黑西装。靠近灯光时，银色的鬓发在黑色礼帽下闪闪发光，青龙文身顺着领口爬上了颈动脉。外套里边却什么衣服也不穿，他走动时两手向外摆出，露出自己苍老的乳头。他不胖，平平的胸部下鼓着一个下垂的肚子。皮带看上去用了很久，磨光了外皮，连皮带头都没了光泽。

　　从幕布旁走出来，他先绕着书店走了一圈。步伐仔细而谨慎，像莉莉刚到书店上班时看见的客人。他的皮凉鞋则让莉莉想到自己的阿公。阿公踩单车载着幼小的她到镇上买玩具，那双皮凉鞋在踏板上一上一下转得飞快。他只是转了几圈，就坐在收费区的椅子上。挥挥手，用闽南语叫了一杯"嘎比"（咖啡）。

　　前两次莉莉将咖啡端过去，他也不喝。只是伸手到后腰，撩开了西装，从后边抽出一份塞在腰间的报纸。那架势让人以为他塞了一把枪。报纸被折成厚实的长方形，他慢慢地摊开。又把椅子挪向外边，方便自己跷起二郎腿，露出在西装

陈润庭 | 莉莉在不在书店

裤下瘦瘦的小腿。他把头向前伸,凑得很近,好像在闻报纸的油墨香。收费区离柜台有些距离,莉莉只能看到他的帽尖一动一动,好像从上到下从右往左在读着什么。店里的客人来去匆匆,莉莉也无暇顾及他。

莉莉听见一声密集的响声,漆黑之中迅速向上弥散。她转头望去。看完了报纸,阿伯把报纸折回原来的形状,奋力往桌上一抽!莉莉正想走过去提醒他,书店内必须保持安静。却听见他说了一声,又要取缔蓝宝石歌舞厅。靠夭!

屁股向后一拖,木椅腿刺啦乱叫,阿伯离开座位,迈着外八字步走到书架前,把报纸留在圆桌上,不知道下边是不是有一只被拍扁的蟑螂。他在书架前来回了几圈,丝毫不在意莉莉盯着他的目光。他从架上取下一本书,转过身正朝柜台走来。原本在柜台挑选文创产品的顾客刚好拿定主意,选了一只小熊,见到阿伯有些不耐烦的脸,便让在一旁,排到了他的身后。

"恁个头家卡是阿臣仔?(你们的老板是不是阿臣仔?)"听上去语气很不耐烦,一边说一边把包了塑封的书丢到柜台上。莉莉说,是啊。又听见阿伯低声骂了句脏话,好像吐了一口日常的痰。

"汝予伊讲一声,勿将阮以前卖予伊的册拢总卖掉!这本,阮买返去了。(你跟他讲一声,别把我以前卖给他的书都卖掉!这本我买回去了。)"莉莉发现阿伯正看着他。帽檐下露出的左眼发着紫色的暗光。她低头看了看柜台上的书,是一本 Taschen 出版社的儿童绘本《树屋:空中城堡的故事》。这是庄臣的旧藏,拿到店里来时,书角都卷起了。

接到阿伯递过来的纸钞,莉莉的舌底泛起奇怪的感觉,好像压着一滴机油。气味上升冲入鼻腔,顺着鼻梁一路往上,让额头泛起了汗。在天灵盖下冲撞了几次,弄得莉莉有些头晕。接着便缓缓地下沉,从胃部分散到指尖的指甲盖上,消散得不可感知了。莉莉舒适得有些头晕,摇摇晃晃几乎要站不住。眼皮打架,全身每个毛孔在扩张，颈椎发出内部爆炸的骨头声响，一阵久违的倦意终于爆发。莉莉凭着意志找了零，向前伸手，有人接过了钱。鞠躬时，莉莉右手按着柜台以防摔倒。她抬起头时，柜台前却没有了人。店里其他顾客还在。莉莉踮起脚尖，疑惑地探身而出。毛茸茸的地毯上，躺着一只木头制的白色小熊。

莉莉抬头看见一个男人拿着一本书，朝自己走来。那是个很高很瘦的男人。他站在柜台前，向左右看了看，身子稍微前倾，往柜台里也看了看，露出疑惑的神情。莉莉对他说你好。他充耳不闻，转身在书店来回走动，走到每一位顾客的身边，好像在寻找什么。最后把选好的书放回原处，大步走了出去。

那天下午接下来的几个顾客也如出一辙。他们选好了书，走到柜台，又在书店巡了一圈，把书放回原位。只有最后一位顾客，拉开上衣的拉链，把一本筱山纪信的写真集塞了进去，又抬头望了望天花板的四角，在莉莉的眼皮子底下离开了。在他离开之前，莉莉已经明白自己身上发生了什么事情。面对最后的窃书贼，她既没有大喊大叫，也没有企图抓住他的胳膊。她觉得自己宛若一尊易碎的玻璃人像。触碰任何人与物，都将带来崭新的经验，意味着不可知的危险。将自己重新打碎必须慎重。此间除了她，没有他人，没有人给予重塑与涅槃的承诺。也无人打算收拾遍地的玻璃碎片。一切都是真实的，时间说，不会再重演，也不可能回到过去。开弓没有回头箭。这让莉莉感到恐惧，它让人把握到了沉甸甸的现实感。

窃书贼走了以后，莉莉尝试着用手去触碰不在书店外边的铁门。她看了一眼门外，高雄正无声地下着雨。雨落到不远处的港口的水面上，发出只有想象能够听见的声音。莉莉最后一次回想了自己的家乡，发现自己近乎丧失了所有鲜活的记忆。只记得那是一个靠海的地方。门口的孤独症患者的公仔还是把头扭向另外一边。似乎从哪个角度望去，永远见不到它的正面。莉莉发现自己可以握住门把

陈润庭 | 莉莉在不在书店

手,便用了用力,把铁门悄悄合上了。

她踉踉跄跄地回到书店里,一屁股坐在地毯上。她依旧能感觉到毛茸茸的地毯传回的温热感。这让她在企图想清楚问题所在之前,便躬起身子,哇的一声哭了出来。她双手掩面,却发现泪水穿过了自己的手掌,如高雄的雨般悄无声息落在地毯上。哭了之后,莉莉的意识反而清醒了一些。能哭总是好事。泪水是真的,莉莉自然也是真的。

稍稍平复下来之后,莉莉依旧坐在地毯上。不知道自己哭了多久,只是觉得自己仿佛在无休止地哭。既不感到疲倦,不累不饿,也不口干舌燥。她不想动弹,脑子里蹦出了一句不可能的句子:我无休止地哭了一场。眼泪不知什么时候止住了。她抬头望望四周,一切如常。店里只有她一个人。她尝试着将十指交叉,然而透明穿过了透明。分明感受到了自己手掌的温度,却也感受到了无一物的空白。眼睛看到两只手合在一起又再错过,如两只水母的初次相逢,从上往下见到的被重叠的每一只手指,累加成为一个水晶骷髅头。

莉莉鼻子一酸,眼泪似乎又要来了。她尝试着平复自己的情绪。闭上眼睛,想到这日夜以来长久的黑暗,心里反而有一丝丝安定,仿佛找到了藏匿和保护自己的所在。她朝四周伸出手,忘了自己有几只手。空气与肉体的边界既已被黑暗侵蚀,那么一只手和两只手又有什么区别? 也许她有十八只手,也许更多;也许她站着,也许她在飞;也许她本是千足之虫,又也许她曾是一滴水的五分之四。一条隧道在莉莉的眼前出现了。她知道自己并没有动弹,隧道无言,一直往后退去,仿佛莉莉在飞速前进。隧道边缘的蛇形缠绕的七彩灯无休无止,向后退的同时不停旋转着,交织变幻出万种颜色。

莉莉并不知道它的尽头在什么地方。她只是觉得自己成了一颗坚硬的松果。而在原始森林里,无数的松鼠在黑色的树干上攀爬着,在积满落叶的土地上蹿动着寻找下一颗松果。形体更为庞大的猛兽则与自己无关。在与松鼠牙齿旷日持久的古老斗争中，彼此边界的消磨与消失似乎是必然的损耗。为此劳形、脱形，以至于形体消灭似乎是一件好事。这让莉莉更加清楚自己是什么。腾不出双手，没有余力去思考另外的问题，莉莉只能随着隧道的后退而前进，忍受着尚可忍受的无聊风景。七彩灯旋转着，依旧有一个终点在远方许诺。这是超出了理性的部分，如老树根一般与地球同龄，坚如磐石，不可动摇。莉莉想加速，手脚并用爬得更快一些。但一切不过是时间的阴谋。隧道的管状隔绝了外界，又暗示着一直延伸的可能。七彩灯的旋转则造成了运动的假象。它只是一直在动罢了，不见得有变化。重复的运动，是静止的一种。听见牙齿用力的咔嗒声，莉莉感觉自己又缺少了一块，却不感到痛苦。她希望在这单调循环的风景之中，找到完全不同的参照物。举起来，像自由女神一样高高举起普罗米修斯的果实。

　　她的内心越是感到平静，便越是感觉到黑暗的存在。继而发现自己与外界毫无差别。残存的一点恐惧成为内心最后的意识，海面上奋力升起的一只手，五指张开。莉莉快要忘了重新启动思考是什么感觉。她只是觉得很好，这样很好，无休止地很好。在绝对的黑暗中，原本向外伸展的无数手臂由万到千，自百至十，最后缩回人形。指甲不再尖锐，落在肩上的长发变得更加轻盈，躲在T恤后背处刺痛皮肤的发尖像逆生长的藤蔓退回了脖子后边。头皮有些发痒，正在缩回自己的毛囊。毛囊收纳了所有外出的毛发，却并未显得更臃肿，只是变得更加稚嫩，吹弹可破，像刚刚有了皮的样子。皮包裹着头骨，像刚刚成熟的番荔枝裂开了，流出了淡黄色的蜜，招来黑色的群蚁啃食。在光年之外的地方，地球倾斜了双肩，潮汐力越出时间之外，皮肤如海水般渐渐从中央往两侧退去，露出本初枯秃的相貌……

　　听见犹豫而沉重的一拉一扯，碰撞声似乎要将什么弄碎。莉莉以为声响来自骨头，忍不住睁开了眼睛。她看见不远处的黑色幕布涌动着，时间重新开始了。莉莉伸出手来，看见自己的身体还是本来的模样。只是坐在地上，好像什么也没发生。男女的声线都很熟悉，莉莉听得出，是庄臣和薇儿。

他们当然看不见瘫坐在地毯上的莉莉。他们站在入口处朝着书店的内部望了一圈，就像那些从来没有来过的客人。庄臣头戴着一顶草编礼帽，又穿着花衬衫和短裤，刚从夏威夷度假回来。薇儿新烫了大波浪的深褐色鬈发，穿着一身条纹黑色的职业套装。他们在书店边走边互相埋怨，薇儿的红色高跟鞋甚至快要踢上莉莉的脑袋。

庄臣埋怨薇儿待在店里的时间太少，把不在书店交给了员工，自己竟连书店十天没开门都不知道。薇儿则说庄臣走后工作全落在自己的头上，她每天无暇顾及书店的经营，莉莉看上去很可靠，怎么会料到她让书店关门大吉。

庄臣跑上了二楼，又吭哧吭哧地走下来，说莉莉的衣服和床铺都在。在庄臣上楼的时间里，薇儿也已经走进柜台，把收银机查了一遍。她发现收银机里钱都在。他们俩对了一次账，发现莉莉留下的电子账目上，每一笔售出都很清楚。除了窃书贼带走的写真集外。这段时间书店还盈利不少。

他们在圆桌旁坐下，庄臣坐在了阿伯坐过的位子上。薇儿一开始还在叨叨念，莉莉不在书店又在哪里。见庄臣不怎么理自己，便沉默了半晌，又说，你还记得半个月前你打电话交代我的事吗？庄臣看了看她，又盯着桌面看。薇儿继续往下说，我到了那里，停了车，才发现路边的万应公庙早就烧塌成一堆乌炭。听人讲，是中元节前几天的夜里起的火。等到消防车赶去，早就来不及了。你还说，要我农历七月十五过去拜拜，现在庙都没了，拜个鬼哦！见庄臣没反应，薇儿把最后四个字又说了一遍。

循着庄臣的目光看去，她发现桌上的小灯旁躺着一只红色手表。表盘在灯下反光。薇儿说，有什么好看的，这我见过，是那个莉莉的。她一把抓起拿在手中。莉莉见到她手上拿着自己失踪已久的手表，便想挣扎着站起身。她突然感到一阵晕眩，巨大的秒针重新运动起来，伴着惊人的声响，海轮即将抵达下一个码头。瞬息明暗之间，不在书店里灯火全灭，庄臣和薇儿从莉莉眼前消失。

  稍后亮起的白光将包围在不在书店的莉莉。

选自《花城》2019年第1期

魏市宁

1991年生,河南南乐人。已出版短篇集《时间陷阱》《北方狩猎》,有小说发表于《作品》《湖南文学》《青年作家》《思南文学选刊》等期刊杂志。

斑斓的诅咒

1

认识路远前，王雨露结过一次婚，丈夫叫徐守诚，刚满二十，比王雨露还年幼两岁。徐守诚在马氏窑厂的工人食堂当过小司务，刚出笼软绵绵的馒头，他总忍不住掐一把。后来窑厂裁员，首先封了食堂，他便第一批失业。王雨露人美，从未上过班，婚后懒了许多，被子都不愿叠，常进音像店买磁带，爱画一些四不像的画。

婚后半年，公婆用礼钱盘下个水果摊儿。一爿小店，货架躺在地上，八九个格子花花绿绿，两日见一回底，生意也算红火。家里分工明确，公婆管着水果店，防贼似的不让王雨露碰钱柜，又怕儿子累着，合计一番，到底还是长辈俩全扛。干了一季，挣下些钱，婆婆就开始在邻里间嗔怨，说俩孩子没一点用，活儿都叫她自己干了，小辈儿的只管逍遥自在，也就数钱票子时累上两把手指。话说多了，就进了王雨露的耳朵。王雨露没反思自己，反倒也开始嫌弃徐守诚，逮到机会就骂他懒散，失业之后只剩下喝酒一件事做。抱怨完了，也给他指条明路，虽然公婆不赞成，王雨露还是坚持叫徐守诚去大城市找事做。

王雨露把话说得严肃，徐守诚不敢无视，当天去找朋友商量。早上出了门，当晚喝得烂醉，在邻家门口捅钥匙、捶门，让人扛回来撂到床上。这边王雨露正道歉，那边徐守诚哇啦一声，把刚蹬掉的一只鞋吐满。这事一出，王雨露与他冷

135

战数日。在王雨露那几日的谆谆教导之后，徐守诚知错了，不顾父母反对，再去找姑母介绍，这次把诚意端出来，就很快谈妥。当天打定主意，要去上海的一家空调厂做事。谈罢了，姑父把半瓶酒拿上茶桌，徐守诚咂了咂嘴，用手掌盖住杯口，说一声戒了。

一周过后，徐守诚出发去上海。同行的还有几个苹果园的下岗工，客车出了站，一个人起头，大家唱着阳骝镇的《背井歌》，徐守诚不会唱，就跟着对口型，学调子。车到镇口，忽听到声声鸣笛，一辆拉石子的大车炸了胎，半间屋子大小的车头嵌进客车肚里。后挂的车厢折过来，轰隆隆侧翻了，石子冲破玻璃，瞬间把客车装满。

出了车祸，镇民到得比消防队快，徐守诚他妈哭着挖石子，手扎得稀烂，刨到的乘客都歪着头，早断了气。还没挖到徐守诚，消防队就来了，也是徒手刨人。半个小时清空了客车，消防队有强迫症似的，把死人刨出来，摆在路上，码得整整齐齐，脚尖歪了，也要朝天摆正。徐守诚倒数第二个被挖出来，人已凉透，脸尚完整，嘴里含着两颗鹌鹑蛋大小的石块。

那天王雨露回了娘家，顺带搬去一箱苹果，傍晚回来，进门就被婆婆揪了头发，挨了串响亮的巴掌。王雨露直接被打蒙了，想着不就一箱苹果，何至于此。本来准备还手，知道徐守诚死了，就任她打。婆婆边打边说："本来在家好好的，你非逼他出去！"王雨露笑了。按照阳骝镇的习俗，尚未生子的小辈儿横死，丧葬仪式只办一日，黄昏礼毕，将棺木抬出镇子，故意绕上几段小道，再沿路洒一壶白米汤，司仪称那叫"迷魂酒"。抬棺到了坟地，也不挖坑，直接用红砖把棺材砌在地表，最后拿水泥裹上，待双亲百年过后，方能敲破外壳，埋棺入土。徐守诚的葬礼热闹，镇上的小孩儿都跟着跑，就为到坟地，等大锅架起来，帮着拾点野柴，最后各分五枚水饺。

徐守诚是家中独子，三代单传的男丁，到这一茬算是断了后，他的葬礼，徐家父母不准王雨露参加。王雨露并不争取，就自己回了娘家。葬礼那天，她倒是照常起居，一声未哭，一直窝在沙发上看电视。她弟王春阳瞧不下去了，说："姐，你哭两声吧，我知道你难受。"

王雨露说："本来是该哭的，他妈替他讨了公道，我也就不用再替他落泪了。"

王春阳说："没想到徐守诚就这么死了。"

王雨露说："这是他的命，出不了镇，没有成大事的福。"

王春阳又说："白事他们不叫你去，回头你去徐守诚坟上看看，跟他说两句话。"

王雨露说："我都不算他们徐家人了，不好再去徐家的坟地。"

许是"迷魂酒"真有效果，半个月后，死掉的徐守诚绕开父母，给王雨露托了个梦。梦里的徐守诚穿得体面，雪白的西装皮鞋，头也梳过，只是豁了颗虎牙，每每张嘴，一个小黑孔若隐若现。徐守诚说自己过得挺好，在阴间的上海已经上了班，大城市，大公司，十多层的大楼，地处繁华地段，自己也开始挣钱了。这次见王雨露，除了让她放心，别替自己难过，另外还有个请求，说着一提左边裤管儿——自己的这条腿有点儿不舒服，老是妨碍工作，麻烦她给家里通告一声，若真不想再去，他也不会怪罪。

死人的请求不好拒绝，翌日晌午，王雨露就去了徐家，把左腿的事说了，旋即就被撵出门去。两天过后，徐家人领着亲友赶去坟地，拆了水泥坟包，扒开棺材，果见徐守诚的一条小腿脱了臼。徐家老人请来了正骨医生，封了红包，替他接上腿，再给徐守诚烧上两盆纸马元宝，就又封了棺材，重新拿水泥塑好。

那是王雨露最后一次去徐家，两年过后，她爱上了阳骝镇的路远。

2

路远上班的砖窑厂，曾是阳骝镇的公企。

三年前，砖窑厂起建，公地面积并不富裕，就靠边儿占了几户镇民的土地。这一占不要紧，两方条件各自跳码，老谈不拢，就闹得沸沸扬扬，到了最后，几户镇民呼朋唤友，拉着横幅围了镇政府。后来镇政府派人下来协调，又调了武警，才平息了这场纠纷。协调结果出来，窑厂与镇民各退一步，签下协议：凡土地被占的镇户，都有厂里的部分干股，家属愿在厂里工作的话，窑厂也尽力予以分配。协议拟得豪爽，双方都认为自己占了便宜，等到执行起来，就出了问题。窑厂那边早就想好，所谓干股分红，不过纸面把戏，其实最好处理：到了年底，账上可以作假，就说没有挣钱即可。只是到了分配工作的环节，窑厂这边就出了纰漏。十多号人分配下来，又开除不掉，就都把自己当老板端着，不踏实干活，吃掉利润吃成本，怠工屡见不鲜。再到后来养肥了胆，更有私底下起哄的，搞出些"比谁偷砖偷得多"之类的闹剧。这么一来，挨到年底，窑厂就不必劳心作假，因为真的赔出了个大窟窿。

此后不过三年，镇政府就举手投降，抛开这只烫手山芋，把窑厂外包给了镇民马威。

马威不是等闲之辈，念过大专，在市里有关系，跑过几趟，就截断了外地的货源，再撤下两批作风败坏的工人，窑厂的生意马上走顺。外包第一年，年关将至，干股镇民等着分红，马威却私下改了厂名。阳骝镇砖窑厂摇身一变，成了"马氏砖瓦制造有限公司"，虽然从未产过一块瓦片，名字也非得这么叫。工厂的章子磨掉重刻，与公家撇清了关系，原来的干股协议即刻失效。这事被曝出来，镇上又是一通闹腾，不过这回没起多大动静，先是政府与窑厂互相推诿，各自踢上俩月皮球，趁着这空当，马威又给管事的封了几次红包，镇民闹腾的势力也就从内部遭到瓦解。

时代总在变化，砖窑厂开不长久，这点马威早就知晓，当年包下窑厂，目的也算明确，就是能赚钱时先赚一把。再过三年，果然兴起了水泥砖，马威的人脉使不上劲，货源截不断了，窑厂的生意再次萧条，渐渐地也开始拖薪裁员。裁员并不要紧，只要没裁到自己头上，照常上班的工人们就不想跟着闹事。等窑厂拖了几回薪，在职的工人便生下怨念，积得久了，事情摆上桌面。组长路远站出来出谋划策，领了半个厂的工人签字停工，倒逼窑厂发薪。工人使出这招，窑厂倒也不怵，效益不好，大不了一起干耗着。这么耗上半个月，工人这边先炸了锅，又开始反过来埋怨路远，说他出的什么馊主意，拖薪的问题没给解决，反又招来了失业的风险。

那晚路远领着几个工人去厂里解决问题。进了砖窑，往日红火烤人的灶眼全已熄灭，洞里黑灯瞎火，透气窗里也住进了猫头鹰，整个厂房黑漆漆的，就剩下财务室还亮着灯。人群拥进财务室，见会计马宝正听着收音机啃方便面，工人就跟马宝争论起来。马宝人横，一开始就不露好脸，争论几句理亏了，就开始冲着所有人骂。双方两不让步，很快就动了手。马宝往人群里踹盲脚，蹬倒了好几个人。工人大都忌讳马宝的身份，也不还手，只是捶桌子踹门，最大的动静不过打碎窗上一块雪花玻璃。等马宝的脚踢到了路远身上，这才把暴力升级。路远掸了脚印，解下腰带，四两重的铜扣抽过去，打到马宝脑门上，当场啃下猫舌大小一块头皮。

这事过后，厂里补发了工资，路远的那份由马宝亲自送来。

那天马宝开着轿车来到路远家门口，按了一串喇叭，把路远请出来，先是握手言和，随后就拉他去了街头吃驴肉火锅。就那么几步路，还要开车过来，贱——路远想。到了饭店，点好菜，架上锅，隔开热腾腾的蒸汽，看着对桌马宝脑门上的绷带，路远就说：

"你没事了吧？我那晚不该下这么重的手。"

"那回是我先动的武，只是没打过你罢了，这事不怨你，"马宝倒不介意，说着取出一个信封，"这是你的那份工资，两千七百四，你点点。"

路远接过信封，搓开口扫上一眼，红红绿绿。也不点，直接掀开外套，装口袋里："早这样，不就用不着那么闹了吗？"

"你说得是，"马宝又掏出个红包，递过去，"钱不多，咱们厂里的心意。"

路远不接："明天就开工了吧？"

"自然要开，工人厂长都要吃饭不是？"

路远就说："那就行了，这钱你拿回去。"

"这钱得收，还得麻烦你，"马宝再把红包往前递，"明天开工你先别去厂里，影响不好。"

路远这才知道原委，愣了会儿，说："这是要开除我？"

马宝赶忙摇头："也不是这意思，别多想，就是让你先歇几天。"

路远丢了筷子，站起来："不让我去，你看别人谁去！"

火锅吃到一半，路远就离了席，跑柜台把账结下，摔门走了。马宝只是瞧着，看他走了，自己继续捞着驴肉吃。当天晚上，月光正好，路远与父母刚吵过架，自己端着铁盆坐在院里吃面条，脚边盘了只狸花猫，打着散碎的小呼噜。忽然沉甸甸一个红包隔墙抛进院里，砸到了猫头上，路远脚边马上炸开一声惨叫。

第二天，路远踩着竹梯子爬上屋顶，看到镇郊筷子似的俩烟囱插在远处，都开始冒烟了。窑厂恢复生产，工人们都照常回去上班。路远等了一周，这才恍然大悟，工友们把他给忘了。

3

那月初四，夜里十点，王雨露在家画画，四方的电视机她非画成圆的，瞧起来像面装了按钮的镜子。画到一半，眼花手疲了，王雨露铺展开被子，正要脱鞋，忽听到三声口哨隐隐地响。知道这是路远来了，她就跑到院里，果然看到路远那颗脑袋在墙头。王雨露被逗得一通笑。

路远站在院墙外的砖堆上，使了使劲，又探出半截身子，肩上挂着的一个圆包袱露出来。

"你背的那是行李？"王雨露问。

路远拍了拍包袱，说："我要去外边做事了，今晚就走，就现在。"

王雨露不理解："怎么突然就要走？"

路远说："这破镇子，养了群忘恩负义的尿人，真是没法待了——我没说你家人啊。"

王雨露问："你要走，你家里人知道吗？"

路远不高兴了："我得瞒着他们。"

王雨露赶忙问："你走了，我呢？"

路远就说："我这不是来了吗？你快回去收拾收拾，跟我一起走。"

王雨露笑了，说："不结婚就跟你一起走？我家以后在镇上还抬得起头？"

路远说："那你等我一年，最多两年，我一回来咱们就结婚，用我挣的钱。"

王雨露嫌他孩子气，不接话了。

路远说："你不说话，那我走了啊。"

王雨露就说："你怎么那么急，你先下来。"

路远拿手拗成个喇叭，罩上耳郭："你听，听到没？"

王雨露偏了脑袋，听上一会儿："听到了，车喇叭。"

"这是催我呢，那我走了啊，你等着我。"说罢路远跳回地上，跺着脚跑了。王雨露追出门去，路远早没了影，雪白的一条土路在夜里铺开，其上罩着漫天星斗，路远跑开的方向，悬着瘦不拉几的一弯月亮。

王雨露一直在生气，不相信路远真的会走。

路远离开阳骝镇的第二天，街上起了雾，早起赶班的窑工在卫河桥头发现了马宝的尸体。远远瞧见，人坐在地上，仰着脸，头上盖着草帽，像正歇着。走近了，推推肩膀，人硬了，再掀开草帽，才发现他脑门上挨过一板砖。那砖自然是在马家窑厂炼制而成，质量好，据闻马戏团的师父来镇上扎营，吞铁球，躺钉板，等到表演劈砖时，至少劈了三回，才把马家窑场的红砖劈断。马宝死得惨烈，四指厚的红砖敲得粉碎，马宝左耳以上的脑壳被砸平了，印出来砖面的纹路。

除此之外，据厂长马威所言，那晚马宝身上带的窑厂四万货款，也被凶手连包抢走。消息一出，紧跟着又是一阵子拖薪。

命案出来，镇派出所协助县公安局排查走访，问了一圈下来，马上锁定路远，认定他有重大作案嫌疑——在窑厂上班的人都能作证，路远与马宝有过节，两人打过架，后来路远遭到窑厂开除，自然怀恨在心。马宝被人拍死当晚，路远匆匆离开阳骝镇，只跟王雨露说过一声，连他父母都蒙在鼓里，大有畏罪潜逃之嫌。

几条线索扣得严丝合缝，案子基本上就破了，通缉令派发出去，此后路远音信全无。

4

两年很快过去，路远依旧没有消息，生死不明，仿佛坐实了公安机关的推论。

魏市宁 | 斑斓的诅咒

一天晚上，王雨露忽然把过臀的长发剪到肩头，扔了路远送她的一面小镜子。当年晚夏，媒人登门提亲，王雨露考虑了一个秋天，最后答应下来，于当年腊月十八，嫁给了窑厂的老板马威。

马威比王雨露年长五岁，结过一次婚，不能生育。一年前，窑厂生意节节衰败，砖烧多了卖不出去，都积在院里，连晒坯子的位置也腾不出来。马威行事干脆，直接封死部分砖窑，又裁掉一多半员工，把生产规模降下来，用这放血剜肉的方法，恢复了窑厂的业务周转。这次裁员，窑厂没给下岗的工人任何补偿，镇上有人怀恨，趁着夜色，不顾满地泥泞，偷割了马家刚浇灌完、正在抽穗的三亩麦地。一日黄昏，马威的老婆来窑厂送酒，走去马威办公室的路上，稀里糊涂跌进煤窑里，遗言不过一声惨叫，酒瓶碎了，她也化成一块焦炭和几缕青烟。两件坏事连着，前后不过半月，就掀起了镇上的许多猜想。马威老婆到底是不是被人推进窑坑的，派出所做过排查，一直不曾明确。两件事马威都没过多追究，该谁的工作让谁去办，办不好他也不闹。倒是娘家人咽不下这口恶气，先是在阳骝镇走街串巷地骂，后来又捏了个有鼻子有眼的面人，进滚油炸得焦黄，再插上七根钢针，拿一根红线拴着脖子，挂到了窑厂大院里的一棵老榆树上。

马威不育丧偶，王雨露结过婚，井轱辘、井眼儿都早着，镇上最有想象力的媒婆子就把两人撮合到一块儿。王雨露与马威结婚一年半，变得勤快许多，一天要下两回厨房，不画画了，然而依旧改不了唱歌的毛病，好在马威喜欢听她唱，偶尔还开玩笑，说要给她几块赏钱。

那年国家提倡殡葬改革，鼓励还土归耕。阳骝镇政府从临镇借了伙儿半大男孩。这些男孩儿很听话，指哪儿刨哪儿，一身使不完的劲。一月之间，这些小伙子就扒了本镇上千个坟头，刨红薯似的把半朽、全烂的棺木掘出土来，要么埋进公墓，要么现场淋油焚烧。掘坟掘到徐家，徐守诚他爸就去找了王雨露，提及旧情，哭了把鼻子，又磕了一串响头，王雨露扶他起来，两家总算和解。徐家攀上马家的关系，保住了自家坟地。到后来，"提倡"到了徐家，执行起来，果然就有了弹性。只是命他们拔掉墓碑，也不动土下的棺木，把原来半人高的坟包铲平重修，几座土山缩成斗笠大小，盖在地上，风一吹就没了踪迹，所以又允他们各坟栽上一株矮柏，用以标记位置。徐守诚运气更好，砖坟特殊，在阳骝镇已不多见，纸面上说那是一垛废砖，也就糊弄过去。

在此期间，马威也没闲着，趁着掘坟转移了镇民的注意力，再借上殡葬改革的机遇，就干脆封了窑厂，将其重新卖回镇政府改建成一个临时火葬场。等镇民回过神来，马家已从窑厂全身而退。窑厂封窑那天极冷，零下过九，镇郊田里的卫河冻成一条冰蛇。说窑厂倒闭，太不吉利，况且又要改成火葬场，马家就把坏事当好事来办。前夜放了几十箱烟花，照亮了整个镇郊，次日又请来秧歌队，敲锣打鼓，扭了一上午，最后点了两盘五千响的鞭炮收尾。闹腾罢了，在院里蹦出一地红纸屑。

那日黄昏，鞭炮声刚落停，阳骝镇紧跟着就下了场大雪，不过个把钟头，就掩了地面，把满地的红变回了白。

当晚，马家表堂四兄弟聚在马威家里分股钱，争得面红耳赤，嚷了两个钟头，终于谈妥分毕。马威说话有分量，还给死去的马宝家里匀出一份。正事办完，四个人开始喝酒，打架似的比画着拳头，吵得聒噪。王雨露帮忙掌厨，先炒四个小菜，又端上一盆炖羊肉。过了十二点，酒场正酣，王雨露等不及了，就把剩馒头掰碎，泡在粥里，给狗端过去，自己回里屋睡下。

大雪直下到后半夜，不带间歇，用老人的话来说，人走在路上不过百米，雪便压疼了肩膀。入夜风就停下，雪落得安逸，窝棚的狗也睡死。

凌晨两点过半，酒场近散，四个人都乏了，听到院里一通疙疙瘩瘩的响。门帘一开，忽然跳进来俩年轻人，都拿枕头套蒙着脸，进了屋一阵跺脚，把雪掸尽了。这两人来历不明，一人扛着杆自制的土枪，木制枪柄上镶着一米过半的枪管，张嘴一股子南方口音，呵斥他们老实蹲着。叫嚣并没多大威慑，何况人也半醉，待那铮亮的枪管指过来，四个人都听命蹲下，不敢动了。端枪的镇住场面，摔了俩酒瓶子，顾不得油，捏着桌上的菜往嘴里送。另一人夺下现金，聚回桌上，一把把往背包里拢。这时马威犹豫着站起来，先跺一脚给自己打气，随即说："那土枪只能打一发，猎兔的，打不死人。咱们别怕，伤一个还剩仨，不怕干不过他们两个人。"说着就迎上去，刚迈几步回过头，见那另外三人都没跟来，还在原地蹲着，头也不敢抬。收钱那人拍拍屁股站起来，背过手去，骂一声找死。旋即从后背掏出一把斧头，只一下，就把马威照颈砍倒，血溅了一桌子。拿斧子这人倒是本镇口音，"死"和"洗"分不清楚。砍倒了马威，他又反过来替马威说话，骂那蹲在地上的三个兄弟都是孬种，骂着骂着就开始动手，几斧子下来，把他们逐个砍毙，这三人至死也没任何反抗。

两人收好钱，挎包上背，正招呼着要走，屋里的王雨露醒了。听着下头一声声切瓜似的响，王雨露披上外套，方才走出屋门，瞧见一屋子血人，马上吓得凝在原地，不能动了。

端枪的看到王雨露，把土枪扔地上，解开自家裤带，说："等会再走。"

拿斧子的说："瞎耽误工夫，走了！"

端枪的说："今天既然宰了人，就不差接下来这一出。"

拿斧子的说："你懂个屁！这就是个镇上的克夫鬼，几年前克死过一个，克跑过一个，连带地上躺着这货，算是又克死一个。明说就是个煞女，不能碰。"

端枪的不服："你们北方人怎么也这么封建？我今天倒要看看谁能克死谁。"

拿斧子的急了，说："耳朵聋了？听不见院里狗叫？走了！"

端枪的迷了心窍，不听劝，还是要上。拿斧子的就真生了气，砍掉饭桌一角，抢一步冲过去，用斧侧猛一下拍到王雨露脸上。一团血糊了脸，王雨露鼻子歪了，人倒地上，差点背过气去。这一斧子拍过，满世界忽然安静，院里没了狗叫，两人开始觉得不对劲。再看门口，帘脚一掀，黑不溜秋一个东西蹿进来，一口咬上拿斧子的胳膊。看清了才知道，是院里的狗挣脱了栓子。那狗拖着条链子扑过来，叼上拿斧子的袖子就是一通撕扯。端枪的喊了一声，弃开枪，从那人手里夺过斧子，拿手里攥紧。斧刃跟着狗身子来回瞄，找准了，一下便砍断了狗的脊柱，那狗立刻断了气。

拿斧子的掰不开狗嘴，甩着胳膊回头骂："早走了还有这出？"

端枪的回嘴："轮得到你嚷？我就不该劈了这狗，就叫它活掏了你的肠子。"

再争执两句，也就罢了。两人不敢耽搁时间，怕再招来镇民，就真脱不开身。死狗还咬着胳膊，三只手一起使劲，还是掰不开那钳子似的狗嘴。端枪的骂了几声，拿斧子照着狗脖子猛砍几下。几声骨折响，另一人胳膊上挂着狗头，就跟着他匆匆离去。

5

那夜过后，王雨露傻了一个礼拜，整个人神经兮兮，看见带尖儿、带刃儿的东西就要哕酸水，抱着枕头往墙角里钻。待她情绪缓过来，能回忆，能说话了，派出所那边就派了辆车，把王雨露接去了县公安局配合调查。

公安局烧着暖气，空荡荡的审讯室瞧着齿寒，实际上并不太冷。王雨露等了二十分钟，问话的刑警赶过来，给她送了杯热水，说了声久等，转身把大衣挂到门后。王雨露捧着水杯暖手，并不喝。刑警在对面坐下，掏出个速记簿子，就开始问话了。聊起那晚的情况,王雨露每答一句,他都要迅速在簿子上草写几笔。王雨露的鼻子复了位,刚拆下纱布,说起话来脸上还阵阵刺痛。刑警手里攥着的钢笔尖在纸上画来画去,王雨露不敢多瞧一眼。

聊了半天,兜兜转转,刑警又问回罪犯特征,王雨露就说:"这个都已经说过很多遍了。听他俩的口音,一个是本镇人,一个是外地人。"

刑警就说:"我知道自己问过什么。那你告诉我,那个你们阳骝镇的人,是不是通缉犯路远?"

王雨露愣了,说:"不是。"

刑警停笔翻回去两页,"不是说蒙着脸?"

王雨露说:"是蒙着脸,用的枕头套。"

刑警想了想,说:"你知道是谁不知道?"

王雨露说:"不知道。"

刑警又把本子翻回到最新一页,说:"不知道就说不知道,我再问你一次,这次想好了再说,那人是不是路远?"

王雨露就说:"不知道。"

刑警点了点头,又开始往簿子上写,王雨露瞥见那一行行连体字儿,分明的蓝色,硬是又泛起血红。

公安局这边问完话,阳骝镇派出所就派车把王雨露送回镇上。案子太重,派出所这边也要跟进,路上把局里的问题又捋一遍,问不到新线索,就送王雨露回了娘家。王家人照顾王雨露回了屋,这边派出所的车前脚刚走,那边马家人就后脚找上门来。经此一劫,马家的年轻男人将近死绝,王雨露家里就挤了一屋子女人小孩儿,各自皱着眉头。

马家人张嘴就问:"说吧,路远在哪儿?"

王雨露说:"那人不是路远。"

马家人开始生气:"你别给我们打哈哈,人公安局都说了,那人就是路远。"

王雨露说:"你别编,公安局没说过那是路远。"

马家人说:"不管是不是路远,那两人你肯定也都认识。"

王雨露指了指自己的鼻子,说:"这还算认识?"

马家人就说:"谁知道你这鼻子是不是自己刻意打坏的?我问你,你们若是不认识,为什么那两人连狗都杀,偏就放过了你?"

王雨露说:"杀狗,是因为那狗咬了他。"

说罢,屋里一时没人反驳,人人都瞪着眼。等了会儿,从沙发上站起来一个女人,是马威的妹妹,说:"连条狗都不如。"

6

马家大案发生之前,王雨露的弟弟王春阳刚满十九,正在镇上处对象。

老街的媒婆把事儿张罗得井井有条,按照男来女往的规矩,起先安排王春阳去过女方家里一趟。王春阳机灵,说话讨巧,俩孩子在屋里闲聊,众人等在门外,隔着两扇木门,听到屋里那女孩儿一阵阵的笑。第一回见面效果很好,俩小孩儿互有好感,这次媒婆就安排了女方来王家见面,眼下日子将到,马家就出了命案。镇上掀起流言蜚语,各类说法都有,概括起来就一句:王雨露命里带煞,遇谁克谁,克死方休。流言传到女方那边,这家人就有些犹豫。那媒婆挺热心,上了几回门,把好话说尽了,才把女方稳住,几番商量,把登门时间往后延上一月。这事办妥了,王家请媒婆下馆子吃饭,想了想,最终没敢带上王雨露。席间,王家表意,想给女方留个好印象,让媒婆出些主意。那媒婆吃舒服了,就提议让王家进一套新家具，再把房子装修一遍。

王家装修那几日，王雨露也跟着帮忙，踩着梯子上上下下，比王春阳都卖力。那段时间，一家四口都算喜庆，仿佛忘却了马威的死。装修过了半，王雨露开始觉得体乏，头老晕，偷偷吐过几次。一日正往墙上拧着螺丝，忽然浑身瘫软，人就挂在了竹梯上。王春阳把王雨露扶下地，撂上三轮车，再铺上褥子，就驮她去了街道诊所。

到了诊所，医生给王雨露量了体温，又看了喉咙，并没瞧出什么病来，猜她或许是累了，最后犹豫一番，还是吩咐王春阳带王雨露到医院去做了个体检。两天后，检查结果出来——王雨露怀孕了，三月有余。

看到这结果，王雨露自己也愣了。马威不能生育，她怎么会怀孕？想不通了，再看检查结果，白纸红字直刺眼珠，王雨露就气得笑出声来，把那张纸撕得粉碎。

翌日一早，王雨露去了镇医院。

这次来镇医院，王雨露找的是防疫科的一个医生。医生鼻梁上架着眼镜，姓李。这个李医生是马威的初中同学，去年六月，他来马家喝酒，席间喝多了，吹嘘自己能治百病，马威就提了一嘴自己的问题，说要找他再给瞧一瞧。这回说罢，不知后事如何。王雨露得知自己怀孕之后，想了一夜，脑子里忽然翻到这章，就来找李医生了解情况。两人见了面，李医生请王雨露到听诊室坐下，先是寒暄几句，问候了已故的马威。等王雨露说出自己怀孕，又问到马威的生育问题，李医生果然就知道些内情，告诉王雨露说：

"小马是找我聊过他那个病，我一防疫科医生，在这方面是半吊子，后来我就给他介绍了些去处。像是市里的第三医院、省会的男科医院，还有长春的两家在业内挺出名的民间诊所……我刚列举一遍，小马就说，大部分他早就去过，都没用，收费还死贵。至于后来，小马有没有再去别处，究竟去了哪家，有没有拿药什么的，我就不清楚了。"

王雨露听罢，陷入了往前一年的回忆。

李医生说："这事你该清楚呀？"

王雨露就说，"今年头半年，他确实去过几趟外地，吃没吃药我就不知道了，那时候厂子还在，马威常在厂里住，就是他真吃着药，我也瞧不见，窑厂我不常去，"说着说着，就理清个大概，"所以我是怀了马威的孩子？"

"有可能，"话说出来，味道不对，李医生又说，"我不是那意思，不是他的还能是谁——我的意思是，这事还得你来确定。"

王雨露就皱了眉，说："我能确定不了？就是他马威的孩子，不然我怀的还能是鬼胎？这样，你给我开个证明吧。"

李医生问："什么证明？"

"马威的证明，就说他的病治好了。"

李医生摇了摇头，说："我没法开证明。这事只能当事人来证明，我也只能证明我知道的事。"

王雨露就说："你说得对，这事只能马威来证明。"李医生不再说话。

"我来还有个事，"王雨露想了想，又问，"你这里不是防疫科吗？前些天，镇上有人来打过狂犬疫苗吗？"

"这事公安局的已经问过了，"李医生不太高兴，还是竖了根手指头，说，"还是那句，是有一个，打了两次了。"

王雨露问："是不是咬在了胳膊上？"

"大腿上，就是一小屁孩，"李医生摇了摇头，又劝她，"这事你也别指望了。你听我给你分析。你想想，要我是那个杀人犯，在犯罪现场让狗咬了，我也不会来咱镇医院打针。来这儿打针，那不是耗子闯进猫窝遛弯儿，找逮吗？你说是不是？而且咱们镇上，好些人平日里被狗咬了，有侥幸心理，压根也不去打针。人都不打针，你还找什么？"

话聊死了，王雨露要走。到了门口，又回来交代："你不开证明也行，我能理解。只是马家人恨我，这事我跟他们说不清楚，麻烦你暂时给我保个密吧。"

李医生有些为难，说："放心，我也犯不着跟别人说呀。不过要说这种事——你想，那纸能包得住火吗？"

王雨露想了想，说："清静一天算一天吧。"

7

希望就不该有，哪怕碎如鸡毛蒜皮，也可能拿得了鸡毛，拿不到蒜皮。所以王雨露这个鸡毛蒜皮的希望，终究还是落下空来。

那些日子，王家刚装修完，新进了家具。一排白沙发，两架黄衣柜。赶上家装店搞活动，又额外送了茶几和一盏大顶灯。茶几普普通通，那盏顶灯就十分气派，吊上天花板，三串子钻石玻璃沉甸甸坠着，夜里打开，照得满堂辉映。那天入夜，王家正吃晚饭，王雨露炒了四个菜，最后一盘瓠瓜鸡蛋上了桌，刚坐下，大门就被擂得一通通响。直到王春阳过去开了门，那只猛擂的拳头才停下来。门外堵了十几号人，五六盏手电筒照过来，晃得王春阳睁不开眼。

王春阳打开院门灯，才看清是马家人，四五个女人，身后傍着一伙凶神恶煞似的陌生男人。

马家人进屋直接围了饭桌，马宝的妹妹先开了口，"我再问你一次，路远在哪？"

"不知道，"王雨露懒得搭理，筷子还在手里，冷冷说，"说了不是他，你们有完没完？"

马家人就说："即便不是路远，你也有别的野男人，你瞅你那个肚子。"

王雨露还夹着菜，说："我是怀孕了，不过孩子就是你们家马威的。你们愿意信就信，不愿意信拉倒。"

马家人就说："说这话，自己信吗你？"

王雨露说："我说了，你们不信拉倒。反正这孩子生出来姓王，不姓马。"

马威妹妹把王雨露的筷子打落，说："你怎么这么不要脸。"

王雨露说："你们再胡闹，我就报警了。"

马家人说："报警也是抓你。"

这时候，院里一个男人攥了根撬棍，挥着喊："这事派出所不管，咱们自己抓赃！这贱人在外头偷人，又合着伙把自家抢了，还有天理吗？那钱她肯定有份儿，瞧那大灯装修的——要我说，咱也别在这儿磨叽，直接翻！"

那人刚喊罢，后边的人群就行动起来，一群男的闯进屋里，把王家人都按住了。王春阳脾气大，跳出来两男一女才把他撂倒，按了胳膊腿儿，再过来个胖子坐他腰上，总算将其制伏。

拿下了王春阳，人群就开始四下翻找赃物。抄底掀了几个抽屉，把东西倒地上，都是些线头杂物，没什么线索。再看衣柜，发现上着锁，也不管王家人要钥匙，直接一榔头敲开了。成堆的衣服刚扔地上，三四个女人就围上去，撅着屁股一件件展开，仔细掏遍所有口袋，最后从件棉袄内袋里找到了王家的银行本。银行户头开的是王春阳，看了余额，加上袄兜里的十来张绿票子，两头钱拼一块，也不过八千多块。查钱的宣布了数目，马家人立刻激动起来，说这一家四口人，就他妈这么点钱？谁信！倒过来想，若真如此穷酸，又怎么舍得这么装修？所以肯定还藏着大头儿，还得继续找。理论充分了，再翻起来，动静就大多了。衣柜挖空了,也没找到大钱。一个男人从厨房捉了刀出来,路过王家四人,一刀宰了那张白沙发,把弹簧絮子扯出膛来,依旧没钱;又把新铺的木地板撬开,每撬一块,三四个手电筒一齐照进去,期待着有所收获;地板下也没钱,人群又开始往墙上动心思,一寸寸敲着指节找暗柜;暗柜也没找到,再把院里的地砖也都翻开,掀到最后一块,终究还是一无所获。人群越来越激愤,捏着拳头不知朝哪儿使劲。这时有人又来了灵感,朝天一指,还没明说,这群人就会了意。几个人一起动手,挥着竹竿子把天花板捣毁,派两个小孩儿攀梯子上去,把椽子一根根摸遍。折腾两个多钟头,把米袋子也兜底倒了,王家新装修的房子就又变回了一片毛坯,家具东倒西歪,床挪了位置。忙到最后,人群在老屋墙根找到个硬币大小的墙洞,拿手一抠,变大一倍,能塞进个乒乓球了。便有个女人大叫一声:"找到了!"四五个男人一拥而上,挥舞着撬棍,顺着洞口一块块把砖掀开,沿墙挖了三米有余,从洞尾逼出来金灿灿一条大蛇。四五个手电筒照过来,那大蛇慌了,弹簧似的跳出两米,绕着几十条腿溜出门去。

马家人在王雨露家一直折腾到后半夜,派出所也出了警,民警端着喇叭在院里厉声警告。马家人就只能作罢,临走不忘撂下句狠话:"算你们藏得好,钱留着吧,每人打一副好棺材。"

8

砸房事件发生之后,因没找到赃物,马家就占不上理,先是赔了王家九千块,又托了老人讲和,写了道歉信,最后又给王家送去两千,才免了原定的拘留处罚。

此后一周,镇医院的李医生来找过王雨露。那天刚过晌午,李医生来到王家,进门瞧见破败的院子,吃了一惊,以为是受了辱,人要搬家。王家院里,被人逐一掀开的地砖堆在墙角，还没来得及铺回，只是拼凑几块，铺出来半米宽的一条路，供来客行走。两天前，王家人动员起来，准备重新铺好地砖，父母搬砖，王春阳打好直线，刚放下一块，天就降下雨来。铺砖只能暂罢，王雨露执拗，冒雨铺出一条路来。王春阳给她打伞，她偏要推开，路铺出来，她也淋得浑身湿透。王雨露站在雨里，忽然就笑了，摇着头往天上指指戳戳。

那天李医生登门，见了王雨露，他说："你的事，不是我说出去的。"

王雨露说："我信你，这事我知道瞒不了。"

"瞧这老马家干的事儿，真是出格。"

王雨露倒是心宽，说："他们也是憋着气。我早说过，这事跟他们说不清楚。"

李医生不再说话。

王雨露拎了个暖瓶过来："你找我有事儿？"

李医生这才想起正题，弯腰凑近，压低了声："还真有个事，不过话先说头里，我不知道是不是巧合。回头搞清楚了，要是误会一场，你别失望，也别怪我。"

王雨露正给他倒水，问："什么事呀？"

李医生捏了杯子，杯壁烫手，又松开，说："今天早上，我们科室去县医院进疫苗，医院病房里正闹事。我听他们说，县里有个咱镇的男孩儿，看模样也就二十五六岁吧，是个混子，昨晚喝酒喝死了。我听说，在那男孩儿的一条胳膊上，倒是有个挺新的咬伤，不知道是不是你要找的那人……"

听到这里，王雨露就放下水壶，也顾不上招待李医生，就骑车赶去了县里。一路上风风火火，到了县医院，王雨露喘着气，随便拽了个护士就问："昨晚上喝死的那人呢，在哪儿？"

那护士问她是谁，王雨露想了想，就撒了谎，说是那人的亲戚。

护士搞不懂了，说："亲戚？晌午那波儿家属已经走了呀，你这门亲戚怎么来得这么晚？"

"走了？那人呢？"

护士说："你是说死的那人？"

王雨露说："是。"

护士就说："也让你们镇政府的人抢走了。"

王雨露听罢跺了两脚，撒开那护士就出了医院。这才刚到县城，气儿还没喘匀，又蹬上自行车往回赶。时间虽是春季，架不住日头正烈，两趟下来，晒得她两条胳膊上的汗毛孔都乍开了，视野里满是透明的火星子。

回到阳骝镇，王雨露一路打听，就找到那人家里。这家门槛前撒了一线炉灰，证明确实是死了人。院门开着，王雨露跑进去，院里空空荡荡，再进屋里，也没找到人，忽见床上坐着个不会说话的老头子，就吓得退了一步。王雨露走过去，晃着那老头的肩膀，问他家人都去哪了。那老头不给反应，再问几句，他竟流了泪。王雨露撒了手，又给他掖了掖被子，就回到街上。

人到街上，几个邻居正在闲聊，嗑着南瓜子儿，呸呸吐着壳。王雨露找他们一打听，才知道死掉那男孩没能接回家，而是让镇政府的人从县医院抢走，直接拉去了镇郊火葬场。家属们自然也都跟在后头，一起过去，只把中风的老头子留在家里。王雨露又骑上车，拖着怀孕的身子，几通奔波，就满头大汗。赶去火葬场的路上，王雨露的腿渐渐使不上劲，看着远远的那根烟囱正冒着白烟，心里越发焦躁。到了地方，窑厂大门添了一道整尺高的门槛，骑不进车。王雨露手脚打软，把车就地放倒，跨过门槛，走进大院里。

这地方生疏了，王雨露有四个多月没再来过。时间并不算长，这里却彻底换种光景——原来的几排砖坯垛子一个不剩，野草生得满地，四下散落着些铜钱模样的冥纸；院子中间仅留一条枯黄小径，是由人脚踩出的；靠墙的两列小树全给锯了，院西那棵老榆树倒还挺在原地，比往日长疯了些，最粗的那根树杈上，尚留着绑面人的细线，只是红色早已褪尽。

　　王雨露到时已然晚了，那男孩的尸首早进了火化炉。炉内大火烧得正烈，一家子围着火炉，都蹲着哭。牛舌头似的火苗从观望口一下下舔出来，又化成一匹匹火马消失。

　　再等五六分钟，焚化炉熄了火。遗体烧罢了，焚化员戴上口罩，从炉子里撮出来一簸箕骨头渣子。王雨露凑上去看，分不清哪块儿是哪块儿。本家人瞧这女人面生，却也跟着死命地朝前挤，就觉得无法理解。

　　本家人问王雨露是谁，她说自己不是谁。

　　本家人问她是不是找错人了，王雨露说自己没找错人。

　　本家人问，你认识亮亮？王雨露也问，他叫亮亮？本家人听了，觉得王雨露是个神经病。

9

　　死了的那男孩今年二十五岁，与王雨露同姓。建窑那年，厂子占了这户人家六亩多地，他家本是分了窑厂最大的一支干股，不料后来厂子外包，马威又改了厂名，协议也就失效了，后来，马威给他家封了个五千块的红包了事。这户人家做过生意，也试着栽过苹果林，都败了，家里老人又生病中了风，日子便越过越穷。再过两年，王家长辈把这旧事都忘了，唯有那孩子还一直惦恨着窑厂。初中辍学之后，他曾半夜翻墙跑进窑厂大院，毁了几百块砖坯子。那天运气不好，这孩子翻墙出去时崴了脚，滚在地上嗷嗷叫着，就让三个巡夜的逮个正着，先打一顿，后来扭着胳膊送去派出所，给拘留了三天。四年前，他又因盗窃罪蹲过一年半监狱,出狱之后一直在县城、市区胡混,再没回过阳骝镇老家。马家人是否被他所杀,已然死无对证。事到如今,这孩子终于把自己给折腾死了,本是死在了县城,却还是没躲过那座窑厂,到头来,又被强行拉去焚化。

人没了,遗体也被焚尽,算是连个核实的机会也没给王雨露留下。

从窑厂回镇上,王雨露心灰意冷,推着车走在田里,就开始自言自语:"就让我看一眼怎么了?哪怕看罢了,弄错了,真不是他——就看一眼不行吗?"越想越气,头发下边儿那张脸就自发笑了。这种情绪反应连王雨露自己都觉得奇怪,伤心也好,生气也罢,情绪一动,脸上就笑。镇上说她是煞,也怨不得流言。

翌日下午,王雨露决定把话捎给马家人。

那趟她去马家,赶上马宝的姐姐过来串门,腿上挂着个六七岁的女孩儿,正撒着娇。那小孩儿瞧见王雨露,就从她妈腿上下来,低了头,嘴唇动着,像在骂人。王雨露也不多说,直接告诉她们:昨天镇上死掉的那个姓王的男孩,很可能就是那晚的行凶者,只是自己晚了几步,没能核实。马家人听后自然不信,戗她:"你怎么不去跟公安局说,端出来个死人糊弄谁?"

王雨露说:"那案子要是真有我的份儿,我还会这么一趟趟地替你们跑?"

马家人说:"既然没你的份儿,那你干吗操这门子闲心?"

王雨露一听,也觉得挺有道理。想了很久,忽然又说:"是不是只有我死了,才能证明自己的清白?"

瞧她真有死意,不像撒谎,马家人就不再说话,各自垂了脑袋。

话带到马家,也算了结一桩心事。

这次没人攥她,王雨露走出大门,来到街上,忽然停下脚步,感觉肩上轻了不少,仿佛两家的恩怨正在消解。再想迈步,耳朵里就响起来一个男声,这声音很像马威的,警告似的说:"别动,再站一会儿就行。"让她别动,王雨露偏不听,就迈开步子。再听耳朵里,那男声叹了口气,不再说话了。没走几步,王雨露就听到马宝的姐姐在院里喊:"那你去死呀,活着还准备害多少人?"

　　回家路上,王雨露迎面撞上姓王那男孩儿的出殡队伍。也就四五米长,前头走着父母,后面稀稀落落跟着几个小辈儿。政府已然不让土葬,他家还要搞这一套,兜转一大圈,最后还是得把装骨灰的棺材抬回家去。那么执拗干吗呢! 王雨露想。出殡的队伍走远了,再瞧起来,实在有些寒碜。队尾的小花圈拿反了,两边贴着挽联,歪斜的毛笔字写着亡者姓名。

　　看清了那三个字,王雨露忽然想起来这男孩是谁了。他叫王自亮,四年级时与王雨露同过班。即便在小时候,王自亮也是个没事找事的野孩子。一天凌晨,校门未开,尚摸着黑。王自亮背着个鼓鼓囊囊的书包从茅厕翻进校园,用砸扁的铜线捅开了教室的三环锁。这小孩儿溜进屋里,绕过几张桌子,来到王雨露的课桌前,忽然往里头塞进了一大堆"点地梅花"。事儿办得急,星星点点的碎白花瓣儿撒了满地。

10

　　此后一月无事。

　　那晚王雨露躺到床上,把一只手掌贴上小腹,迷迷糊糊哼着歌,恍惚间看见马威坐在梁上,人有巴掌大小,正晃着拇指长短的两条小腿儿,给她打着拍子。王雨露清醒过来,感觉肚子里实实在在游着条小鱼,正四下轻轻撞着。熬过十一点,王雨露关了灯,正要睡下,院里就响起了三声口哨。王雨露不作理会,那口哨再响三声,极真实,她就猛坐起来,跑到院里。

　　四下无人,墙上空空荡荡,王雨露犹豫着走到门外,一低头吓了一跳。一个

魏市宁 ｜ 斑斓的诅咒

黝黑、瘦瘦的陌生男人蜷在她家门口，两手还攥着，准备继续去吹口哨。抬头看到王雨露，男人咧嘴笑了起来。王雨露知道这就是路远，虽然他与记忆中的路远对不上脸，实在认不出来，但是王雨露心里清楚，这就是他。

路远说："你还好吗？"

王雨露倒是出奇的镇定，说："我没梦到过你，就知道你还活着，你回来干吗？"

路远的表情有些腼腆，说："过来看看你。"

"路远，你跟我说，马宝是不是你杀的？"

路远说："不是，我没碰过他。"

王雨露问："那你这些年都在干吗？"

路远就把自己的经历说给王雨露听。

三年前，路远被窑厂辞退，又与家人大吵一架，一赌气，就在初四那晚离开了阳骝镇。离乡之后，路远去了广州，在一家机电制造厂干了半年。那半年他老生病，请多了病假，没有工资还要拿药，自然就没攒下钱来。这么受了半年苦，路远就有些后悔，悔意刚起，就开始失心疯似的想家，想王雨露，想得在床上窝成一团，终于决定回来看她。车过河南卫辉，到了服务区，路远听见一阵乡音，是几个本市老乡在闲聊本城奇事。聊着聊着，嘴里蹦出个"路远"，味儿就不对了，再说下去，路远这才知道，自己稀里糊涂成了杀死马宝的通缉犯。当时他还很乐观，心想，既然自己并未杀人，天理昭昭，哪怕回去自首，只要把话说清楚了，案子自会水落石出。想归想，大巴要开时，他又不敢上去了。派出所既能搞错一次，就可能搞错第二次，可路远的命只有一条，他害怕自己回去，来不及辩解就稀里糊涂被人毙了。犹豫半天，终于下定决心，车不能上了，还是先躲着。此后路远就改了名字，在中原四处浪荡。活倒是好找，全国都在搞生产，所有的厂子似乎都缺人。有些工作不靠谱，路远拿了俩月工资就走；有些工作还算稳定，不过时间一长，路远就老做噩梦，听不得敲门声。半夜睡下，梦里要么被人指穿身份，要么直接被几个警察抓获，直接拖到郊野枪毙。一天提心吊胆好几回，哪怕工作安稳，他还是得走。躲了两年后，还是没等到翻案。有次在石家庄的一个建筑工地上，路远竟被工友认了出来。那人与他关系挺好，住一间宿舍，吃饭都要聚在一起闲聊。也不知道怎么回事，他发现路远是个通缉犯。

王雨露问他："接下来呢？"

路远就说，那个工友是广西人，不知为什么会跑来石家庄打工，他比自己岁数小些，或许也念着情谊没告诉旁人，只是要"借"路远一些钱来花。路远觉得与他关系还算亲近，就掏出肺腑之言，向他辩解自己不是通缉犯，那案子是错的。工友听后就翻了脸，说你别来这套，不给钱我就报警抓你。路远怕了，那人嘴上这么说，也没报警，直接动起手来，还翻出藏在床底的钢筋棍威胁。路远身手比他好，扭打两个回合，就把钢筋劈手夺来，一下敲到对方后脑勺上。也不知打到了哪根筋上，那工友浑身僵硬，扑通一声栽到地上，摆出个磕头的姿势，不再动了。路远走去瞧他，这人眼还睁着，鼻孔里却没了气息。

这回真杀了人，路远就连夜逃遁而去，一口气跑到了云南。

路远告诉王雨露："云南真是个好地方。人少，他们的话我听不懂，我的话他们也听不明白，最适合躲着。我就想，从此以后，自己装个哑巴也挺好。"

听到这里，王雨露就问他："那你现在怎么又回来了？"

路远摇了摇头，说："老做梦，梦也变了样。以前我是冤枉的，我没杀马宝，天知地知，说了你可能不懂，光这一点，就能激着我求生。石家庄那件事发生之后，情况就不同了，我是真的成了杀人犯。自己忽然搞不懂了，看什么都看不透。不管白天黑夜，脑子经常会跳出个声音，问自己跑什么，问自己为什么还活着。"

从石家庄往云南的路，超过两千公里。一路上，路远一直感觉有东西跟着自己。他越来越确信，是那个死掉的工友，他跟着自己一块去云南了。即便到了这地界，语言不通，像是有了新身份，每晚闭眼，他还是能看那男孩儿坐在自己床边。两眼睁得直愣愣，眨也不眨，就那么干望着自己。后来路远就想通了，原因倒也简单，真罪他躲不掉，既然躲不掉，那也不必再躲了。杀人不过偿条命，道理明摆着，路远无话可说，那就不如回来，不如死在阳骝镇。

说罢，两人一阵沉默，遍地的蟋蟀在暗处躲着，疯了似的叫。

路远问王雨露："你呢，你的事我听说了，你打算怎么办？"

王雨露想了想，说："我不知道。马家人想让我死，马威又给了我一个孩子，我觉得他是想让我活着。"

路远点了点头，说："你能这么想，挺好。行，你回家吧，我得走了。"

说罢起身离去。王雨露问他："你去哪？"

路远把手一指，说："我也回家。"

11

第二天，路远换了套松松垮垮的衣服，就去了镇派出所自首。

到了所里，路远刚报了姓名，不等坐下来，里头就炸了锅。户籍室的人也去报案大厅围观，但凡瞧见过路远的都有些失望，说杀了那么多人、逃了这么多年的悍匪，竟如此瘦弱，还蔫不拉几的。所长接到电话，警服挂在门后来不及穿，就从县里的饭局赶回阳骝镇。到了所里，先呵斥一通各科室的人，叫他们赶紧回去办公，随后喊来个民警，把那人的警服扒了，给自己换上。

两人一起进了审讯室，开始向路远问话。

那民警问："三年前，你是因为和马宝有过节，所以才杀人抢钱？"

路远说:"我没杀马宝。"

所长并不满意:"没杀人你跑什么跑?"

路远笑了笑,没有回话。

民警又问:"你是什么时候回来的? 这几个月都藏在哪儿?"

路远说:"我刚回来,没藏。"

民警有些糊涂了,说回正题:"三个月前,你从外地回来,是因为记恨马家人开除你,马威又娶了王雨露,这才要杀他们兄弟四个?"

"这事与我无关,不过你说是那就是吧,"路远想了想,补充一句,"我跟王雨露没什么,你们别把我俩往一块拼。"

"你别来劲!"民警拍了桌子,站起来指着路远的鼻子。所长叫他坐下,换了自己问,"你这趟回来,见过王雨露吗?"

路远就说:"昨天晚上见过一次。"

所长又问:"就这一次?"

"是,"路远停了一会,说,"给我杯水。"

"把自己当大爷了? 还知道要水!"民警这么说,倒还是给他接了杯水。所长掏了根烟递过去,路远没接,仰脸喝下半杯水。

"那晚你为什么没杀王雨露,你不恨她?"

路远想了想,说:"你想让我杀了王雨露?"

"老实点!"所长也拍了桌子,意识到失态,镇定下来,又问,"你既然承认马威是你杀的,那你胳膊上怎么没咬伤? 王雨露说杀人那晚,你的胳膊被狗咬过。"

"我没承认杀过马威,那是你们这么想的,"路远说罢,屋里一阵沉默,他想了想,又说,"这事别问,越问越不清楚。"

民警又问:"你还犯过别的事吗?"

路远低了头,说:"犯过。两个月前,我在石家庄杀过一个广西人,这次是五命抵一命。"

民警被说晕了,什么五命抵一命,掰着手指头算不准人数。所长又拍了桌子,站起来说:"又给我来劲是吧?该认的认,不该认的别往身上揽!什么石家庄,什么广西人!你少给我来这套。是你犯的事跑不了,不是你犯的也冤不到你头上。"

路远点了点头,不再说话。

12

一个月后,阳骝镇发生了两件事。

一件大事:省里的殡葬改革紧急叫停,镇政府不再插手丧事。消息下来,一夜之间,整个阳骝镇区,被铲平的坟头纷纷隆起。镇郊那座窑厂终于荒废下来,两个烟囱遭到匆忙爆破。另一件小事:马家的案子还没查清,很多线索对不上号,路远口中所谓的广西人,始终没有找到下落。最后就是路远本人,县拘留所的人都说这孩子明显是不想活了。绝食数天后,路远如愿饿死了自己。

在阳骝镇,犯过杀人罪的死者不办白事,怕仇家跑来捣乱,埋棺也是挑在半夜,坟位不留标记,也是为了防着仇家前去羞辱。路远死后,不知埋在何处。那晚深夜,拖拉机拉着棺材突突开过,镇上响起一片犬吠。稀落的哭声经过王家大门,王雨露就知道这是在埋路远了。

凌晨四点多,王雨露听见三声口哨,下床走出门去,看到路远正在自家院里站着。

路远说:"天快亮了,我过来看你一眼就走。"

说着转身走到墙下,再朝前走,就一下下碰到墙上,像个瞎子。

王雨露就说:"你走正门。"

路远回了头,说:"不能走门,门口有狮子,我得翻墙。你家这院墙太高了,我翻不过去,你去帮我搬过来几块砖,让我垫一下脚。"

王雨露进屋挑了个小凳子拎手上,再回到院里,发现路远已经蹲到了墙头上,正弓腰捂着额头笑,似乎在笑她是个笨蛋。王雨露抱着凳面,三条凳子腿在胸口支棱着抖动,她也跟着笑。笑了一小会儿,东边瓦蓝的夜空里破开一片奶白,路远忽然说:

"王雨露,你猜我埋在哪里?"

说完跳下墙去,从此消失不见。

路远死后,王雨露去过路家坟地,四下望去,并没找到一块新土,终究不知路远葬在何处。那时中秋刚过,天转凉了,镇郊割罢玉米,田已垄好,正等着种下冬麦。开阔的平原尽是黄土,视野抚尽天地,王雨露找不到路远的坟,倒是远远地瞧见了埋葬徐守诚的那座砖堆。王雨露走过去,见它四周的水泥已然开裂,荒草伸出砖缝,似在延续徐守诚未及过完的生命。

13

半个月后,王雨露骑车去医院做检查,路过卫河桥尾的露天车站,看见一群南方人。

这些人瞧着新鲜,一个个都是高额头,矮个子,还哑着嗓,说话也大舌头。南方人手里都拿着张放大的模糊照片,正四下拉人询问。周遭人来人往,看罢照片,都是一通摇头。这些人已经来过半日,不知在问什么,总之尚未打听到满意的消息。王雨露刹了车，推着走上前去，知道了他们是在找人。南方人手里的照片上，印着一张青涩的脸：男孩儿，头发盖了只眼，名叫王男。

南方人走近了，举着照片问王雨露："你认识他？"

王雨露说："认识。"

南方人兴奋起来："这个王男是你们镇上的？"

王雨露说："是，他不叫王男，他叫路远。"

南方人激动得大叫，喊几嗓子"打听到了"，另外几个就聚过来，说："果然是假名！这个路远，他家在哪？你带我们过去。"

王雨露说："你们找他有事？"

南方人说："这人太狠了，一根钢筋砸脑袋上，打得我们家孩子躺了三个月，现在都讲不出话来。别的先不提，这趟找他，不得先讨个医药费？"

话听一半，王雨露就有点窒息，咬着字问："他打的那人没死？"

南方人不高兴了："呸呸呸，你怎么不说好话？你告诉我，这个叫路远的，他人在哪？"

王雨露低了头，哧一声笑了，笑着笑着，鼻子下边掉出一句话来："他死了。"

选自2019年《青春》第2期

丁 颜

1990年末生于甘肃临潭，中短篇小说散见于《花城》《天涯》等刊物。著有长篇小说《预科》《大东乡》等。

路　灯

> 黑夜，街道，路灯，药店，
> 这世界多么昏暗，无法理解。
> 你即使再活上二十五年——
> 一切仍然照旧。前途暗淡。
> 你一死——又开始新的循环
> 周而复始，亘古不变：
> 黑夜，阴沟里冰冻的污水，
> 药店，街道，路灯。
>
> ——《黑夜，街道，路灯，药店》

　　夜幕下，那个女人又出现在十字路口街灯下面。

　　当车子慢下来，一大群人从马路上穿过的时候，那个女人很悠闲。她微微眯起眼睛四处张望，当她看向我这边的时候，我发现她的眼睛里有淡淡的灯光在闪耀。

　　真是个奇怪的女人，体态不臃肿甚至有点瘦，但法令纹很深，我猜想她大概四十多岁快五十岁了吧。她常常在人们下班的高峰期过后，出现在那里，也许她自己也是刚下班。她站在那里在等一个男人。一个很年轻、大学生模样的，几乎可以被称为男生的男人。每次来都站在十字路口，都不过马路，就只是站在街灯下面等，有时候一小时，有时候两小时或者时间更长，她看上去是个很容易快乐的人，牙齿很白，偶尔会咧着嘴巴放肆大笑，可能是看到了街对面有什么好玩儿的事发生，但多半时间都很安静。

人流车流的十字路口，人们像鱼一样从她身边穿越过去，只有她是静止的。所以从我这里看下去，她很显眼。

我是前段时间发现她的。我过去拉纱窗的时候看见了她。这一十字路口，算是城乡接壤的混合地段，楼层都不高，马路也不是很宽阔，但天际线开阔。四周围都是大大小小的水果蔬菜摊、肉摊、小饭馆、成衣店、干果摊之类的摊位，像铺开的宴席，充满人间烟火的喜乐和熙攘。人们买东西也乐于在路边随便挑挑拣拣，讨价还价，让马路对面新开的大型综合超市相形见绌。姐姐家的药店在十字路口拐角的地方，药店的二楼三分之一隔出来放了四张病床给病人输液用，剩下的自己居住。

那天外面下很大的雪，纱窗开了一条缝隙，街灯泛白的光亮透进来，直射在病人脸上。我过去拉严窗帘的时候，看见了她。

时间不算晚，但大雪纷飞，路两边的摊位都撤光了，车辆行人也很少。只有她站在夜色的灯柱旁，穿深红色的羽绒服，一大把干燥的黑发在脑后扎成发髻，落满了雪花。

她在那里等了很久，先是瑟缩着脖子站着，后来大概冷得受不了了，便开始转圈跺脚，手凑在嘴巴上哈气。

后来那个年轻男人出现了，他将自己的围巾取下来，往女人的脖子上绕，女人趁机在他的额头上亲了一下，他用小手指轻轻地抹掉粘在她脸上的小雪花，拥抱了一下，然后牵着她的手走了。

哈，原来是一对老少恋啊。一个上了年纪的女人，跟小年轻谈恋爱时也可以如此的执着和可爱。这种可爱不是一般的那种可爱，来自她的气质，像是被封在瓶子中扔在深海底的灵魂，只有时间没有苍老。

后来只要路灯一亮，我头探出去，准能看见她，那个灯柱，那盏路灯下面。她每天都来等他下班，然后拥抱、牵手，像十七八岁的孩子之间才做的事。

当天晚上我就跟姐姐说了这件事，我还说："那个年轻人牵起她的手放进衣服口袋的时候，她笑得满脸都是小皱纹。"

"哦，是吗？"姐姐似乎毫无兴趣地嘟囔了一句，走了过去，又回过头提醒，"你这叫偷窥，道德问题。"

药店里已经没什么人了。冬天天黑得早，但看看时间，不过才下午六点多。通常这个时候，会有几拨下班过来买药或者打针输液的人。我帮病人换药的时候，不经意瞧了窗外一眼，路灯已经亮了。从窗口看下去，发现那个女人已经站在那里等了，还是穿着一件深红色的羽绒服，围巾在脖子上堆堆囊囊围了一圈。

大概恋爱是不分年龄的吧。只要是恋爱中的女人，浑身都会有一种暖杏色的光芒，一丝丝、一缕缕，从她的眼角、她的头发、她的手指散发出来，看上去真暖人心。

最后两位病人输完液，已经七点多了。我拔完针头，下楼倒垃圾时向正在柜台上点药的姐姐汇报了新情况。姐姐头也没抬，笑着问我："你站在高处这样窥探别人好吗？"

我稍稍收拾了一下病房，就搬了个靠背椅坐到靠窗的那儿，望着对面路灯下的女人发呆。过了一会儿，突然，那个年轻人从对面跑过去，蒙住了那女人的眼睛，软语呢哝，有点像韩剧里的镜头。由于逆着光，我好几次都没看清那位年轻人的脸。

"好可惜啊，我又没看清那男的的脸。"我回头跟上楼来的姐姐说。

"你也真够无聊的，持续观察一对老少恋。"

听她的话音，好像对老少恋没有丝毫好奇心不说，还挺嫌弃。

姐姐好像已经将楼下药店的门给关了，在客厅开了电视，然后拖鞋一路"吧嗒吧嗒"过去，拿来一包薯片打开放在茶几上。侧躺在沙发上，一手支撑着头，一手握着遥控器，眼睛一直盯在电视上。这形象让人觉得真难过，曾经那个连睡觉时都怕将发型压变形的姐姐不知道哪儿去了。

"今天晚上姐夫不回来吗？"

听我这么一问，姐姐懒洋洋地抬胳膊按了一下遥控器，背对着我问："啊，你说什么？"

我只好又问："今晚姐夫不回来吗？你这么早关了店门。"

"会回来的，可能会比较晚。"

从那天开始，我不自觉地在意起对面路灯下的那个女人来，路灯亮了之后，时不时地瞟上她几眼。可能外面真的是冷，她总瑟缩着脖子，走过来走过去。难道她就真的这么爱那个年轻人吗？我可做不到这样去爱一个人，在冰冻三尺厚的冬天，一等等几个小时。

楼下药店的门丁零当啷一阵响，姐夫带着一身的寒气从楼梯口上来了，眼睛眉毛上都是水蒸气，姐姐坐起来问道："今天出诊的地方远吗？"将遥控器放在茶几上，手伸进袋子里，拈出一片薯片，吃了起来。

"不远，就是路不好走，车开不过去，徒步走了很长一段距离。"

姐夫边说边卸去身上的棉衣，里面的衬衫在灯光下白得跟他的白大褂几乎一个色调。

等我再回头去看那个女人时，她已经不见了。他们已经走了。街上好像也没什么人了，十字路口的那盏路灯，再看上去就孤零零的。但不远处有一家小餐馆，

丁　颜｜路　灯

在黑暗的夜色中看过去，却格外温馨。透过玻璃窗，看到能容四个人的座位上只坐了一位老人，引起了我的注意，他满头银发，好像在拿勺子喝汤，喝得很缓慢，有时候会停下来，好像在歇息。六七十岁的老人，穿一件灰黑的棉服。手指上大概是有戒指的，隔着一条街我看不太清楚，但动的时候，总有光在闪烁。一个有人照顾的老人，应该不会在这个时间点一个人出来吃饭。所以我看了他很久，看得我自己都能闻到一种苍老和孤独的气味，不由得耸起肩膀抖了一下。我就在想，此时此刻如果他身边有个人，夜色下的小餐馆又这样温馨，一起暖洋洋地吃饭会不会好一点。

我还在看窗外，姐姐提醒我，该去睡觉了，早睡早起。

姐姐通常是不会在家里做饭的，但一遇到周末，又常常大动干戈，做很多菜，管你吃得完吃不完，她说饭还是要做的，不然就没家的味儿了，在桌上摆好茶杯碗筷，使唤我下楼去叫姐夫。药店的门一次一次地被推开，人一个一个地进来，姐夫忙得团团转。姐姐像是努力在控制情绪："你告诉他，如果再不来吃饭，就没他的饭了。"

我很无奈，就又趴在楼梯的栏杆上大声喊："姐夫，饭已经端上桌了。"姐夫抬头看了我一眼，说了句："来了，来了，马上来……"之后又不见他上来，再下去发现他人已经在车子里了。姐夫是个大夫，医者父母心，常常被人叫去深山沟里出诊，每当这时，他二话不说，提着药箱就走。

姐姐明显是生气的，抱怨着白做了这么一大桌子菜。她盛了一碗米饭给我，说："不等他了，我们吃。"

吃饭时没什么可聊的，我就又提起："那对老少恋中那个女人虽然年纪不小了，但总给人一种别样的感觉，很安静，很快乐。"姐姐依然漠不关心地"嗯"了一声，继续往嘴里送食物。

"她的小男朋友，看着个子高高的，背影帅帅的，遗憾的是我到现在都还没看清楚他脸长什么样子呢。"

"你关心别人的男朋友干什么？"

姐姐停下筷子，往自己的碗里盛了些汤。

"不是，我是第一次在现实生活中见到差距这么大的老少恋，好奇。"

"好奇害死猫，吃饭。"

我怀疑姐姐根本就没听我在说什么。

"我煲的这汤真不错。"没问我要不要，就直接也往我碗里加了一勺汤。

"你说他们最后会结婚吗？"

"不好说。"

"是不是恋母情结比较严重的男生，才会找一个比自己大很多的伴侣？"

"我怎么会知道。"

姐姐一边喝着汤，一边有一搭没一搭地回答我津津乐道的问题。

"可是他们若真结婚了，先老的那个人先死了，留下来的另一个也挺孤单的。"

"谁先死，谁不死，这个谁能说得上……"

"可是……年龄就是代沟啊。"

姐姐又往自己的碗里舀了一勺汤，无动于衷。唉，算了，关于这个话题好像只有我自己有兴趣，像个怪胎，还是闷头吃饭吧。

电话铃声响了，姐姐起身去接。

回来时，连眉毛都在笑，捏了一下我的脸，说："我的小乖乖，明天王家阿娘要来，我得做点什么准备。"

"王家阿娘？就那位抱养孩子的中介人？"

这位王家阿娘是这一带最有名的接生婆，以前女人生孩子去不了医院，就由她来接生。有人家盼儿子，生下来若又是女儿，不得已，也经常悄悄依托王家阿娘，看有没有人家想要收养孩子的，请她代为传话。时间一久，人们就都知道谁想要收养刚生下来的小孩儿，就去找王家阿娘，她那里一定有信息。

"那她要来……是不是说明你可以抱养到小孩儿了？"

姐姐只是含混地笑了笑，继续低头吃碗里的米饭，脸上喜滋滋的。

要我说姐姐吧，作为一名小学老师，在我看来真的已经算是生活过得非常美满的女人了，平常不过就是一边给小孩子教教书，一边回家随便操持一下家务，每逢节假日，高兴的话就来药店里面帮帮忙，没心情的时候就独自在家睡觉、晒太阳、看书或者追剧。但遗憾的一点是姐姐因为疾病根本没法生孩子，这让所有人都叹气。

姐夫倒是很宽容，对有没有孩子都不在乎，看得出，姐夫和姐姐的感情很好，不然因为孩子的事情早就离婚了吧。姐姐说反正姐夫也是无时无刻不在为各种病人而忙，有了孩子也是忙，还不如让他忙得专一一点。话虽这么说，但姐姐想要抱养孩子的念头，三四年前就有了。

姐夫不在，姐姐自从接了那个电话之后，就进厨房手脚停不下来地忙，就只有我在看药店，一直到很晚之后，才将药店门关了，手酸脖子僵地上二楼。姐姐还在厨房，不知道又在折腾些什么。于是我又搬了那把靠背椅到窗户旁边，路灯下面的那个女人还在那里，还是那件羽绒服那条围巾，在灯柱下面踱步，她很早就在，已经等了很久了。

那个年轻男人好像就在附近哪里上班，下班时间不大确定，但一般都比较晚，最早也在晚上七八点。不知她还要等多久，这让人骨头都哆嗦的寒冷……

那个男人终于来了，还是从街对面向她走去，高大的背影，拥抱她，她将头抵在他的肩膀上。他牵着她去旁边的饭馆吃饭。饭馆里人不多，他们点了汤和面，从这里看过去，她的吃相几近狼吞虎咽，很快吃完自己盘子里的，又从他盘子里拨过来一点，她看上去真的很饿，大概是从黄昏一直站着等他等到现在，什么东西都没吃的缘故。

他们吃了很长时间。他在她对面点了一根烟，抽了起来，她好像并不想让他抽烟，拿过烟，摁熄在烟灰缸里，一缕青烟，袅袅散尽了。

他们从饭馆出来，在门前站了一会儿，他好像在说什么，她看着他。她不说话，依然看着他，他有些索然，抬起头重新整理自己的围巾，又伸出手来帮她重新围了围巾，微笑着，放心了。牵着她走，她突然又非常高兴，开口大笑，牙齿很白。

不知道怎么回事，偷偷地看他们看久了，反而有点……喜欢他们。谈恋爱嘛，快乐不就好了吗？一整天在药店里转来转去，晚上睡觉前总有点惘然，索性每天都搬来椅子坐着望一望窗外，算是对心灵的安抚吧。看着路人行色匆匆，好像都很忙很乱，但仔细一点看，它其实跟一部场景搭得不太地道的电影没什么两样：一些西装革履的人，神情阴郁，一些皮肤粗糙的人，眼神却清澈明亮。每天就在那个时间点也就只有那个人从那个地点经过。大概所有的人的生活轨道都是很难改变的，就像一个传送带上面，一个物品掉落了下去，后面的物品就都跟着会发生变化。为了保持巨大的稳定和平衡，人们都尽力尽责地沿着轨迹走。

对于跟那个女人谈恋爱的那个年轻男孩儿，我倒是充满了好奇，他个子很高，很英俊，刀砍斧削般的轮廓。药店的旁边就是综合超市，傍晚去帮姐姐买东西时，我看见了他，他在超市离门口很近的地方有一个小摊位，给人贴手机膜，卖耳机充电器之类的小东西。从超市门口进去一转头就能看见他。

白天的十字路口，永远都是车水马龙、尘土飞扬。只有等到太阳落下去，一切都才会跟着变淡变暗静下来。超市门口结账的队伍排了很长，我一转头就看见

丁　颜 | 路　灯

了那个男生，他正在帮人贴手机膜，时不时会抬头向对面路灯下的女人看过去。为什么这么年轻好看的男生会喜欢上一个老阿姨呢？正在我纳闷的时候，前面的收银员没好气地提醒我："后面的跟上。"

"哦。"我推着购物车慌手慌脚地向前移。

两大袋子水果干果蔬菜之类的东西，连提带拉，一点一点挪上二楼，放在地上的一瞬间，感觉腰和手指都已经断了。

"阿塞娅。"

还没等我喘过气来，就听见姐姐在厨房里叫我。

"干吗？"我手撑着腰应道。

"锅里的油是烧过的，放三四分钟后将辣椒面子泼一下，我得赶紧给人回个电话。"

我推开厨房门进去，活生生被吓一跳，原来姐姐也是神厨：各种汤，各种配菜，各种糕点，都是她自己折腾出来的。

燃气上平底锅里的油是炸过糕点的熟油，我现在的任务就是等三四分钟，然后用它泼辣子。

姐姐被厨房里的热气蒸得鼻尖上冒汗，但比以往任何时候都开心，边拨着号码，边低声跟我说了句"小心热油，别烫着自己"，然后手机放在耳朵边，急匆匆去客厅跟人讲电话。

半天之后，我听见姐夫的声音，他头探进厨房问我："你姐姐怎么了？"

"我不知道，"我慌忙跑出来看见在茶几旁哭成一摊泥的姐姐。"从昨晚开始就莫名其妙瞎折腾到现在。"我半是自言自语地嘀咕。姐夫看着我的手，急迫地喊："油油油！"我低头一看，刚一着急搅拌油泼辣子的筷子，还夹在手指间，筷子头上的辣椒油顺着我的手指一直流到胳膊上，还好还好，悬而未滴。我立马一翻胳

177

膊去厨房洗了。

"王家阿娘给我介绍来的孩子，腿有毛病。"姐姐眼睛哭得红通通。

"什么？"姐夫好像还没太明白。

"我不是让王家阿娘做牵线人，我们抱养一个孩子吗，她……"姐姐又哭上了。

"哎哟，你真是没事找事，没有孩子就没有孩子，你看这不挺好的吗？"姐夫伸手扶姐姐坐沙发上，轻轻使眼色给我。呵呵，你自己的老婆自己哄，我耸耸肩，拿起手边的护手霜往手上涂起来。

"没有孩子是不行的。"

"没有孩子天会塌下来吗？"

"没有孩子家就不像个家。"姐姐比刚才哭得更厉害了。

"这个不行，那我们重新再收养一个不就行了吗？"

"就这一个，我已经等了三年了，哪有那么多孩子让你随随便便来收养的？"

"那我们再等三年……"

我站在沙发旁边，听平时寡言的姐夫像哄孩子一样劝姐姐，有点想笑。以前就连妈妈都没这么好言好语地劝过姐姐，三句话不对，随便拿起什么东西，劈头盖脸几下，就都消停了。

这一天算是就这样阴沉沉地被折腾过去了。

第二天一大早，姐姐已经恢复神气，头发在脑后绾了一个髻，看上去没有多大伤悲。

"今天早上我们做什么早饭来吃？"

"还做？"我惊呆了，她昨天做的那些，够我们吃一个月了吧。

姐姐没说话，看着我笑了笑。

丁 颜 | 路 灯

我拉开阳台的门,外面又是厚厚的一场雪,万物都被覆盖得没了棱角。姐姐将一条围巾笼在头上当帽子,也走过来看雪。

"你看那儿。"远处的洁白山脉间隐约露出更远的雪山峰顶,闪烁着寂静的蓝光。我指给姐姐看。

"待会儿阳光出来后,那些蓝光还会跳跃发亮,像钻石一样。"

沉默了一会儿,姐姐说:"我这些年一直都想要个孩子呢,有时在哪儿看见长睫毛大眼睛的小孩儿就想悄悄偷过来自己养。"晨光在姐姐的脸颊上闪烁,细细的小绒毛变成了一层毛茸茸的光辉。

"人活着是不是特别容易孤独,我最近晚上从窗户看街景,好像大家都过得不易。"

"是啊,年龄越大越孤独,你姐夫在药店里忙,我在学校里忙,我有时候都不知道我的家在哪儿,特别盼望你们谁可以过来陪陪我。"

我抱了抱姐姐的肩膀。太阳已经完全升起来了,小小十字路口上环卫工人没铲干净的雪,都已经融化结成了冰,在阳光下明晃晃地刺眼。我们俩都在阳台上站着,两个人好像都有点伤感。

今年寒假,我本打算要去找家医院或者医疗机构实习的。老师的要求是自由去实习,最后交一份翔实的实习报告给他就行。虽然如此,但我还是懒洋洋的,每天昼夜颠倒,在家里看剧、打游戏瘫了一周多。跟姐姐讲电话时说起这事,她开心死了。

"你来你姐夫的药店实习,我跟你姐夫说,再让他给你开工资,一举两得。"

"能行吗?"

"大小也是一个规范合法的门诊,怎么不行?"

"那好吧。"

打完电话之后，我迅速收拾了一番，搭车六十多公里到了这里。我决定在这个小门诊，当个小护士，完成我的实习报告，另外再拿到工资，太好啦，生活处处见阳光。

姐姐心情不好，感觉整个药店都跟着她的心情一起灰暗了下去。阴沉沉，有气无力。我像往常一样照顾完病人，关了药店的门，照旧搬靠背椅去窗户边坐着。

对面路灯下的女人不见了，可能他们已经走了吧？

整条街都灯光暖融，人们来来去去，各种声音嘈杂。我深吸了一口气，默默地看着一个又一个过路的人，独自低头匆匆走路的人，扶着老母亲走路的儿子，牵着孙子过马路的爷爷，蹲下来帮孩子系鞋带的爸爸，手挽手路过的情侣，精神不振的学生，喝醉酒的人，失意的人，兴奋到大呼小叫的人……都被灯光暖暖地给照亮。当我眼神再扫回来的时候，他们两人又出现在那个路灯下了。那个女人好像在跟年轻男人耍小脾气，走了几步停下来往回走，年轻男人跟上来牵住她的手，她转过头看他，他将她连抱带哄带到了公交站台。还是那么显眼，一高一矮，紧牵着手。可能等的时间太长了，她又有点站不住，走下台阶，转身，又一蹦跳上来，身体很轻盈，大风刮过来，将她头顶的碎发吹得飞起来，她用手压着，将头又抵在他的肩膀上。他用双手护住了她的头，风过了，她抬着沾满碎发的面孔，对他笑。昏黄的路灯照着他们，黑暗中我看得很清楚。可是为什么一个这么年轻的男生会喜欢上一个老阿姨呢？这种事在电视上是见过不少，但在现实中……我就这样胡思乱想着，意识渐渐地陷进黑暗的旋涡里，抱着自己的膝盖睡着了。就那样睡了一会儿后，感觉肩头被人轻轻摇晃，下一个瞬间，意识到自己已经睡着了，然后才猛然醒过来。是姐姐，她问我怎么睡在这里，还开着窗是不是不舒服。

室内的灯光灼人眼目，我站起来，邋里邋遢地移到沙发上才算真正醒过来。

丁　颜｜路　灯

"你怎么还没睡？"

"我已经一觉睡醒了，起来喝水，看见你睡着在那里。"

姐姐说着又拿遥控器打开了电视，然后开始削苹果，问道："你要吃吗？"

"不吃。"电视上播的是一档午夜综艺。

"其实我也不吃，我就是觉得无聊。"姐姐放下削了一半的苹果，很无奈地笑笑。

这个假期好漫长，我突然一点睡意都没有了，完全清醒了。

"姐夫还没回来吗？"

"没有。"姐姐往沙发这边坐过来，靠在了我身上，热乎乎的，"我打算收养那个孩子。"

"什么？"

"我打算收养那个孩子，就是患了小儿麻痹症的孩子。"

"那样的孩子好像很难养吧？"

"王家阿娘说考虑到我们家是开药店的，就介绍给我们，这样那个孩子可能就会少受点罪。我觉得有道理，我想我收养孩子的初衷是好的，没打算从孩子那里获取什么，只是给孩子幸福，在此基础上派生出家庭的快乐。"

面对姐姐的这一番话，我着实不知再该说些什么。电视里的男主持穿得花里胡哨，在逗一群女嘉宾大笑。姐姐说："我就是怕你姐夫不答应。"

"你跟他说了吗？"

"还没有，不太敢说。你姐夫是个惜时如惜命的人，直觉他没兴趣来与我共同抚养一个不健康的孩子。"姐姐看着自己的指甲，语气里尽是为难。

然后我们两个人都没再说什么，姐姐继续靠着我看电视，看着看着也睡着了，我没叫醒她，在她的头下垫了抱枕，拿毯子盖上她，之后关了电视，回自己房间睡觉。隐隐觉得姐姐其实并没有如她往日表现出来的那般乐观和开心。

日子每天都这样忙忙碌碌、寡然无味地过着。唯一让人欣慰的就是看到那对老少恋的出现，那个女人真执着呢，每天都来站在同一路灯下，等同一个人，这可能是他们之间的一种小浪漫吧。我想要是有个人能每一天，不管怎样的天气，怎样的温度，都来等我，那我也一定会被感动，说不好就跟着他走了。

那天早上，姐姐突然没有任何预兆地在药店门口挂起了今天只营业到中午两点的通知。姐姐和姐夫要外出，问我要不要一起去。我问去哪里。

姐姐神神秘秘地笑着说："去接一个小宝宝回家。"

"当然要去。"

我有点莫名兴奋，问姐姐："哪里的小孩儿？"

"就原来那个。"

"姐夫同意了吗？"

"嗯。"

姐夫开的车，我们三个人一起去的，地形复杂，山路歪歪扭扭并不好走，到的时候天几乎已经黑透了，姐姐指指车窗外，说："就是这里。"我和姐夫一起观望出去，没几户人家亮着灯，整个村庄都是荒芜的灰色调，而姐姐要去的那家人则在分岔的曲折小巷尽头，得慢慢走一段有点陡的上坡路。姐姐说她一个人去抱孩子，让我们俩在车里等。三个人浩浩荡荡进人家家门，抱人家孩子，像打劫一样，到底是有些过分。道理都被姐姐讲完了，我们还能怎样。

坐在车里等的时候只听到一声又一声凄厉的狗吠。

"你答应姐姐收养这个孩子了吗？"

我小心翼翼地问道。姐夫"嗯"了一声，听起来完全是一副中年男人的冷漠口吻。但又回头对我微微笑了笑。

丁 颜 | 路 灯

"我姐之前还在担心你不愿意。"我呵呵地笑。

"哈,我怎么会不愿意呢?"姐夫又笑了笑。

"嗯……可能是怕孩子不健康,又怕给你带来麻烦。"我讲话讲得有点尴尬。

"不会的,大夫天天跟……"狗吠声停了,姐夫又往窗外看了看,"跟不健康的人打交道,不会怕麻烦。"

"我不是这个意思,毕竟病人跟家人不一样,需要付出感情。"

"我明白。"

"姐夫为什么不喜欢小孩呢?"

"我什么时候说过我不喜欢小孩?"姐夫转过头看向我的眼睛。

"我看出来的。你给小孩打针时跟对待大人一样的态度。"

"我对小孩冷漠一点,你姐的压力就会少一点,不然她又得为没有孩子而自责。"

"这样啊。"有点羡慕姐姐。

"当然啊,小孩与父母之间的缘分是天定的,有小孩自然要好好养,没小孩就当没小孩过了,天地之间变化无常,大家都平安健康就很好了。你姐收养小孩首先得她自己开心,这样收养来的小孩也就开心了,这样我也开心,大家开心,对吧?"口拙的大夫……但是他的这番话真使人高兴。

我们默默地在车里等了一会儿。外面黑漆漆的,偶尔还像是有飞鸟掠过树枝草丛的声音,也不知道是不是飞鸟,再更远依然是从药店里也能看到的青黑色的高山。

"这一带还真是荒凉啊……"

"这里还算好一点,再往深山走,连路都没有,车子根本过不去。"

"你觉不觉得越是这样荒凉偏僻的地方,人们就越能得一些乱七八糟负担不起医疗费用的疾病？"

　　我说出了一句自己从未认真思考过的话，但我真正想到的是夜色本身的黑暗要比没有被灯照亮的黑暗神秘，所以这句话听上去就像是在胡说八道。

　　"话也不能这么说，疾病到哪儿都有，只是在这些地方更容易压垮一个家庭，也就被报道出来的更多一点。"

　　我们在车里坐了很长时间，也不见姐姐出来。路上走的时间很长，等在车里的时间更长。我焦急地开窗看向车外，只有天空中被月光照亮的云团，在慢慢移动，忍不住摊开手心伸向窗外，又迅速缩了回来。

　　我问姐夫："要不你进去见见小孩的父母吧？至少得感谢他们一番才对。"

　　姐夫摇头："我听你姐的，就不见了，就当是从产房里抱出来的自己的孩子。"

　　我心想，姐夫对孩子漠不关心的言行举止背后，其实是因为爱着姐姐吧。他自己也是想要收养一个孩子的，但这件事由姐姐提出来，再由姐姐一手操办，这既伤害不到姐姐还能让姐姐快乐。可以肯定，姐夫将这个小秘密深藏在心里很多年了，等它自己生根发芽，开花结果。绝对是这样的。

　　就在我这样想的时候，姐姐抱着裹好的孩子像抱包裹一样，从土坡上慢慢走下来，我下车帮忙接孩子，姐姐伸手给我的时候，嘴里还轻轻地说："慢点慢点。"

　　"这是男孩儿还是女孩儿？"我问姐姐。

　　"是女孩儿，还没满月，可爱得不得了。"

　　第二天，姐姐忙着在家照顾孩子，姐夫忙着出去给收养的孩子办各种手续，还说过几天要给这个小孩办一个满月宴之类的。反正将我一个人搁在药店里来来回回忙了一天。

　　晚上上楼看见姐姐像一个真正的母亲一样，边给婴儿熟练地换尿布，边努嘴哄她开心，这种神秘的连贯完全不能用自然规律来解释。我走近看了一下那个小

丁　颜｜路　灯

　　婴儿，是很可爱，眼睛非常明亮，像是浸润在水光之中。然后不由自主地看向她的腿，什么缺陷也看不出来。姐姐意识到了我的视线，温柔地笑着问我："看什么呢？"我感到脸像是被什么东西紧紧捆绑着，笑得很尴尬，真怀疑自己心理有问题。

　　姐夫依然出诊晚归，姐姐在忙着照顾小孩儿，我收拾完一切，搬靠背椅过来坐着看窗外。今天天好黑，但夜色越黑，路灯就越亮，我也就看得越清楚。

　　马路对面有点喧嚣和嘈杂，路灯下的那个女人好像刚与一对过路的母女发生了什么冲突。那对母女购物袋里的牛奶被打散，在地上融化出一片白。那位母亲捡起地上的东西，拉着女儿骂骂咧咧地走了，走出去很远，还不忘回头骂她。路灯下的女人可能被吓着了，眼睛慌乱地眨动着，紧张到不知所措的样子。

　　年轻男人迅速从街对面冲了过去，拥抱着安抚她，似乎对她说了句什么。她将头抵在他的肩上，路过的人有向他们投以暧昧的眼神。她抬起欲哭未哭的脸，一把推开他。

　　"啊！"我被他们突如其来的争执吓得差点从椅子上掉下去。很突然地，她猛地扇他耳光，出手很重，脸颊也因用力而变红，他们厮打在了一起，到底发生了什么……我看不清楚，踌躇了一两秒，穿着拖鞋跑下楼，打开药店门，跑到街对面，但……刚才的声响和喧嚣都已经不见了，周围只有几个看完热闹还没散尽的人。他们已经走了。

　　昏黄的路灯照耀着长长的街道，街道上依然是来来往往的行人与车辆。我又拖着拖鞋慢慢悠悠走回来，脑袋里朦胧一片，像做梦一样。突然一只流浪的小黑猫一下从药店前的路灯下蹿进了黑暗的角落，吓了我一跳。看过去，那片黑暗，真够可怕的，黑黑的夜里那些没有被照亮的黑暗中潜藏着多少不为人知的秘密。想到这里，吓得我不由得脊梁骨一阵发冷，快步跑进了药店。

然后，再接下来的十几天，我就再也没有看见过那个等在路灯下的女人，好可惜，世界上又有一对快乐的恋人分手了。

街道上的人群，每一天都在热闹地喧哗，像电影里拖沓冗长，毫无意义的画面。我趴在柜台上正漫不经心地把玩着一支圆珠笔时，那个年轻男人就推门进来了，他走向我姐夫，跟我姐夫说话的时候，背着光，一张脸浸在阴影里面看不清楚。他很年轻，但不似以往，他穿的是蓝色牛仔裤，裤腿的边缘已经磨得起须。上身是黑色羽绒服，围巾很皱，黑发凌乱。他买的是止痛片。他刚转身离开，姐姐就从楼梯下来，问道："他妈妈去世几天了？"

"六七天有了吧。"姐夫回答完后还叹了一口气。

一时一种焦躁感瞬间无声无息地充满了我的全身，使我原来因为无聊而漫不经心的身体僵硬了起来。

姐姐好像意识到我不大对劲，歪着头看我。

"怎么啦？"

"我……我……我之前不是让你看你没看吗？就老少恋……十字路口街灯下面的那个女人和那个年轻人每天……刚出去的那个年轻人……"我讲话讲得语无伦次。

但姐姐和姐夫都已经听明白了，姐姐扑哧一笑，口水都出来了。

"那是他妈！"

听到这句话，天知道我的脸色变成了什么样子。

姐姐已经笑到控制不住自己，想要笑的姐夫硬是绷紧脸没笑，假装若无其事地转回身去药房拿药。

"你跟我之前说老少恋的事，我没在意，你原来是在说他们啊。"姐姐止住了笑，又开始笑，又咬牙止笑，"不能再笑了，她已经成亡人了，可怜的。"

丁　颜｜路　灯

　　姐姐后来还将我的这个天大的误会说给来吃满月宴的亲戚们听，他们也都笑得前俯后仰，问我是怎么想到的。
　　听着这些笑声……明明是笑声，却像一条沾着火焰的鞭子在抽打灵魂，轰隆隆响。
　　姐姐跟我说，这家人原先举家去南方城市开面馆。因为喜欢小孩儿，男孩儿长到十五岁后，就又生了一个小女孩儿，人见人爱的那种。某天正值下班高峰期，妈妈带着小女儿出去买菜，就一个等红绿灯的时间，小孩子就不见了，后来调监控，看到是被人抱走的，不知道抱哪里去了，一直都没找到。妈妈一下精神崩溃，常常一个人跑去那个商场门口等孩子，拉也拉不回来。没有办法，他们只能关了面馆，将妈妈给带回来。她回来后什么都不记得，就只记得一个红绿灯，将这个十字路口当成女儿被抱走的那个十字路口，一快到夜幕降临时，就一个人收拾妥当要出来等孩子，不许人跟，不许人拦；不跟不拦还算平静，一拦就弄得披头散发，哭喊打闹，扰得四邻都不安宁。平时都是由丈夫陪着来，但长年累月的，还是吃力，儿子放假回来就又接替父亲。
　　那天晚上风很大，窗外有扑过来的风声。我没有再去窗户边看，看了那么久，也只看到了人们在路灯下被照亮的样子，潜藏在黑暗内里的又都是些什么？

选自《青年文学》2019年第6期

林　鹿

原名许雪菲。生于1995年，清华大学中文系硕士在读。小说曾获"名作杯"全国大学生文学作品大赛特等奖，新概念作文大赛一等奖。戏剧作品《绵羊在尖叫》《太平小馆》在南锣鼓巷戏剧节上演。

新　人

一

我一个人在城市里生活。

城市没有具体的名字，没有具体的形状。所有的城市看起来都长得差不多。反着光的钢铁大厦、冷气十足的咖啡厅、粉红色的蛋糕房、每分钟人流量三千的红绿灯路口，我只是这三千分之一，再乘以每小时六十分钟，每天二十四小时，每年三百六十五天，我被无限地缩小。人的一生也是被无限缩小的过程。

在我的生活里，最可怕的有两件事。第一件是坐长途车。人叠着人，声音压着声音，皮肤贴着皮肤，沾着汗珠的肉，散发出一股被沤烂的馊味，随着车厢晃动，令人窒息。从城市回家，要坐十一个小时的长途汽车。也许正是如此，我很少回去。第二件是午睡。在我的家乡，每到夏天的午后，就经常开始下暴雨。天沉下来，颜色像被染脏的画布，雨水淅淅沥沥打在窗户上。我总是在这样的击打声中开始午睡，一睡就是一下午。家里静悄悄的。我最常梦见的是哪吒闹海的故事，搅动海浪的旋涡里，打死三太子，抽筋剥皮，割肉还母，剔骨还父，血亲就此了断。这个故事是小时候父亲讲给我听的，他讲得绘声绘色。我觉得有一丝恐怖，总是要等到雨停了，阳光照进窗子，我才缓缓逃出那个筋骨皮肉的世界。

来到城市之后我丢失了午睡的习惯，可能是因为离开了水源。于是我的生活比原来多出了四五个小时的时间，我把它们都用在了写作上。有一天写作的时候突然下起暴雨，我把我所有珍贵的家当——床、桌子、椅子都朝向窗户，雨会指引我下一步该做的事情，是该躺在床上，还是拿起笔。这一次，我清醒地梦见了哪吒，她是个女孩，在窗户上跳来跳去，笑起来有一对小巧的梨窝儿。我问她，你的混天绫和乾坤圈呢？她的声音在我脑海里旋转：

我停在母亲三年零六个月的阵痛里，我与她的痛苦紧密相连。我还未出生就被视为不祥。生产的过程极为艰难，我在子宫的收缩中瞥见了父亲紧蹙的双眉，这是我对世界的第一眼认识。于是我的一生都在这对怨眉中被拧紧。我把自己缩成了一个肉球，自我保护的姿态。父亲用剑劈开了我，他毫无犹豫，母亲也没有阻拦。我的手腕和身体上留下血痕，路过的道士老头救了我。他编出一套瞎话，说我是上辈子的神仙，投胎转世，给了我两件宝物，遮住我的伤口。我知道父亲仇恨我，我的不祥和神通让他夜不能寐；母亲厌恶我，她的身形因为这次生产彻底走样，好像一只被水泡过的气球，有瘪有胀。为什么我会被创造出来呢，仿佛世界上所有的忧愁、怨怼、怒火一瞬间都有了落脚。

直到我遇见了龙王的三太子敖丙，他看我灵巧可爱，表白于我。我从来没有接收过爱意，这样的事物危险也陌生。我知道如何躲开父亲的愁眉和母亲的冷眼，可却不知如何躲开一个热烈的求爱者。我像一块绝壁上凸出的石头，千年万年风吹日晒都是孤傲地凸出着，直到一只白鹤停在上面，让这"凸出"有了实在的意义。敖丙就是那只白鹤。

他说要带我看遍四海的珊瑚和五颜六色的水母。他央求我，把那混天绫和乾坤圈给他，作为定情之物。我知道失去了它们，父母从此就对我毫无忌惮。我第一次把它们从身上取下来，交给他，我觉得自己很轻很轻，反而像那只白鹤，随时都可以飞走。他接过了乾坤圈，看见了我身上的伤痕；或者说，他看见了我的伤痕，接过了乾坤圈，总之，那一刻，他的眼神变了。白鹤飞走了。

林鹿｜新　人

我把他的皮剥下来的时候觉得还不解恨，筋骨也抽了，龙的筋骨洁白透明，泛着光泽，真是天底下最好看的宝贝。我把它带到父亲面前，我和他都重重地舒了一口气。我终于证明了自己的不祥，证明了父亲的先见之智。可怖的是，他并没有把我逐出家门，并没有抛下我这个女儿。他知道爱无法杀死我，恨也无法，只有愧疚和血缘。他让龙王来惩罚自己和母亲，他用血亲紧紧捆住我，这样施加于自己身上的，便会加倍让我感受到愧疚。我把混天绫、乾坤圈和那条龙筋埋在一起。埋在海水深处的珊瑚礁底下。

父亲的那把剑就挂在房间最显眼的位置，也许他早就知道我会来取。也许他当年劈开我的时候就已经计划好了这一切。我用剑把右臂砍下，然后剖开腹部，剜开肠胃，剔去骨头，我融化在阳光里，我融化在大地上，我终于找到了我真正的父母，它们接纳了我，像水融于海。

雨停了，脑海里的声音消失了，阳光如云上的白鹤。我接到了母亲的电话，她说：回家一趟吧，车票已经给你买好了。

二

我已经到了经常需要参加朋友婚礼的年龄。在婚礼上，新婚夫妻交换戒指，宣读誓言，司仪说："下面让我们祝福这对新人……"为什么结了婚，就会变成新人呢？爱情使人变得平庸，男人女人在爱情中发胖、掉发、衰老，互相捆绑再互相逃避，直到他们的结合制造出新的生命。真正新的人，只有尚未出世的孩子罢了。

然而，我想做一个新人。从家乡来到城市，仿佛一片花瓣被劈成两半，一半的我是天真的，一半的我是现实得不能再现实的。现实的我来到城市，天真的我远离故乡。以我离开家的那一年作为分界点，我的人生不是处于它的延长线上，而是在断裂处又生出一条新的分支。

在回家的长途车上，我在椅背上看见了我的家乡。一张仿佛老式电脑桌面的风景照，海的蓝色被处理得十分懒惰，像是颜料管没有经过任何调和就倾泻倒出。上面写着"黄金沿海度假村"的字样。广告和城市具有同样的魔法，能够把一个地方在照片或者现实里修剪整齐，与其他九十九个"黄金沿海度假村"一样动人、美好。"塘沟"两个字似乎是含羞一般，藏在"度假村"后面。

"塘沟"是家乡的名字，它的确不如烟台、青岛、日照这些名字来得讨喜。在城市里的人，大多数都没听过这个地方，于是当我说起，他们的脑海里总会出现一条脏兮兮、臭烘烘的水沟。我从未辩解，塘沟靠近黄海，海水总是裹挟着垃圾和泥沙，浑浊得发臭。当地图缩得无限小的时候，它不过也是条脏兮兮、臭烘烘的水沟。

到站了，即使"塘沟"在椅背上那么卖力地吆喝，下车的人也只有我一个。大部分人只是靠着椅背悄悄睡着了，口水流到蓝色的海里。车站很小，只有一个出站口。我不会和母亲错过，我已远远地看见了她，穿着一件暗红色的长衫。我有意放缓脚步，一步一步丈量着与她之间的距离。三百四十步，和一个未能免俗的拥抱。母亲接过我的礼物说，又给我带这么花的衣服，我穿不上的。接着又说，开车来的。前段时间你大舅家的车换新，旧的送我。她上了车，又戴上一副眼镜，显得精神许多。老花了，红绿灯都看不中，母亲又说，啥时候带我去大城市的医院看看。

母亲是个经常说谎话的人，我的父亲在我未及成年的时候离开了。我的故事里也许不会出现他的身影，也许处处是他的身影。母亲经常要靠谎言维持起这个家的尊严，比如父亲常常寄钱来，比如我的学费仍然够用。她会把真话假话混在一起说，外人分不清楚。但我知道，例如刚刚，"换新"是真，"旧的送我"却未免令人生疑。我已经不想追根究底，从拆穿的过程中，我获得了一种前所未有的挫败感，尽管我往往是胜利的一方。

路过门口的烧烤摊，鱿鱼串还是两块钱一串。我离开家的这些年，物价仿佛在这里停滞了。渔民们清晨三四点下海捕鱼，五点回到码头，清点收获，送到集市上去卖，吆喝砍价，最后卖到烧烤摊小商贩手里。再穿上竹签，撒上酱料，炭火嗞嗞地生起来，汗流到脏兮兮的罩衫里。辗转到我手中，两块钱。西餐厅里的鱿鱼团成一个漂亮的心形，就可以卖七十块。中间差的六十八块，付给了冷气、服务员的微笑、精致的口红和锋利的刀叉，心甘情愿，这是城市的魔法。

母亲抢在我前头掏出钱来。这个连烧烤摊都贴出了付二维码款的年代，我的母亲还在与纸币打交道。她之前在一家银行做柜台职员，这份工作需要的最大技能就是要在三分钟内数完五百张钞票。母亲工作中鲜少因出错而被投诉，因为她知道，出一笔五十块钱的错账都会让这个家短暂地陷入困窘。银行职员唯一的特权，就是母亲给我的零花钱永远是干净的、齐整的、带着锐利边缘的新钞，有一股好闻的香气。一次同班同学发现了奥秘，大声地喊出来，于明明交的班费是连号的！我有三张连着号的五块钱，这件事在那天轰动了整个班级。

回到家里，桌上的碗筷已经摆好。母亲总是这样，要把事情提前很久准备好。吃饭吧，母亲说。气氛突然尴尬起来，我们沉默地互相夹着菜，筷子和碗打架，都找不到更合适的话题。你在那边过得怎么样？母亲问。她从来不会说"城里"，或是具体的名字，而只是"那边"。在她的概念里，我不是去了城市，也不是去了某个经济更发达的地方，只是一个离家很远的"那边"。

挺好。

你爸给你物色了一个对象。你去见见。

我爸？

他也是为你好。

你怎么会找他？

我们再有矛盾，也不能影响你的未来。怎么说，你也是他唯一的女儿。该管的，他还是要管的。

互相怨了半辈子的两个人，突然在这个问题上格外团结。母亲发信息告诉了父亲我的问题。我的问题是我已经快三十岁了，可我不着急结婚，也不想生孩子。母亲一个人的力量不够，她必须找个战友。这个时候，父亲出现了。

三

属于我的塘沟的夏天，是在学会游泳之后开始的。塘沟的海是浑浊的黄色，但如果阳光足够好，能看到远得不知道是什么地方的海的尽头，仍然是泛着光的蓝色。黄色和蓝色之间的过渡，被阳光抹去了。于是我假装也在一片蔚蓝的透明的水域里，把浪看作敌人，把那些偶尔冲上沙滩的寄居蟹和贝壳当作是护卫兵。在沙滩上吃着小商贩卖的烤虎皮虾，我总把它幻想成龙王的三太子，去皮抽筋，龇牙咧嘴，模样凶狠。其实父亲小时候很少给我讲故事，他是个经常出差的生意人，故事不是他赖以为生的技能。但哪吒闹海的故事他讲得很好。我总觉得，这个故事属于塘沟，哪吒闹的不应该是东海，就该是这又浑又腥的黄海，暴雨将至，天地昏沉，就搅它个飞沙走石，地动山摇。

我湿淋淋地回到家里，衣服散发着湿了又晒干的腥臭。于是母亲给我在塘沟最好的游泳馆办了卡，禁止我再下海。我为此忧愁了很久，离开了生猛浑浊的海，

林 鹿 ｜ 新 人

离开了泥沙和虾蟹，哪吒就不再是哪吒。没有一个哪吒会在清澈的满含氯气的游泳池里闹海。

　　塘沟最好的游泳馆在核电站的家属小区。建核电站之前，一股世界末日到来的恐慌笼罩在每个塘沟人头上，若干去政府抗议的计划在酝酿。听说过蘑菇云，听说过核辐射，听说过切尔诺贝利，每个人都变成了核研究专家。在我们忧心忡忡的过程中，核电站已经悄悄建成了。在建好之后，每个人都想把自己的孩子送进去工作，切尔诺贝利的恐惧完全被气派的家属楼、不菲的薪资和整齐的健身房所打消。这儿是塘沟的异类，一个自给自足的小乌托邦，进去的人都要刷一张门卡，"嘀——"的一声把一切浑浊、世俗、嘈杂隔绝在外。父亲托了关系才让我进游泳馆。没有贝壳、寄居蟹和虎皮虾的水池异常乏味，当我精疲力竭地游完泳出来，小区便利店里我唯一可以买得起的零食是一包口香糖。我就站在小区门口，嚼着已经无味的口香糖，看着进出的人掏出证件意气风发的那一刻，等待着母亲下班来接我。

　　我总是搞不懂游泳馆里水的颜色，在水面上看是深蓝，水底下又变成了碧绿。就在我往来于水底水面试图解开这个谜题时，有些顽劣的男孩子，将水花踢得极大，极无耐心地从我身边游过去。我渐渐注意到一个黑色泳衣的身影，总是静静地、不起波澜地超过我，再反身。我不服气，屏息向前追，他速度很快，我只能远远地够到一个水波里的影子。他又赶上来了，这一次，我铆足了劲，气也没换，差不多跟他一齐到达终点。他摘下眼镜，问我，你叫什么名字？我没回答，不是不想，是在喘气。他看着我笑，说，我叫齐育家。从游泳馆出来，我请他吃口香糖，他请我吃了一条进口巧克力。你住哪栋楼？他问。不，我不住这个小区。我该走了。

　　下次再来，给我电话。他塞进我手心里一串号码。

那天，我左等右等，也没有等到母亲。我的脑海里闪过很多怕人的念头，如果母亲出车祸了，如果她突然病倒了，如果她遇到了坏人，如果她抛弃我了……我想象自己一个人活下去的可能性，我咬紧牙关不让自己哭出来，这样来来往往的陌生人就不会注意到我，不会对我投以怜悯和热切的目光。

母亲还是来了。她向我解释迟到的原因：银行里发生了一桩大案。母亲的同事，一个柜台的职员，在今日的押款车到来之前携巨款潜逃了，数额达到了千万。一千万是什么概念？也许没有一个塘沟人见过那么多钱。我见过那个圆脸寸头、看起来老实敦厚的叔叔，他会在聚餐时把自己那份的螃蟹悄悄包进纸巾里，带回家给女儿。谁也没想到他会干出这样的大事来。每天经手这么多钱，难免鬼迷心窍。母亲说，这份工作需要定力。

她骑着车带我穿过海堤，我已经忘记了先前的害怕，看着黑黢黢的浪，在想，那个圆脸叔叔会逃去哪儿呢？塘沟就是这么点大的地方，几个小区，几栋民宅，来几个陌生人，邻里都仔仔细细地八卦盘问。他只能逃向远方。远方是什么概念呢？就是大海吧，只要能去远方，就像汇入大海，汇入面目模糊的人群，就再也不被发现。

他肯定还在塘沟，母亲断言。车站都被封锁了，他出不去。指不定在哪个角落里藏着。现在全县通缉，悬赏二十万。你大舅一家都出去找了，二十万，他怎么藏。我们也要去找吗？我问。凑什么热闹。母亲训斥道，都是同事，其实他也挺可怜的，老婆前段时间下岗了，家里就靠他一个人撑着，女儿又查出骨头上长了肿瘤。谁家还没个困难的时候，难事一件接一件来，再顶天的男人也有被压垮的可能。

那天晚上，全塘沟的人都打着手电筒，街头巷尾尽是狗吠人声。母亲把门窗关紧，对我说，睡吧，明天我还得上班。

林鹿｜新人

第二天一早，我们得知，逃犯抓到了。他就藏在离家不远的一个废弃仓库里，被人揪住的时候还在数钱。那一晚上，他把那袋里的钱翻来覆去地数着，算着能给女儿治好病，还能供娘俩今后多久的生活。那一晚上，塘沟人被一袋一袋的钱镇住了。这件事把塘沟的夏天搅得热热烈烈，似乎每个人都能说上一段那些钱袋的故事，用它做午间的茶点、夜宵的下酒菜。

我在这段热闹欢腾的事件中丢失了那串号码，母亲有一周的时间需要接受领导的检查，我也一周没能再去游泳馆。等到我再去的时候，温度已经有了秋意，下水的时候打了个冷战，一道黑色的身影迅速从我旁边掠过，我还未来得及热身就跟了上去。他有意放慢了速度，我们一起达到终点，他冲我笑，于明明，我以为你消失了呢。

四

父亲物色的相亲对象，是海关的督察员。这年头，海关已然取代了核电站，成为塘沟人心中最好的工作单位。海关大楼上有一口方形的大钟，每天都会在整点为塘沟人报时，有种掌控时间的威严。海关男的脸像那口大钟一样方，眼距很宽，好似一只电鳐。他的工作是他的父亲替他安排的，他在言谈中毫不避讳这一点，甚至以此为荣。

你知道每年有多少人挤破头想进我这个职位吗？没用，我爸老早就跟上面的人打好招呼，这个职位的招募介绍就是一条条对着我写的。他指给我看：省内211大学毕业、党员、本地人、有政府机关工作经验……这些条框像一个套子，完美地契合了他的形状，把他从头到脚包裹起来。我在心里想象了一只穿着套头毛衣的电鳐，忍不住笑了起来。

你笑什么？塘沟的老房子要拆了，国家下政策要规划沿海发展的重点港口城市，以后海关工作更吃香。还有一笔不菲的拆迁款。海关也要建家属小区，每个员工配一套，比核电站的老房子气派到不知哪里去。小高层，地下车库，五星级物业，游泳馆和健身房一头一尾建两座，幼儿园和小学都是中英双语教学。

我知道你想留在城市，可你仔细想想，城市有什么好？空气污染，交通堵塞，房价虚高，地铁拥挤，你连个车牌号都摇不上。有一句话叫，宁做鸡头，不做凤尾。

我的面前，那碗精致的冰淇淋已经化成了甜腻的奶油。我们例行交换了电话号码和社交账号。走的时候，他突然对我说，于明明，我读过你的作文，高中的时候，你的文章总是被印成范文，全年级都能看到。你写，井底之蛙永远无法理解天上的白鹤，白鹤之所以为白鹤，是因为它对自由和辽阔充满了向往。我觉得不对，白鹤之所以为白鹤，是因为它生来就有翅膀和漂亮的羽毛。这世界上有几个人，是生来就有翅膀呢？

高中到市区上学那年，也是父母正式分开的时候。父亲的工作离不开塘沟，他不赞成我们搬家。在他看来，塘沟一中也很好，每年考上重点高校的人不在少数。母亲坚持要搬，送我去市区读书。父亲和母亲就像两头早已开始往相反方向使劲的牛，却被一个绳结拴住。读高中这件事磨断了绳结的最后一根细丝。

搬家的时候，我在母亲的抽屉里发现了一份流产证明，落款的时间是在我出生的后一年。谜底摊开在我面前，我只需要找到谜面。

现在查得那么严，留下来的话单位会直接把我开除。

生孩子不比你的工作重要吗？那是一条命啊。

家里有明明还不够吗？

这不一样，你不是也想要儿女双全吗？工作没了可以再找，儿子没了就没了。

于海，你死了这条心吧。我们养不起两个孩子，我也不会辞职的。

这堵墙壁吸收了很多深夜的争吵，现在它被推倒了。谜面赫然显露，是母亲，是有着硕大乳头、黑褐乳晕的母亲；是坐在点钞机前戴着胸牌埋首工作的母亲；是下班后一路上可以买齐晚餐、水果和第二天早餐的母亲。银行职员是这个世界上最了不起的职业。我很长时间都这么认为。那一年，母亲随我搬去市区，一个月后，她的调岗申请没有获批，她失去了工作。

五

我在家里养了一对金鱼。走的时候换好了水，喂饱了食。回来的时候水缸底下密密麻麻地铺着一层黄色的卵。我把它们放进新的水缸中，没过几天，卵又长出了尾巴，在水里欢畅地游着。我看着它们，不由自主地想，一只金鱼和一个人，在DNA的序列上有多大的差别呢？执着于通过生育把自己的基因传下去的想法，在科学上其实是非常可笑的。追溯到源头，我们的祖先也许就是一条鱼，比水缸里的这些大不了多少。人和动物的区别也在那一层黄色的卵。它们繁衍的本能和使命是几千年前就被设定好的，人却可以选择，何其幸运。鱼的眼睛凸出来，在那些假石头和假海藻中畅快地游着。

换完水缸，我接到了海关男介绍人的电话。远房姑姑是个有经验的媒人，讲话极有韵律感。你父亲总说你眼光高，傲气，我开始还不信，我知道明明条件好，我得挑一个条件最好的才配得上你。这男的家世、学历、工作、样貌，哪一样都没的说。这样的还看不中，那我真是一点办法都没得。你说你一个女孩子在外面跑，多辛苦，也不早点安定下来，东奔西忙，最后两头落空。女孩子拖不得，年龄大了咋个嫁人，工作能有多大成事，还是要找个男人靠谱嘛。你想想你妈，一个人在家寻东问西地帮你物色，最后拉下面子来才去求的你爸。城市有哪个好，城市的女孩到最后也有那么多嫁不出去的？你现在晓得一个人过日子舒坦，等你老了，像你妈似的，连个搭话的都没得，那真的憋闷死了。

  我知道她说对了，不管是城市还是县乡，所有的父母都在问一样的问题，我的女儿为什么嫁不出去？在这个问题上，城市化不存在了，扶贫下乡也不存在了，城乡达成了空前的一致。我也知道她说错了，母亲不会憋闷，她很早就发现了生活里最深处的秘密，怎么能活得永远忙碌，永远充实，毫不停歇。停下来对她来说是致命的，她习惯了劳作，在大大小小的事情上，劳作使她觉得安全。

  在她失去了银行的工作之后，她很快就在当地的小保险公司找到了一份推销员的职位，按绩效拿提成。那阵子家里的桌椅上随处堆满了保险的宣传单。那些发不完的纸单统统被母亲塞给我做稿纸。我的第一篇小说就诞生在"××保险，呵护您的一生"的宣传语背面。我给齐育家写信，用的也是保险单的稿纸。他回信，于明明，只有你才会用保险单写情信。你说的想我，我一个字都不信。换张正经的信纸，重写。我撇撇嘴，只好换了一张印着粉红花朵带着可疑香味的信纸。我离开塘沟的时候，跟齐育家约定，每周互通一次信，因为我没有电脑，也没有手机。信反倒有一种秘密的快乐。

  齐育家的回信我没有收到。在我看到它的时候，它已经成为母亲垃圾桶里的一堆碎纸片。她的手在抖，但沉得住气。先吃饭吧。她依然早已预备好了碗筷。你怎么可以随便拆我的信？我先发制人。于明明，我花那么大力气送你来市里读书，不是让你和塘沟那些坏孩子还继续保持着不清不楚的联系。你的高中只有三年，耽误了就后悔也来不及。

  你为什么拆我的信？我继续问。

  你吃我的，住我的，穿我的，我是你妈。我不管你谁管你。

林 鹿 | 新 人

　　后来，母亲去了塘沟一中，她在门口等。下课铃响，她远远地看着，一张脸接一张脸地识别。她说她亲眼看到了齐育家抽着烟，带着一群混小子，挽着一个姑娘的手大摇大摆地出来。她狠狠地瞪着他，样子像是一只要吃人的牛。你要是还在塘沟，就会成为和他们一样的人，打架、早恋、吸烟、网瘾。他们一辈子只能待在塘沟，老死在这里，母亲说。你不一样，你是要有大出息的。

　　我依旧能够察觉到母亲话中真假参半。但我没有继续抗争，或许我在面对母亲时有股天然的懦弱。齐育家继续来信，每一封都被母亲剪碎了扔进垃圾桶。沉寂了一段时间后，我接到他的电话，他说，对不起于明明，我不是有意去拉她的手，我和她只是随便玩一下。那天你妈看到了，你是因为这个才不理我的吗？我以为假的部分成了真，母亲的眼睛从那个时候开始老花。

　　高中生活我最喜欢的部分，就是每周一次的升旗仪式。周一的早上阳光打在每个人脸上，看起来充满朝气和希望。"尊敬的老师、同学们，大家好！我是高三（7）班的孙帆。我国旗下演讲的主题是《做一个新人》。人在成长过程中，总要不断蜕变，告别旧的我，拥抱新的我。做一个全新的、有梦想有意志的人。我的梦想，就是成为一名女飞行员，翱翔于自由的蓝天。"不是空姐，而是飞行员。孙帆的母亲和我母亲是旧识，但她在阳光下演讲的样子再也不是我们吃饭时桌上那个皱皱巴巴的小女孩，眉目舒展开，有一圈金色的绒毛，像个天使一样。

　　高三年级的楼像一座守卫森严的古堡，谁也不敢接近。渐渐有些流言，像古堡里漏出的风，说孙帆的私生活混乱，有过好几个男朋友，还经常夜不归宿，早就不是处女了。女飞行员不招这样的人，这样"不是处女"的人。古堡里传出来的风带着一股隐秘、威严、刺激的味道，迅速传遍了整个校园。塘沟人对于加工和传播流言有自己的本领，即使本来寡淡无味的故事，在塘沟人的嘴里都会浇上汁，卤进味，再吐到别人那里。当年的招飞名单出来，那上面没有孙帆的名字。

后来我也住进了古堡。母亲用那阵风的口吻跟我说，当年孙帆的事，你孙阿姨没本事，找不到路子。那姑娘也不争气，被小男孩搞大肚子，流产后去体检，给人查出来，大学也没考上。所以，考大学这一年至关重要，要禁得住各种诱惑。

那天晚上睡着后，我的脑海里出现了一个大着肚子的孙帆，周身笼着一圈金色的绒毛。她在古堡的顶楼喊，我要做一个飞在天上的人，我要做一个新的人。然后她飞了起来，像一个天使那样轻盈。

六

年底的时候，从塘沟到城市的高铁终于开通了。原来十一个小时的长途车变成了三小时的高铁。塘沟的泥滩和黄海也接受了治理，变得像照片上一样蓝晶晶的、黄灿灿的，卖虎皮虾和扇贝的小商贩不见了。母亲给我看照片，那片海滩像是全身的血液都被换过一遍那样崭新。黄海终于变得像东海一样，甚至像被游泳池的氯气洗过一样，清澈、蔚蓝、崭新，失去了它的哪吒。

母亲穿上了那件我送她的碎花衬衫。我带她去城市的医院看眼睛。医生说，这是属于"母亲"的职业病，操劳太多，用眼太过。要尽量少看书、看手机。母亲不甘心，她刚熟悉起手机社交。她的通信录里只有我一个好友，但她还是会不时查看。

在第三次带母亲去复查的时候，眼科医生与我交换了号码。他叫肖克，土生土长的城里人，他约我出去，说，你这辈子，可能需要一个眼科医生。母亲那天格外开心，她散步到很晚，我不得不下楼去寻她。她和小区里的老人们围坐在一起乘凉，安静地听着他们谈论着自家的孙子孙女，哪所小学好，几点放学，晚饭吃什么。她也幻想着成为那样的老人，可以帮女儿推婴儿车，然后等婴儿长大，

林鹿 | 新人

满小区地追着他或她跑。

我远远地看着她，碎花衬衫在她身上整整大了一号，衣袖和身体之间的缝隙，坠满了孤独的空气。她比以前缩小了，人的一生就是在不断缩小的过程。我无端想起高考完燥热的夏天，我发挥失利，把志愿填到了离家很远的城市，母亲气得衬衫里的肉都要蹦出来。她追到学校办公室，想要修改志愿，得知时间已经截止。她一屁股坐下来，那些肉突然失去了力气，在腰间塌陷，宛如一场雪崩。

肖克对我说，明明，其实你跟你母亲很像。

容貌上吗？

是那种走在人群里，你们隔着远远的，也能感觉出是母女。

你瞎说。世界上有那么多女人，穿高跟鞋的，齐刘海的，涂着亮晶晶口红的，哪个都有可能是我妈的女儿。

可能是血缘吧。

我有些怀疑。血缘更像是一根捆住人的绳子。我以为，要做一个新的人，是要剥筋去骨，斩断旧的联系。

你知道吗？在医学界，有个常识，遇到患者体内堵塞的管道，第一反应是去疏通它，不是去切断它。

在肖克和我确立关系后，母亲的视力奇迹般地好转了许多。她执意要回塘沟，我送她去车站。她说，带肖克回家过年吧。年初，城市回塘沟的飞机航线也开通了，飞机可以在地图上任性地跨过一切障碍，跨过无论多高的钢铁大厦和无论多拥挤的十字路口，城市到家的距离缩短为两个小时。机场是新建的，玲珑小巧，到处写满了"欢迎来到黄金海岸度假村"的标语，那瞬间我产生了错觉，我真的回到了塘沟吗？我竟然不敢确认。一个瘦削的姑娘在一件件搬运行李，她没有抬起脸，但我却觉得她很像孙帆。阳光透过机场的玻璃，在她身上勾勒出一圈淡淡的金色绒毛。我看到那个带着混天绫和乾坤圈、笑起来有小巧的梨窝儿的女孩，在她的肩上跳动。

选自《作家》2019年第10期

栗 鹿

1990年生于上海崇明岛,大学期间学习电影艺术专业,毕业后从事新闻工作。2014年开始写诗歌和小说,试图通过写作探索宇宙、时间与人类的关系。出版小说集《所有罕见的鸟》。

所有罕见的鸟

> 我的头发悲伤如干涸沼泽中的芦苇
> ——所有罕见的鸟拍打着美丽的翅膀逃离我。
>
> ——阿米亥

  回崇明的路上，异常通畅。谈恋爱那会儿还没通桥，我有时陪妻坐船回家。一大早就要在徐家汇坐15路电车到北站，再从北站乘坐51路公交车，一直坐到天黑才能到达吴淞码头。

  经历了长途跋涉之后，上船就像在登一座崎岖的山。可能是妻的行李太沉，我时常怀疑里面藏着一具尸体。不知为何，只要是妻的物品，都要沉一些。在好奇心的驱使下，我曾偷偷称量过她的活页夹、记事本、胸针还有彩色的宝石——我失望地发现，它们的重量并没有异于常物。她的体重也比看上去沉不少。上学时，我用自行车载她，就要经常给轮胎打气。结婚后，她在夜里抱我，到了半夜我就会梦到被蛇缠住，感到窒息。只能小心地推开她，或者索性睡到另一头。

  我似乎从未真正抱起过她。

  "我的身体里，不只有我自己。"妻曾说。

  妻的睡眠很轻，像一只随时担心被捕食者掳走的食草动物，片刻也得不到真正放松。不过，每当回崇明的航程过去一半她都会沉睡过去，就像回到母体的婴儿获得了珍贵的满足。在摇曳的船舱里，她的头安心地枕在我的肩上，不时发抖，大概是做梦了。看着饱尝甜蜜的她，我忽然意识到，无论妻身处何方遭遇怎样的命运，都有怀抱她的故乡，这是何其难得的一件事。靠近岛屿的时候，江面总蒙着一层雾。用不着提醒，妻就在这时醒来，就像混沌中的人慢慢恢复记忆那样。

通桥后，我们倒不常回去了。

年轻时盼着出岛。

但遇到大风或起雾的天气，就出不去，有时一停一个礼拜，要出岛就得提前致电气象局问一问天气。

"这里是崇明气象局。查询天气请按1，如需帮助请按0……"

没等语音结束，我们就迫不及待地按下1。也不知道有没有人按下过0。

即使停航了，旅客依然不断拥入码头，队伍越排越长。他们并非不知道希望渺茫，但依然想来碰碰运气。也许是习以为常，等船的人们秩序井然。卖茶叶蛋、五香豆腐干的小商贩体贴地在队伍中来回穿梭，招待着饥肠辘辘的人们。

也有心态好的旅客立刻三五成团，在候船室里打起扑克牌。岛民喜欢赌博，常耳闻有人打牌输到借高利贷的事。岛上很闲嘛，不像大城市。大家住得近，凑一桌麻将很容易。男男女女聚在一起抽烟、聊天、嗑瓜子，难免感情升温。轧姘头的事情也大多发生在牌友之间。姆妈喜欢打牌，阿爹有时也打。

不开船的时候，轮渡公司的员工无事可做。只要在码头上转一圈便知，他们也打牌。为了掩人耳目，他们都躲在船舱里打。车客渡太空旷，他们喜欢窝在高速轮里打，船舱大小接近棋牌室。海浪凶时船晃得厉害，不习惯的人一上船就像软脚蟹一样动弹不得，但他们照样打得风生水起。他们是最不担心停航的人。

只要海事一发通知,消息很快传开。零零散散的旅客立马会聚起来,重新归队等待放票,就像有序落入网中的凤尾鱼群。也有停航好几天的情况。实在有要紧事,也只能在码头上望眼欲穿,害怕船就这样永远都不再来了。

如今真正离了岛,却也不惦记着回去,不是不想家。

上流的泥沙不断汇集在此,岛屿越长越大,终究要与大陆连接为一体。

它似乎已经退化成另一片更加陌生的大陆。

只有在梦中,它轻似一片落叶。漂流到未知的海洋。

回归它的孤寂。

妻依然坐在我身旁副驾驶的位置。不同的是,我们好像并不熟识一样,所有的话题都要突破厚重的铠甲才能被释放出来。

"也不知姆妈是怎么走的。"我脱口而出,马上又后悔。

"我听大姐说,姆妈走的时候一个人在家。幸好第二天钟点工来打扫,及时发现。她那时坐在藤椅上,让人以为她睡着了。大姐说,那张藤椅就和家里那张一模一样,她还以为是姆妈搬过去的。回到家才发现藤椅还好端端摆在起居室,落了一层厚厚的灰。把家里上下打扫一通后打算在藤椅上休息一会儿,没想到一坐下去,就散了。幸好只是螺丝松了,整体支架没有倾倒下来,人也没伤到。"

"姆妈一直独自生活?"

"嗯。也请过住家保姆陪伴,去年保姆要求涨工资,于是不再请了。"

"生的什么病?"

"大姐也不知道。她们除了通电话,没有见过面。"

"下沙不远。姆妈为何不联络我们呢?"

妻不语。

虽然新修了公路,但岛屿的气息不曾改变。一到秋天,就有人烧秸秆。虽说现在不允许烧了,但岛上的人改不了这个习惯,照烧不误。公路边不时有灰黑色的浓烟一直往天空深处去。我们闻到了刺鼻的往事气味。

又仿佛听到秸秆噼里啪啦的燃烧。随着气味越发浓郁,这种燃烧就越发接近我们的身体。很快,脊背发热,一直热到脖颈,热到头顶。

饥肠辘辘。无论发生再坏的事情,肚子饿起来,就放到一边去。

"不知道晚饭吃什么。"我说。

"刚才大姐发消息给我,做了面拖蟹。明天的饭菜也订好了,亲戚不多,摆五桌。有豆腐菜,你爱吃的。"妻回答。

我们就这样一路过隧道、过江、过桥。新修的公路换为狭长的小路。狭长的小路渐渐长出了红彤彤的柿子,远处铺满等待收割的稻谷。路越小就越清晰,更接近记忆中的样子。很快,我们看到鸭群,它们依旧在小河里嬉戏。一头扎进水里,露出肥硕的屁股。河流似乎比从前清澈,却不见鱼蟹的踪迹,更没有虾。河流边湿润的泥土早已被水泥覆盖住,也覆盖住那些生机勃勃的洞穴。

闻到螃蟹的味道了,还有让人踏实的淀粉味道。

按照岛上的习俗,丧事要办三天。

妻说,老人走,一般都按喜事办。家属早就备好喜糖,里外发一遍,还要请专业的乐队过来演奏。一般到第二天,就有嗅觉灵敏的小商贩过来做生意,推车上卖洋泡泡、竹蜻蜓和各种小零食,俨然过节的氛围。

"现在讲究从简,那些东西不时兴了。也好,省得麻烦。"

我们守了两夜,困倦极了,也终于明白为什么要为至亲守夜,一来为了烘托悲伤，二来为了消解悲伤。第三天凌晨，累得不行，不知不觉就在灵堂里睡了。虽已入秋，但并不寒冷。外甥女给我们一人一条毛毯，我们就这样不省人事睡到早上。

是一阵风把妻唤醒的。后来她说：我感觉有人抚了抚我的背，然后把堂里的门打开走了，我听见开门声就醒了，我猜姆妈就是那个时候走的。

"真的是姆妈？"

"阿爹年轻时爱读《三国演义》。和姆妈闹了别扭，就喜欢搬出曹操哄丁夫人的那套，一边抚着姆妈的背一边赔笑：顾我共载归乎！不知为何，姆妈只要听了这话，无论再大的气也消得无影无踪，只能笑得垂柳一样。后来阿爹走了，姆妈就经常抚我的背。"

门确实开着，而昨夜是我亲自关的门，闩上了插销，但妻的话始终叫人怀疑。我相信阿爹确实提起过这个典故，但姆妈不至于把这个细节放到心里。阿爹走后，妻和姆妈之间几乎没有往来，又何来抚背之说？我更倾向那是妻的一种向往。

忽然想起，妻倒是很爱抚我的背。她时常说我人瘦，背上没有肉。用温热的手搓一搓一定很舒服。也确实如此。妻的身段细长，却长了双十分白净细腻的肉手，不凉不烫，温度适当。手在背脊上滑动，就像温顺的小兽雀跃地攀爬。

出神之际，亲友们陆续来了。

妻虽是独女，却因长期在城市生活，对农村的婚丧习俗一概不知。阿爹去世时，帮忙的亲戚多，她几乎没出什么力。这次姆妈走了，大小事也完全由几个近亲顶着，全是阿爹那边的亲戚。

很多家族的线索，都是从各种近远亲戚的婚丧嫁娶场合上串联起来的。

出力最多的是妻的大姐，姑妈的女儿。大姐比妻年长近二十岁，为人处世也像长辈。姆妈的遗体就是她亲自去下沙接回来的。姆妈和她年纪相差不大，像姊妹似的，也只有她知道姆妈后来的一些事。

大姐夫不到三十岁人就没了，我从未见过他，听说割芦叶的时候，被突如其来的大潮卷走了。那天风呼呼的，芦苇又青又湿。糯米已经买好，就等着芦叶来包。妻说，大姐夫的尸体始终没有找到，兴许没有死，在另外的地方活得好好的。

如今大姐已有孙辈绕膝，也算圆满。虽然大姐一生都在田间地头忙碌，但年轻时也以好口才出名，在村广播站里当过播音员。这一次她自告奋勇，要为姆妈哭丧。我们问了几位长辈，都说合乎情理，于是便请她来哭。令人意想不到的是，大姐就像生来会做这一行，哭起来情绪饱满，逻辑通透，得体地总结着姆妈的人生，让人敬佩。哭累了，她也和身旁的妻说些散话。

"领养一个孩子吧。"

老生常谈。

"我们有猫。"

"猫顶什么用，能给你们养老？"

"哎呀，阿姐你不要多事了，人家夫妻间的事情你凑什么热闹，他们不想要小孩，你劝也没用。"

为妻挡话的是二姐，姑妈的小女儿。她与妻最为熟络，也是平日唯一有联络的亲戚。不过她几年前已经移民加拿大，不常回了。崇明的房子留给弟弟一家。听说姆妈走了，她马上订了机票，人还没怎么整理，就匆忙来了。二姐在国内没有根基，妻就邀请她住到家里，她却坚持不麻烦我们，在城区订好了酒店。她上次回国还是三年前，回来和前夫办离婚手续。听说那时姐夫已经转移到深圳，和同居的女人生了一个男孩。办完手续，二姐就来上海找我们，简短叙旧，带着她体格健壮的女儿文文。文文看起来对父母离婚的事并没那么上心。她开始热衷发现中国网站的一些乐趣。二姐说，回国后只要有空她就钻到网吧里，玩到饭也忘记吃。

　　我记得当时是冬天，文文上身穿着连帽衫，下身只穿着一条休闲短裤，汉语说得很流利，但有些词汇习惯用英语表达。比如爱，就要说 love；讨厌，就要说 hate；难过，就要说 sad。我们在新天地的露天咖啡馆喝下午茶，特意为文文点了个巨型尺寸的巧克力松饼，然后把事先准备的新款乔丹球鞋送给了她。她礼貌地表示感谢，虽然没有表现得很兴奋，但看得出她很喜欢那双鞋。第二天送机时她已经穿在脚上。

　　趁我们说话的工夫，文文利落地吃掉了松饼以及一颗香草冰淇淋球。二姐骄傲地拍着她厚实的背告诉我们，文文已经被选进校篮球队，以后的梦想是当兽医。

　　"专门救治野生动物，比如狐狸、马鹿和北极熊。"文文补充道。

　　"那你要去很远的地方才能见到它们吧？"看似走神的妻却突然问道。

　　"嗯，要深入北极圈。"文文回答得干脆而坚定。

　　这次二姐回来已经拉着妻哭了一通，她说文文坚持要变性，最近她们在冷战，所以没带她回来。据说文文已经开始服用激素药物，长了腿毛和胡子。"没有姑娘的样子，声音也哇啦哇啦，像个男人。"二姐像八卦别人一样讨论着自己的孩子。

　　妻始终认为那是二姐的一大优点，不管经历怎样的大风大浪，最后还是会看开。"她会站在文文那一边。"果然，哭完一通后二姐掏出钱夹，给我们看孩子最近的照片。理了个干净的寸头，确实一点都看不出女孩的样子。

　　"真帅。"妻夸道，"男孩的样子更适合她。"

　　二姐破涕为笑。

　　"名字改了吗？我记得以前叫 Daisy。"

　　"改了，自己改的。现在叫 Isaac。身份证上也改了。"

"Isaac。"妻若有所思地重复道。

我们猜，二姐已开始接受她崭新的孩子。

葬礼上，妻又说起了那件事。

姆妈是鹤变的。

我当然不信。听说姆妈是从下沙的天主堂里抱养来的。那些年，有人生了女婴就往那里送。姆妈和阿爹结婚以后就和家人断了联络。虽然不走动了，但真要查起来，姆妈的身世总还是查得清楚的。再说派出所也有出生记录啊，怎么可能是鹤变的。

但仔细观察妻认真的面貌，又不免动容、不免怀疑。或许妻是疯了？

第一次听说这事的时候，我还挺入迷。

岛上有鹤群。

它们的外表像修女，栖息在湿地、田野中。冬天临近的时候，它们就飞来度过漫长的冬季。谁也说不清它们是最早来的那一群，还是新生的那一群。岛上历来都有捕鸟的人，原先人们常做了弹弓打鸟。打中了，晚餐就添一道野味。

后来人们逐渐认识到珍禽的价值，就学会用网、猎枪甚至毒药去捕鸟，捕获珍禽后就拿到镇上去卖。

不管多么美丽的鸟，都会被吃掉。有人吃天鹅，有人吃白鹤，有人吃孔雀，当然也有人吃鹤，只不过鹤最为罕见，常常有价无市。

一些聪明的候鸟早就不来这里过冬了。

但那些鹤依然来。

栗 鹿 | 所有罕见的鸟

    阿爹家里有捕鸟的传统。阿爹不仅会用竹笛吹《彩云追月》，也会用竹哨模仿鸟的叫声。不过这都是后来妻告诉我的，我始终没有机会听到这种失传的技能。多年后，阿爹成了一名公务员，谁还会提起他年少时曾经捕鸟为生。况且现在崇明是生态岛，捕鸟已属违法行为，更是万万不可再说了。

    沼泽地附近，居住着一位少年。
    他和父亲学习鸟哨。
    他对这个世界知之甚少，只是喜欢用竹哨模仿鸟的声音。哨一响，就有鸟飞过来。少时两三只，多时数十只。他常嘲笑鸟的愚笨，怎么连竹哨声和同类的呼唤也分不清。
    秋天，少年初次跟随父亲进入湿地深处。哨声意外引来了罕见的鹤群。它们好像在寻找着什么。
    少年发现，就在不远处，一只幼鹤落单了，羽翼上还沾有些许血渍。他的心脏一紧，正向它靠近的片刻，父亲端起猎枪，打中了它的胸膛。
    它朝远去的鹤群哀鸣了一声，然后死去。少年听懂了它的恐惧与不解。
    那一刻，他愿替鹤去死。

    "你看她总在离家、逃跑，就是为了回到鹤群啊。"
    姆妈身上披上了神奇的色彩。
    妻在写小说。不，她在构思。电脑文档里存着几千条构思，真正写下来的不多。遇到满意的构思，她也会和我说，说得最多的就是关于沼泽的想象，但那些大多都只是外表新奇、趋于虚妄的故事，我从来没见过真正完成的稿子。没有人关心她到底写了什么，我常分不清妻到底在和我讨论一件真实发生的事，还是在说她的构思。这次大概两者都不是。说法变了,故事也不是那个故事了。

  深秋,已开始变冷。一些候鸟的先头部队已经抵达湿地。它们整理毛发,抖落异国的尘土,细嗅沼泽的丰润。它们没有天敌,唯一要当心的是捕鸟人的猎枪。那是父亲第一次去捕鸟。

  天还没亮,他们就偷偷潜入湿地。

  他穿着高到大腿根部的胶鞋,掌心冒着汗。经过北风的凛冽,芦苇变得像刀子般锋利,不小心刮到脸,就是一道火辣辣的印痕。就像祖父训斥他笨手笨脚时毫不犹豫的掌掴,但此刻父亲是信任祖父的。祖父走在前头,他就循着祖父的脚印走,不敢偏离分毫。

  他知道脚下是无数死者。

  他们陷入淤泥,缓慢死去,没有人能听到他们遥远的呼救,他们就这样绝望着,望穿地心。

  天光微微发亮,背部开始发暖,雾逐渐消散。突然,芦苇荡里传来一阵动静,必定不是鹡鸰、麻雀那样娇小的身躯所发出的。甚至比鹳鸟、野鸭、白鹭还要再大些。他们暗暗惊喜,几乎同时屏住了呼吸。

  父亲跟随祖父慢慢靠近,枯色的芦苇中隐现出一个修长、罕见的身影。

  白色头巾,黑色长衣。

  是修女吗? 她们有时来这里救落入网中的鸟。

  不,是鹤。但定睛看时,又不确定了。

  祖父举起猎枪。已来不及阻止。

  惊恐像毒液般从身体中心扩散开,他感觉自己的血已变成黑色。

  子弹划破了她的身体。血浸入沼泽,灌溉了凛冬的干涸和地下的死者。

栗　鹿 | 所有罕见的鸟

妻又补充：父亲和母亲结婚以后，仍怀疑她就是那只鹤。甚至，他是怀着这种好奇才与她生活在一起。这份爱，本就包含着痛苦、迷惑和悔恨。而母亲对父亲呢？大概只当作一根救命稻草吧。

为什么是鹤呢？问大姐，她显然比我更不解。

这次我找了个机会，和二姐提起这件事。

"鹤吗？好像有这么回事。小妹高考那年，娘娘不见了。"

"不见了？"

"又发作了吧。"二姐隐晦又不客气地说，"疯起来什么都不管。"

她拉着我来到屋外，发了支烟给我。她给我点上烟，再给自己点上烟。风很大，点了很久才点着。

"小妹面上没有受到影响，但终归差了几分，没考上心仪的学校。这事肯定过不去了。"

"没听她提起过。"

"那些事，再提也没意思。我记得娘娘走后不久，差不多就要收稻了。田里热闹起来，有人发现一只鹤。腿被老鼠夹夹住，受了伤。小妹听说后就问那个村民要了去。还花钱请村里的兽医给它治了腿。"

"后来那只鹤呢？"

"养了几个月，越养越瘦。当我们以为它快死的时候，它不见了。"

"去哪儿了？"

"有人说被黄鼠狼叼走了，但小妹坚持认为，它飞去南边了。其实受了那么重的伤，早就飞不动了。"

二姐掐灭了烟，扔进待烧的秸秆堆里。

"不过是立春以后的事，候鸟差不多都在那时动身。"

轮到妻磕头上香了。这时妻才认真看了眼姆妈。

她的身躯已经缩了一半，皮肤干瘪了，让人想起家门前的那棵老棕榈也是这副萧瑟局促的模样。也许四五年前就开始死去，直到去年才看出端倪，它早已不再长新的叶子，而最后一片枯败的棕榈树叶也被顽劣的孩子折了去，当作打仗的盾牌。这时棕榈树体内已经空空荡荡，充满回声，看多了让人心里发酸。

姆妈穿一身千鸟格的西装套裙，里面是荷叶领的丝质衬衫。大姐说，这套衣服就挂在衣橱里，套裙套着衬衫，都搭配好的。看着合适就给她穿上，就像是姆妈为自己准备的一样。

姆妈生前最要好看。妻说她年轻的时候还在城里著名的裁缝店里做过学徒。她手巧，画报上的衣服大多看一眼就能依样画葫芦做出来。无论日子过得多么艰难，都不能从她的穿着打扮上看出来。经济萧条的年代，她就专门捡边角料做洋气的假领子。套在毛衣里，每天换一个，看起来日日都在穿新衣服。妻曾翻出很多姆妈给她做的衣服，有百褶裙、呢大衣，还有时髦的喇叭裤。我们结婚时，姆妈还特地做了件烟灰色的中山装给我。其实样子很好，但适合的场合不多，就没穿过几次。

阿爹来不及告诉我们，姆妈离开前到底发生了什么。那时妻怀了身孕，即将满三个月，但依然整日像晕车似的，孕吐没有缓解的迹象。没有胃口，只能吃用菜汤煮的稀饭，人越来越瘦。姆妈知道后，来照顾过她一段时间，给她带了新腌的包瓜，还做了草头饼。那几日她胃口忽然好起来，我也跟着舒了口气。姆妈一走，好像带走了所有的胃口。她又开始食不知味。

"饿倒是饿，但就是吃不进东西。胃里是空的，有蝴蝶在飞。"

那时她总说她的肚子里有蝴蝶。

栗　鹿　｜　所有罕见的鸟

"那天吃了晚饭，她说去帮我买烟。小卖部离家近，她就步行去，但她没有回来。那时还没有通桥，船班开得晚。我猜她心里闹了别扭，去找你了。打电话给你，你说姆妈不在，于是我就开始等，等了两天还不见回来，只好报警。派出所的王队长你是认识的，以前和我是同事。我们在检察院时，一起去新疆体验过，也算老朋友。他说你放心，我确实放心，只要他答应了，至少心里有个底。"

阿爹虽这样说，但我们心里都猜到，姆妈也许是和那个男人跑了。听妻说，自打她懂事起，姆妈就不断地在逃离家。之前已发生过几次，但总是维持不了多久。她这辈子一直在计划着离开父亲，但把钱花完后，她还是会回来。最后一次回来的时候，姆妈已经五十岁了。听说对方做小本买卖，也有妻儿。我和妻仿佛见过那个男人，在夜晚，河流附近的柿子树下，他们说着牌桌上的闲话，然后依依惜别，俨然一对热恋中的小情侣。男人看起来比姆妈小很多。戴副眼镜，斯斯文文的。他们去了北方，但很快就被男人的妻子抓了回来，或许还找人打了一顿。回来时姆妈的眼睛是肿的。妻猜想男方那边就这样撂了挑子。我和妻都相信，这次她恐怕是不会再走了，也算过了一段安生的日子。姆妈开始没日没夜地看电视、打毛衣。她的针法尤其娴熟、流畅，眼睛盯着电视，手上的活还能不出错。于是那几年，我们全家都没再去商场买过一件毛衣。没想到她最后还是走了。

"过了几天，岸边出现一具尸体，王队长亲自打电话给我，要我做好心理准备。我怕影响你的情绪就没告诉你，但心里好像爬梯子时踏空了一截，从很高的地方摔下来，去认尸的时候，我已经感觉不是她了。拉开白布一看，果然从头到脚都是陌生的。死者的脸部被水里的什么东西啃咬得差不多了，看不出五官，也不知道什么时候才能被亲人认领回去。后来你去做产检，发现胎心已经停了。医生说是胚胎发育的问题，很正常。但你从此变了一个人。姆妈跟孩子，你都不再提了，我也就不再提了。"

"蝴蝶飞走了。"妻说完就沉默了。我知道她生了病，却无能为力。后来她经常无缘无故就哭起来，医生说是荷尔蒙的关系，过段日子会好的。

"孕激素和雌激素正在打架呢，就像坐过山车。"

一年后，她不再哭了，真的不再哭了。

没想到先走的是阿爹。他终究没有等到姆妈回来。那天清晨，阿爹失足从楼上摔下来，不慎磕破了脑袋。他可能当时就晕了过去，血不断在流。

"如果家里有人，就不会发生这种事了。"当我赶到医院时，妻只和我说了这句话。

阿爹的葬礼，姆妈没来，我想妻一辈子不会原谅她了。

亲友们按辈分排好队，围着姆妈的遗体转了三圈，再依次献上香烛。

出殡时，已临近中午，但雾还是很大。太阳像裹着一层蚕蛹似的，似是存在着，又非常遥远，亦不含什么温度，岛屿被一种困惑所笼罩，等待拆解谜团。

忽然，天空传来明显的震动。院子里的老鹅开始叫了。不一会儿，几只玩耍的小黄狗咕咕蹿进窝里。老黄狗随后赶到，用一条绒绒的尾巴环绕着它的孩子。

我们也听到了。

"什么声音？"一个穿着红色卫衣的小辈探着身子朝天空望去。

天空依旧被厚重的雾团充溢着，什么都看不到。

"不会是地震吧？"人群中不知是谁说了一嘴。

宾客们惊慌失措。

还没等我们反应过来，群鸟就已从我们的头顶掠过。

黑压压一片，天光骤然暗下来。

"是什么？"

栗　鹿　｜　所有罕见的鸟

"是鸟啊。"

"这么多？"

"从来没见到这么多。"

大家七嘴八舌，也说不清是什么鸟。有人猜大雁，有人猜野鸭，也有说是小天鹅。候鸟有时经过这里飞去湿地过冬。过完冬，有的还要朝更南的地方飞去，一直飞到澳大利亚才停下来，它们在那里产卵，新的轮回开始。

"是鹤。"妻肯定地说道。

出发了。

我和几个年轻力壮的后辈把姆妈抬上灵车，然后把妻搀上来，安排她坐在我身边。他们不知道我们已经分居半年，葬礼前有数月未见了。我们心照不宣，打算什么都不说。我们依然相互依偎着，就像从前那样。前方雾蒙蒙一片，只隐约看得见闪烁的汽车信号灯。每过一个路口，每攀一座桥，妻都知会：姆妈，转弯了。姆妈，过桥了。

这时我才发现，姆妈的棺木里有一根羽毛，灰白杂色。大概是刚才鸟群掠过时被风带进来的。趁妻不注意的时候，我捡进了自己的裤兜里，时不时摸一摸。羽毛是潮湿的，也许它们刚刚到过有水的地方。

车上位子少，亲友多，两个座位三四个人挤着坐。大家都是认得几十年的人，此刻却相对无言，一时找不到话题。司机看起来不到四十岁，太安静了，他就提起他的叔父也在最近过世。还善意地提醒我们大礼之前要看一下报价单，尽量避开一些不必要的收费项目。

车窗大多半开着，小辈们轮流往马路上撒米。行至小路时，车辆贴过路边的柏树、松树。它们的枝干从车窗不断伸进来，像乞者，像游魂。

撒米的手又缩回来。

米来不及撒完，已经到了殡仪馆。

入殓师是个清秀的女孩，年轻得不像话。几个年长的亲戚忍不住在背后嘀咕了几句：年纪忒轻了。眼神中流露出一闪而过的不信任。

"叫我小陈就行。"

谁也无法知道，这样一个干净体面的女孩为何毅然选择了这份职业。我忽然想起妻嘱咐我事先准备的沉甸甸的红包此刻就躺在西装内袋里，心里顺畅不少。不过就是一份职业，能克服，就等于日常。日常所要经历的和偶尔经历的，有时可以互相替换。

在家时，大姐和妻已经帮姆妈净身过了。

"胳肢窝下面都烂了，估计早就有问题。没去看医生。"净身完，大姐和我说，口气中透着责备。妻家中的情况，她知道一二。"你也是无父无母的人了，以后乡下的规矩也要开始学起来，没有人再为你担着了。"

妻听罢这番严厉的话后，依然露出一副自我的表情，从始至终都是坚定不移的。

火化之前，小陈依旧坚持帮岳母再洗一遍。我和妻都不在场。净身结束后，小陈告诉我们，岳母的口中还有一些蛋糕，也许是吃着蛋糕时，安静地走了。

姆妈确实嗜甜，吃烧肉、吃粽子也要蘸着白糖才过瘾。早年来看妻时，她常带一些崇明本地的糕点，崇明糕、云片糕，每一样都甜得不行。其实妻不爱吃，吃不掉总是送人。

"有云片糕给姆妈？"妻转头问大姐。

"有的有的。"大姐赶紧从兜里摸了一把糖果出来，里面真有云片糕。

妻将云片糕一片一片掰入棺木中。

这时妻才畅快地哭起来。我递纸巾给她，发现她哭得脸蛋粉扑扑的，像映照

栗　鹿 ｜ 所有罕见的鸟

在晚霞里的人，不免想起她年轻时爱哭的模样。她的心太软了，在马路上看到疑似动物的尸体，都要惊得一跳，然后紧紧拽住我的手。听她回忆年纪还小的时候，没有经历过什么重要的死亡，但对其中的程序尤其好奇。她喜欢模仿电视里办丧事，并抓住任何可能的机会加以排练。上学前，她已经为死去的蚯蚓、蝴蝶、蟋蟀、蛤蟆、麻雀等举办过葬礼，过程大同小异。先把尸体认真摆放在事先准备好的棺木（多是树叶和纸盒）中，然后挖一个尽量深的坑洞，把棺木小心翼翼地归置进去，然后埋上土。于是来到她最热衷的部分：写悼词。极尽煽情和热烈。

——你是世界上最好的蟋蟀。

——美丽的蝴蝶，我不会忘记你的。

——小麻雀我们来生再做好朋友。

一边写一边抹眼泪，最后献上狗尾草、黑矢车菊或者虞美人，葬礼终于圆满。

举办葬礼的那几天，她是不吃肉的。想起那些动物活着不幸福，死了还要被人吃掉，她就呜呜哭起来。而今，多年未见妻哭过了，或者说妻已多年未在我面前哭过了。

小陈当然不知道，姆妈已经离开我们十年。当妻的哭是寻常、动人的一幕，只有我知道，那哭泣包含着多少疑惑、委屈和责怪。我禁不住想，如果那棺木中的人是我呢？妻会不会真心地为我哭泣，怀念我还在人世时的时光？不得而知。

化妆时，妻坚持要看，我就陪着她。小陈拿着刮刀给姆妈上肤蜡，很快姆妈的脸就饱满起来。小陈又接着开始画眉毛、眼线。手法娴熟，俨然一位经验丰富的"老师傅"。我便放心地出去抽了支烟，回来时妆已化完。虽然姆妈看上去恢复了些许神采，但终究不是让人熟悉的那副面容。

"都不像姆妈了。"妻也这么觉得。

"不像姆妈像谁？"我劝道。

"倒有点像阿爹。"

当然怪不得小陈。

葬礼的氛围终于消散，人群也消散了，亲人们纷纷回到自己的生活里，我们也长舒了口气。妻想留在老屋里整理整理，我请了长假，也想借此机会处理我们之间的事。

妻把我拉到书房，指着那些破旧不堪的书，要我帮她带回去。多是阿爹看的书，《资治通鉴》《古文观止》《诗经》之类。令人惊喜的是，还有不少武侠小说。

"都是旧版的，姆妈喜欢看。后来金庸把许多作品作了改动，姆妈就不喜欢了。"

在那摞书里，我们还找到一些从未听说过的武侠书，名字取得十分直白、庸俗，其中有一本《冤有头债有主》，标注着金庸先生的名字。

"他还写过这小说？"

"不是他写的。终归有些写作不得志的人，假借金庸的大名发售一些书籍。那时环境宽松，放到现在是要吃官司的。"

我们还在一个樟木箱里找到许多水彩画。有些颜色只涂了一半。画的都是清一色的观音、仙女肖像。虽然笔触还有生涩，但看得出极有天赋。

"姆妈小时候画的。"

我们又看到更多姆妈的痕迹。

灶台上的财神爷、五斗橱上的富贵牡丹，都是她的画作。之前妻从未和我提过。

后来我们驱车到下沙姆妈的住处收拾一些物品。在一个斑驳的衣橱深处，最鲜为人知的地方，妻无意中摸到一双小鞋。

用缎子做的虎头鞋，软底的，只剩一些针脚没收。

"姆妈也给我做过。"妻说。

她把小鞋捧在手心看了又看，一时不知放在哪里是好。

那几天媒体都在吆喝着一股强冷空气要来，可能会下雪。下雪后就要入冬，我们当然都不相信秋天即将宣告结束。眼下没有一点冬天的迹象，毕竟我们还穿着很薄的衣服，入夜时最多加一件外套，于是就没把下雪的事往心里去：谎报军情而已。

傍晚遇见一名村妇在田野里挖番薯，便花五元钱向她买了几个，做饭时顺便放到炉子里烘着。吃着番薯，心里暖融融的。晚上却听到了巨大的风声。

北风刮起来了。妻收碗时忽然提到小岑。

"你和她还在一起吗？"

我不知如何回答。她那么聪慧敏感，当然早就感知到我和小岑的事，只是不说破。几次她提出离婚，我又下不定决心。

"怎么……突然问起这个？"

"随便问问。"

"不在一道了。"

我如实相告。

"这些年没好好关心过你。"

我从来没想过妻会这样和我说，正要和她解释，她却抢先转移了话题。

"你知道的，我阿爹姆妈从不正经聊天，也不大喜欢吵架，他们只谈论吃，鲈鱼清蒸还是风干，蛋饺到底要做多大，青菜里该不该放虾米，这些事情几乎可以讲上一辈子。所以，谈情说爱就是炒花生，打仗吵架就是剁馄饨馅儿，养儿育女就是蒸小笼包。"

妻的话让我回忆阿爹和姆妈吉光片羽的往昔，好像确实是这样。

"所有的事情都被不可思议地融进日常的吃喝里，变得微不足道。"我说。

"但我们之间不是这样。"妻说。

"我们有我们的交流方式。"我道。

妻的脸上明明挂着恬淡的笑容，却流下了眼泪。我不知所措地抚了抚妻的背。当我触碰妻的一瞬间，她一个激灵，纤薄的蝴蝶骨扭动起来。她的笑更灿烂了，但眼泪却依然不断往下流。我抽了几张纸巾递给妻。她微微擦拭了几下，便起身洗漱去了。

晚上，我睡客房，妻睡自己的房间，我们各自看书。客房的书柜里有一些妻年轻时喜欢看的书，由于手机信号不好，我就埋在书柜里翻书。妻喜欢俄罗斯文学，书柜里尽是些陀思妥耶夫斯基、契诃夫、普希金、布尔加科夫之类。我兴趣寥寥，但还是随手抽了一本契诃夫的《醋栗集》看起来。书是1982年由上海译文出版社出版的，书本已经发黄，灰尘已经深入纸张，改变了原本的质地。摸着这本书，我有种似曾相识的感觉，但翻阅了几页，却又完全没印象。

即将睡着时，妻招呼我回她的屋里睡。

"这里冷。"她说。

我好像一直在期待这一刻似的，乖乖跟着妻回了屋里。和所有的中年夫妻一样，我们各睡一床被褥，很久没有做爱。妻并未失去魅力，到底出于什么原因，连我自己也说不清。

妻把缩在被子里的手伸了出来，我这才发现，天凉她还穿着短袖睡觉。

"我构思了一个新的故事，冬天的故事。"

"说来听听。"

"一个顶尖花样滑冰运动员却从未参加过任何世界级比赛。退役之前回到了故乡，在即将冰裂的贝加尔湖面上不断做燕式旋转。奇怪的是，他的旋转是持续的加速度。伴随着壮丽的冰裂，他与第一只回归的水鸟一同钻入冰湖中。"

一阵短暂的沉默之后，妻把手伸到光亮处，指向一个不存在的地方继续说，"他脑海中一直回荡着《献给金尼斯》的音乐，那是他唯一的配乐。"

说完，妻打了个哈欠。

"我要睡了，你呢？"

"再看一会儿书。"

"好，那我帮你留着灯。"

很快，妻沉沉睡去。我心里有些纳闷，同床那么多年，妻很少比我先睡，而我总是一摸枕头就打起呼，当然这都是妻告诉我的。今天反了过来，刚才的睡意一扫而空，我还有点小小的兴奋。我捧着《醋栗集》，却怎么也读不下去，忽然回忆起立志要当作家的那段时间，虽然只有短短几年，但对我来说是一段难忘的时光。

大学时代，我常写一些不入流的小诗，由于没有脸投邮，就把诗用最喜欢的钢笔誊写在便笺上，趁着早课前，悄悄贴在诗歌沙龙的小黑板上。当时部分怀有诗歌情怀的学生会这么做。到了下学的时候，好的诗会被留下来，而坏的诗大多会被社员们撕下来，当众取笑。我不知道怀着怎样一种心情去做了这件事，心想反正是匿名的，暗中观察诗歌的命运倒也有趣。那天下课后，我假装不经意地路过沙龙，发现我的便笺还在，心中一喜。不过凑近一看，便笺上却赫然多了一行刺中我的字：模仿张枣的痕迹一看便知。

我心里的郁结就像胃部的胀气无法消解。通过小小的侦查后，我得知留下这行字的人是沙龙里的女孩。听说她从不写诗。后来，她成了我的妻，我就再没有写过诗。妻至今都不知道，我就是那位模仿张枣的蹩脚诗人。

晚上，我做了个从未料到的梦。枕边的《醋栗集》摇身变成一卷手稿，翻了几页便肯定正是妻和我说过的那些构思，它们竟一夜之间跃然纸上。梦中的我激动不已，有如神助般很快读完了那些忽明忽暗的故事，确信已牢固地记在脑海里。我甚至意识到自己正在做梦，迫不及待地想醒过来把这些故事誊写下来，送给我的妻。可惜我在梦中徘徊得太久，直到醒来，什么都忘了。

我又做了个梦。原来刚才的"醒来"也只是梦的一部分。我依然睡在客房，我感觉我脱离了自己——成为了纯粹的"看客"。我看到妻的房门虚掩，等待被风吹开。她裸着身子从床上翩然而下，轻盈地落至一面镜前。她轻微俯身，取下自己的影子抛入镜中。失去了影子的妻被长着眼睛的藤蔓牢牢裹住，散发着沼泽地的气味。

早上，妻扑入我怀中，放声大哭起来。

"刚才我梦到我们的孩子，她长大了，快五岁了，是个漂亮的女孩子。晚上我陪她读书、讲故事，阿爹就在外屋剁馄饨馅儿，第二天要包。姆妈喜欢吃馄饨。孩子把手递给我，要我闻她手上的味道……"

妻已泣不成声。

怎么了？

云片糕，一股云片糕的味道。

雾很大，轮渡全线停航，据说因为能见度太低，大桥也暂时封了。

雾退后，天更冷了。新闻里说，下午气温将降至零度以下。秋天就在这一日之间结束。

妻要我陪她去一次沼泽。没有冬衣，我们就穿阿爹和姆妈的棉袄。带着一股陈旧的味道，但我们不忌讳。

栗 鹿 | 所有罕见的鸟

    沼泽已成为国家级鸟类保护区。停好车后,我们沿着保护区的木栅道走到了滩涂的尽头,这里看得到海。芦苇丛包围着人迹罕至的沼泽地,栖息着很多罕见的鸟,可眼下我们一只也没有看到。

    似乎听见芦苇荡里充满窸窸窣窣的低语。

    这时,我们才发现海边站着一个老人。很远。我们似乎看到他一件一件脱掉了自己的衣服,脱到只剩一套连体泳衣时,他走向更远处。

    "要跳海?"

    "跳海的人会穿泳衣吗?"

    "也是。"

    太冷了,我忍不住把手缩进裤兜。

    老人跃入水中,但看起来他只是在游泳,我松了口气。不一会儿,老人已经游得很远了,完全没有折回的意思。又过了一会儿,老人完全不见,消失在天空和水的边界。

    "他要游到哪里去?"

    "对岸吧。"

    "哪个岸?"

    她摇摇头,没有再说话。

    这时雪落了下来。雪花一片一片打在我们脸上,还来不及化去,又被新的雪花所掩盖,好像什么都听得到,又好像听不到。我静静看着耐人寻味的雪,仿佛这世界只剩下雪,甚至没有意识到身旁的妻已离开。木栅道上只留下一串长长的脚印。

    这时耳旁的风变得狂乱。真的是鹤,它贴着我的头顶飞过,倏地落停在一片开阔的滩涂上。它试探性地展开翅膀,扑扇了几下。几番犹豫后,终于飞向芦苇更深处。不一会儿,我看到了更多的鹤。我能感觉它们翅膀下的气流改变了风的形状。它们不时倚靠在一起,好像正在倾诉过去的生活,很快分不清彼此,消失在雪中。

我想起妻曾说:一下雪,世界就变小了。

雪积起来的时候,占领了空间。院子、街道、城镇都被雪藏起来。世界隐去原来的样子。雪总是在掩盖。

我摸了摸裤袋里那片潮湿的羽毛。

选自《青年作家》2019年第9期

陈春成

1990年生，福建宁德人，作品散见于《福建文学》《特区文学》《芙蓉》《中华文学选刊》等刊物，短篇小说集筹备出版中。

李茵的湖

那天午后阴沉沉的，下了点雨又停了。我和李茵在耽园里闲走。

耽园其实没什么看头。亭榭空无一人，回廊幽暗，石板潮润润的。柳树的枯枝森然不动。假山边有一套健身器材，一个老太太在太空漫步机上凌虚而走，没一点声息。檐上窝着一团猫，见人来只懒懒地一瞥，神情厌世。再看它时已倏然不见。我们在亭子下站了一会儿。几个歪歪扭扭的名字在淡红的亭柱上"海枯石烂"，日期都是上世纪的。鸟声疏落，菊花已经开过了。

耽园是清代本地一家大户的花园，民国时败落了，二十世纪八十年代被改建成小公园。古建筑都被精心地修复成仿古建筑，只有园子的名字和一些古木留存下来。明清以来似乎挺流行用单个字的动词来命名园子，随园、留园、过园、寄园什么的。耽园的"耽"是"耽搁"的"耽"，或"耽溺"的"耽"，透出一种自得的颓废。园中景物确实弥漫着这样的气味。如今这里像是八九十年代的一块残片，一个被时光赦免的角落，万物在围墙外滔滔而逝。因为位置偏，设施旧，气氛有点阴森，如今来玩的人已经不多了。前天李茵说起她从没去过耽园，我有些意外。随即想起我们小时候多是由家长带着来玩的，而她父母很早就离婚了（她随母亲，她母亲常年在外务工，整个中学时代她都寄住在表舅家里）。我便约了她今天来耽园里逛逛。

那年她刚辞了职，准备考研，在家复习。我在县一中教地理，已有两年。我们本来认识，但没说过话。她人很孤僻，我也好不了多少，几乎没有共同朋友。

县城很小，常在街上遇见，我就约她吃了几次饭；不太好约，但也渐渐熟了。当时我正打算开始追她，不过还有一点犹豫（后来我们处了三年，分手后断了联系）。一只蟋蟀叫起来，声音凄楚。我们离开亭子，向耽园深处走去。

据说耽园底下有一条防空洞，一直通到县一中图书馆的地下室。有人说入口在某个亭子的石桌下，也有说藏在草丛中井盖下的。初中时为了找那个入口，我常来园中溜达，意外发现了耽园里一个神秘的空间，没对任何人说过。那天我兴致勃勃地领着李茵去看。她表现得挺感兴趣，也可能是出于礼貌。在两条园路的岔口，石砌的花坛后有几面错落的景墙，一丛竹子。竹叶映得白墙幽幽的绿。我带她跨上花坛，踩草坪绕到竹丛后边。两面景墙呈八字，其间有一道空隙，恰可过人。我们走进去，草很深，几乎及膝，但草底下有石汀步。这里原来是铺了一条小径的，可能后来做绿化的和当年的景观设计没有衔接好，在入口前砌了一条花坛，又在墙间种了几根竹子，渐生渐密，把入口遮蔽了。也可能是故意的。从两边园路往中间望，隔着景墙，以为中间只是一条狭长的绿化带，其实藏了一个水滴形的空地，初极狭，当中却很空旷。水滴形圆润的一面，是一排绿篱和森森柏树，浓密而高，围成弧形的城墙，隔开视线和脚步。空地正中有个砌筑得很精致的树池，像座孤岛，浮在深草中。树池里种了一株槭树，这时红叶飘坠一地。我已数年没来这里，槭树高了不少，树皮显出苍老。发现这个园中之园后，有一阵子我常来玩，把这里视为秘密基地，给它起了好几个名字。记得最后一个叫匿园，"藏匿"的意思。但毕竟是片荒地，没什么玩的，渐渐就少来了。我在草丛里找到过一块石头，比猫大不了多少，上面刻着"寸天"两字，涂成湖蓝色，已经很淡。当时我不明白意思，稍大就懂了，是说周围的墙和树很高，其间只能望见一块不大的天空。人坐在这里，如同坐在井底一般。耽园里还有一洼小小水池，卵石围成，在亭子边极不显眼，后来我在池边又发现一块石头，背阴处刻着两字

"尺水",也涂了蓝。这才知道是两处相对应的小景致,应该在清代或民国就有了,不惹人注目,重建后意外地保留下来(石头可能是重刻的)。这时那块"寸天"的石头已被荒草落叶深深掩埋,我绕树走了一圈,没有找到。李茵捡了一枚槭树的种子,捏着那对小小翅膀,扔在空中,看它旋转着下坠。匿园里安静极了。柏树是墨绿色的墙,枝叶间有风,蔼蔼地摇荡。上方的一块天是柔和的灰色,阴云平稳地挪移。远处的鸟声很轻,叫得也缓慢,像在现实中叫,而我在梦中听见。我们在树池边坐下,低声说着话。当时如果有人从外边园路走过,听见人声,会以为是对面另一条路上的行人。这里极其隐蔽,谁也发现不了。

当时说了什么,如今全忘了。记得我在东拉西扯,侃了半天,才发觉她没在听,正低头盯着身下的树池发呆。我有点失落,问她怎么了。她没言语,手指摸着树池的边沿,忽然说,这树池真奇怪。上面怎么镶着玻璃碴?我看了一下,说,哦,这是水刷石啊。

大二时我处过一个土木系的女朋友,陪她上过一门选修课,装饰装修工程,因为用的教材很过时,课上有讲到这门过时的工艺。当时我就想起这树池,听得很有兴味。此后凡是见到有这种工艺的老房子,都会留神看看。所谓水刷石,是在水泥砂浆中拌入砂石,等水泥半凝固时,刷去表面的一层水泥浆,用水流冲洗,这样砂石颗粒就半露出来,呈现一种微妙的粗糙感,又不致脱落。通常是用葵花子大小的白色方解石碎屑。更讲究的做法,是掺入打成石榴子大小的玻璃碎屑(只微露出表面,不会扎人),碧绿的颗粒,镶在洁白的碎石粒间,有一种很朴素的晶莹。但工艺较麻烦,比纯用碎石粒的少见得多。这种风格只流行于二十世纪八九十年代,可以说是那个时代的肌理。但不够新潮,随后被洋气的瓷砖和干挂石全面取代了;又不够古老,没有受保护的资格,如今有这种工艺的建筑也拆得所剩无几。这座树池外沿的面层,就是掺了绿色玻璃屑的那种水刷石,做得很精致，灰白间点缀着细碎绿点，很好看，旧了也很有味道。

李茵蹲在树池前，很认真地听我介绍完水刷石，一边慢慢摸着那表层，又开始出神。我不说话了，偷瞄她的侧脸。她脸上神情迷离，睫毛很浓，低垂时像一层阴影，使她看起来常有一点媚态，但她平时为人是很淡漠的。当时我过分地年轻，倾向于把她的淡漠理解为一种古典气质，一种恬静和疏冷（后来知道在大多数情形下，那淡漠就只是淡漠）。那天她却意外地显露了敏感的一面，和我想象中的形象不太吻合。但这一点不吻合又增添了她的神秘感，在一段时间里，很令我倾心。

她说，有一种很奇怪的感觉。好像来过这里，见过这树池，但又不全是这样。她不太会形容，断断续续地说，觉得人特别宁静，暖和，像是有点感动，又非常"心啾"——"心啾"是我们本地话，形容那种无端的愁绪，类似于思乡怀人、怅然若失之类。日常琐碎的烦恼，则由另外的词负责。也可以写作"心纠"或"心揪"，但力度太大了，我愿意解为"啾"，像有一只鸟在心里啾啾地叫，低声又执拗。

我也说不清为什么，真的好奇怪，她说。我注意到她声调变了，眼角也有点湿，就站起来，说，要不你在这等我一会儿，我去趟洗手间，过会儿再回来。她低了头，点了点，我就从原路出去了。

在柏树下的小径走了一会儿，我想起苏轼有一回去一座从未去过的寺庙，他说一切好像似曾相识，并说出了还没踏上的石阶共有几级。不过当时他心中是何感受，是否想哭，没有记载。我想每个人都有些难以言说的神秘体验，那就不必言说，存放在语言之外的空间就好，也无须被理解。一株柏树，姿态飘逸，枝叶远看如一蓬青烟；另一株像扭曲的、凝固的火舌。木芙蓉开得好，嫣然娴静，我停下来看了一会儿。走到假山边，老太太已经不见了，我在太空漫步机上走了一会儿。说是去洗手间，洗手间在园子另一头，来回要半天，我也不能太快回去。耽园里静得就像个古寺，连钟磬声也没有。空气凉凉的，风吹着枯枝，枯枝映在天上如同裂纹，天色暗下来。差不多该回去了。不知为什么，这时我忽然想到自己的年纪。暗自回味了一下那个数字，用眼睛把它一笔一画描在云天上。二十三。我又在边上写了自己的名字。还没写完，就下起雨来，慢而笃定，一滴是一滴，很快就下大了。

我回到景墙边时，李茵正好走出来。我见她眼睛红红的，也不好问，就装作没瞧见，和她到廊下躲雨。雨一时停不了，我们不说话，沿着长廊慢慢走到尽头，有一家小卖部，一个老人倚门而坐，门里黑得像个山洞。我买了两盒菊花茶，擦擦上面的灰，两个人静静地喝着，看着雨中的耽园。雨落在石板上有极动人的清响。那天我们很晚才回去。

过了几天，她竟然主动约我，说想再去耽园走走。我有点受宠若惊。我们径直到了里边的匿园，又坐在那树池边。一番秋雨后，枝头红叶湿漉漉的，稀疏了不少。她试图解释上次的失态，说以前从来不会这样的。那今天呢？我问。还是有那种感觉，她说。闲聊了几句，她又开始自顾自出神。我捡起一片叶子，在手里把玩，一声不响陪她坐着。

这样的经历不知不觉有了好多次。有时她会约我，有时她自己去，带一本书，考研的材料或小说，在树下独坐到天黑。约我去的时候，我就只陪她闲坐，不出声地玩玩手机，想想心事，偷瞄她一眼。她时常放下书，什么都不做，眯着眼，睫毛微抖，好半天一动不动，像在进行光合作用。有一回我不知怎么了，脑中一阵空白，趁她发呆，大着胆子握了她的手。她半天才回过神来，脸红了，但没有说什么。手冰凉得如同瓷器。我似乎从她的神情里获得了某种许可，便俯过身去吻她。她颤抖了一下，生硬地接受了。在一起后，我们依然常到匿园去。

陪她闲坐的时间，加起来应该很长了，没准有整整一天。有时我也陷入自己营造的玄想中。那几年我爱看庄子，半懂不懂地读叔本华，看了一堆志怪笔记，有点神秘主义倾向（现在也没脱离）。起初我很好奇一个人为何会对一座树池如此着迷，试着去理解她奇异的反应，不得其解。后来我想起一个重复多次的梦。我总是梦见自己行走在灰色的屋顶上，是老旧的平顶楼，连绵成片。我像饰演教父的德尼罗一样，从一栋楼跨向另一栋，一边小心地俯视街道上的人潮。与电影中的狂欢不同的是，我知道那些汹涌的人群正在追捕我，却找不到我的踪迹，在下面来去奔走。我带着深深的恐惧和暗暗的得意，眺望着他们，独自一人，在漫无边际的屋顶上游荡……我不知道梦中的屋顶究竟位于现实世界的何处，也许就在某条我曾经走过的街道上方，但我没有察觉。那反复出现、无穷无尽的屋顶之于我，也许就像那树池之于李茵，是人生中一个微不足道，但挥之不去的谜团，轻烟一样，弥漫在生活的背面。区别是她遇见它了而我没有。如果在现实中，让我猝然重临那屋顶，是否也会感到相似的战栗和神秘的安宁？

有一天我也带了书来看，信手翻到一则笔记，忽然如有所悟：汉朝时蜀郡有口怪井，井中常年冒火，在国运兴盛的时期，火势很旺；汉室衰微后火渐渐小了。后来有人投了一支蜡烛进去，大概是想引火，那火却灭了——那年蜀汉灭亡。我猜想，万事万物间也许有隐秘的牵连。当汉武帝在上林苑中驰骋射猎时，他并不知道帝国的命运正反映在千里外一团颤动的火焰中。也许每个人无可名状的命运都和现实中某样具体的事物相牵连，但你无从得知究竟是何物。人类试图通过龟壳、蓍草、茶叶渣的形状、花瓣的数目和星体的运行来推测命运，都是对这种牵连关系的简陋模拟。也许冥冥中牵连着李茵的就是那座孤岛般的树池。像那两块刻着"尺水""寸天"的石头，物质上毫无干系，各自安卧一隅，却通过文字的引力紧密地连接。我迷迷糊糊地想，也许我的命运和深山中某棵树的长势有关；

陈春成 | 李茵的湖

也许和海面上一刹那的波澜有关；也许我一生的顺遂和坎坷早就预先呈现在云海下某块石头的纹路上；而我和李茵的恋情会不会有美满的结局，也许取决于银河系内星星的总量是奇数还是偶数，或取决于两百年前的今天，耽园里有没有下雨……我回过神来，见身旁的李茵已睡着了，她蜷着身子侧躺在树池上，头枕着书，手心还贴着水刷石的边沿，像轻抚马的背脊。我脱了件外套给她盖上。园子里有风，日光树影在她脸颊上游移，像一种表情。

冬天时，李茵从她表舅家搬出来，自己在外头租了一个小房间。在七楼，没电梯，只有必要的家具，但她很开心的样子，忙忙地布置了几天。搬过来的几个纸箱，有一个放杂物的，她一直没拆，好像都是她母亲的东西。她家里的事我已陆续听她说过一些。李茵原名叫李迎男，成年后她自己去改了名字。迎男和招娣，有同一个酸楚的含义。前些年她母亲在邻县有了新家庭，给她生了个弟弟。她只去住过几次。母女性子都别扭，处得不太好。她曾对我说过，其实她知道她妈妈不爱她。我当然只能劝她别乱想。而她父亲离婚后杳无音讯了多年，听说陆续做过钢材、香菇、木材生意，很发达过一阵子。她考上大学那年他出现过一次，给她付了学费。她几乎不和他说话。

那天晚上她打电话急急地喊我过去，说收拾箱子时找到一个东西。我穿上衣服，抓了电动车的钥匙便出门了。

到了一看，是一个照相馆的信封，里边有一沓照片（李茵说过她总羡慕别人家里有相册，而她小时候的照片差不多都丢光了）。其中几张是她母亲的证件照，一张是小时候的她，独自站在一处草坪上，穿着胖胖的淡紫色棉衣，手里拿着吹泡泡的塑料签子。我还没见过她小时候的模样，拿到灯下凑近了看。她指着照片的边缘说，你看，草地边上，有一小片反光，看见了没？我点点头。你说这像不像是水面？我说，像是吧，怎么了？她神秘兮兮地说，可能是在一个湖边。

她记得四五岁时，有一天她爸妈带她去一个湖边野炊。湖边长着一大片美人蕉，开着鹅黄的花，还有一座白色的小拱桥。她爸爸那时有一台女士摩托车，就是现在电动车的款式，前面可以站一个小孩。她妈妈坐在后座。他们一家三口坐着摩托车，背着炊具，突突突开到那里时，大约是傍晚。铁锅盛了水，架在几块石头上。她爸爸去附近林子里拖来杉柴，生了火。锅里煮的是快熟面，鲜虾鱼板面，还放了好多个鱼丸。她还记得鱼丸是甲天下牌的。还有蟹肉棒，在面汤中载沉载浮。锅里映着明亮的天，天上亮着橘红色的晚霞。那是二十世纪九十年代的霞光。她爸爸当时还没开始做生意，没什么钱，穿着花花的衬衫，滔滔不绝地说着什么，总是对什么事都很有把握的样子。她妈妈带着崇拜的或宽容的微笑听着，一边往锅里放着作料。夕阳在湖面上闪烁不定。但也可能没有夕阳。吃完饭，她爸爸用摩托车载着她，开过那座小拱桥，不知道为什么，她当时觉得那样一起一伏非常好玩，又笑又叫，快活极了，停不下来。爸爸就开着摩托，带她一遍又一遍地过拱桥。玩够了，她趴在桥栏杆边，吹了好久的肥皂泡，把一整瓶都吹光了，看着那些泡沫飘飘荡荡跌向远处的波光。爸妈就站在她身后轻声聊天，摸弄着她的头发。天慢慢黑了，但没有一点害怕的感觉。这次野炊她后来在作文中写了好多次，记一次难忘的回忆，因为可写的并不多。很可能经过了加工，带着岁月的柔光，细节上有些出入。也可能根本没发生过，是她做过的梦，或是看了某部电视剧后把情节记混了。她有一次用漫不经心的语气问她母亲，她母亲一点都不记得有过这回事。父亲已多年不联系，不可能为这种小事专门去问他。因此完全无法证实那个傍晚和那个湖是否真的存在。而这张照片给了她一点模糊的希望。

那晚我在她那过夜。半夜睡不着，我想了一会儿那个湖，觉得有点心啾。一段记忆，共同经历过的人早都随手抛下，她却当珍宝一样收藏至今。我此前此后，都极少见到她在描述那个傍晚时的柔软神情。第二天起来，她在梳头，我拿出那

陈春成 | 李茵的湖

照片看了一会儿，说，要不我们去找找看吧？她停下动作，转过头看我，找什么？找那个湖啊，我指着照片说，你看这草坪，是马尼拉草，还能隐约看出一格一格的痕迹，这是人工的，不是野地，我想很可能就在县城里某个地方；那时候有人工草坪的地方不多，多半是公家单位建的。她愣了一会儿，点头说，对啊，我们是坐摩托车去的，应该不会太远。那张照片被她夹在一本精装书里，一直放在床头柜上。

那年寒假，我们都在找那个神秘的湖。属于她一个人的，闪亮在二十世纪九十年代的，不知是否存在过的湖。在一个山区小县附近找一个湖，或较大的水体，想来不是太难的事。我们走遍了小县城的街头巷尾、犄角旮旯，背着干粮和饮料，像小时候去春游那样。李茵的情绪始终很高涨（此后的相处中她再也没有过那种劲头，恢复了惯常的淡漠，对我的各种提议常提不起兴致），但体力不太好，走上一大段就要歇一会儿，唇色变得很淡（后来我想起那也许是个征兆）。我们就找家小店坐坐，吃点喝点。那时刚有手机地图不久，我看着整幅县城地图在指下挪移缩放，觉得很新奇。我们第一次知道原来这个古旧的小县城有这么多隐秘的角落。我们从东北逐步向西南找去，先城区后郊外，重点找有草坪的地方，即有景观绿化的园地。先是去了一些位置偏僻的机构（不偏僻的都知道，不必去），粮库、冷冻厂、菌种站、宗教局、古树办，我们带着考古的目光打量那些旧楼、大院和树木，它们像一队残兵，蛰伏在深巷或高坡上，都有兵马俑一样的颜色。后来开车去周边的镇子、村庄、村外的潭子，山间公路边的水库，一处处看过。另一方面，勤向人打听。我首先想到同校的一位体育老师（十余年前他教我体育，如今竟成了我同事），他是我们县冬泳队的带头大哥，游遍了群山间每一片冰冷的水面。附近若有湖，他不可能没去过。他指点了几个地方，我们逐一找去，但都不像。也问过黄包车师傅和的哥，得到几条线索，都一一落空。李茵毕竟要复习，不像我这么闲，我们的探秘之旅逐渐改成一周两次，一次，一月一次，直到放弃。最后她说，其实找不到也挺好的，就当成一个未解之谜吧。我安慰她说，等以后我们有了小孩，也找个湖边去野炊吧。她白了我一眼。最终虽然一无所获，但那个时期我们过得实在是很愉快。

这样又过去了数月。她准备着考试，仍时常去匿园闲坐；我日复一日地备课、上课、看杂书。槭树缀满了新叶，嫩绿又转为深青。这时我们已相处了大半年。如同大多数爱情，我们那一次也有奇妙的开头和平庸的中场（后来是淡然的尾声）：最初的甜蜜，最初的争吵，矛盾，矛盾的磨合，新的矛盾，磨合后的融洽和不可磨合之处的逐渐显露。我不再把这段爱情想象得足以牵系到广大的星空，只是冷静地觉察到了它的疆界，尽量缓步向前而已。

有一天下午没课，我不想扰她复习，便去同学的单位找他玩。办公室里就两人，除他外还有一个大叔，在电脑前埋头。我们喝了几杯茶，聊天，忽然窗外一阵怪响，呼啦啦飞进来一只黑乎乎的大鸟，尖嘴长爪，像一团漆黑的噩梦，简直刚从希区柯克的片里飞来。我见它要飞近，吓得站起来。同学和那个大叔见我这样，哈哈大笑起来。大叔一抬胳膊，那黑鸟便娴熟地落在他厚实的肩上，抖抖翅膀，冷眼瞅着我。

这位大叔是个奇人。同事们都叫他鸟叔，很会养鸟。那黑鸟是他养了多年的八哥。不是花鸟市场买的，是他自己在春夏间去野外捉的。他有捉鸟的法门，一气捉了许多，仔细挑选过，不中意的放了，只留下这只。自幼经他悉心驯养，这只八哥特别的壮大、机灵、俊美。每天他出门上班，也不提笼，八哥就在天上飞着，忽远忽近，跟着他到单位。他开开窗户，鸟就飞进来。他做事时鸟在楼下树林里玩，自己找吃的，偶尔能在楼上听见它的叫声。他下班，到楼下树林边一招手，等片刻，鸟就飞出来，跟了他走。我听得目瞪口呆，但"鸟证"就在场，不

陈春成 | 李茵的湖

容不信。小县城似乎比城市更纵容人的怪僻，这类奇人所在多有，倒也不算太稀奇。鸟叔的另一癖好是拍鸟，周末常提了相机，到处晃荡。公园、树林子、湿地边、荒山野水，无远不到。拍了许多年，还自费出了一册影集，印了几十本，到处送人。我多问了几句，他就从抽屉里端出一本给我看。出于礼貌，只得随便翻翻。牛背鹭、鸽群、隼、啄木鸟、红腹锦鸡。构图什么的都还不错。几只灰雁和一对鸳鸯的两张图引起我的注意。照片中大半是水面。我问他这在哪拍的，他凑过来看看，想了一想，说，在岭下水库吧。我哦了一声。那水库我去过，周边都是野地，水线低时，沿岸裸露着红土，没有草皮。过了一会儿他又说，哦，雁是水库拍的，鸳鸯是池塘里养的。哪里的池塘？我问。他说，在老干局后面，门球场外边，以前有块池塘。有一年不知从哪弄了两只鸳鸯来养，后来没养活，死掉了。活的时候我去拍过。我说，老干局那里前阵子我去过，好像没看到有池塘啊。早没了，他说，后来改成停车场了。二〇〇〇年初还在的。

我小心翼翼地，不敢直接问桥，先问湖边，不，池塘边有没有种美人蕉？黄色的。他说这我哪记得。我说，也是。那有没有拱桥？他说，欸，是有一个。一股暖流从我后颈升上来，汗毛都立起来了。他说他还拍了鸳鸯穿过桥洞的照片，但是角度没拍好，拍的是鸟屁股，就没收进集子里。我便央求他，能不能找到当时在那里拍的其他照片。胡编了一个理由，说我小时候在那附近住过，有点怀念。他爽快答应了，不过待会儿下班他要喝喜酒，估计会喝多，明天是周末，他找找，找到了下周一给我。我说好好好，出门就给李茵打了个电话。

老干局后边的门球场，我们之前路过过。那天傍晚赶到，球场里有几个老人提了槌子在玩，门球像是一种按了慢放键的运动，远看有点怪异。向后头走去，果然是个停车场，再往后便是野地。没停几辆车，显得格外空旷。门球场的沙地和停车场的水泥地之间，夹着一截草皮。李茵说，可能真的是这里。我说，你又有奇怪的感觉吗？她说不是，草坪、拱桥和池塘，一个小县里能有几处？八成是这。她那时小，觉得池塘大得像湖，或在记忆中把它放大了许多倍，完全可能。等照片找到了就能确定了。我说，这片是老干局的地，虽然后头就是野地，也没围墙，但能让人生火野炊吗？她说，可能是趁周末或下班没人后，她爸带她们偷偷进来的。像他的做事风格。我在停车场上转了几圈，见到水泥上有一些裂痕，裂痕断续地围成个椭圆，对李茵说，池塘可能真有，应该就在南边这块，后来改建停车场，挖淤泥、填土压实的时候没处理好，地基不实，这块慢慢沉降了，你看，水泥地面有点开裂。她没搭理我，踩着那圈裂纹，在停车场上徘徊了好久。

  我们心不在焉地过了一个周末。周一早上，我在课间打电话给鸟叔，一问，他说照片昨晚上找到了，有一沓，已带到单位。我千恩万谢，一下课就去取了照片，也不先看，就上李茵那儿去。照片装在一个边角略微破损的牛皮纸信封里，摸着挺厚。我们凑在桌边，欢喜又忐忑，像在拆一封密电。她小心地把一沓照片抽出来，一张张铺在桌面上，逐一看去。许多张全是鸳鸯和水面，没有其他。有几张，背景中真的出现了拱桥。在焦点之外，模模糊糊，白色的一弯，如同幻影。有一张是桥身部分映在水中，像揉皱的白纸。最清晰的，是那两只鸳鸯正要游过桥洞的一张，位置恰好。就是那桥了，一模一样。她惊得说不出话来。一整天她都神思不属，一会儿就拿出来看一下。临睡前，她又在看，忽然指着照片某处，叫我的名字。我过去一看，开始没懂，随后也愣住了。水面碧绿，两只鸳鸯款款游向桥洞，身后分开八字形的波纹。我注意到上方灰白色的桥栏。细看之下，并非一味的灰白，而是灰与白相错综，像灰暗的天空撒着密雪。其间还散布着一些细小的，绿莹莹的光点，如同翡翠质的群星。

  那晚我们解开了一个小小的，绵延已久的谜团。我的那番玄想破产了。并非宇宙间有什么隐秘的牵连，是人的记忆常把不相干的事物无端地牵扯到一起。甚至当记忆的真伪都无从考证时，记忆所引起的情绪还潜藏在某些细节中（二十世纪八九十年代独有的粗糙与晶莹）。对同一材质的相同感受，接通了两个遥远的时刻：她童年中最明亮的一个黄昏和多年后匿园里一个阴沉沉的下午。她捏着照片，凑过来，伏在我肩头。那是我第二次，也是最后一次见到她哭。几年后分手时，我们看起来都是平静的。

她考上研后，去了北方的城市，听说又嫁到另一个北方的城市。我依然留在家乡教中学地理，画着等高线和大陆的轮廓。每天看书，散步，后来也学着养了一只百灵鸟，挺好玩。我不时还会梦到那片连绵的屋顶，有时也望见那个湖。它曾是虚假的事实，后来是神秘的回忆，最后是伤感的慰藉。如今也成了我的回忆。它在梦中是不可抵达的背景，是天边一线橘红色的闪光。几年后，当我间接地听说李茵过世时，已过了好些日子。据说是生了场病，我连什么病都无从知道。专门托人去打听，也太古怪，就算了。得知消息的那天晚上，我仪式性地追溯起一段往事。一些情节闪过我的意识，像雨夜一束灯光里掠过的雨丝，没有着落。我感到一种近乎抽象的哀伤，哀伤没有想象中的持久。我有点惭愧，惭愧也转瞬而逝。

秋天时，我陪父亲去耽园散步。走过那个分岔口时，我忽然说等一下，就撇下父亲，绕过竹丛，钻到景墙后边。时隔多年，我再次踏进了那片荒草地。几只斑鸠从深草中惊飞起来，隐没在浓浓的柏树中。天快黑了，那棵槭树已经不在了，连砍伐的痕迹都没有。水刷石的树池也不见了，像整个沉没进草的深处。我在那里站了一会儿，忽然想道：汉朝灭了，井底的火焰就熄了；暗中牵连的一并在暗中消泯。过了许久，我听见外面在喊我，便转身走出去。匿园在我身后徐徐消散。

选自《中华文学选刊》2019年第8期

余 览

1992年生,浙江温岭人,现居杭州。多年从事互联网工作,2017年开始发表小说。

都　播

一条河蜿蜒向北，一队人骑驯鹿向南。

骑驯鹿的拉玛湖人，成串地沿着河岸飞驰。他们穿梭于幽深的片片松林，很快又踏上了无际的青葱草地。草地尽头连着天，天上又不见一丝白云，天地就辽阔得只剩两种颜色了，地的草青和天的碧蓝。

都播河的水是亮闪闪的，映着天空时是碧蓝色，映着草地时又是青草色，它可以是好多种颜色，但每一种颜色的时间里，它都是亮闪闪的。多种颜色的还有拉玛湖人的队伍。白色的狐狸皮，灰色的狼皮，褐色的驼鹿皮……他们色彩斑驳，像极了都播河的水，但他们却不是亮闪闪的。斑驳的队伍弯曲着向南，亮闪闪的河水透迤着向北。河水从草地尽头而来，队伍却要往草地尽头而去，它们背道而驰，却又一瞬一瞬地在河岸相遇。

相遇的时间，拉玛湖人是看不见的。但河水能看见，一株青草，一只飞鸟，就连泥地里低头打洞的土拨鼠，也瞪起圆眼睛，把这些全都看见了。

一只不走运的土拨鼠，被小骨刀割开了脖子放血。它垂挂下肥大的脑袋，脖子旁细密密地往外渗血。这只土拨鼠死了好些时候了，血不能放干净，于是很快就被剥了皮，又被掏了内脏，洗了血渍。小骨刀将土拨鼠一切为二，分开来插在火塘的杆子上炙烤。火舌轰然淹没了两块鼠肉，肉油嗞嗞地滴落在木柴上，噼里啪啦地爆出两朵大火星子。火焰尤其旺盛，鼠肉便逐渐地熟起来了。

鼠肉还没熟透，做鼠肉的人就逃跑了。

那些骑驯鹿的拉玛湖人，喊着嚣张的号子，挥着石刀石斧，杀死几个没能逃跑的，抢了一些母牛，又把各处毡帐里能找到的吃食搜刮了个干净，最后抓走火塘上还没熟透的鼠肉，一面吃肉一面骑鹿，就这样跑走了。

拉玛湖人走了，做鼠肉的人就跑回来了。可惜，做鼠肉的人没了新做的鼠肉。都说抢别人嘴里的肉，比亲自杀肉来得便宜。做鼠肉的人难得亲自动手烤肉，却被旁人讨了便宜，心里便很是悲痛。探头一看，隔壁毡帐竟死了两个人，做鼠肉的人当即大哭起来了。

拉玛湖人抢杀的，是都播河右岸最靠近拉玛湖的牧团。都播部落之下，有不少牧团在都播河一带打猎放牧，而被抢杀的这一牧团，又多在都播河下游的北部一带生活，并且只在雪季时候才会向南搬迁，因此，在牧团所属的都播部落里，这一牧团就被惯称为河北牧团了。

河北牧团共六顶毡帐，十五口人，三个家庭，共计母牛五十四头、公牛十三头。日常除了牧牛喝牛奶，大多数时间都在四处打猎和采集野菌野果。只要不遇上饥饿的白熊或成群的灰狼，生活过起来还是颇为顺畅的。然而，就在青草刚刚茂盛的好时候，该吃饱青草的母牛们，竟被拉玛湖人抢了一半走。牧团众人反复地数着牛头，越数就越少，但越少他们就越是要数。牧团的踪迹已被拉玛湖人知晓，他们必须尽快离开此处，也就是说，牧团到了分别的时候了。

分别之前，各自占了几头母牛，这是必须点数清楚的。牧团的人合计着数，母牛仅剩二十四头了，倒是公牛没人抢，原封不动地还有十三头。

且不说公牛。

三个家庭共六顶毡帐，二十四头母牛根本没法子分。过去就说好的，母牛分三份，三个家庭各自占一份。河北牧团的三个家庭，分别是季答哈家、季莫费家、思明家。虽说季答哈与季莫费是一个母亲生的亲姐妹，但多年前便已分家立帐，自然算作两个家庭。思明家是两年前从河西投奔到河北的家庭，必然属于第三个家庭。倘若三个家庭帐数与人数都相当也就罢了，奈何事实并非如此。季答哈家一顶毡帐两口人，季莫费家却有三顶毡帐九口人，思明家也是有两顶毡帐四口人。虽说季答哈家人少帐也少，但她曾经的母牛多，自然要占整个牧团的三分之一。没得反悔，那可都是过去说好的。倘若一个家庭分到的是八头母牛，于季答哈家倒是无碍，她家毕竟人少嘛，可季莫费家一共是九口人，一人竟连一头母牛都分不到。这样的分发，季莫费自然是不肯的。

好在有人死了，这真当是分牛的一大转机了。

精灵保佑，天无绝人之路，死的人正好是人少牛多的季答哈。她一死，她的毡帐里就只剩下一个才四岁的儿子了。儿子是没资格继承母亲的财产的，何况他才四岁，连说话都困难。季莫费与思明一拍即合，两家人商量着平分了所有的母牛。两家点过数了，各自竟分得了十二头母牛。虽是少了些，但比八头母牛要多出四头来，多了总比少了好。

母牛数量有了转机，季莫费一家尤其高兴。可季莫费的二女儿图波却独自躲在毡帐里，不肯参与那些高兴得大肆喝酒的场合。拉玛湖人不光杀死了季答哈，还把二女儿图波的丈夫也给杀死了。

图波是没什么可高兴的。母牛被抢，丈夫被杀，自己千辛万苦做得快熟了的鼠肉，也被人抢走了、吃掉了。她忍着不哭已是坚强。虽说丈夫与季答哈的死，多是因为偷情而来不及逃跑，但图波并不放在心上。她忧郁地操心着的，是如何再弄两头母牛作嫁妆，找谁再结一次婚。这些个事儿，她还得找母亲季莫费商议。于是图波不再独自躲着了，即便不高兴，她还是快速喝上了奶酒，有意无意地向自己的母亲提起关于再婚的话题。

然而，母亲季莫费的意思很明确。好不容易多占了四头母牛，要结婚就又得损失至少两头。关键还在于，一结了婚，家里就要多一张嘴吃肉喝奶，这样的状况理应能免则免。

听了母亲的话，图波是很生气的。图波作为家里的一员，本就该拥有自己的母牛。现在，她不过是想拿自己的母牛去换一个丈夫来，结果却遭到母亲的反对。母亲季莫费所做的事，她都看在眼里。雪季时去抢拉玛湖人的鱼获，眼见着亲妹妹季答哈死了，就又愉快地霸占了亲妹妹的母牛。图波是有些不安的，她全然不清楚自己的母亲究竟会如何对待自己。

图波的心就要向南飞去了，像那都播河的水奔涌着向北。

要飞的心啊，到底是还没飞走，河北牧团就早早地一分为二了。拆掉季答哈的毡帐，瓜分了季答哈的玉环、皮子和毡席，思明一家往南，季莫费一家向东，各自分道扬镳了。

初雪后的太阳是很大的，天空很蓝，又高又远。

一年有两季，雪季之后是草季。草季可分初草、盛草和末草。雪季同理，分为初雪、深雪和末雪。初雪虽冷，却是不至于害人冻掉耳朵的日子，于是猎手追踪猎物，都要趁着初雪的日子四处捕猎，备足食物，以度过深雪季节里能冻掉耳朵的严寒日子。

灰狼循着气味追踪野兔，在雪地里留下长串脚印。这样的初雪日子，灰狼也是要成为猎手的。然而，灰狼终究还是都播人的猎物。都播大地上是向来如此的，再厉害的猎手，也有成为猎物的时候。初雪季节，积雪不深不浅，最能保留猎物的行迹了。图波就循着灰狼的四爪脚印，在灰狼追踪野兔的时候，悄悄地追了上去。

木矛飞掠冰冻的苔地，倏地扎进树干里，树上安稳的积雪就冰雹一样砸落，树下进食的灰狼惊得血口大张,踉跄着飞快逃跑了。

图波力大,投掷的木矛跃得高、飞得远,就是不能扎准。这一回也是很不准的,她的木矛扎进树干里,灰狼就又一次逃跑了。灰狼逃跑已是第五次。图波气急了,狠踹雪地里灰狼吃剩的半截野兔。一股子血滋进了图波的眼睛,霎时漆黑,她搓揉着眼睛又一次狠踹了地上的野兔。血翻涌,肉飞扬,一粒碎肉直接飞进了她的嘴里。图波一劲地呸嘴,却还是尝到了兔血的膻味和灰狼热烘的口水。

图波的口水下雨似的落下,却见雨中一只猎狗奔来。它嗅了嗅地上的半截野兔,叼起来就跑。图波旋即去追。那猎狗见有人在追自己,吓得甩掉野兔,撒泼似的叫闹着,逃得就更快了。

猎狗逃进了一间树皮围紧的撮罗子。搭撮罗子本是拉玛湖人的手艺,但都播部落的猎手们早早就学来了,成为猎手行猎时暂住的处所。图波不犹豫,顺势就钻了进去。她钻进撮罗子的时候,一个男人正顶着一头乱糟糟的长发,瘫坐在火塘边。塘上还温着一锅牛奶酒。他一见有人进来,赶紧撩起长发,挺身坐正。

图波见他面熟,却又想不起来在哪儿见过,便握紧手里的木矛,以惯常用语问候:"远方有没有新鲜事儿?"男人撩起长发点着头,图波就放下了木矛,径直坐到火塘前了。

隔着火塘,男人递给她一碗温奶酒,"我听说,河北牧团被拉玛湖人给抢了。"

"确实。"图波啜了一口酒,"我就是河北牧团的。"

男人面呈菜色,颇为尴尬,"哎哟,我怎么记不得你?"这男人赶紧自我介绍,说他叫大翰,是河中牧团头人的女婿。

他这样一说,图波便有了印象。河中牧团的大翰,是都播河一带数一数二的猎手,图波时常在雪季驻地听到大翰的名字,说不定,她还曾与大翰围过一个火塘,喝过一锅奶酒呢。

都播河的东岸松林,是都播部落的雪季驻地。深雪季节,雪季驻地便会聚集来三至四个牧团。每一年的雪季,河北牧团、河中牧团,以及河东南牧团都会抵达雪季驻地。三个牧团走得亲近,年年聚在一间大毡帐里,围着火塘聊天喝酒。图波推测,她大概是真的与大翰喝过酒的,只是互相都没记住。

二人沉默。撮罗子的火塘里,粘了肉油的木柴噼里啪啦地爆裂,木柴燃烧的烟味掺着丝丝肉油的香气,闻得图波有些饿了。她环顾四周,窄小的撮罗子里,除了一张皮褥、一包袱衣物,便只有一堆的弓箭木矛和石刀石斧了。没有吃的,图波只能继续喝酒。

大翰打破沉默,"你听说了吗?河西牧团那边,好像开始养马了。"

"马也能养?"

"对,就跟拉玛湖人养驯鹿一样。"

"不是说河西牧团的牛被抢光了吗?他们怎么不养牛,反而要养马呢?"

"你不懂。于都斤山外的人是骑着马,抢光他们的牛的。"

"什么意思?马还能骑?"

"对,也跟拉玛湖人骑驯鹿一样。"

"原来河西牧团,是想骑马去山外报仇啊。"

"就是这个意思。"

沿着都播河往西南去,就能抵达都播河的源头:一座连贯天地的叫于都斤的大山。都播部落有一说法,于都斤山是不可翻越的大地的最尽头。直到于都斤山外的人骑着高头大马,翻越高山,抢光了河西牧团的牛,关于山外人的新鲜事才开始遮盖了关于大地尽头的说法。而河西牧团养马不养牛,却又成了另一番颇受关注的新鲜事了。

大翰指着一旁瞌睡的猎狗,"是它抢了你的猎物?"

图波摇头，吞下一口酒，"我打到一只狐狸了。"她捏着自己身上的狐狸皮袄，上下抖了两抖。对于总是投不准的图波来说，能打到狐狸也颇为风光，是尽可以拿出来说道的了。可她叹着气又说，"我实在打不着狼，想跟你要一块灰狼皮子。"

"灰狼皮子没有，但我有一块白熊皮子，你若是肯要，可以给你。"

"太好了！白熊皮子也很好。你尽管说，那白熊皮子怎样才能给我？"图波兴奋地干掉碗中酒，紧等着对方的回应。

大翰慢吞吞地给她续酒，续完酒了才又温吞地开口："你打赢我，那皮子就是你的。"

图波一口拒绝，"不行！"

大翰给出另一个主意，"那你就，陪我睡两天。"

"我听说过，河东南牧团有猎手不诚信，骗女人与他睡了三天，结果一张皮子都不肯给。"

"我可不是他那种耍赖的人。"大翰搓着手，双眼放光地说："你要是不放心，咱们就打一架啊！你若是打赢我，白熊皮子自然是你的了。"

"绝对不行！"

"狐狸你都打了，与我有什么不能打？"

"不打！"图波语塞，旋即岔开话题，"两天可以。只要你有诚信，我就与你交换。"

"行吧，这事儿你做主。"

检验了包袱里的白熊皮子后，图波就仰躺在大翰的皮褥上，盯着撮罗子顶的天空看。撮罗子顶框住的天空是幽蓝的，看起来更高远了，框住的太阳也就变得更大了。后来，图波就躺在那儿静静地看着，看天空阴晴流转，看得星月起落、霜雪飞扬。天黑的时候，图波就听着火塘里噼里啪啦的声响，静待夜晚的度过。

这样躺得久了，就跟死去了那般不知饿的滋味了。

两天过后，饿的滋味终于有了，图波啃下半只狍猁，喝过最后一碗奶酒，抱着白熊皮子就要离开了。

猎手大翰叫住她，"你干吗要皮子？"

"挣个嫁妆嘛。"

"你们这么穷吗？你的母亲难道会不给你嫁妆？"

"哼！她的东西，全都是抢夺来的。"

猎手大翰再要开口，图波就踩上积雪，跺着怄气的响步，吭哧吭哧地大步离开了。

在雪季驻地时，图波看上了一个叫涛拜的小伙子。

涛拜是河东南牧团头人的小儿子，成年许久，未曾婚配。照理涛拜是很抢手的，奈何河东南牧团的头人昆斯，也就是涛拜的母亲，是一个不太好应付的女人。前后至少有三个女人上门提亲，都被昆斯给通通拒绝了。

图波偏是不信，抱着白熊皮子就上门提亲去了。

她将白熊皮子递给涛拜，"这是我的嫁妆，你跟我结婚吧！"

涛拜匆忙地接过熊皮，摸着摸着喜爱得不行，赶紧点头答应了。他的母亲昆斯哪里肯的，一把夺过皮子，丢还给图波，顺势白了她一眼，"白熊是少，但一张皮子当嫁妆，也太寒碜了！"

图波有些沮丧，但她旋即笑着解释："昆斯头人，你的儿子与别的女人结婚，他是要离开你们河东南牧团的。"

"那又如何？"

"我不一样，虽然我只有一张熊皮作嫁妆，但我结婚后会离开河北牧团，加入你们河东南牧团。"

"你要离开河北牧团？"

"是。"

"看起来，季莫费头人让你过得不舒服呢！"

"肯定是比不上您的。您的牧团是都播河一带最友善、最和谐的牧团，我也是慕名而来啊。"

"你能带来几头母牛？"

"什么意思？"

"我是问，你与季莫费分家，可以分得几头母牛？"

"一顶毡帐，三件皮子，一块玉环，一根黑木。至于母牛，我没有。"

"没有？"

"没有。"

就这样，图波被昆斯给轰了出来。

雪季驻地，与昆斯母子的毡帐隔着十九棵松树的距离，就是图波自己的毡帐了。而图波毡帐的隔壁，住着刚从都播河对岸来的河西牧团。

雪季，都播河的水被严寒冻住了。河西牧团的人便踩着冰冻的长河，渡过一片亮闪闪的碧蓝色，抵达河水以东的雪季驻地。河西牧团是不常来的，即便都播河的水被冻住了，他们也是不常来的。但这一回的雪季，他们莫名地就来了，这使得各牧团的头人们都不大高兴。

说起来，都是一个部落的人，相互关照也是应该的，但河西牧团人多牛少，还赶着一群吃草根的马群，给不大的雪季驻地平添了不少麻烦。麻烦无非就是，人多嘴多，吃食紧迫。但河西牧团的头人尼失是个烈性子，她见了三个头人摆的脸色，便咬紧牙关，发誓绝不要吃旁人的肉、喝旁人的酒。尼失头人抚摸着自家养的马儿，就想到了喝马奶的好主意。

喝马奶这件事，河西牧团的人都在偷偷地干着。但都播部落里有个古老的规矩，都播人只喝牛奶，旁的奶水是不能喝的。这就好比，女儿能继承母亲的财产但儿子不能；这也好比，一个氏族的男女是不合适婚配的，而旁人皆可。然而，没有牛奶的河西牧团，还是偷偷地开始喝马奶了。不久的日子，他们便发觉了马奶的滋味也是不坏的。可毕竟部落里的规矩还悬在脑顶上很硌硬，于是河西牧团的人发明了一种喝马奶的新方法——闭着眼喝！

尼失头人觉着这办法十分好，就嘱咐牧团众人，决不贪喝旁人的牛奶，决不贪食旁人的牛肉。马肉可以随意吃，只要马奶闭着眼喝就是了。

闭上眼睛，谁会晓得自己喝的是什么？

河西牧团的母亲们，捧着陶碗给孩子喂奶，她们得捂住孩子的眼睛，凑到孩子耳旁轻声吟唱："精灵啊精灵，娃儿要喝牛奶了。"河西牧团的大人们，围着火塘啜酒，啜的自然也是马奶酒，但他们闭着眼睛啜，吧唧嘴了还要念叨："今儿的牛奶好，做的酒也好。"

图波经过河西牧团的毡帐时，看到有两个女人在挤马奶。图波想上前阻止，可她凑近了才发觉，那两个女人全都是闭着眼睛的。既然她们是闭着眼睛的，图波也没话好讲了。图波抓起马儿的鬃毛，细看马儿的膘肥体壮，颇有些艳羡地离开了。

有些雪季，过起来是很漫长的。

图波缩在皮褥里，伸出左手，往火塘上添柴火。偌大的毡帐，空空荡荡的就只有图波一个人。她感到有些冷，便靠近了火塘睡觉。可她心里又有些担忧，生怕火星子溅出来烧着了自己，于是她就有些失眠，只好侧躺着观赏炎炎火光，越看却越发觉得冷了。

一个人时总要冷一些，更何况还饿着肚子。

雪季的日子一天天过去，天地白茫茫的，没有丝毫化雪的迹象，日日吃着储存的食物，都要吃得精光了，可这天地还是白茫茫的。雪季本来就是漫长的，而今的雪季尤其地长，长得好像从出生到死亡全是这白茫茫的雪季了。图波独自饿着，探头去看旁人的毡帐，旁人竟也是饿着的，图波心里好受多了，可她还是无力地缩在皮褥里，倒在火塘边。她这是饥寒交迫得全无气力了。

一股子冷风没来由地吹进毡帐，图波闻见了肉的香气。

紧实泛甜的肉香之中还夹着一丝血的腥气，图波一闻便知，这是七八分熟的烤牛前腿肉的香气。整条牛前腿摆在火塘上，由红柳木炙烤，烤得外皮微黄后，再切成大块，插在粗枝上，抹满香料后摆起重新炙烤，此时要换用山荆子木，山荆子木燃烧的果香最适合用来解腥化腻了。如此烤得九成熟，便是牛前腿肉最好的吃法。图波很少做牛肉，却是很爱吃，大约是吃得少了的缘故。吃得少并不打紧，在这天大地也大的地方，闻见一丝肉香都能使人回味良久，她自然也就练到了闻香辨肉的好本事。

帐外的雪有半个人高，挤得门帘往帐里凸，有人拨开门帘，伸进来一只握着插了大块牛前腿肉的木枝的手。随后，那人又把头探了进来，搞得压门帘的石头挪了位，半人高的雪唰唰塌陷。冷风伴雪，帐子里冷得险些要把火塘也给冻上了。来人跌了一跤，仍旧稳稳地举着牛肉。牛肉已经凉了，表面覆了层晶莹的白霜。图波盯到那块白莹莹的牛肉，盯到牛肉摆上了自家的火塘了，她才转过眼珠子去瞧来的究竟是何人。

来人正是涛拜的母亲，昆斯头人。她拍着下身的积雪，随后端坐到图波面前。

图波吞起口水，捂着有些疼痛的肚子，紧盯着火塘上油汪汪的巴掌大的牛前腿肉。白霜已经融化，焦黄的肉色逐渐地展露。图波拉紧了胸前的皮褥，"昆斯头人有事？"

　　"新做的牛肉，你也来点。"

　　"有事？"

　　"哎呀！"昆斯轻笑道，"你的性子也太急了，我正要慢慢说呢。"

　　"不是我急，是你们做牛肉的人太急了。切块太早，上色不匀，只用了白桦皮熏烤，还急得七八分熟就开吃，真是浪费了这样好的前腿肉。"话落，图波又吞起口水来了。

　　昆斯不搭话，转而说道："明天天亮的时候，你替涛拜去抢鱼获和驯鹿。只要成功了，我就答应涛拜与你结婚。"

　　图波瞪起眼睛说不出话。

　　昆斯又说了，"驻地里已经开始宰公牛了，这样下去也不是办法。我们几个头人决定，每一个毡帐都要出一个年轻人，组个队伍去抢拉玛湖人的鱼获和驯鹿。涛拜算你毡帐的人，你们俩，总要去一个。"

　　"为什么是我？"

　　"涛拜是我最小的孩子。"

　　"这跟我没关系。"

　　"你们结婚了，他也是你的牧团里最小的孩子啊。"

　　最小的孩子，理应得到优待。这是一个古老的规矩，就像只能喝牛奶一样的古老规矩。图波喜欢这样的规矩。在她还是母亲季莫费最小的孩子的时候，她得到了不少的优待与照顾，然而她后来有了一个弟弟，她便又没有这种优待了。于是图波就又不喜欢这样的规矩了。

喜不喜欢是无所谓的了，既然规矩在那儿，人们就得兢兢业业地遵守着。只是这规矩是遵给人眼看的，只要人的眼睛闭上了，想干什么就去干什么吧，这跟喜不喜欢是一样的。

很快，图波大快朵颐了一番后，赶紧收拾出一片单孔的石刀。她搓了条皮绳，将石刀捆在胳膊长的黑木上。黑桦木制作的武器手柄，被都播人简称为黑木。这根光滑的黑桦木是图波最要紧的武器。她成天拿块牛皮反复擦拭，擦得油光锃亮。黑桦木极硬，猎手们几乎人手一根。猎手们常说，石刀若是断了，黑桦木制作的手柄就能像石刀一样对抗蛮兽。于是猎手们时常像放牧母牛一样料理着自己的黑桦木，如此，爱美的黑桦木精灵才会长久地寄居着，也是这样，黑桦木才能长久地好看又坚硬。虽说图波算不得什么猎手，但她也拥有一根好看又坚硬的黑桦木。

图波将捆了石刀的黑桦木背在身后，随后站上两块毛雪板，俯身系紧皮带。毛雪板是图波亲手做的。两年前的末草季节，河北牧团猎杀了一匹野马，图波得到了马背上的整块皮子，于是她做了这对毛雪板。而那匹野马，是图波死去的丈夫和季答哈姨母一同捕获的。他们二人关系极好，好过图波与丈夫的关系。但结婚又不是为着关系好，图波与丈夫就这样相安无事地共同度过了不少日子。如今，图波又要结婚了，她高兴得解开了系紧的皮带，重又系了一遍。可系完第二遍之时，图波忽然又不高兴了。

出发的时候，灰暗的天空又下起雪了。

图波的母亲季莫费怀抱季答哈的四岁儿子，目送大女婿与小儿子出征拉玛湖。巫师向大雪的天空泼洒滚烫的牛奶的时候，天上的雪就纷纷化成了雨，母亲季莫费站在纯白的落雨里，也用目光送别了二女儿图波。

图波看到了，但她不轻易多看，匆匆地闭上了眼睛。

白云跃过太阳，冰冻的拉玛湖上光束涌动，流转斑驳。

人脚一踏上冰面，脚底锥形的骨刀便扎进冰里，于是光洁的冰面就咔地裂开了。人的脚在追着流转的光的斑驳奔跑，一脚又一脚地踏裂冰层，好像是肌肤在严寒里冻得开裂，而人的脚追不上光的斑驳，直追得蓝色的血水在裂口下潺潺流淌。

两支队伍互相砍杀，一方进攻则另一方后退，一方得势了另一方也就失势了。两支队伍你来我往，杀红了眼睛，竟不见谁人逃跑的。

图波看准了敌人的脑袋，抡起右臂就要挥刀。正要出招的时候，图波赶紧闭上眼睛。谁知她的敌人预判了她的动作，往身侧一躲，不仅躲开了图波的石刀，还举起斧子就往图波的脑袋砍来。图波察觉了自己砍空的一招，赶忙睁开眼睛，而敌人的石斧几乎逼到眼前了，她匆忙间拿左手抵挡。霎时，血光乍现，红色的血水糊住了双眼，世界就黑漆漆地看不清楚了。她惨叫一声，痛得跪地难起。只要是睁着眼睛，人总能多少看见一些。她睁大眼睛，终究是看到了自己的左手了。一只破碎的手掌垂挂在腕上，像一只割开脖子放血的土拨鼠的脑袋。

图波的左手，被拉玛湖人砍掉了。

牧团战败，众人互相搀扶着逃离拉玛湖。

搀着图波的是猎手大翰。图波搓揉着糊了血水的眼睛，一面流泪一面擦血。她问大翰："左手没了，我就不能挤奶，不能添柴了。"

"你可以用右手。"大翰回答她。

"这是规矩，挤奶和添柴必须要用左手。"

"你用右手时，先闭上眼。"

"我不要闭上眼睛了。就因为闭上眼睛，我才失去了左手。"

大翰犯了难，就不再说话了。他将揽着图波的手臂往上一提，加快了逃跑的速度。

为防拉玛湖人追击，牧团分为三路逃跑。一路穿越冰冻的都播河，由河西往南逃跑。骑驯鹿的四人作为另一路，背上鱼获，不停歇地往南逃跑，穿越大片的松林就能保证安全了。而第三路，往东南方向的肯特山逃去，那儿是河北与河中牧团的草季猎场，有几间撮罗子可以藏身。各自有了方向，三路人便一声招呼，迅速分别了。图波一行人只抢走了四匹驯鹿和两袋鱼获，却是死了三个、伤了六个，还要分三路逃亡，至此，抢夺行动算是彻彻底底地失败了。

图波的弟弟死了，尸体留在了冰冻的拉玛湖上。他的尸体也许会被饥饿的鸟兽吃掉，也许会随着冰层融化而掉进拉玛湖里，再被鱼儿给吃掉。总之，图波的弟弟注定了要被吃掉的。图波的大姐夫伤了腰，大翰就作为第三路的头人，领着受伤的两人爬过连绵的积雪，逃进了肯特山南麓的林子里。

图波三人至少要在肯特山南麓躲藏两天。

两天，是估算拉玛湖人骑驯鹿往南追赶，再加上返回的合计时间。两天应该是足够的了，毕竟拉玛湖人也不至于贸然地追进都播部落的腹地，这于拉玛湖人而言也是十分危险的。

雪有一人高了，几乎埋没了撮罗子。三人丢失了武器，那些捆着石刀石斧的黑桦木全都丢失了。三人只好捡些粗树枝，在纷扬的大雪里掘出一个完整的撮罗子来。掘出撮罗子后，再刮三大片白桦皮，将撮罗子团团围住，这样便算是修筑好了。图波只有一只手了，她就负责捡柴砍枝。大姐夫腰伤严重，只能坐在地上制作毛雪板。他们的毛雪板也丢了，必须重新制作。大翰不仅负责修筑撮罗子，他还得四处寻找食物。对于一名猎手来说，在猎场里找寻食物是颇为简单的；不少猎手都有在撮罗子底下埋藏风干的肉食的习惯。于是大翰满林子地找撮罗子，找到一个便挖一个,还真叫他挖到了一包风干牛肉和一包风干野猪肉。这样,三人躲藏的两日里,便不必担心吃的问题了。

吃的问题不再是问题了,可那漏风的树皮围的撮罗子,以及彻骨的严寒和漫天的大雪,都叫人难以安心。

只是砍个柴的工夫,撮罗子就又被大雪给盖住了。图波眨着落满霜雪的睫毛,搓着唇毛上的雪子,哇哇两声哭喊,眼泪出不来,眼睛却痛得叫她浑身发颤。图波想要流泪,但眼泪也给冻住了。逃跑的时候,严寒冻住了伤口,她那悬着的左手就扑通一声掉进雪地里,找不见了。图波是不感到痛的,左手腕已经被冻得麻痹,严寒竟给她止痛,想来她是能挺过这两日的了。

然而,最难挨的却是夜晚。

雪林里响着喧嚣的沙哑的呼啸,是风在激烈回荡,也是枝干在摩擦碰撞。但撮罗子里是寂静的。大姐夫有些发烧,不停地瞌睡,如何叫也叫不醒。大翰一声不吭,盯着撮罗子顶火光映照的天空,隔一段时间就钻出撮罗子铲雪;他是怕大雪不停地落,真要把撮罗子给掩埋了。而图波躲在皮褥里,冻得浑身发痛,左手的伤口在皮褥里被焐得瘙痒难耐,她一身冷汗又一身热汗地出着,眼冒星光,头疼欲裂,是几乎要晕厥过去了。

"雪可算停了!"大翰雀跃地喊。

大翰的声音打碎了寂静,图波从昏厥中醒来。她伸出光秃的左腕,对着火塘炎炎的火光挥舞,"我太冷了,好像要被冻死了。"

"我可以给你取暖。"

"你真好。"

"但我需要回报。"

"我给你白熊皮子,你要像丈夫一样,给我取暖。"

"白熊皮子？"大翰一愣，"是从我这里交换去的嫁妆？"

"是啊！"

"你岂不是没有嫁妆了？"

图波缩回了左腕，"快点吧，我太冷了！"

大翰脱去皮袄，全压在图波身上。他舒展了两下臂膀，打了个冷战，旋即钻进图波的皮褥里。

三人终于回到雪季驻地了。

大翰与河中牧团的妻女团聚。他将那块重新换得的白熊皮子裁成两半，还亲手搓了牛皮带子，用磨细的骨针仔仔细细地缝上，一半制成了皮袄，一半做成了皮褥。皮袄送给了妻子，皮褥送给了女儿。

图波的大姐夫挨过了撮罗子里最危险的两日，回到驻地却一病不起了。在化雪的最冰凉的日子里，他咽下了最后一口气。大姐很快就又结婚了。大姐向来能干又精明，多年来攒了不少玉环和皮子，又加上母亲季莫费竟也肯拿出两头母牛给她作嫁妆。于是，大姐就与图波看上的涛拜迅速地结婚了。

图波还是一个人。白熊皮子也好，黑桦木手柄也罢，该没的都没了。母亲季莫费也不大肯给她母牛作嫁妆，况且她还失去了左手，是一个不能挤奶又不能添柴的怪人了，她也只能一个人独自住在她仅有的毡帐里。

化雪了，初草季节就要来了。

都播大地冒出细密的绿芽的时候，河西牧团的头人尼失决定，不再回河西去了。于都斤山外人时常在河西出没，那儿太过危险。他们要往更南的地方去，到那儿寻找新的驻地。等到养足了牛马，练好了骑马的本事，他们会再回河西去，杀上于都斤山，为牧团报仇雪恨。

河北牧团的头人季莫费也有了决定，她要将仅一个家族的小牧团并入昆斯头人的河东南牧团。人多力量大嘛，况且两个家庭已是姻亲，以后便该携手生活，养出更多的母牛来。

独自一人的图波，再不想着离开自家的牧团了。在哪儿都好，反正都是一个人的，于是图波就踏踏实实地跟着自己的母亲，况且她能依靠的也只有母亲了。母亲季莫费发觉了图波的心思，便向图波许诺，只要图波听话一些、表现再好一些，她会考虑送图波两头母牛去换个丈夫来。不过，那都是以后的事情，图波已不大操心这些了。

河中牧团未有变动，还是回河中一带的驻地去。他们此去路程最远，天没亮就往北出发了。大翰盯着头人火把的光亮，跟随队伍，摸黑前行。火光上下浮荡，左右摇摆，逐渐地消失在黑漆漆的驻地里了。

各个牧团都有了方向，就这样分道扬镳了。

选自《西湖》2019年第9期

昼 温

九〇后，曾在多家杂志、网络平台发表作品。代表作《最后的译者》《沉默的音节》《温雪》《百屈千折》等。《沉默的音节》于2018年5月获得首届中国科幻读者选择奖（即"引力奖"）最佳短篇小说奖。2019年作品《偷走人生的少女》获得地球人奖（Terran Prize for 2019）。

偷走人生的少女

○

楼道里静得可怕。

门后一丝不祥的气味悠悠而来，唤醒了刻在每一个人类基因里的恐惧——那是同类生命腐败的味道。

我无法想象屋内的场景，我不敢看她的脸。

十年过去了，她选择经天纬地，我选择偏安一隅，只是命运的代价，没有人能拒绝承受。如果一切重来，她还会选择打破一切壁垒吗？

"阿妈……"我听到她小声地呼唤，只是再也不会有回答了。

一

我是在公交车上第一次遇见赵雯的。

很少有人会和邻座的陌生人交谈，可旁边穿着一身大码运动装的姑娘一直拉着我说话。她扎着很高的马尾，露出了光亮的额头，绿边眼镜又窄又长。脸上没有化过妆的痕迹，笑起来也完全不顾形象，我还以为是个读高中的小妹妹。聊起来才知道，我俩都是去山前大学外国语学院报到的研究生。这下她显得更热情了，还不知道年龄和名字，就一口一个"阿姐"叫我。

"阿姐，你是什么专业的呀？"

"语言学。"

"哦？这是干什么的？赚得多吗？"

我一时语塞。我还真没考虑过这个专业怎么赚钱。

"呃……不太多吧……你呢？"

"同声传译啊，听说过没？可赚钱了。"

"同传？咱们学校好像没开吧？"

"哦，我录的是笔译专业，不过也差不多嘛。努努力，什么事干不成呢？我上网查过了，同传可是一小时就能赚好几千的行当，阿姐要不要也转到我们专业来？"

"我？还是算了吧……"

尴尬地笑了笑，我心里开始打鼓：这小姑娘真是研究生？笔译和同传，差得可不是一星半点儿吧？

据我所知，全世界特别优秀的同声传译只有不到两千人。物以稀为贵。同传译员确实身价高，所需的素质也是一般人难以企及的。优秀的双语听说能力，百科全书式的知识体系，过硬的心理素质和优秀的人际交往能力缺一不可。你要充分理解他的这一句话，同时嘴上翻译着他的上一句话。你要在数百个精通至少一种语言的人面前，让自己的大脑持续多任务高速运转。

因此，更重要的是天赋。

就像锻炼身体一样，每一种技能都是对大脑的训练。需要无尽的重复练习加深记忆，高压的外部环境训练反应，博大的阅读量重塑思维。同传译员就像站在奥运会赛场上的顶级选手，首先要有的就是一个优秀的大脑作为基础。

我不知道小雯符合多少，但芸芸众生多为凡人，能符合的人很少很少。

眼前的姑娘一副胸有成竹的样子，难不成真的天赋异禀？

二

开学第一天，我们成了室友。

一起办理入学手续时，小雯高中生一样的造型和蹦蹦跳跳的走姿引得路人纷纷侧目。

她骄傲地告诉我，她的本科学校又称"考研基地"，很多人一入学就开始准备考研。大家都是在高考大省拼杀出来的，又一五一十把高中生活复制进了大学，一过就是四年。

简直不可思议。我知道刚上大学的孩子或多或少能保持高三养成的学习习惯，但这"惯性"很快就会在轻松自由的环境中消失殆尽。

我以为坚持上几个小时的自习已经很厉害了，小雯却说，每天学习十二个小时以上才是标配。

"如果整个学校都保持着这股劲，就不会松懈，这就是努力的力量。"

每当小雯回忆起那段生活，面孔就会发亮。

"阿姐，你知道吗，有一次我连续学习了二十个小时呢！"

我望着她，有些敬佩，也有些心疼。

付出四年青春的代价来到这所少有本校毕业生愿意留下的学校，值不值得呢？

为了尽快当上同传，小雯又开启了"高三模式"。

她每天七点准时在教学楼前练习口语，一见我就会大声打招呼：

"阿姐！"

我也冲她挥手，旁边路过的同学看了会笑。

"这就是程碧那个扬言要当同传的室友啊。"

"对呀。"

"句子还挺流畅的,就是她带着大葱味儿的口音……能进口译行当就怪了。好好当个笔译不行吗,天天在这搞笑。"

"怪不得和程碧关系好呢,都那么——"

"嘘！她就在那儿呢……"

我装作没听见。

当晚,我带着她重新学了几遍音标,可乡音难改,收效甚微。

读不准单词时,她总会可怜巴巴地望着我。这让我想起那些窃窃私语的路人。她是我唯一的朋友,我得帮她。

三

和小雯不同,我是本省最优秀的神经语言学家杨嫣教授的硕士生。我决定利用学术优势。

在知网上查了好几天论文后,我变得悲观起来。

很多人知道"语言关键期"假说,即六岁之前是语言学习的最佳时期,之后人类大脑的语言感知和发音能力开始衰减,十二岁后将进一步退化。成人再想学习语言,就只能从母语语音知觉出发感知新的语音结构。在这个过程中,母语的影响无处不在。

更有研究表明,不到六个月大的婴儿就具备区分语音范畴的能力,十二个月后就可以在脑内建立一套系统的母语语音识别图。也就是说,一岁之后再学外语就已经不太可能练出母语一般的完美语音了。

多年在外国居住的日本人说起英语来仍然"r""l"不分，不是因为他们不知道要分"r""l"，而是日语中对这两个音没有区分，母语经验导致的注意力分配问题使其在讲话时没有办法对它们进行正确感知。

我从三年级开始学习英语，发音尚且不够完美。二十二岁才开始正式学习英语语音的小雯大脑早已成型，中式口音积重难返。

很多文章在最后都劝外语学习者放弃对完美口音的追求，我也深以为然。

印式和日式英语那么难懂都已经获得了广泛认可，有点中国口音又有何妨？说不定等中国强大了，Chinglish 也能成为官方英语的一种。

"小雯，你学得太晚了，每一个音都有问题，很难矫正。不过你的词汇量很大，合适的岗位很多，不一定非要做口译。"

她看着一摞论文，愣了半晌才开腔。

"阿姐，你相信人能够改变命运吗？"

四

我当然不信。

小雯不知道，我也曾试图打破命运置在面前的壁垒。

那年我十五岁，以全市第二的中考成绩进入了山前市有名的贵族高中就读，一年光学费就要二十万。

我家拿不出二十万，但也用不着——为了拉高本科录取率，学校特地免了我的学费。

开学当天，我坐了两个小时的公交，又拖着箱子走了一个小时，在一片农田深处找到了那个即将吞噬掉我所有青春的校园——金色的尖顶在秋日的午风中傲然而立，马路上没怎么见过的汽车停满了操场。

一个人把行李挪上楼，我几乎筋疲力尽。那时，我还没有后悔把箱子里都塞满书——那些小小的砖头，后来砌成了我心里最坚实的堡垒。

休息了不到半分钟，我深吸一口气，带着对新舍友的好奇和对新生活的期待，推开了那扇门。

一个女生站在窗台前，回首冲我微笑。

我曾无数次想象那天我在她眼中的样子。刘海儿浸着汗水，一缕一缕贴在额侧；由于长期伏案学习，身材臃肿，有些驼背；脸上挂着明显的黑眼圈，皮肤粗糙暗沉。也许更差。也许就像一个土豆，像一块石头。也许她早忘了。

但她的样子我记得。她就像一个洋娃娃，身上每一处都经过了精心打理。柔顺的披肩长发，合身的连衣裙，还有淡橘色的双唇——真好看。妈妈不是说学生不要打扮自己吗？可她为什么这么好看？我怯怯地望着她，勉强应对她的寒暄，觉得自己是一只丑小鸭。高中生活正式开始之后私服和化妆都不再被允许了，但那份精致是深入骨髓的——花纹相配的成套内衣，昂贵的瓶瓶罐罐，都是我未曾见过的。

对了，让我印象最深的还是她恰巧站在洒满阳光的窗前，周身散发出的淡淡金光。那是隔绝在我们之间的，一道金色的壁垒。

三年高中生活，我有舍友，有同学，却没有朋友。

我不想再回忆融不进话题时的尴尬，文艺活动只能当观众的不甘，在食堂只会挑青菜的窘迫。

眼界，学识，资源，经历，胸襟。同学们人都很好，但巨大的差距还是无可避免地将我从每一个团体中排挤出去。就像水中气泡，直到破碎也无法融入汪洋。

若有若无的孤立变成了我自觉主动的远离，三年沉默寡言的寄宿生活，最终剥夺了我与同龄人亲密相处的能力。

离开那所贵族高中后，身边也有了家境相仿、性格相似的同学，可我远离人群太久了。不会接话，不会揣摩言外之意和女生之间的小心思，看不懂气氛是热烈还是尴尬，除了孤独别无选择。

直到遇到小雯，我的世界里才算闯入了其他人。她直白又可爱，什么情绪都放在脸上，不需要我去揣摩。

物以类聚，我的防线能够为她融化，也许因为我们都是怪人吧。

五

那次交谈过后，小雯请我去家里玩。

她带着我乘公交车穿过整座城市，来到了市郊的一个老式小区。五颜六色的衣物在家家户户的阳台上飘舞着，楼道破旧阴暗但还算整洁。

"阿妈！我回来了！带着阿姐！"小雯拉着我的手，欢快地叫道。

"来了来了！"

一位老妇人应声而出。她花白的头发很长，在脑后扎了一个松松垮垮的马尾。这个发型在老年人间很少见。岁月在她脸上的印刻也格外用力，如果不说，我会以为她是小雯的奶奶。

更引人注目的是她右侧空空的袖口。

我假装没看到，乖巧地问阿姨好。

她露出和小雯一模一样的灿烂笑容，拍拍我的胳膊，热情地把我迎进屋。

小雯告诉过我，阿姨早年在流水线上被机器绞去了一只胳膊。工厂以操作不当为由克扣抚恤金，她硬是逼着老板保下了工作。老板没有为此吃亏——在苦练下，阿姨单手操作的效率甚至高过了大部分熟练工，也供出了小雯这个家族第一位大学生。

过了几年，自动化机械的普及让她彻底失业在家——人工效率再高也高不过机器啊。即使这样，阿姨还是教出了乐观向上的小雯，让我肃然起敬。

进屋后，我看见逼仄的房间里堆满了半成品竹篮。阿姨也不避讳，领我落座后就坐在了一边，脱下鞋子开始编竹篮——用一只左手和两只脚。

小雯也很快开始动手，竹条在指尖翻飞，也不耽误说话。看着她们工作，我有点手足无措，只好喝水掩饰尴尬。

"阿妈，医药费你别担心，我很快就能当同传赚大钱了。"

听了这话，我差点被呛到。

"真的？妮子这么厉害吗？"

"当然，还有阿姐帮我呢，是不是呀阿姐？"

"啊？啊，当然，我肯定会帮的……"

我赶紧又端起杯子佯装喝水。

回到屋里，我拉住了她。

"小雯，我给你讲我高中的事是希望你顺其自然就好，有些事情真的是没办法的，不要做无用功。"

小雯转过身，我发现她眼角有泪。

"阿姐，我知道你是为我好。我也知道，我练了那么久也没起色，去了十几家公司都没有撑过一面。我又有什么办法呢？阿姐有顺其自然的资本，我停下来就什么都没有了。而且阿姐自己也没注意到吧，要不是成绩好，阿姐怎么能免费上高中呢？所以努力还是有用的，对吧，阿姐，对吧？对吧？"

六

  这个问题我没法回答。对于大多数事情来说，光努力当然没用。

  刚到那个昂贵的高中时，我以为人与人的差别只是原生家庭的经济问题，未来总有机会追上。直到我开始研究神经语言学后，才认识到现实远比自己的想象更加残酷。

  尽管没有婴儿时期那么剧烈，我们的大脑还是处在变化之中的。青少年甚至成人的大脑都会在对外界刺激做出反应的过程中不断被重新塑造。但这个塑造有很强的阶段性，有些时机错过了就是永远错过了。

  一岁时开始学习一门语言，就能轻易掌握母语般的纯正发音。

  三岁时获得足够的爱抚，寻找伴侣时就不会过度渴求关注。

  六岁前建立好延迟满足机制，长大后就不会轻易被薄利引诱。

  十二岁时学会了批判性思维，就很难被谣言和假新闻蛊惑。

  如果在青春期……如果那时的我哪怕有一个朋友，我也不会失去体察他人情绪和气氛的能力，也不会被迫忍受那么久的孤独。

  所以，努力有用吗？

  努力睁大双眼，就可以让盲人重获光明吗？努力保持呼吸，就可以延长人类的寿命吗？仔细侧耳倾听，就能听到鲸鱼的歌声吗？

  我们和他人的差距，是眼界，是金钱，是父辈的积累，更是大脑的构造。

  隔绝在人与人之间的，是生理的壁垒。

  所以，我要告诉小雯吗？

  我要亲手打碎她的幻想，夺走她一直以来的依靠吗？

  我要一字一句地告诉她，接受现实吧，努力一点用都没有吗？

还有，在这个社会环境下……

小雯泪眼婆娑，我的心也柔软了起来。

"好吧，我帮你……"

七

查阅资料后，我指出她的障碍是早期双语者和后期外语学习者之间的壁垒。

这不仅仅是语音，更是语义理解与语码转换的问题。成长在双语环境中的人在翻译时不需要激活其他脑区，可以减轻大脑负担、专注翻译任务。

小雯想要尽早当上同传，除非在生理层面重塑大脑。

幸运的是，从脑神经机制层面探讨外语教学和语音机制的研究还不少。一些学者根据现有的神经语言学理论提出了纠正外语口音的方法，只是实践的不多，有的甚至很玄妙。

不过，我一直深信奥地利哲学家恩斯特·马赫说过的一段话，"Knowledge and error flow from the same mental sources, only success can tell the one from the other." 真理和谬误本是同源，不试试怎么知道呢？

我研究方法时，小雯也没闲着。她又拿出了那股狠劲，抽出所有时间拼命练习。更难能可贵的，是她也学着在图书馆找资料、看论文，试着去理解艰深的理论，口音也在一点一点变好。

随着一起讨论的时间增多，一些变化在小雯身上悄然发生。

我有点害怕：小雯变得太像我了。

她说英语的时候像我，这没问题，毕竟是我一直在教她。她的穿衣风格开始向我靠拢，这也说得通，是我说服她放弃了高中生风格的外套，带着她去大商场一件一件挑。可她的神态和走路姿势也越来越像我了，还有一些她本不该有的小动作……

我上大学后常年留着披肩长发，低头时常需要将耳边的头发撩起。小雯则一直梳着清爽的马尾，露着光光的额头。她每次都梳得很认真，发际线处几乎没有一点碎发。

那天一起在食堂吃饭时，她下意识地做出了撩头发的动作，和我一模一样。我心一惊，放在嘴里的饭菜也瞬间没了味道。小雯没有发觉什么，还在对付餐盘里的青菜。我咽了咽口水，勉强自己继续吃。那顿饭，味同嚼蜡。

更恐怖的是，小雯的思维方式也越来越像我了。

平时聊天尚且不论，一门公共课的老师竟然判定我和小雯的小论文有雷同嫌疑。我们没有互相抄袭，可我拿过她的文章细细阅读时，也无法怀疑老师的判断：太像了，遣词造句，布局谋篇，文风的选择和脉络的整理，还有背后想要表达的观点和思想，都太像了。任谁看都是她同义复现了我的论文。

为了保住我的分数，小雯当场承认抄袭。

"没事，阿姐，成绩对我来说没用，你还要读博呢。"

我很感激小雯。

但我怕了。

八

那天晚上，我辗转难眠。

到底是怎么回事？

有人说夫妻、兄弟和闺蜜会在长时间亲密相处之后彼此相像，会在日常生活中无意识模仿对方。可也就一个多月的时间，能像到这种程度吗？

也许我们只是走得太近了。也许我们本来就是一类人。也许……

不过，这样不好吗？

有多少人渴求知己，希望拥有能够完全理解彼此的好友，高山流水，岂不快哉。那些一直离我远远的女孩子们，不也穿着闺蜜装、化着相似的妆容自拍，为同一个笑话哈哈大笑并为此而骄傲吗？这不是我一直想要却无法拥有的东西吗？

我到底在怕什么呢？

也许我的孤独根本就不是因为高中同学的疏远，而是我想。也许我从心底反感随波逐流的大众，我渴望做一个特立独行的人，我妄想自己拥有全天下独一无二的灵魂。

所以，在那个贵族高中，我才抓紧一切机会独处，我才在心里建立了坚不可摧的壁垒。直到那份孤独深入骨髓，再通过神经细胞的联结牢牢刻入大脑。

好不容易睡着后，小雯出现在了我的梦里。我看到她扯下马尾辫上的皮筋，让头发披散下来。我看到她熟练地梳起和我一样的发型，冲我笑着，撩起了耳边的发丝……

我惊醒了。

眨眨眼睛，噩梦似乎还没结束。

寂静的深夜里，一个人正趴在我的床边，直直地看着我。

小雯的脸几乎贴在我的脸上。

九

我全身的寒毛瞬间立起，恐惧裹挟着寒意直冲大脑。意识还没反应过来，身体已经快速向后一躲，狠狠撞在了墙上。

小雯被我的反应吓了一跳，跌倒在地。

戴上眼镜后，我看到她头上戴了什么奇怪的帽子。借着月光，我认出那是神经语言学实验室的脑电帽，长长的电线连着插排。脑电帽很少外借，不知道她是怎么搞出来的。

她这么做多久了？她这么做是为什么？

"小雯，你搞什么——？"

小雯哆哆嗦嗦地站在角落里，低着头，两只手不断地搓着衣角——睡衣又旧又小，四处都是缝补的痕迹。她的泪珠顺着下巴不断地掉下来，声音也带着哭腔。

"阿姐……阿姐，对不起……"

看清她委屈的表情后，我的怒火瞬间消失了一半，质问的语气也缓和了下来。

"小雯，你告诉阿姐，到底怎么了？"

听了小雯的答案，我发现自己也有责任。

我教会她查文献和读文献，却没教过她要筛选文献。

在神经语言学界，镜像神经元系统的研究一直十分热门。很久之前，人们在猴子大脑腹侧前运动皮层的F5区发现了镜像神经元。模仿同类的运动时，猴子大脑中的运动镜像神经元会放电。随着电生理学和神经影像技术的发展，人类大脑中的镜像系统也被发现了。人们普遍认为，镜像神经元系统在模仿之类的认知过程中起了很大的作用。

这个系统就像脑中的镜子，可以把周围感知到的一切印在大脑的世界里。这就帮助人类完成了一项非常重要的技能：学习。

衡量镜像神经元系统活动的一项重要指标就是 μ 波的抑制。猴子的单细胞研究表明，镜像神经元活动时，μ 频率波段的震荡波幅会明显降低。

如果说以上研究结果已经得到了学界的认可，发表在了正儿八经的期刊上，那么小雯接下来给我看的"论文"就不知道是从哪里找来的了。

一位"学者"反其道而行之，认为 μ 波是限制镜像神经元系统工作的"罪魁祸首"。用一定的电刺激降低大脑发出 μ 波的功率，就可以开发出大脑"剩下 90％ 的功能"，获得"惊为天人"的学习能力。"论文"的结尾是一则所谓"天才帽"的广告。

这篇"论文"让我哑然失笑。且不说"大脑功能还未完全开发"纯属谣言，若真有这种神奇的技术出现，一定会立刻引起社会的大变革。

涉世未深的小雯却对"论文"深信不疑。她没有钱买"天才帽"，只好趁着帮杨嫣教授打扫卫生的机会把神经语言学实验室里的脑电帽"借"了出来，按照"论文"上的参数调好数据，晚上偷偷地戴着靠近我。

她觉得，这样就能让镜像神经元系统模仿我的脑电波来对她的大脑进行重新塑造，尽早学会比较纯正的英语发音……

听到这里，我心的寒意一阵一阵涌来。

我真的认识眼前这个女孩吗？

我只知道她很努力，却没有意识到她的决心如此之大。她要当同传，她要赚钱，她要打破自己面前的一切壁垒。

她能够七年如一日地保持高中学习习惯，也能冒着损害大脑的风险去验证未经证实的理论。

"Knowledge and error flow from the same mental sources, only success can tell the one from the other."

她也是这么想的吗？

十

在我的强烈要求下,她偷偷把脑电帽放回了杨嫣教授的实验室。

小雯口语的进步成了院里广为流传的奇迹,风言风语也变成了学弟学妹憧憬的目光。遇到问经验的人,她只是含糊地说阿姐教得好。很快,她开始接各种各样的口译任务,经常去外地出差。

宿舍里只剩下了我。这样也好,脑电帽的事令我难以释怀,两人相见实在尴尬。

只是,我们二人的深度交织实际上才刚刚开始。

一个月后,我接到了小雯的电话,请我去她家里一趟。考虑到阿姨的情况,我思量再三还是动身了。

"小雯?"

等了半晌无人应答,我试着一推,门开了。

小雯的家还是那样,狭小逼仄,地上摆满半成品竹篮。不知道是不是错觉,气味有些怪。

我把带来的水果放在门口,看见阿姨就坐在门边。

"阿姨好,小雯呢?"

老妇人没有理我。长而蓬松的白发披散下来,左手不停地忙活。接着我惊恐地注意到,她虽然做着编竹篮的动作,手里却没有任何东西,眼神也呆滞涣散。

"阿姨?阿姨您没事吧?阿姨?"

"阿姐……"

蚊子一般细微的声音从卧室里传出来,是小雯。

我连忙跑过去。小雯躺在床上,脸色憔悴。

"阿姐，我妈没事。有点老年痴呆，一阵一阵的，过会儿就好了。"

"那你？"

小雯摇摇头。

"阿姐，那时是我不对，对不起。"

"别说了，都过去这么久了……"

"阿姐，你能不能再帮我一次？"

十一

小雯想让我帮她做一场会议同传。

听了这个，我的第一反应是拒绝。

我英语水平还行，但我也知道，并不是英语好就能做同传的。

同声传译是一项需要长时间打磨的专业技能，并且每次都要根据任务准备很久。有些会议的专业性很强，对这一领域一无所知的译员就算听中文都不一定懂，更别说翻译了。隔行如隔山，不同专业的人看问题的角度都是不一样的。人与人之间，还存在着知识体系的壁垒。

小雯说的那场同传就在后天，还是很专业的学术报告。

"我……我不行……"

小雯抓住了我的手，一阵噬骨的冰冷袭来。

"只要用这个，你就可以。"

原来，小雯还脑电帽时，竟然瞒着我留下了可以抑制 μ 波的小零件。

"阿姐，我改装过了，它能帮你短暂同步别人的想法。有了它，你就不是在做翻译，只是在说出自己的想法。"

看到我的眼神，小雯突然急了。

"我没有去侵犯别人的隐私！也没有干任何伤天害理的事！"

"我相信你。"

我相信她。小雯到底还是善良的，不然她不可能还住着破旧的老房子，没钱带母亲看病。

"我只是在做口译的时候用它。这样我就不用熬夜准备资料，不用担心没有出过国、不知道当地的风俗和习惯表达，一天下来做三场不同的会议也没有压力……阿姐，你不想试试吗？"

我不知作何回答。这项技术太可怕了，小雯半夜的凝视还在深夜的噩梦中徘徊，我害怕自己有一天也会变成别人的复制品而不自知。

"阿姐……"见我犹豫，小雯的眼泪慢慢地流了下来。

"我问了很多人，他们觉得时间太急、报酬太少都不愿意接……我又不敢告诉他们这个事……都怪我身体实在是不争气……领导下了死命令，如果这次开了天窗，我在这一行就再也混不下去了……"

小雯的无助与恐惧原封不动地印在了我脑海中的镜子里。面对这个濒临崩溃的家庭，我怎么能忍心见死不救呢？

"好吧，我再帮你一次。"

十二

我天真地以为，只要在做同传时站在演讲者身边同步他的脑电波，就可以越过语言的壁垒，直接理解到他想要表达的意思。虽然有点冒险，但也没有别的办法。

提前一个小时来到那个大型会议室看现场时，我蒙了。

原来做会议口译的时候译员并不上台，更别提近距离接触演讲者了。我被领到会议室后面的一个小屋子里，只有电脑和麦克风相伴——"同传箱"。

恐惧又开始随着肾上腺素一起飙升。距离如此之远，我怎么可能同步到演讲者思想呢？如果同传失败，小雯的职业生涯会不会毁在我的手里？那天几乎是跑着逃离了小雯压抑的住所，我开始后悔没有仔细问她具体是怎么操作的。

狭小的同传箱似乎是在将我逼上绝路。

我摸了摸藏在头发里的 μ 波抑制仪，下定了决心。

以提前熟悉演讲者口音为由，我从主办方那里得到了主讲乔姆斯先生的行踪。我在大厦附近一家热闹的咖啡厅找到了他。那是一个银发苍苍的英国学者，端坐在嘈杂的人群中，半眯着眼，不知道在想些什么。

我偷偷坐在他的身后，一点一点调高抑制仪的频率。

失去了 μ 波的束缚，我大脑中的镜像神经元系统立刻同步了他当前的感受。

椅子不太舒服，他的腰腿和颈椎处隐隐作痛。也可能是年纪大了的缘故。似乎有一点疲惫，这里的气候也令他不适。咖啡太甜，他喝了一口就腻了。

不，这不是我想知道的。

加大功率。

平和。我感到了一股来自岁月的平和。

即使要在三百多人面前演讲，即使第一次来到这个陌生的国度、在异样的环境中独处，一湖心水波澜不惊。世界沧桑阅尽，繁华不过过眼云烟。亲人出现又消失，朋友亲密又疏远。我明白了，他在享受孤独，在平和中享受孤独。

但这也不是我想要的。

加大功率。

纷繁而细致的思想在我的脑海中浮现出来。是英语。是他在和自己对话。

我的心跳加快了。他在梳理演讲的内容。

闭上眼睛细细感受了一会儿，我掏出纸笔速记。十分钟后，我的笔记本上画满了散乱的符号和根本不认识的单词。即使能在半个小时内查出它们的意思，要全部掌握并顺畅翻译也绝非易事。更别说现场的随机提问了。知识的壁垒横在眼前。

不行，我要了解更多。

加大功率。

穿过具体的思想，我陡然来到了一片神奇繁华的异世界。学者五十多年来在生物学领域辛勤耕耘的成果化成了一个严整细密的世界观，此时正在我浅薄的大脑里迅速发芽长大。千百片树叶是具体成文的知识，在无风的意识世界里沙沙作响，不断融合，不断分裂，不断碰撞。联通一切的文脉是科学的方法和理念，它为所有的成果提供着养分，并促使着新的叶儿诞生。这棵知识之树扎根的土壤，是坚实的科学思维和端正的人生观价值观。

我还想了解更多。

加大功率。

看似坚实的土壤扑面而来，幻化成了朵朵记忆之花。我能感到他拥有第一本书的欣喜，养育第一株植物时的小心，投身于生物学领域的狂热，彻夜进行实验时的孤寂；我看到他因为偷窥修女而被严厉的教父呵斥，看到他追不到女孩而暗自伤神，看到他紧紧握着妻子皱巴巴的手，即使那已没有一点生命的气息。在这些一闪而过的记忆中，我还看到了一些熟悉的名字……我不知道这是不是我们的记忆在融合……

那一瞬间，我经历了他经历过的一切，我几乎就是他。

那一瞬间，我仿佛也成了一位沧桑老者，睁开眼睛，世界上的一切都在我的眼里起了变化。

我明白了为什么有些人我们永远也追不上，或者说永远也理解不了。

人不可能两次跨入同一条河流。我们也无法在同样的时间复制相同的经历。

不复返的河流，不复返的时间。

隔绝在人与人之间的，其实是时间的壁垒。

最后，我停在潜意识之前，如临深渊。

我没有加大功率，那深渊却在凝视着我，吸引着我。

"来吧，你还想了解更多吗？"

我猛地拔下抑制仪，浑身冷汗。

十三

那场同传很成功，但凝视深渊的恐惧一直无法消散。

我很后怕，如果我同步了那位教授的潜意识，会发生什么呢？

大脑的结构和神经的联结方式各有不同，但是在某种程度上，人类的意识又是如此容易相互影响。

美国人类学家鲁思·本尼迪克特说过，"落地伊始，社群的习俗便开始塑造他的经验和行为。到咿呀学语时，他已经是所属文化的造物，而到他长大成人并能参加文化的活动时，社群的习惯便已经是他的习惯，社群的信仰便已经是他的信仰，社群的戒律亦已是他的戒律。出生于他那个群体的儿童都将与他共享这个群体的习俗。"

思维的和谐共振就是一方文化，思维的最大相似点成就了一种民族。在浪潮之下，又有多少人能够避免成为乌合之众的一员？

最近读过的书会影响写作的风格，一碗包装得当的心灵鸡汤能激起短暂的斗志，模仿结巴容易成为结巴，东北口音极易在熟人间传播。

就像初中时的一道化学试题：将一堆煤块放在雪白的墙角，那么随着时间的推移二者会彼此渗透，甚至在墙壁的深处也能找到煤炭的踪迹。

我做了什么呢？把煤炭和石灰全部打成粉末又搅拌在一起，再把它们砌成墙的样子。我，还是原来那堵墙吗？

电话里，小雯说她也从未如此深入过。

"我之前都是请主办方提供特殊设备，让我能够待在演讲者附近……对不起阿姐，我没早点和你说清楚……我也不知道功率这么大会发生什么……"

我现在极其后悔答应她的请求，甚至怀疑当时她偷偷用 μ 波抑制仪放大了我的同情能力。

事已至此，怪谁也没用了。

我在网上疯狂搜索相关理论，但一无所获，小雯当年搜到的论文也在互联网上没了踪迹。

我开始仔细观察镜中的自己，想从颤抖的双眼中窥视一个苍老的灵魂；我开始注意自己的走路姿态，害怕有一天会在不自觉中佝偻；我开始反复阅读之前写的日记，细细揣摩思维方式有没有改变……

不知道是不是错觉，我并没有像小雯变成我一样变成那位生物学教授。一丝一毫都没有。不过，那些记忆和知识都还在，我会忍不住试着回溯它们，就像在一个浩瀚的精神宝库中摸索。

在那些随着岁月模糊的记忆里，我又看到了那个熟悉的名字，一个和教授与我都有交集的人。我的心狂跳起来：μ 波抑制技术并不简单。

次日，我在实验室拦下了自己的导师。

十四

"杨老师，您的妹妹杨然是不是乔姆斯教授的学生？"

儒雅的老妇人一愣，掩上了房门。

"你是怎么……"

"我和乔姆斯先生有一面之缘，他讲了一些事，我不太懂……"我简要提了一下 μ 波抑制技术。

"小程，你知道赫布学习原则吗？"

我点点头。

给小雯查资料时，我接触过这方面的理论。简单来说，就是基于神经元突出可塑性的基本原理，对相邻神经元进行刺激，使神经元间的突触强度增加。这个理论听起来玄，但是早在2017年就已经有了利用经颅直流电刺激技术提升外语阅读的研究。

"二十年前英国的一项研究发现，如能暂时抑制 μ 波，镜像神经元系统就会自动同步临近人类的脑电波。同步时，微妙的电刺激能够增强神经元突触的一些联结，甚至增加新的联结。学过神经语言学的都知道，尽管思维十分精妙，但人类并不存在一个超脱于物理层面的'心智'：大脑的电活动就是意识本身。

"就像恩格斯所说，我们的意识和思维，不论看起来是多么超感觉，总是物质的、肉体的器官，即人脑的产物。

"所以，只要改变神经元突触的联结方式，就有可能在一个人的大脑里复刻下另一个人的意识和记忆。"

"老师，那也就是说——"

杨教授摇了摇头。

"不行。我们做过很多实验。就是不行。"

"为什么不行？理论上来说——"

"大脑不允许。自愿参与实验的人，尤其是进行了深度同步的人，大脑或多或少都受到了损伤。除了短暂的意识混乱外，有的得了纯词聋，分辨得出自然界的声音却听不懂话语，有的得了失语症，话语流利却没有意义，更多的人精神分裂，不再记得自己是谁。还有杨然……小然当时在读博士，开心地发邮件给我，说自己参加了一个革命性的实验，她……"

恐惧顺着我的小腿向上爬，凉丝丝的。在乔姆斯先生残存的记忆里，我已经模糊看到了最可怕的结局。

"……她的大脑死了。"

植物人。

上一个是用这项技术的人，变成了植物人。

有一天，我也会变成这样吗？恐惧让我几乎丧失了判断力，仿佛能听到两个意识在大脑里撕扯。

"为了防止更多的人受到伤害，当时知情人士一致同意暂时封存这项研究，等人类对大脑的认识更加成熟以后再重启。不过，这项技术既然是可行的，就难免有人独立研究出来。复制他人思维和知识的诱惑太大了，一旦研究成果再次问世必定会带来混乱……学界达成了一致，凡是有点名气的期刊均会找理由拒绝类似的论文，网上的相关文章也会被尽快删除。孩子，这是潘多拉的魔盒，凡人一旦开启只能带来灾难——孩子，你没有试过这个技术吧？"

"我，我当然没有……"

离开实验室时，我瞥见杨教授看向了脑电帽。

十五

"以后别这么干了。"我把可怕的后果向小雯一一列举，希望她可以停手。但是，她的关注点似乎在别处。

"阿姐，你深入同步了那位教授的记忆和知识？"

"嗯？"

"嗯……其实当时我也不是没试过调高频率，可总感觉是在受到另一种意识的侵蚀，根本无法做到像阿姐这样两种思维泾渭分明、同时存在。阿姐是怎么做到的？"

我该怎么向小雯解释呢？

杨教授告诉我，在那些惨烈的实验中唯一幸存下来的人是一位右额叶发育不全者。这样的人语言功能正常，却在交际方面存在特殊障碍——他们很难理解其他会话者的言外之意，因此难以融入任何集体。

他们常常都是无比孤独的，像我一样。

大概正是因为青春期那段噬人心肺的孤独导致了我脑右额叶发育异常，这使得我无法正常与人交际，却正好保护了我不受他人意识的侵蚀。

我和小雯的大脑不同。她总是轻易地被我影响，我甚至可以站在他者潜意识的深渊之上凝望。

这将带给小雯更大的打击，但若能让她远离这个危险的技术也好。

可我错了。

"阿姐，原来这么简单啊，"小雯露出了轻松的表情，"右额叶？我记住了。"

"你想干什么？"

"阿姐，你知道这项技术意味着什么吗？我算是明白了，人和人的差距很大程度上都是基于知识和思维。知识就是金钱，思维就是财富。可知识要记，思维要练，想成为人中龙凤少不了长年的积累。我们这些输在起跑线上的人，哪有那么多时间和资源？"

"可你真的不害怕吗？你不怕大脑被其他意识占据，甚至失去自己吗？"

小雯笑得更开心了。

"自己？到底什么是自己？大脑？大脑每时每刻都在变化，那到底哪一个时刻是自己？身体？每三个月全身的细胞就会更新一次，是不是一年就要重生四次？记忆？过去的记忆本身就在随着时间流逝，现在的我和过去的我还是一个人吗？"

"这……"

"阿姐，最重要的不就是当下的感受吗？如果此时能够幸福，幸福来自何方重要吗？如果回忆能够甜蜜，回忆来自何人重要吗？"

我无言以对。

"阿姐就是胆子太小了。我知道，你不就是想融入人群吗？换作是我，早就拿着μ波抑制仪去同步她们的想法了，保证很快能成为人见人爱的交际花。可是，你敢吗？"

"我……"

"阿姐，我和你不一样，我已经没有什么可以输掉的了。"

望着她的笑脸，我终于看清了二人的差距：面对坚不可摧的壁垒，我的选择每每都是逃避，而她，从未放弃打破它的想法。

十六

那场交谈过后,杨教授发现脑电帽被人动过,很快在监控录像里锁定了小雯。偷窃加上长期缺课,她被劝退了。

帮她收拾行李那天,两人沉默了很久。

"阿姐……你能再帮我一个忙吗?"

"你说。"

出乎意料地,她掏出了 μ 波抑制仪。

"阿姐,我求你了,同步一下我吧,好吗?"

毕竟是我间接导致了她的退学,怀着愧意,我点了点头。

与同步乔姆斯先生的大脑不同,这次的旅程十分痛苦。

压抑,隐忍,疲惫,不甘,焦虑。

知识体系支离破碎,思想混乱不堪,世界观在一次又一次的打击下不断毁灭又重生……

父亲抛家弃女时无情的嘴脸,母亲接受治疗时痛苦的呻吟,做不完的习题,背不完的资料,旁人的嘲弄,老板的压榨,而我对她的关爱竟然是一片黑暗中唯一的光彩……

我看到了一些危险的想法,但在小雯的价值观体系下,竟然是唯一的出路。

最后,我再一次站在了他人潜意识的深渊之上。

抑制住几乎要破体而出的恐惧与抗拒,我深吸一口气,一跃而下……

再次看到泪眼汪汪的小雯,我意识到今天是她的生日。

"生日快乐"实在是说不出口,网上看来的一句话却在我脑中徘徊不去。

"小雯,如果快乐太难,那我祝你平安。"

十七

小雯几乎在我的生活中消失了。

有那么几次，我在电视上看见了她。大多是省一级的外事活动，小雯穿着西装套裙跟在领导后面，低头做笔记。翻译的镜头一向不多，我也看不清她的表情。既然能接到这样的工作，母女俩有个体面的生活应该不成问题。

我知道，她绝对不会就此满足。

我做好了世界发生剧变的准备，期待她能走上前台掀起一场认知革命，带领无数人打破壁垒。

我一直没有等来。

周遭一切如常，小雯杳无音讯。

又过了五年，她突然发消息请我去母校附近的咖啡厅谈谈。

我知道她想谈什么。

在路上看到好几个男人用妖娆的姿势撩头发的时候，我就知道她已经成功了。我好奇的是，为何这场变革没有引起任何关注，如此无声无息。

来到咖啡厅，我几乎认不出她。

赵雯剪了精干的短发，发尾的弧度完美修饰了脸型。妆容得体，气场十足，俨然一位精英女性。我只是一副家庭主妇的打扮。这个场景，让我想起了当年阳光下的高中舍友。

"程碧？你是程碧吧？"

"嗯。"

"不好意思哈，我记性不太好。右额叶的手术不太成功，还是得了阿尔茨海默病。"

赵雯指指自己的额头,那里有一条淡淡的疤痕。

"这……"

"没事儿,我的钱够多了,就算变成一个傻子也能过得很好。"

赵雯"咯咯咯"地笑了起来。

"我成功了。杨嫣他们还傻乎乎地守着所谓的'秘密',一丁点儿都没发现世界早就变了。对了,你不在那个高度,你看不到。"

和我当时想的一样,赵雯没有止步于做口译,而是利用 μ 波抑制技术组建了一个"知识共享学会"。在各个领域深耕许久的专业人士通过镜像神经系统互相同步,以获得在特定领域里的知识与技能。当然,为了保护意识,每一个人都接受了改造脑右额叶的开颅手术。

"自己死学是太笨了,用这种方法,一秒钟就可以得到人家五十年的知识。"

"真厉害。这种技术普及以后就不用老师了,孩子只要……"

"做梦!"赵雯突然打断了我,"凭什么要普及,学会门槛高得很。我调查过你,要不是念在早年对我有恩,就凭你,一辈子连学会的存在都不会知道。"

我无言以对。

赵雯滔滔不绝地说着,想让我明白加入学会是一项多么大的恩赐。只在服务员经过的时候停了一两秒。我注意到,那一瞬间她的眼神似乎有些迷茫。

"怎么了?"

"这桌菜上齐了。等会儿就换班。"

"什么?"

"啊? 哦,我说学会的成员一半都是博导,他们——妈妈我不想在这吃!"

一个孩子跑过,赵雯的语气又突然变了。

这回我看懂了。长期抑制之后,赵雯脑内的 μ 波已经很弱了。她在不受控制地同步身边所有人。

"对了，你妈妈怎么样？治好了吗？"

"什么？妈妈？在后厨做饭呢。不对……在美国疗养？不对，是昨天那个老板的妈……去打麻将了？回老家了？没事，忘了，不管了。"她切了一块牛排，优雅地咀嚼。

看着她一脸无所谓的样子，我的心一动。

"我有件东西要给你。"

"啊？什么？对了，对，你是有东西。我上次翻了笔记，好几年前写的，让我有时间一定要找你一趟。是不是欠我钱啊？"

我已经明白当年在寝室分离时，她为什么要求我做那件事了。

十年前，我把 μ 波抑制仪的功率调到最大，镜像神经元系统瞬间完全同步了她全部的脑电波。

她的感受，她的思想，她的记忆。

还有连她自己都意识不到的，潜意识之渊。

一般人到达这个程度后精神必然崩溃，但得益于常年离群索居的生活，特殊的脑结构帮助我生生扛住了另一种思维的侵蚀。

那片幽深混乱的思维深渊里，我看到了她隐藏最深的渴望。

乔姆斯先生曾有一个假设：意识本身就是极易模仿他人的动态混沌系统，古时候的人类很可能就是一种能够共享思维的生物，μ 波的存在则是在意识之间拉上微小的细绳。随着时间的推移，思维的汪洋变身成滴滴水珠，越离越远，最后飞上太空，变成了无数相距数万光年的星星。一个个独立的自由意志难以交相辉映，却也各自光彩，不能相互理解，但足以合作共存……

她想要做的，却是打破这生命的壁垒。

那时她就知道，自己要走的是一条不归路。她的大脑将被无数人的大脑改变，也将改变无数人的大脑。她可以透过一万双眼睛看世界，飞上最高的天际，飞跃所有壁垒。她将得到一切，也将失去自己。

所以，在开始之前，她找到了我，让我同步了她那时的大脑。

那一瞬间，我的大脑留下了那个时候全部的她，一个还没有被其他意识过度入侵、最为纯粹干净的她。

十年了，我再一次走近她。

"小雯，这是你当年寄存在这里的，阿姐现在还给你。"

十八

她的眼睛睁大了，大口地喘着粗气，像刚从深深的潭底浮出水面，泪水也不受控制地涌了出来。

"阿姐，我忘了，我忘了阿妈还在等我……我怎么能忘了……"

她拉着我冲出门去，奔向那个早已被忘记的家。

楼道里静得可怕。

选自作品集《未来人不存在》

陈小手

1993年出生于陕西蒲城。北京师范大学文学创作方向硕士毕业。作品见《人民文学》《花城》《作家》《青年作家》等刊。

光明团

一

傍晚的时候，草叶上有很多低飞的萤火虫，一亮一灭，一闪一停，就像那些着急而胆小的流星。我一抬头，看见星星们都跳了出来，于是想起了王平和他的天文望远镜，便去找他。到了王平家，他正捏根铅笔，架着直尺在屋子里写写画画，笔尖吃纸的声音长短起伏，有波折谷峰，能听出他的快意。看我进去，他忙把图纸掩了起来，一愣，有点紧张，眯眼看了半天才问，你怎么回来了？这是在怪我不好，来之前没跟他打声招呼，摸着方向径自就来了。上次见他，都是去年的事了，他乍一见我，可能都没认出是谁，我已好几个月没理过头发，胡子也有点长。我说城里待腻了，回来转转，见外面星星好，就想来看看你，也看看你的望远镜。王平还跟以前一样，不跟人寒暄，用沉默表达着喜悦和亲昵。他捏了个铝皮手电，给我扫着阁楼昏暗的空间，带我去房顶。灯光始终在我脚下，他隐没在黑暗里指引着，楼梯很窄，我们的脚步声透着拘谨和兴奋。空气有点霉，也很静，好久没见过面了，他有点扭捏，提醒我头上有墙，别撞了。他的声音在墙上跟着我们攀升。

来到屋顶，风从四面簇拥过来，满襟满怀，推也推不开。他的天文望远镜躲在烟囱后面，连了个相机，抬着头一直往天上虔诚地望，时不时听见相机咔嚓叫一下，他把相机设置了定时拍摄。他教我怎么看，我满怀期待能看见那种绚烂的星云，希望那满天跳跃的星星在望远镜里更是钻石一样晶晶闪闪，可一上眼，镜片里一片黑，什么都没有。我以为没找准地方，就瞄准天上最亮的星移过去，哗，亮光一闪，还是一片黑。我问王平，你这天文望远镜是玩具吧？一颗星星都看不到。王平说，望远镜得慢慢调，镜片范围小，一次看不了几颗星。他给我调好，让我看土星，说有星环。我一看，就一个亮点，什么都看不清，有点儿失望。我调侃说，你这望远镜不是玩具也是假的。他嘿嘿一笑，没说什么。

　　他问我，又不是暑假跑回来干什么？我说我早毕业了，你都不知道。他又嘿嘿一笑。我说我可能得换个职业做做，回来准备个考试。王平说考试这种事，你还用准备？我说找工作的考试跟学校的不一样，只有第一名才能去，你也知道，在学校那会儿，我总是千年老二。王平问，城里好玩吗？我说不好混，你看我这不都混回来了吗？王平说你是大学生，迟早会回城的。我说我一定要体面地回去，一定要去电视台，去不了，去报社也行。王平没接我的话，让我的雄心壮志一时没处安放。他吁了口气，说他也遇到个难事。我说，在镇上能有什么难事，摆不平的找大鹏不就行了？王平说他准备去天文台工作。我一愣，以为听岔了，想着王平跟我一样在说自己的理想，就安慰他，天文台那种地方听起来比较远，但只要你拿你那天文望远镜一直往天上望，哪天发现了新星星，你就能去了。王平说，他马上就能去天文台工作了，可家里人都不让去，硬说是诈骗，是传销，哪有天文台招修车工的？我也有点疑惑，就问王平去天文台能做什么。他说数据测量员，我说我不懂，但听起来好像得数学学得好，那至少得是大学的高数水平，毕竟测了数据还得算。王平很低落，说他心里也没谱。我一回味，觉得我这见不得人好的心理很阴暗，就忙安慰他，可能有专人计算，你只负责测量就行。王平说汽修厂的师傅也说是诈骗，让家里人千万别放我走，毕竟我再有三个月就出师了，后面还有一堆活儿得我做。我说，你出师了再去呗。王平说，那就来不及了，待在汽修厂没意思。我说，我懂。王平说，我太想去天文台工作了，哪怕是最底层的工作，虽然我没上过正经的大学，可不会的，我能跟别人学。天上那么多星星，却一点儿声音都没有，我能听出它们的着急和难过。王平对我说，你读过正经大学，知道的多，帮着给出出主意。听他这么一说，我很惭愧。

我上的大学的确是个好大学，可我没学好，专业书没看过几本，小说倒是翻了一大堆。这也不能怪我，我学的专业是护理，护理不是什么铁路护理，也不是桥梁护理，如果是这种，我也喜欢，拿着工具在铁轨上敲敲、在桥梁上补补，起码自由。我护理的是人，主要是病人，在病人身上，我基本上没什么自由，他们让我干什么我就得干什么，我不能像修理机器一样把他们拆开，替他们上油、更换零件，那是医生们干的事。我也不想当医生，我不晕血，但我怕血的温度，也怕手术豁口的温度，一刀下去，身体层层叠叠、粉粉红红地暴露在面前，是温度放大了直观的恐怖。

我也考虑过换专业，去读新闻或者中文，体育也行，我喜欢扔铅球。小时候，我们那个旧而小的学校能找到的体育器材就只有铅球，因为痴迷那个扔铁饼的雕像，我把铅球当沙包玩，练下了扎实的童子功，大学如果给我找个好教练训练练，说不定我还能代表国家去比赛。我现在还记得动作要领，铅球掊在脖子上，埋头缩身，左脚咬紧地面，右脚迅速蹬地，身子一转，右腿伸直，胳膊一推，铅球就飞出去了。铅球一飞出去，整个人就空空的，眉眼一蹙，往天上望，那种身体轻了一点儿的感觉让人很享受。学院不同意我去读新闻和文学，扔铅球就更不用说了，他们说护理专业来个男生不容易，学院的壮大需要我，转专业的名额都是留给女同学的。我这个人生性比较怯懦，觉得人家说的也有道理，就没再吭声。为了安慰自己，我修了个新闻当第二专业，看了更多的小说，倒是铅球，一次都没扔过。

就这样毕业了,那些留下来的女同学都去当了护士,我也去当了当。医院是个小医院,那些人没见过世面,我说我是新来的男护士,那些女同事们就喊,哟,还有男护士啊！我就脸红得要命。有一次,我去药房取药,那是我第一次去药房,那些拿药的对我很热情,脸笑得都红了,一个贴一个咬耳朵,有个小姑娘还专门跑出去压着声音跟人说,那个男护士来了,快来看。我原本就不爱说话,这样我就更不爱说话了。当护士要和病人交朋友,我也不行,老是不吭声,也不爱笑,一直冷着个脸,病人们就对我有意见。于是护士长分配我去ICU,擦洗换药,处理排泄,病人都木偶一样任你摆弄,一声不吭。ICU的病人是好相处,可病人家属都不好对付,患者抢救不过来,他们就老爱往ICU闯,还打人,大声哭闹,这让我很累,更觉得没意思。

混口饭吃不容易,但我还是辞职了。可辞职后发现吃什么饭都不容易,不过我还是理想主义了一次,找了个公益机构。那地方管吃管住,还挺好,干了几个月,从没发过工资,我耗不起,就只能离开了。不过我真心喜欢那份工作。我们做的是肿瘤姑息治疗的理念推广,就是如何让癌症患者少受痛苦,提高他们的生活质量。对于这些可怜的病人,有时家属为了尽一份心意,各种设备、进口药物都用上,让病人在重症室坚持把最后一口气呼完,才算走完圆满的一生,这对病人的折磨实在是只有病人自己知道,可他又说不出来。任重而道远,我们不遗余力地给这种家属做工作,让他们知道心意谁都懂,可心意有时候也可以换种方式尽,可大多数家属并不领情。

离开那儿,我又听从内心的声音,去了个小传媒公司,想着看能不能把姑息治疗的业务通过传媒公司推广一下。谁知道传媒公司让我去做野广告,不仅要设计,还得经常骑电动车出去贴传单。厚厚一摞,不能使心眼儿扔掉,会有人偷偷去监工，监工的人只负责看，不帮忙贴。累倒没什么，我觉得这工作做着没人情味，就又辞职了。

兜兜转转，钱包见了底，城里不能住了。在朋友那儿混了很久，朋友也不好催我，但关系很好的俩人明显话少了，所以没办法，我只能回老家去。走之前，看了几个社会招聘，一个是电视台要招记者，一个是银行要招前台，想到做了记者可以继续给前面的公益机构帮点忙，心里就挺开心。去银行柜台我没什么概念，脑子里只有玻璃后面坐个人，头不抬，不停地点钱，打仓鼠一样咚咚咚盖章的画面，想着也不会有银行需要男护理，我就没抱啥希望，不过也先准备着吧，毕竟多条路。要回老家，不找个合适的借口还真不好意思见人，大家都知道我是家乡少有的大学生，找不到工作还觍着脸回去，会让大家对中国的高等教育指手画脚，那不行，我这人还是很有担当的，找不到工作，真不怪我的大学。虽然我脸皮薄，但心态好，凡事不爱计较，他们说我什么我都不会往心里去，可我妈会很难受。她一个人把我拉扯大，大包小包拿着行李把我送到大学，我现在又把这些大包小包给她送了回来。唉，我爱我的妈妈，我不想让她难过。

二

王平跟我说，他也爱他的妈妈，可他妈妈真的很难过，因为王平找了个好工作，他要去天文台当测量员了，可他妈不信，觉得他被传销迷了神了。她的理由很充分，天文台那都是电视里才有的工作，研究天上的事情，只有北大、清华的人才干得了，哪会找王平这样修汽车的？工资挺高不说，还管吃管住，哪有这好事？他妈还说，现在传销的路子越来越玄乎了，骗人之前还做一番调研，知道王平喜欢天上的东西，所以让他去干天文。王平真要去了天文台肯定就回不来了，听说搞传销的你不交钱、不拉新人进去，就不给饭吃，也不让睡觉，一不听话就会挨打，而且看得很严，不让乱跑，都关在有铁网的房间里，怎么逃都逃不出去。王平本来就瘦，怎么受得起这些折腾？ 王平他妈还起了最理智的分析，退一万步讲，王平去的天文台就是那种房子圆圆的、到处架着大锅的天文台，人家那望远镜能不连着电脑？ 鼠标点点数据不就都有了？ 天上那么多星星，能靠人去记？ 就是一个人只记一颗星星，全地球的人加起来能记几个？ 天大得没个边了，人家能让你去记？ 王平把录取短信给他妈看，他妈说短信要是能把王平留在家里，她可以天天给王平发。王平又拨通了那边的电话，让那边的人直接跟他妈说，那边还没开口，王平他妈情绪就失控了，在电话里骂起对方没有良心。王平就觉得有点儿难堪，更有点儿难过，就赶紧挂了电话。

在他妈看来，王平要真被骗去传销了，这个家可就完了。他有个正读小学的妹妹，还有个腿脚坏了的爸爸，这要没了王平，日子怎么过？ 王平他爸是个瓦工，腿的确是坏了，走路拄双拐，迈出左腿，右腿得使劲扔出去，翻个圈把脚尖定在地上才能往前挪步。他一辈子爱修房子，就像小孩对积木的热忱一样，把木头在房顶上摆来摆去，落手摆定，小心翼翼，一片一片把瓦布上去，退着走，仿佛在房顶插秧，可插得起劲忘了边界，从房上摔下来把腿摔坏了。按道理不应该，都是老瓦工了。听说，他爸干得正起劲的时候，下面有人热闹地夸了起来，给他往房顶扔烟，他爸一松劲，一回头就掉下来了。他爸原本对王平去天文台还挺支持，觉得儿子金榜题名了，但酒桌上一听汽修厂师傅烟熏火燎、五迷三道地给他分析，便觉得这事是有点不靠谱。师傅眯眼把酒杯细呷一口，第一句就说，你那儿子不是你亲生的。还真把王平他爸唬住了，以为自己以前被瞒了什么，忙问，那是谁生的？ 不对路子嘛，师傅说，你一个脚踏实地的瓦工，生的儿子整天不想地上的事，老操天上的心，就跟人家天上没人管一样。你那儿子，不知该咋说，人家

陈小手 | 光明团

出师都是一年，顶多也就两年，他这都快三年了。没事的时候，人家都是抱着个手机打游戏，独独他，爱抱着个手机拍星星，拍月亮，窝在个角落的轮胎里看书，活得就不像是吃人间饭的。这眼看就要出师了，挣钱了，被人迷了神一样说请他去天文台，全中国能有几个天文台，那么多人国家不请能独独请他？镇西的王林，燕子三的儿子，大学毕业都找不到工作，现在还在家歇着呢。最后，咱就再退一万步讲，现在还真有个天文台？还真把你儿子要了去给人家摇那望远镜记星星，你说说研究这天上的事有什么意义？你就是把天研究穿了又能给国家做什么贡献？星星它能给你发多少工资？说完，师傅语重心长地给王平他爸总结，一日为师，终身为父，王平也是我的儿子，出了师，他就能在镇上安身立命了。他拉着王平他爸的手，很动情，按了按，说，没意义，天上的事没意义。

我也觉得天上的事没意义，但我不能跟王平这么说。不管是王平他妈，还是汽修师傅，他们的怀疑和隐忧都有理有据，能说服我，但说服不了王平。我也理解王平，知道他心里的那种渴望，因为这种渴望我也有。我也同情他的处境，毕竟我还有路可走，可他面前只剩下逼仄的荆棘丛，前面是什么，谁也不能给他打包票，所以大家都出来拦他。他现在让我给他指路，这还真比较棘手，我不能鼓励兄弟做我觉得没谱的事，但不鼓励，又很不够情谊。

我们站在屋顶上，抬头望着，很久都没说话。王平按一下铝皮手电，光从灯头溜身蹿了出来，他挥着光柱翻搅夜色，夜色不动。细瘦的光柱里尘埃很热闹，纷繁又安静，像是光的声音，又像是王平的表情。灯头点着星星，他点一颗，暗淡的星星就亮一颗，几番流转，确定好位置，他用光柱连起了线，把星星串了起来。我的眼神跟着他在空中舞动，他告诉我怎么连是金牛的犄角，怎么连是射手的弓箭，如何用北斗七星勾勒出一头肥硕的大熊，得倒着看，北斗七星就成了大熊的尾巴。我云里雾里，没看出什么门道，就问王平，你去天文台就用望远镜测量着画这些吗？王平说，应该不是，不过这个可以自己画着玩。我说，那你去了测量什么？测量了又干什么用？王平说，还不知道测量什么，不过应该都是体力活。我以为王平是去搞研究，听他这么一说，心里还挺有落差，忍了忍，还是没忍住，就问了句，那你搞这个天文又有啥意义？王平说，有意义。我说，你说说。他说，说不上来。冷静下来，我觉得我又过分了，反躬自问，我做的事又有什么意义呢？有什么意义，我们都说不上来。

　　月亮缺得很多，我们都很失落。我不知道怎么帮王平，王平也帮不了我。远处的仙女峰没有任何亮色，黝黑又神秘，我很好奇，夜里的仙女峰会藏些什么。王平送我回去，我们往我家的方向走，也是仙女峰的方向。镇上的人都睡了，所有的灯也一样，铝皮手电电量耗尽，早已睁不开眼，因此，夜黑得很纯粹。我们的失落也很纯粹，这纯粹加重了夜的重量。我们软塌塌地在暗夜里走着，松垮晃动，像两条溯游的鱼，始终游不上去，很忧伤。我能感受到彼此都还想说些什么，各自努力着，却始终开不了口。

　　路好长啊，黑暗也好长，给我一种我们得一直走下去的错觉，仿佛一直走下去也不一定到得了家。王平问我知不知道旅行者一号，我说不知道。他说，旅行者一号已经飞出太阳系了，是目前人类飞得最远的飞行器。我问王平，这个旅行者一号要去哪儿？他说，原本只是为了造访木星和土星，完成任务后就一直往前飞，现在已经脱离太阳系，进入星际介质了。我不知道王平为何突然要说这个，也没什么想问的。

　　见我没接话，王平自顾自说了起来：这个飞行器上，人类放了一张唱片，叫"地球之音"，上面全是地球上的照片。有长城，还有咱中国人在饭桌上吃饭的画面，不仅如此，唱片里还有世界名曲、各种语言的问候，是地球给宇宙打的最热情的招呼。王林，你不觉得这个唱片让旅行者一号有了生命吗？甚至有了感情，有了呼吸。我说，挺有意思。他继续说，旅行者一号不仅拍过土星和木星的照片，还在最远处给八大行星拍过大合影。你仿佛能想象出八大行星拥在一起，旅行者一号等它们互相靠近，嘴里喊着"茄子"，咔一声，给它们定格的画面。听王平这么一说，八大行星还真在我脑海里瞬间鲜活起来。

有了这张唱片，我觉得旅行者一号的心情时刻都是欢喜和激动的。就这样，它带着欢喜和激动，一直在星际介质，也就是星系与星系之间的过渡区飞行。过渡区，从这个星系到下个星系，中间没任何发光体，它得自己在黑暗中慢慢前进，不急不缓，没有声音。据说进入下一个星系，它还得花四万年。一想到得独自度过四万年的黑暗，我就觉得有一股淹没人的孤独涌来。不过，正是这种孤独，又让它内心的欢喜和激动显得那么明媚动人。

王平有点动情，我虽不明所以，但还是被他和这个旅行者一号莫名感染了。他的话把我引向了一个非常辽远的领域，我脑海里浮现着一个飞行器在四阔无边的宇宙慢慢移动的画面。飞行器一片漆黑，不散发任何光芒，过渡区也一片漆黑，找不到任何光点，漆黑融进漆黑，一切悄然无息，没有任何踪迹，但一切又在不断变化和前进。

王平说，就因为这些，我常常为天上的事着迷。

三

王平对天上的事情着迷在镇上可是出了名的，也闹过一些笑话。大家都知道王平爱仰观天象，有遇到难事的，都会专门跑去向他请教，让他透露点天机。王平总是拒绝，说自己不会占星，可来人以为王平谦虚，皆不死心，就让他随便说，想到哪儿说到哪儿。王平以为对方也对天文感兴趣，话就多了起来，给对方娓娓道来。

  他讲什么是黑洞，说黑洞就是大胃王，见啥吃啥，什么它都想要，而且只进不出，吞多少东西，也不会有丝毫变化。王平说人要这样，不管是谁，迟早得崩溃。王平又讲什么是空洞，所谓空洞就是在偌大的宇宙空间，有的区域一片黑暗，寸草不生，什么都没有。他说最有名的是牧夫座空洞，直径得有二点五亿光年，也就是说，这一大片地方光也得飞几亿年，用天文望远镜看过去，黑黢黢一片，没有一颗星星，更不会有光，生活在那里只有无尽的黑暗。他最后总要升华总结一下，说这么瘆人的地方，就像是一座宇宙的囚笼，把谁关在那儿，都得疯。

  除了这两个，王平还会给来人讲太阳光的故事。他说太阳光从太阳那儿发出来再来到地球可能得几百万年，所以，我们感受到的阳光都是史前阳光。来人以为这些东西都是所求之事的原因，虽听得云里雾里，但也虔诚耐心，侧耳等着想要的结果。甚至有听进去的还会反驳他，说，吹呢，太阳光到地球顶多几分钟，哪用得了几百万年？王平见对方插话，谈兴更佳，解释得尤为用心。他说，太阳光是由太阳中心的光子反应得来的，也就是说，光子是太阳体内的种子，跟怀孕一样，光子之间互相吸收，彼此释放，不断反应，变化成长，才能最终瓜熟蒂落，从种子变成太阳表层的太阳光。这个过程比不得人类怀孕那么潦草，十个月就完事了。太阳光情况复杂，可能得发育几百万年，质量才会那么好，从那么老远的地方来到地球，才能又暖又亮，跟新的一样。因此，我们照到的都是史前阳光。

  说到沉醉处，王平有点微醺，他说遥远的过去和现在通过这种方式连接起来，时空成了一个闭合的圈，我们感受着那些异常远古的温度，想想就让人幸福。来人一副信服的表情，看王平说得起劲，可自己的事还没听到半句，心里就有点急，按捺不住，就只能直接问所问之事与这些复杂现象的关联。王平一问三不知，就让来人有点生气，气愤王平瞎耽搁时间，但又怕王平是真人不愿露相，不敢得罪，只能带着怨念闷声离开。

　　镇上的人觉得王平会占星算卦，不仅是因为他爱仰观天象，更因为王平曾开过一个估计全国都少有的火锅店。跟我一样，王平的工作履历也算崎岖，高考的时候，他原本想考南京大学天文系，后来，没出意外，以不到分数线三分之一的结果未能成行。顾及家里的情况，王平没有坚持复读，而是听从父亲的规划，上了个桥梁测绘的大专培训。那种培训都很简单，能搬得动仪器、能看得懂数据就算培训结束了。王平扛着仪器来到工地，这儿测测，那儿量量，干得新奇又开心，可桥修完后，没用半年就出问题了。问题不知道出在了哪儿，也不一定跟王平有什么关系，可王平内心受了刺激，觉得兹事体大，也深知自己的测绘是什么水平，就不敢再抱着机器乱跑，于是辞职去了个冶炼厂炼钢。他说，去冶炼厂炼钢的原因是熔化的铁水像太阳。离太阳那么近，一般人怎么能受得了？王平没干一个月，就回家了，跟堂哥在镇上开了个火锅店。

　　堂哥嘴利，在前面跑。王平见人就害羞，要么躲在厨房打下手，要么低头在大堂上菜、打扫，忙前忙后。好在他手脚麻利，活儿干得又周到，整个店子就像闪着光，蓬勃利落，可惜，顾客不多。所以，王平有大把空闲时间，他爱从手机上搜天象预报，只要手头有纸，他就随手抄上去，点菜桌牌的背面、收费凭据、没多少账目的账单，都有他留下的笔墨。有时候纸不够用，他还会搭着直尺，整整齐齐又严谨认真地把细小的天象预报抄在墙上：5月1日1时16分，木星合月，木星在月球以南3.8度；5月2日21时29分，金星合毕宿五，金星在毕宿五以北6.3度；5月5日4时31分，土星合月，土星在月球以南1.7度；5月5日15时，宝瓶座 η 流星雨极大期：ZHR=50……诸如此类，把每月的天象预报都誊抄上去。有的天象是百年难遇的奇观，他还会配上简图，最后墙都被他画满了，顾客刚一进去,那氛围还挺唬人,吃饭变得庄严起来。整个火锅店变成了天文主题火锅店,堂哥本来有很大意见,可没想到镇上的人就爱吃个奇观,有一段时间,火锅店生意特别好。后来,新鲜劲过了就再没人来了,因为大家总觉得怪怪的,不像是吃火锅,像是进了城里的科学馆,浑身不自在。不过墙上的那些天象,却给他们留下了深刻的印象,让他们觉得这不大吭声的王平天上的事情绝对懂得多。

仙女峰上有一个不大不小的陨石坑,也时不时会有流星雨,所以镇上人开玩笑说王平可能被小陨石砸过,星宿附体,所以总跟别人不一样。他们说王平小时候还挺正常,爱哭爱闹,到处惹事,牙口好,所以打架好咬人,身上有一股子狠劲,咬住就不松口,认准的理绝不服输,以至于镇上很多人的身上到现在还有王平的牙印,那牙印随着年龄越长越大。可长大后,王平就跟换了个人似的,瘦瘦弱弱,整天一声不吭,见谁都客客气气,可能也是生活诸多不顺,让他有点自卑,也有点怯懦。不过,一跟他提天上的事,他的电量就瞬间充足起来,能滔滔不绝,像被人上足了发条。镇上人正是觉得王平整天想着天上的事,不着地,才觉得他去天文台有点不现实。

镇上人这么想我也理解,毕竟谁也不知道天文台是个什么,这名字他们只在电视里听过。哪怕是我这个在城里住过几年的人,也像王平他妈所想的那样,觉得天文台太高端了,只有北大、清华的人才去得了。像我们这样的普通人,买个门票,说不定能进去看个景,而要在里面工作,如果不学这个专业,估计谁也不会有这种想法。王平小时候就比别人想得多,总能看见我们看不到的生活之美。花开了,我们会说,哇,好美。王平不是,他会想到人如果也能变成美丽的花,会不会心甘情愿被根系在地上,哪儿也不能去?在山上玩,看见蒲公英到处飞,我们还是说,哇,好美。王平不是,他会想到,伞株飞走后,就再也见不到蒲公英母亲了，要是每个小孩长大后都离开父母，且再也不能回家探望，那该多么令人绝望。所以，不难看出，王平是个共情能力极为发达的人，看到什么他都能跟人联系起来，或者说，在他眼中什么都是人的共体伙伴，这样，也就不难理解他为什么会对旅行者一号这样一个原本冷冰冰的实验机器投入那么多的疼惜和情感。

  这样的王平从小就喜欢风花雪月、星辰大海，而且特别擅长讲故事，屁大一点的事，都能被他讲得情绪汹涌，引人入胜。我们都以为他将来会做个文学家，可并没有。每个人最初的设想和最终的落点都会千差万别，虽说人生也会有意外的惊喜，但意外的惊喜仿佛都是别人家的，上天很少会想起王平，也很少会想起我。我记得小时候，有一次王平给我们说他在仙女峰上看到了很多流星，我们都不信，我还挖苦他，说他那么小的胆子，哪敢半夜去仙女峰。王平像小狗生气一样，压着喉咙低声一吼，假装向我龇牙，我就不敢说话了，我们都怕他的牙齿。看我认怂，他又放松一笑说，你们没去成也没关系，我可以给你们讲讲，你们听我说，就当我们一起去了。

  孟奇奇、大鹏、王林、王平，我们四个人一起去看流星。天太黑了，我们都怕黑，路过逝川的时候，我们一人抱了一只熟睡的白天鹅，抚摸它们的翅膀，把它们叫醒，让它们驮着我们去仙女峰看流星。山顶风很大，吹得星星乱晃，也吹得我们乱晃，因此，我们都很激动，心里想着流星、流星，快来，流星。流星真就像听见了一样，嗖嗖地飞了过来，飞得很快，在天上穿过，像火柴划不着时的火星。一颗、两颗、三颗，越来越多，我们都来不及许愿，更来不及闭眼睛。我们跳着、喊着，流星、流星，快来，流星。流星嗖嗖飞来更多，天上下起了流星雨，我们甚至都能听见那些流星集体扇动翅膀的声音，像蜜蜂，又像蝴蝶。它们大多急匆匆，一闪而过，又着急又胆小，仿佛怕被我们发现行踪，怕被我们捉了去关进小笼子。我们挥舞着手中的衣服，喊着，流星，别走，流星，让白天鹅快驮着我们飞起来。流星飞得太快了，我们追不上，我们就飞到天上去，去云上看流星。

当然，那个时候的王平是讲不出这样的故事的。不过，大致情节和那种悦然的情绪、诗意的氛围跟这个故事很贴近。他当时的故事讲得很粗陋，可那种感觉我一直都难以忘怀。上面这个故事，虽然像是一首短诗，可也很难让我回到当初那种震撼和触动。王平总是能对喜爱的事情投以近乎诗意的热情。虽然我上了大学后，我们再没见过几面，也不再有儿时的亲昵和熟络，只是偶尔听人提及王平高中毕业后就疯狂加入有关天文的QQ群，线上线下忙活着和天文有关的任何活动和事情。可惜，他所在的地方没几个人对天文感兴趣，他又没钱去大城市联系走动，所以心中肯定郁结不少。这让我想起高中时，我们一起去看日全食的事，借此，也便能想象出他那时有多狂热。

那会儿学校不让用手机，大家的消息都比较闭塞，也不知道王平从哪儿听来的，说一个月后会有本世纪持续时间最长的一次日全食。王平逢人便说，但没人相信。王平就用粉笔在学校的墙上到处写：7月22日，本世纪最重要的日全食，天全黑。那会儿经常下雨，有时一天能下三四次，粉笔字留不住，王平就不厌其烦地写。后来，为了省事，王平就找了根钢筋，在墙上、楼梯台阶上、灯柱上甚至树上到处刻着：7月22日，本世纪最长时间日全食，天全黑。有人向老师举报，王平整日不好好学习，只会散布谣言。也有人造谣说王平生病了，得关进精神病院。学校知道他行为异常，学习成绩也的确没有考上大学的可能，就有将他劝退的打算。但他的班主任人比较好，没有找王平麻烦，还告诉大家，王平说的是事实。

陈小手 | 光明团

　　我现在完全能理解王平当时的心情,他之所以想让那么多人知道,只是因为他当时太激动、太兴奋了。如果只一个人独享这份激动和兴奋,他觉得自己会憋坏的,所以,他想邀请每个人都加入这次难得的盛会中。可惜,学校当时为了避免不必要的混乱,没有组织大家观看。而所有同学哪怕知道了日全食的确切消息,也没几个愿意去看。马上就要升高三了,我们那个小地方的末流高中,一年也没几个人能考上大学,学校到处刷着"知识改变命运"的标语,所以大家都想在高三升入重点班,好为将来的前途寻得个妥帖的保障。

　　那天,王平早早就做好了准备,不知他从哪儿弄了个电气焊眼罩,藏在书包里,专门来我们班找我。儿时的玩伴,就我们两个在同一所高中,但其实没什么往来和交集,哪怕一周回一次家,也很少结伴,因为我很少回家。那会儿,我是一个死学习的典范,所有时间,除了学习,我几乎什么都不干,只想着能早日实现"知识改变命运"。王平来到我们班门口,喊了声报告,只一瞬,大家就齐齐把目光聚在他身上。我能看见他在抖,脸红得像燃烧的火苗。他企鹅一样张开双手,摇晃着身体,仿佛给自己加油鼓劲,对我们老师说,他是我的老乡,我家出了点急事,他要带我出去一下。老师点了点头,对我抬了抬下巴,我就出去了。一出来,王平立马活泛起来,闪电一样拉着我跑。我们一直跑,一直跑,跑进大楼,爬上最高的楼顶。他拿出电气焊眼罩,罩在我脸上,让我先看,一脸笑意,问,看见了吗?我仔细看了看,太阳的确已经少了一个角。他有点亢奋,说,王林,本世纪最长的日全食,你一定得看,耽误不了你多少学习时间。我给他们说了,他们看不看,我不管,看不到是他们可怜,但我得让你看到。我虽然一句话都没说,但心里很感动,把眼罩又传给他。太阳越来越少,到最后变成了牙瓣,天地昏黄,一切都模糊美丽起来,跟月牙的氛围完全不同。再过了会儿,太阳和地球铆合在一起,我心里一咯噔,耳朵里仿佛听到了巨型齿轮轻轻咬合的声音。天空像被谁按了开关，完全暗了，能看见突然跳出来的星星，摇摇闪闪，如同有风。王平攒足了劲，对着天空大喊，不一会儿，教室里的声音被他点燃，也此起彼伏地长响起来。

四

我要去城里考试了，离开镇子之前，王平找到我，扛着天文望远镜，约我去仙女峰看流星雨。这次的流星雨不大，也没什么名气，我们等了很久，什么都没等到。到处都是蚊虫，悄无声息地咬着我们，咬得人内心烦躁，又咬得人无动于衷。王平说，他可能的确去不了天文台了。我一时不知道该怎么回他话。安慰他，不合适，似乎默认他本就不该去。问为什么，更不合适，因为原因太多了，个个都是刀子。我说，蚊子好多啊。王平往四周看了看，用灯给我指着地上的野花，说，这些花以前没怎么见过，透着月光看，颜色还挺迷人。我看了下，还真是，勉强一笑，说，这些花可比流星耐看多了，围着我们就像专门为我们开的一样。王平驱赶着蚊子，说，蚊子是太多了，野花围着我们，蚊子也围着我们，生活不就这样吗？既令人幸福，又让人饱尝痛苦。我默默想着，如果这次进城还找不到满意的工作，我不知道自己还能干什么。蚊子好多。

之前，王平让我看过他的录取通知，一条短信并一封邮件。从邮件留的网址点进去，是中国科学院云南天文台，王平说得没错，他的确是被天文台录用了。我查了查，王平要去的是太阳观测站，做观测助手，地点在抚仙湖，具体工作是基础测量。看来王平又干回了他操作仪器的老本行，只不过这次不是测桥量路，而是测量和太阳有关的诸多星辰天象。观测助手，一听就是个体力活，录取邮件里说这个工作操作重复性很高，也没什么工资，管吃管住，只给少量补助。天文台也是个实诚的地方，不玩花花肠子，在邮件里还给了条提醒，说条件是有点艰苦，应聘者可酌情考虑是否报到，只希望，一旦决定，务必在截止日期前及时回复。这样的岗位，既需要较高的天文素养，又要有很强的动手能力和奉献精神，的确不太好招人。王平搞过桥梁测绘，炼过钢铁，又修过汽车，还会电焊，火锅也懂一些，最主要的是，他脑子里全是天上的事，比谁都专注热忱，这么看来，还真没有比他更合适的人了。

可王平说，他可能去不了天文台了。他这么说，我很难过。王平说他心里也越来越没谱，不知道去了天文台能不能干好，天天失眠。如果干不好，回到镇上汽修也干不成了，因为他还没出师，要想接着干，就得重新再学几年。我说，技术你都学得差不多了，为什么回来又得重学，直接上手不就行了？王平说，凡事得有个资格，师傅没认可你，你就没这个资格，没这个资格，就没法参加汽修资格证的考试。再说，汽修厂巴不得让你再当几年免费劳力。我说，先拿汽修证，再去天文台。王平说，世事难两全，拿到证还得半年，去天文台只剩下个把月了。王平说他研究过天文台的官网，这种单位很少有社会招聘，错过这次，下次不知道要等到什么时候。下次就是有机会，估计那时候更走不了了。

其实我们都知道，对于汽修资格和天文台，不用任何犹疑，王平肯定会选择后者。而且听说王平他妈后来也松口了，她鼓励王平，真想去天文台的话，就去看看，不行了就再回来。王平他妈早就知道天文台的事是真的，跟传销沾不上边。她也知道儿子喜欢这些东西，之所以不愿意他去，一是觉得儿子去了那儿也搞不了研究，只是替那些搞研究的人受苦，怕天文台把王平用得太扎实，不当人对待。另则，家里人都离不开王平。她打扫王平房间，从床底清出几大箱笔记本，上面密密麻麻写满她看不懂的东西，数字符号，星星图表，冗冗杂杂，扑面而来。纸张都有些发潮，泛黄卷曲，有的字都被水洇开了，看来有些年头。她再看了看墙上，全是鬼画符一样的星象图，这吓到了她，她觉得还是得让王平去天文台看看，不然，怕他脑子受刺激。

而王平之所以动摇，是因为妹妹。有天，王平回家，老远就听见父亲和妹妹吵，妹妹歇斯底里喊着，就要学！父亲说，学了有啥用？学了你也跳不成人家那天鹅样。不给你妈帮忙，一天就知道瞎玩。王平看见妹妹抹着眼泪往出跑，父亲抬着一根拐杖，指着门还在骂。王平追了出去，人早不见了，他就去学校门口找他妈。他妈在初中门口卖灌饼，老爱穿着妹妹的旧校服，瘦矮的身材，通红的脸，推个小车，在风中不吭不响，等着孩子们放学。以前，她老在小学门口卖，还总让妹妹去帮忙，妹妹很没有面子，抗议过几次，她就挪到了初中门口。可小孩子嘴馋，生意好，初中的大孩子不喜欢吃灌饼，小车经常很冷清。他妈只盼着妹妹早点上初中，她好挪回小学。妹妹现在四年级，快了。王平走到校门口时，一群孩子正围着买灌饼，他妈仿佛身上长了八只手一样忙，妹妹双手撑开塑料袋，等着妈妈把灌饼放进去，帮忙收钱。两个人都穿着校服，头也不抬，生意很好，她们一身的喜悦难掩。穿着校服的两人，像是姐妹，配合默契，无须言语，滑稽又令人心酸。妹妹脸上红扑扑的，收了钱，还不忘给人一个微笑，仿佛早忘了之前和父亲的不快。镇上来了个跳芭蕾的老师，女孩子们都去学了，妹妹也想去，父亲不让。妹妹偷偷看别人跳过两次后，就再没去过，真是个柔顺的孩子。

大家的生活都是一团糨糊，我进城考试后就没再回去，忙着做一些散工，好补贴日用。王平的事我一直放在心上，可为找工作的事持续奔波，也就日渐淡忘了。且后面发生了一件小事，因为我，王平上了电视，引发了一些舆论风波，大家在网上都对他指手画脚，给王平增添了很多烦恼，也伤了他的自尊。因此，我颇多愧疚，不好意思再去打探他最终的选择。

陈小手 | 光明团

我真的很想去电视台工作,当一名电视记者,了解了王平的痛苦始末之后,我更想去电视台工作了。笔试很顺利,我考了第二名,最终只录取两个,所以,面试如果不出差错,我有很大希望。笔试第一名是个瘦瘦的姑娘,扎个马尾,人长得漂亮,说话也利落,问什么她都能电脑一样答得滴水不漏,看来练过。我肯定说不过她,但我知道电视台也肯定想招男记者,就跟医院想招男护理一个道理。所以,我不抢第一名,当第二名也不错,毕竟,我在学校也一直是千年老二,上瘾了。面试的时候,大家谈得其乐融融,面试官很客气,我能看见他眼睛里闪烁的光芒。他们对我当护理的经历很感兴趣,让我详细说说,我没掌握好分寸,说了一大堆,情绪洋溢,身上都出了汗,且把能抖的机灵都抖了个遍,他们笑得前仰后合,我心里暗想,这事估计能成。最后,他们又问,如果让我策划个采访我要怎么做。我没理解到位,就把王平的故事有头没尾地给他们讲了一遍,能看出来,他们听得有点不耐烦,也不笑了。最后,面试官问我具体怎么采访,我不知道是什么意思,脑子一蒙,就说,我们熟,直接找他就行。面试官点了点头,在纸上记着什么,写完,对我一笑,说,很好,可以了。

很好,可以了。这句话让我激动了一周,一周后结果出来,我以第五名落选了。后来一打听,我才知道他们还是嫌我学的专业不好,护理跟新闻完全不对路子,且我连个采访流程都说不出来,虽说有个新闻的第二学位,但他们怕这也只是个聋子的耳朵。我很懊恼,但也认栽。

电视台后来专门去采访了王平,成片在一档民生栏目里播了,叫"要扒民生眼",原本没人看的节目,那天的收视效果奇佳。支持王平的人有一大堆,挖苦说酸话的更多,他们劝王平脚踏实地,先把一家人的生活过好。有好事者还专门跑到王平家,给王平做思想工作,捐钱捐物,劝他现实点儿,愿意给他安排更好的工作。王平内心很受伤害,但生性太软,还是感谢了别人,请他们吃了饭,才

——送走。

　　这件事一时成了热点，网上论争的两拨人谁也说服不了谁，甚至引发了骂战。王平只关注网上的负面信息，天文在他心里第一次给他带来羞耻感。后来听说，有些闲得慌的人还来骚扰他，王平不胜其烦，就从楼顶把天文望远镜朝他们砸了下去。不过，还是没吓退那些人。电视台看这个事有戏，就持续跟进采访，态度模棱两可，既不鼓励，又不反对，一副隔岸观火的表情，搅得王平一家成了镇上的焦点，生活一片乱，鸡犬不宁。我没想到自己没帮上什么忙，还放大了王平的烦恼，心里越发沮丧，也很惭愧，给王平打过几个电话，他一个都没接，我便再不敢联系他。突然有一晚，他给我打过来，急风暴雨地对我喊，你跟电视台说我干啥？我他妈招谁惹谁了？你是觉得我这样就能去天文台吗？我还没来得及说话，电话就断了。我的脸又辣又红，眼泪很憋，又流不出来，异常难过，打过去，一直打不通。

　　银行我也不抱什么希望了，感同身受，我能理解王平的绝望。虽说我对银行不感兴趣，但考虑到我糊口都困难，顿时对入职银行有了一股发自内心的渴望，觉得银行前台是世界上最好的工作。我内心忐忑，买定离手，把所有宝押在最后一注上，期待着命运的最终反转。不料，意外还真光顾了我一次，我真被录用了。事后，我问他们怎么愿意招个男护理，他们说，学护理好啊，护理脾气好，再说，银行就是个体力活，得要男的，男护理更好，我们是小银行，顾客本就不多，能来的都是亲切的上帝，一定得伺候好。他们还说，招我还因为我练过铅球，希望我团建的时候能把大家操练起来，大家在银行上班，腰和脖子都得好，练铅球，省事又管用，还节省预算。我默然一笑，觉得蛮好，蛮好。

　　一切步入正轨，虽然很忙，糟心事也多，但心里安定，舒了口气，终于不再

陈小手 | 光明团

有无头苍蝇般飘零无依的惊慌感。给家里打电话，也会小心翼翼地跟母亲问问王平，母亲跟我说后来电视台又去了几回，换了副嘴脸，大加宣扬，什么理想主义的弧光，什么梦想在现实点亮。镇上人都很兴奋，也开始觉得王平了不起，大家都希望他能去天文台，为镇子争光。王平本来都说好要去了，谁知他爸因为之前的生活受到电视台的影响，采访前不愿配合，和电视台起了一些摩擦，没踩稳，不小心摔伤了那条好腿，现在拄着双拐也出不了门了。虽无大碍，但王平估计一时也走不开，所以最终也不知道他到底是去还是没去。我跟我妈说王平要是去了，第一时间告诉我。我妈说，去个啥啊，一锅子粥。

一天，我无意中看到关于旅行者一号的新闻，说它现在飞到了距太阳112亿公里的地方，飞行器上的三枚核电池，电量已所剩无几，最多可用到2025年。届时，它将失去动力，并和地球失去联络，成为一颗没有方向的航天器，流浪天际。不过，虽然失去了动力，它的惯性还会推着它继续前进，四万年后，抵达下一个星系。当初，王平没跟我说旅行者一号将会失去动力的事，我一想，到时候它既没有动力，又和地球失去联系，默默地在四万年的黑暗中踽踽独行，顿时伤感万分。不过，好在它还有惯性，能推着它一直前进。我想起之前提到过，王平小时候身上有一股子狠劲，那会儿，他爱哭爱闹，到处惹事，牙口好，打架好咬人。只要被王平咬住，他就绝不松口，他杠上的，轻易不服输，我现在身上还有他的牙印。所以，我想天文台王平肯定是会去的，我不担心。

选自《人民文学》2019年第5期

梁 豪

1992年生，现居北京。《人民文学》杂志编辑，北师大文学硕士。小说见《十月》《山花》《天涯》《江南》等杂志。有小说被《小说选刊》《小说月报》《长江文艺·好小说》转载。另有诗歌和评论文章见《诗刊》《小说评论》《当代作家评论》等报刊。曾获《南方文坛》2019年度优秀论文奖。小说集《人间》入选2019年度"21世纪文学之星"丛书。

囚　鸟

一

　　黑豆饭躁动着香热的白雾，饭粒滚过一层橄榄油，晶莹透亮，像抛过光。齐名想起《酉阳杂俎》里提及的玉屑饭。如果玉屑饭真曾存在，那它一定是抢在小冰期穿过了白令海峡，一路向着温暖的热带海湾挺进，最终在世界并不起眼的角落开枝散叶，成为这里的众生日常享用的一大主食。齐名满足地关上思绪，稀里哗啦，四五口把碗刮剩一层薄薄的油，然后嘬着牙花子，慢慢踱向吧台，屁股拱上那张脱皮的长腿凳。

　　吧台里的女服务员，挂着一张中美洲随处可见的混血脸蛋。玛雅文明的消失，西班牙人的入侵，栽在火药和天花病上的阿兹特克帝国，玻利瓦尔麾下英勇的爱国军。每一次目光的逗留，齐名总感觉这张脸蛋粗粝的毛孔里，飞出了很多模糊的历史片段，它们只朝他拥来。

　　女服务员的笑持续性极强，非常纯粹，也非常热烈。齐名适时回以微笑，他的笑显然淤积了过多的斟酌，磕磕绊绊，这多少让他感到惭愧。齐名注定没有办法像她那样笑，他的笑没有笑味，是掺了过多淀粉的午餐肉。

　　每天他们都会这样打个简单的招呼。齐名意犹未尽。他弄不来大舌音，除去碰一门语言通常先学的脏话，他还掌握了个别简易便携的西班牙语短句，像"谢谢""你真美""我喜欢你"。"我喜欢你"是从哥伦比亚顺回来的，那时一位当地向导对他说:"碰到来电的妹子,你就说'我喜欢你'。我们国家什么都缺,就是不缺选美小姐。前凸后翘,还热烈。男人来一个,魂儿跑一个。"那次齐名带队,在安第斯山脉的纵谷密林间,拍到了雄性安第斯冠伞鸟。在波哥大的酒吧里,齐名集中性地见识到了这些姑娘。她们的确前凸后翘,而且热烈,她们在红色的橱窗里不停地摆动、旋转,她们有着安第斯冠伞鸟一样的艳丽和活泼。"我喜欢你。"趁着龙舌兰的辣劲儿,齐名在舌尖轻轻地吐出发音,发给自己听。

齐名捧起服务员为他做好的咖啡,改坐到落地窗边。沙发的亚麻布罩上散布着零星的斑点,像是食物的油污,长年累月地印在那里。覃爽在这时也下楼了。她选择坐到齐名对面的那些斑点上,跷上腿。她的两条小腿列在一起,出众地倾斜出一个叫齐名无从忽略的角度。她的腿总让齐名想到赛马的腿,线条流畅,洋溢着狂野之美。

齐名咂了咂嘴,咖啡的苦里泛出甜味。他没什么凑趣的话可说,覃爽也没有。她新剪的这头短发,倒是蛮配她的圆脸,可惜染成了浅粉,齐名觉得艳俗,像玩cosplay的中二少女。对此齐名只字未提,只是很刻意地多看两眼,希望她懂他的刻意。覃爽现在侧头望向窗外,光线迫使她微眯眼皮。有一层淡淡的绒毛匍匐在她的脸颊上,非常清晰,齐名此前却未曾留意过。他现在想,莫不是给荒芜的?

"你什么时候理的平头? 看着倒挺清爽。"覃爽问,顺便变出一个呵欠。

齐名将剩余的咖啡全部泻入口中,他成功地只能看到杯底。

"那天以后。"

旅馆一层依然没什么人,吧台的音箱里流动着不知名的西班牙语歌曲,让人想跟着点头踩拍子。没有回话,齐名干脆也搭腿,躺到沙发上,将头扭向窗外,他的视线与覃爽的视线正好画上了一个叉。

窗外的绿植一直在蔓延,林木勾肩搭背,鸟失序一般躁叫。不时有几只小黑

梁 豪 | 囚 鸟

点从树冠上飞起又落下，像一窝旺健的跳蚤。窗面被晨起的阳光熨得有些温暖，再过几个小时，它就会发烫，能看到空气沸腾的形状。几道被晒干的雨迹呈抹茶色，被定格在窗面上。齐名非常享受此刻的环境。

两个月前他回北京，耗着耐性，待了将将一礼拜。那次从国贸地铁站爬出来，他突然感觉有点缺氧，肺部缩张得非常费劲。周遭的人群过于密集、喧哗，这让他无比难受，像某件他格外珍视的东西遭到了侵犯，但他不知道那是什么。

那是深秋的北京。齐名向天空的各角投去几眼，雷同的厚厚一堵棕色。那些过于健硕或扭曲的建筑，以地标的高傲，围拢住他并投以蔑视，他的气更短了。他开始咳痰，胸口猛烈颠簸。立交桥盘在头顶，汽车一辆紧接一辆，转着圈儿地呼啸而过。齐名感觉自己正螺旋下沉，高楼像要往中间倾倒，他慌得跑了起来。他跑得有些狼狈，呼哧带喘，手脚不够协调，如同逃窜。可他根本停不下来。

他的确在逃窜。

圣何塞时间清晨六点半，其余团员陆陆续续下楼吃早餐。有人到吧台跟那位女服务员说笑，这能迅速唤醒他们的活力。其中一人曾在巴塞罗那留过洋，他的加泰罗尼亚口音让服务员的笑声格外抑扬顿挫，齐名暗自生羡。

这个为期十日的打鸟团共有八人，"打鸟"是鸟类摄影的行话。除去覃爽，全是推真车的鸟人。"推车"意为拍鸟，"鸟人"是拍鸟者的代称。都是些蘸了洋墨又捎回的译词，音译直译杂而处之，通常是那撮半吊子爱用的腔调。齐名最轻看这帮人，但从未表露自己的不屑，通常也是这帮人最舍得投资，钱够，齐名就不介意陪着他们一起作妖。

覃爽之外，团里有三位成员之前跟过齐名。其中两位是去年巴拿马之行的成员，那以后，他们就认准了齐名，经常在微信里向他讨教打鸟的技巧，喊比自己小两轮的齐名叫"齐老师"，喊得很勤，倒叫齐名义不容辞起来。

那一次，他们在巴拿马湾附近蹲点三个多钟头，成功拍到了角雕、冠雕和金领娇鹟，还偶遇了雄性金领娇鹟求偶的场景。但凡带团去巴拿马，齐名都会顺道把他们领去参观巴拿马运河。运河并没有想象中的气势如虹，团里不少人在感叹，这小身板，哪比得上咱的三峡工程，那才叫一个雄壮。似乎谁也不敢相信，沟通大西洋和太平洋的航运咽喉，竟是一条如此狭窄的河道，像记忆里故乡的小河，故乡的小河流淌在改革开放之前的祖国各地。他们很快就催促齐名："回去吧，没劲，还是鸟好。"

另一位大哥更富传奇，他们相识于今年三月的尼泊尔。当时齐名一行的吉普车正开在安纳布尔纳峰的山麓间。司机和副驾驶上的团员，几乎同时发现了道路前方出现的一个人影。人影越发清晰，是一个汉子，双手经幡一样在风里摇摆。齐名原以为是碰上索要过路费的村民，瞧仔细了，这哥们儿留着寸头，一身冲锋服，脚蹬登山靴，裤腿上结满了泥巴，右肩扛着一个披上数码迷彩炮衣的摄影大炮。车停下来，齐名从后窗探出脑袋，凭肉眼判断，600毫米定焦，4.0光圈，行家。

这位大哥地动山摇地奔了过来，他趴在驾驶员的窗边，低头喘了很长时间的气。

"自己人？"齐名用汉语问。

大哥猛点头，往车内扫上一眼，差点没哭出腔。他大喊道，竟然碰上组织了！他的普通话，偏旁部首都带着中原口音。

齐名亮开车门，冲他招手，示意车里说。吉普车的底盘高，大哥腿软，几乎跪着爬上来的。齐名的膝盖碰到大哥的胫骨，他的大腿在高频率地颤抖。

在车里大哥开始大倒苦水，说自己被一个业余鸟导坑惨了。他们的汽车一直在山里兜转，已经第三天，他们依然没能打到好货，全是菜鸟。大哥性急，当面质疑鸟导的水准，让他退钱。那鸟导是一后生，一点就着的岁数。两人后头发生了激烈的争执，其他团员全窝在后排，没人吱声。鸟导当时拔出一把白刀，说你丫是想见彩？大哥没辙，顶着骂被撵下车。他根本没有应急预案，手机卡是国内的，并未开通国际漫游，他也不知道使领馆的号码。他只能一路往回走，一路期待途经车辆的搭救。没人搭理他。这一路大哥走得提心吊胆，也不知道尼泊尔有没有塔利班，他什么都不知道。这趟路，他是拿命在走。

然后，照大哥自己的话说，他吉人自有天相地遇上了齐名一行。

齐名后来偷摸着问，那头要你多少？大哥说，一万整。图个便宜不是？齐名点了点头，接过大哥递来的一支中南海。到这时候，大哥就算补录了进来，跟着齐名在戈西塔普自然保护区打鸟。尼泊尔可以拍到很多国内有分布但不易斩获的鸟种。这趟出车，每个人都收获颇丰。回来那一路，大伙高兴，把玩笑的尺度开得很大。

齐名的标间空着一张床，晚上大哥就跟齐名住一间房。大哥非常感激，几次捏住齐名的手，让他以后务必携上亲朋好友，到山西去耍，一定要给他来电话，他说山西没有不买他账的地方。他说话的时候，右掌做出一个类似捏核桃的动作，好像山西此刻就在他的五指之内。

齐名几次回绝了大哥补交团费的想法。他的说法是，已经交过一次，就当是我替那孙子擦屁股。其实齐名自有盘算，话说这是他脱离老东家后头一回带团冲出国门。圈子不大，他想挣这份口碑。大哥后来果然没少在网上帮齐名攒声誉。齐名的银行卡里，有天突然多出两万块。齐名不做深究，心照不宣地满意着。

这是在哥斯达黎加的最后一天。

在进林的路上，他们碰到了一组美国考察队，其中有两位鸟类专家。齐名跟他们攀谈了几句，所获不多。对于这一带的鸟讯，齐名可以说了如指掌。这是他三年内第五次带团来到这里。三年里，那家长期合作的旅馆的女服务员换了三茬人，最开始是一位黑人妇女，她的身后晃荡着两团摇摇欲坠的臀肉，令齐名大开眼界。后两位都是混血女孩，脸上安放着印第安人古老的轮廓。她们无一例外拥有醉人的微笑。

在这些老美的相机里，齐名见到了金头绿咬鹃和白尾绿咬鹃，后者有一张珍贵的巢片。齐名告诉老美，他们此行的重点目标是凤尾绿咬鹃。此鸟相传是玛雅和阿兹特克神话里羽蛇神的化身。凤尾绿咬鹃生性孤傲，宁可绝食气尽，也不接受人工饲养，因此被当地人称为自由鸟。这些鹰钩鼻用英文对齐名说，享受这一切，愿上帝保佑你们。齐名回上一句，菩萨也保佑你们。

齐名一行在上午拍到了不少蜂鸟、金刚鹦鹉和唐纳雀。心心念念的凤尾绿咬鹃迟迟没有现身。今年是齐名本命年，他一直恪守规矩，天天穿红内裤。没有问题的。

覃爽是此行唯一的女人，所以团队里男人们的热情非常集中。他们走着走着就挤到她的身边，试图跟她扯扯淡，他们凑趣的话无疑比齐名要多得多。也正因此，这个团比以往的都要难带那么一点。大家都好逞能，一个比一个身经百战博览群书，所以谁也不愿服谁，经常连齐名也杠。好在覃爽不大接话，她天高云淡的样子跟她的发色一点都不搭调，这终于起些效果，大家逐渐消停下来，局面不致太过混乱。

雨林里的风，裹挟浓重的水汽，所以跑不快，空气时而阴冷，时而郁热。齐名已经全身是汗，汗还在如泉地涌。齐名给同样大汗淋漓的覃爽递去一瓶矿泉水，覃爽一把夺过，"咕嘟咕嘟"给它喝见底。眼尖的山西大哥凑过来说，齐队，感觉你跟这妞，有情况啊。两人都笑了笑，齐名不言语。他从覃爽那里学来了闭嘴的妙处。

圣何塞回北京的航班，将在今晚十点四十五分起飞。齐名的脑中突然闪出这条信息，他恨不得跑起来。齐名现在把大伙带到一个河谷，河谷那头鸟声密集。他的袜子被湿滑的脚汗一路推到了脚板，鞋后跟硌着脚后跟，一阵酸涩的痛。齐名现在无暇搭理这种痛。

他们蹲守在河谷的灌丛里。逼近下午三点的时候，其中一位喊他齐老师的团员突然憋气喊道："见着来福儿啦，见着来福儿啦！""来福"的意思是这辈子头一遭遇上的鸟种。透过双筒望远镜，大家陆续看见了那只憩在树梢上的花鸟。红腹绿背，两根闪绿色的尾羽长长地耷下，既有花旦的娇，也有武生的俊。这是一只雄性凤尾绿咬鹃。大伙渐渐逼近过去，相机霎时全部开动，有一种集体劳作的喜悦。

覃爽只是眼观，她此行并没有携带什么像样的装备。可能是等得不耐烦了，她随后也掏出手机，横竖各来了两张。

齐名已经独自挪走几步，坐到河滩的石堆里。他从衣兜内摸出半根抽剩的雪茄，含在起皮的唇上。这支雪茄有点来历，是去年齐名在马那瓜一个地摊上买的杂牌货，一盒的雪茄眼下就剩了这半根。那时齐名是从哥斯达黎加一个小口岸混入尼加拉瓜的。他偷偷在护照里夹了五百美钞。五个富兰克林喜忧参半的头像，最终顺利帮助齐名在尼加拉瓜湖畔遛了一圈。风景不错，也就那样。

齐名斜躺在糊满青苔的岩石上，悠然地吞云吐雾。覃爽慢慢摸索过来。

"怎么样，好看吗？"齐名叼住雪茄，挤着眼睛问，"那鸟。"

"这就是你心心念念的玩意儿？"覃爽的一头粉色让齐名非常出戏。

他深深地抽走一口，没有接话。

"老老实实待北京吧，成不？"覃爽站在那里，她娇小的形体、粉色的蘑菇头、普通话里的一半执拗和一半委屈，都跟身后那片幽深的雨林是那样的格格不入。

"别了吧，你看我头发都剃了。"齐名摸了摸自己扎手的脑袋，说，"别误了你。"

"我是越来越看不懂你了。"格格不入还在加剧。

"我最近发现自己越来越看不懂这个世界，可正是这样，我觉得这个世界还蛮有看头的。"齐名依然躺在那里，他享受雨林里一切的秩序和格局。

在两人不远处，"咔嚓咔嚓"的快门声此起彼落，似乎永不停止。

"你个鸟人！"

一声尖响，群鸟飞散。

在到达厅，跟往常一样，齐名被团员围在行李转盘旁，他们朝圣一样抢着跟齐名握手，场面和美，功德圆满。齐名说了大量无须过脑的废话。他不知道覃爽是什么时候走掉的，她没有跟任何人打招呼。

在圈内，齐名的收费不敢说低，可一年到头，档期依然排得密密麻麻。他带团几乎没有出过差池。只差一回，是在洛杉矶准备返程的时候，其中一位团员无故消失了。齐名赶紧报了警，跟使馆取得联系，并向公司做了汇报。当时公司的回话是，人没找着，你也不用回来了。经查，该团员是在最后一晚从入住酒店自行离开的。后来才得知，这哥们儿临时起意要去看洛杉矶湖人队和波士顿凯尔特人队的篮球赛，总决赛第七场决胜。他没买到票，他没能在斯台普斯球场外找到眼神暧昧的黄牛党，于是通过球场外的大屏幕，跟一群同样没买到票的湖人队球迷看完了整场比赛，甚至还参加了赛后疯狂的庆祝游行。直到第二天他才被警方寻获，很快被遣返回国。公司后来扣掉了齐名那一整团的收入。

跟东家解约那天，齐名难得换上一袭西装。他坐到人事经理办公室的转椅上，把印好的辞职信手绢一样丢到桌面。他跷上腿，从容地把牛津皮鞋抖出来，抖出一片锃亮的闪光。那时他根本不想笑，没有什么值得他去笑，但他脸颊的法令纹，还是陷下前所未有的纵深。

　　回京次日，齐名就得带上一个新团，去印尼。齐名享受这种被工作塞满的感觉，停下才会让他身心俱疲。他甚至喜欢如果上一环出现意外极可能贻误下一环的风险，化险为夷令他大呼过瘾。

　　印尼拥有将近五百种特有鸟种，是世界上特有鸟种最多的国家，鸟类主要集中在苏拉威西岛和新几内亚岛。新几内亚及附近岛屿，栖息着资深鸟人都渴望能够一睹真容的极乐鸟。齐名每年要跟那里稠密的热带雨林打好几回交道。他的印尼语说得非常地道，能熟练运用、切换各种俚语。砸钱不手软，吹瓶不上脸，该勾肩勾肩，该拥抱拥抱，齐名在当地混得很开，他跟各路鸟导称兄道弟，这让他少走不少冤枉路，也免去很多冤枉钱。

　　出发印尼前的那一夜，向来无梦的齐名，梦到了覃爽。她在梦中变成了一只鸟，长出一对斑斓的翅，玲珑，桀骜。她就这样轻轻一点，呼扇呼扇，离了他的肩膀。她最终遁入高天，从此不归。

二

　　这个节目今年做到了第四个年头，在网络综艺遍地开花的井喷期，这是一件骄人的成绩。第三年开始，制片人为两位主持人分别配备了一把吧台椅。他们都发现坐着主持，也丝毫不影响收视。现在，"是什么让你单身至今？——男生版联谊会"两行粉色文悦新青年体汉字，在背景屏幕上循环跳动，可爱，显嫩。女主持人鹅黄色的连衣裙，短得很有卖点，诱人视线在裙裾边缘徘徊，最终铩羽而归。

　　三位男明星居镜头左侧，一群女艺人居右侧，两方人马相向而坐。男明星各自坐在一张软椅上,女艺人兵分三排,色香味俱全地陈列于一个梯形看台上。齐思坐在看台第三排,镜头的最右上角。一个在镜头里最容易变形的位置,一张要命的大大的左脸。她一直觉得自己的右脸更上镜。倒是可以很舒适地纵观舞台全貌,也能看清三号机位摄影师傅头顶的皮屑。她甚至都能闻到师傅身上淡淡的烟草味。

如果这个临时搭建的木制看台突然崩塌,所有的女艺人都将失声摔倒,其中以那些脚踩高跟鞋的最为惨烈。齐思庆幸自己穿了一双帆布鞋。倘若这一幕真能发生,整期的收视率势必冲向历史新高。齐思在默默地祈祷。直到录影结束,她们大部分人都没法捞着一句话,只有肤浅的笑声被收录进去,穿插到这档每周一更的综艺节目里。齐思物伤其类。接着祷告。

毕业季,齐思跟同学们一样,偷偷做了韩式半永久,她私下还飞了两趟首尔去开小灶,动过鼻子和下巴,隆过一回胸,小平板顺利晋升C罩杯。眼见同届的同学一个个火起来,最为春风得意的那几位骄子,已然是家喻户晓的名角,齐思的心火快要烧着自己的眉毛。毕业合影时还站在居中位置的齐思,至今表现温温吞吞,暗淡得有些过分。自从跟校草分手后,齐思再也没能享受过成为焦点的悬浮感。一个小姐妹开她玩笑,说人家迟早要醒的,睡过就好,你就知足吧。一贯开得起玩笑的齐思,当下把人给拉黑了。

如今,她稀里糊涂地将自己混成了通告艺人,在点击量差强人意的综艺节目和不上星的电视频道节目里神出鬼没,扮演一个游离于花瓶与谐星的角色。她既缺乏让人眼前一亮的才艺,均码的尖脸也无从助她从如云的人造美女中脱颖而出,这在娱乐圈是非常致命的状况。她是一个随时可能被替代的山寨货,好就好在便宜,坏也坏在便宜,便宜没好货。在自我认知上,齐思可能过于清醒了一点,在这个阶段,这并不见得是件好事。这个阶段应该不计后果地拼上老命,突围。

梁豪 | 囚鸟

　　换作一年前，齐思还会不时翻出那张毕业合影，在班上那些正当红的女同学脸上留下永远无法恢复的掐痕。她的偶像是小S，她想成为大陆的小S。她一直在品尝着事与愿违的苦涩。所以现在齐思反倒有些看开了。心态放平，很多事倒又迎刃而解，通告量小幅上升，够她养出更进一步的释怀。毕竟，她精心准备的笑话依然冷场。

　　这天的录影话题如屏所示，每位男明星列出五条择偶标准，主持人逐个撕开封条。凡不合要求的女艺人须自动离场，直至留下满足所有条件者。男明星最后会从中挑选一人进行私聊，两人有机会牵手成功。重点不在成功与否，贵在有趣。

　　他们的要求千奇百怪。胸围至少是C；小本人十岁以上；能陪我一起玩网游；硕士以下学历；有留洋经历；必须陪我吃夜宵……其中一位男明星提出要看女生脚趾的形状。每位女艺人必须脱掉鞋子，受他逐个品鉴。齐思觉得这像是在选妃。他的表情不无得意，主持人趁势一再揶揄，纵然是综艺效果，齐思也想翻起鞋底，狠狠甩到他腥膻的脸上。可她却在欢笑，咯吱咯吱，嘻嘻哈哈。她不得不笑，否则捉进镜头的表情会很难看，难看的女艺人没有观众缘。

　　也有尚且合理的要求，比如得会开车；禁止把其他男明星喊成老公；喜欢看文艺片。

　　这三个男明星，齐思最钟情胡凡。从他早年在韩国当练习生起，齐思就是他的粉丝，不混饭圈，守住理性的那种。胡凡跟韩国那家著名娱乐公司的官司曾轰动一时，成功解约后，他选择回国发展，这让他沉寂了很长一段时间。其间，他逐渐成为网友热捧的段子手和行走的表情包，流量为他带来了大量真人秀节目的邀约。他又给盘活了。

　　去年起，胡凡开始接拍电影，都是知名大制片人大导演的戏，横跨内地和港台。齐思还是偏爱韩国男团时期的胡凡，那时的他更青涩，更遥不可及，很像齐思青春期的偶像安七炫。现在的他，有点荤，冷荤冷荤的，最关键是，太亲民了，而物以稀为贵。她想象中的胡凡欧巴，不可能接下这种恶俗的通告。

齐思跟胡凡同台过两次，从化妆到散场，她都没能跟他产生交集，他们在不同的化妆间和休息室，在节目不同的段落和角落里。而且，她也不希望别人误认为自己不过是个盲目追星或蹭热度的小艺人。齐思唯一感到欣慰的地方，就是她的自尊心，还是该死地高傲得让她宁肯吃亏。

录影进行了将近四个小时，齐思进进出出了将近四个小时，最后的成片大约时长为一个小时。齐思每次都没能坚持到底，到底的总是那几个。她坐得很累，一到后台，她就赶紧活动身骨。没能走到最后意味着没有发言的机会，她知道自己不够圆滑，但她乐意，或许这印证了她还年轻，还可以挥霍。录制结束后，齐思像往常一样，躲到后台洗手间里抽走一根烟，然后叫一辆网约车回家。

齐思去按电梯的时候，有人在背后喊了她的名字。齐思转身，是余乾，当中的一位男明星，不是看脚那位。齐思稍感错愕，还是很有礼貌地点头致意，眨眨假睫毛，问："你认得我哦？"齐思后悔把隐形眼镜给摘了，对视的第一眼很重要，可她根本看不清他的神色。

余乾笑说："你胸口的名牌不是写着吗？"他的牙齿白得像墙漆，糊糊涂涂的一片。

余乾是个星二代。齐思看过他的新闻，一次是在夜店里跟人发生口角，据说是因为女人，然后爆发了肢体冲突，最后不了了之。还有一次，是被狗仔拍到在某奢侈品店里，手挽一位 E 奶网红，最后也不了了之。

在圈内，余乾是子凭父贵的佼佼者，到目前为止他的最佳代表作还是他爹。他父亲年轻时也是名满天下的一代小生，也风流。如今退居幕后，成了业界知名的制片人。

在电梯里，余乾提议载齐思回家，说是顺道。齐思说，不必了吧。

"吧——"余乾歪起嘴角，似乎是笑，说，"走吧。"

余乾的座驾是一辆深蓝色的玛莎拉蒂。齐思坐到副驾驶上，想，她这一坐，是否就意味着她必须得从余乾这里获取一些资源，以牺牲自己的某些东西为代价？她实在不懂里头的规矩，她没到那个份上。

干脆先发制人。齐思说出一串，我从来不素颜，恨不得睡觉也带妆，身高没超过一米六五，也记不住巴塞罗那队所有球员的名字，就认得梅西，更不想跟任何人熬夜看球。

"不是熬不起夜，而是不想看，一场下来都进不了一个两个。我宁肯去地坛公园看老头老太太打门球。"

余乾拍着方向盘哈哈大笑，他说你也是业内人士，怎么能不知道啥叫节目效果？

"你是不是觉得我这人挺坏的？"余乾问齐思。这至少说明他并非两耳不闻窗外事，或者贵有自知之明。

"我对你不是很了解，但感觉没有那么的好吧。"齐思希望余乾能理解自己的幽默，还有躲在幽默背后的实意。

"你真名就叫齐思？"

齐思重新翻开伴侣盒，将隐形眼镜贴到瞳孔上。刚贴好左眼，在一半模糊一半清晰的时刻，她回答道："不算吧。我本名叫刘明媚，春光明媚的明媚。"

"这名字好，生机，直率，一看就随你。"余乾的嘴角再一歪，说，"有个艺名挺好的，什么东西都能挡一挡。"

"自欺欺人罢了，而且你也可以啊。"齐思终于高像素地看清了余乾的侧脸。他的牙齿洁白异常，过分齐整，一看就知道做过矫正，跟齐思一样。

"我是在狗仔的镜头底下长大的,犯个痢疾去医院,也有一批狗仔跟在屁股后头。讨个艺名不是多此一举?"余乾打开音乐,放着毛不易的《像我这样的人》,音量偏弱,环绕立体声,歌对路,齐思不自觉地随着轻哼。

"不是我矫情,真的,我做梦都想出生在一个普通家庭。大苦大难那种就不必了,父母领点工资,朝九晚五,管吃够喝,普普通通就好。生活不需要那么多的跌宕起伏,更不需要那么多的兴师动众。"

"你要现在开的是奥拓,我就觉得你这话还挺感人的。"

余乾又笑了起来,他总在变着法儿地笑。

"当然啦,我也劝自己,你丫就知足吧,就像所有人开导我的那样。但我很清楚,这根本就是牛头不对马嘴。"

齐思感觉余乾比她想象中要深刻那么一点,但也不过是种贸然的猜测。他极有可能还是"没有那么的好"。

余乾提议一起去吃饭。齐思谢过,说今天不行,跟人约了饭局。她脑袋一热,脱口而出,改天吧。忽觉不妥,索性一路说下去,肯定蹭你一餐饭,让我多曝光曝光,没准就能登个热搜榜啥的,趁势火个一塌糊涂。余乾半认真地说:"我可记着了啊,且看下回分解。"

玛莎拉蒂稳稳地靠在路边,再"嗡"的一声,稳稳地蹿了出去。齐思站在小区门口想,这种稳定性要能放在柴米油盐中,真是再好不过。

齐名一如既往,迟到一小时。齐思心中有数,自制的火锅汤底刚滚开,门铃声响,齐名脱了大衣就能涮肉。无非吃饭,顺便聊些近期的情况。

齐名说都蛮好的,蘸着料碟,吃得很带劲。他看起来很饿,他处在一个很饿的年纪。他确实蛮好的,自由旷课,睡到自然醒,即兴远游,不把辅导员和分管教务的副院长放眼里。一切尽在掌握中。

齐思跟齐名说起今天的遭遇。齐名的虎牙咬紧筷头，说余乾不就是那个拼爹的星二代？齐思说，就你嘴欠。齐名乐了，说现在就跟我急啦？

齐名吃饭总爱咬筷头，齐思怎么说也不听劝。她想过把家里的筷子统一换成不锈钢的，让他硬碰硬去。眼下所有竹筷的尖头都琢满了齐名的牙痕，很煞胃口。她到底没换。

电视被当成屏幕，连上平板电脑，放映着齐思参与的综艺节目。每次跟齐名在家里约饭，齐思总要找出自己的节目视频，逼着齐名指点一二。她说你不是小年轻吗，口味比较对路，给我积极建言献策。可她只比齐名长四岁。

"那厮跟你约了下次的行程没？"

"刚放下手机，说是后天陪我去做激光嫩肤。"

"靠！"齐名用筷子敲了一下碗口，就着"当"的一声说，"刘明媚，没人这么约会的。"

"这就是我们小艺人的日程啊，美化自己，造福大家。他受得了便受，受不起拉倒，没必要谁迁就谁，也没有谁跟谁过不去。"齐思只夹素菜，明明洗了口红，嘴唇还是条件反射地往天上地下翻翘，食物被筷头一路护送进门牙以里。

"男人在得手之前，肯定不择手段，也会一忍再忍。现在什么都是假象。"齐名又放下一碟牛骨髓，再七上八下地涮一片毛肚。

"如果他能忍到我动心的那一刻，老娘也就认了。感情不就是互相认了吗？认好也认栽。"

"那你对他来感觉吗？哪怕一丝一毫。我倒是觉着啊，你要跟了他，哪怕玩一玩，又哪怕狗仔误以为你俩处上了，也比你现在单枪匹马混得强。"

"少看轻我，我现在对谁都提不起兴致。你不懂的。"

"我还真不懂。"齐名又去咬筷子。

"你现在处于对每个但凡略有姿色的异性都很来感觉的阶段。"齐名佯装生气,拍了一下桌面,自己先笑了,坏笑。

"最近去见你爸了?"齐思擤一擤鼻涕,换了个话题。

"有什么好见的。"齐名随即问,"你呢,跑你妈那儿撒娇啦?"

"没,跟你差不多。除了偶尔会去讨些救济粮。"

"你一年用掉的卸妆油,经过提纯以后,能供养缺水地区的孩子活上一年半载的。论哭穷,没人比你更理直气壮。"

齐思回了几个"哎哎哎",看似嗔怪,心下竟然有些得意。她到底是艺人嘛,得亮相就得上相,也不能一直上着相。

"你怎么不爱去找你爸呢?"齐名好奇。

"我爸也不是好鸟,不然也轮不到你爸。我爸跟你爸,两人有一拼吧。男人都有一拼。"

"吃饭就吃饭,干吗含沙射影的。"齐名又去敲碗。齐思母亲说过他,敲碗那是乞丐,不让。他偏要。

"那件事,你想好了?"齐思问。

有辣椒油从嘴角滑了下去,有一点痒,齐名从纸抽里抽出一张,使劲地抹,抹麻了就不痒了。他说你知道朱鹮吧?齐思说我还真不知道。

"一看打小就没好好念书,小学的课本里就提到过朱鹮,一种曾被判断灭绝了的鸟。当年在日本,最后一只野生朱鹮已经死去,动物园里饲养的六只失去了繁殖能力。在咱中国,一直没能发现野生朱鹮的踪迹。又过了好些年,陕西那边才找着了几只,还有。我那时最大的梦想,不是登上月球,不是当警察抓小偷,而是亲眼看一眼野生的朱鹮。这个愿望我在三个月前实现了。

梁豪 | 囚鸟

"我们家阳台上以前养过一只金丝雀，你有印象吧？后来就没了嘛，单剩了一个鸟笼在那里。金丝雀是我给放走的，应该说是赶跑的。我半天才把它弄出笼，结果还赖在阳台上，一蹦一跳不愿走。这雀儿啊不是变奴才了，就是成太岁爷了。我爸那天回家，没听到鸟叫，纳闷着去张望，只看到一个空空荡荡的鸟笼，大喊说，我好端端的雀儿怎么不见啦？问我，我把脑袋晃得眼冒金星。他挠挠头，说莫不是让老鼠给叼走了，他娘的畜生。后来他煞有介事地跑到菜市场，买了一包毒鼠强，混着饭团，放到家里各处，还示意我别声张，说老鼠成精，能听懂人话。我就铆足了劲给他点头，完后跑进卧室，捂在被窝里笑个不停。"

齐名最后说："喜欢这个东西是没法说清楚的，我就爱深山老林，就爱鸟，就爱飞，比在北京待着畅快多了。你不会明白的，你跟那些浮华的东西贴得太近了。但其实吧，这又跟你非得进娱乐圈异曲同工，就是非要折腾，非要拧巴，高兴了。"

电视里主持人刚刚讲了一则笑话，齐思在卖力地笑，镜头给了一个一秒钟的特写。齐名指出过很多回，说你笑的时候，眼睛尽量别去找镜头，不然看起来很假，像摆拍，这是禁忌，跟拍鸟一样，要呈现抓拍的效果。齐思回嘴，你骂谁是鸟呢？到头来，她依然学不好那种抓拍式的微笑，她不够从容。

"所以你打算彻底放弃学业了？"齐思问。

"我已经退学了啊。"齐名既有些腼腆，但更像是自得，"当初我学哲学，是想弄明白人是怎么一回事儿，没整明白，歇菜了。在弄明白人是怎么一回事儿上，彻底肄业。"

"退学你怎么不告诉我？"齐思每问出一个问题，都像往自己身上添多几岁。

"我凭什么告诉你？哪壶不开提哪壶？人家高晓松，说自己是清华才俊的时候，没事会去提没拿到文凭那档事儿吗？再说，没毕业又不是没就读，好歹我也混过哲学系，放起去照样唬人。跟名头比，内容不重要。我挂过两门专业必修，其中一门是作弊被抓,老师直接给下了零蛋。但这些都不重要。当然,后来我都补考过关了。每到课间我就跟科任老师在走廊上一块抽烟。烟是我买的软中华,正版货。你说我能不过吗? 我们倚着栏杆,聊时政和体育,我们从来不聊哲学。我怀疑他们自己也不信那套玩意儿,哲学就是子非我焉知我不知鱼之乐。被那套玩意儿绕进去,生活容易出状况。"

齐名说了很多话。他现在跟齐思碰头,总会不断地嚷嚷,像醉了。他以前不这样。但现在他只能这样了,他的话已经没有第二个去处。

齐名看了一眼腕上的表,不得不打住,赶紧穿好外套。他还有第二趴。其实根本不能说是第二趴,而是他人生的长征路上生死攸关的转折点。他必须拿出飞夺泸定桥的架势。

齐名推门而入的时候气喘吁吁,他还是迟到了。他努力让自己尽快契合这家咖啡馆的深沉。

"吃了吗?"

"吃过了。"齐名强行克制自己的喘息,样子看起来倒有点凶。这让他很矛盾。

"我还没,没得心情。"覃爽耷拉着眉眼,翻阅着过于厚重的菜单,"我就随便点些吧。"她似乎在仔细研究菜单,所以无暇观照齐名一眼。但这里的菜单,她翻过不知多少遍。

"那个,我也只吃了六分饱,你多点一些,咱一起吃。"齐名把外套脱到一旁,努力吸回一些肚皮。

覃爽注意到齐名旋转玻璃杯的手,手腕上长了一些暗红的小疤。

"怎么了?"

"中美洲的蚊子毒,没交手过,下回去就好了。"齐名用舌尖擦了擦干燥的唇皮,他不知道是该拿起水杯喝一口,还是继续这么转下去,他索性把两手藏到裆下。

"他还是不答应。"覃爽现在也抿起嘴，看向服务员远去的背影，"他说如果我跟一个没拿到本科文凭的人在一起，他就折断我的腿，还有你的腿。"

"合着这辈子就跟你爸唱双簧？"齐名一肚子的辣，现在都涌了出来，"当初我爸连城南的都不让我找，我这不还是跟你一南方人搞在一起了？咱是活给自己看，你有点自我好不好？"暗淡的灯光给了齐名虚妄的勇气。

现在这家咖啡馆较以前来得萧瑟许多。越来越多的咖啡馆冒出来，好像突然间大家都迷上了咖啡的香味，这家咖啡馆的优势越发变得捉襟见肘。齐名和覃爽见证了它的盛极而衰，同样地，它也见证着他们感情的由浓转淡。

"好吧，这既是我爸的意思，也是我的意思。他们说得在理，我不能不为自己的未来着想。我喜欢你，但我更讨厌没有安全感的日子，就像现在这样。"

覃爽紧紧地盯着齐名这张她再熟悉不过的脸。据说，当凝视某一事物的时间达到一定长度，大脑对观察对象的敏感度会不断下降，直到某个瞬间，它彻底归于陌生，好像从未见过。

"你要么待在北京，到餐馆打工我也陪着你。但如果你非得做一个什么鸟人，我们就只能这样了。"

齐名心想，沉默吧，沉默是他唯一的选项。

他记起他们刚认识的时候，覃爽总爱找机会跟他套近乎。那时他非常享受这种被人需要的感觉。他迟迟按兵不动，他不希望这种感觉那么快就溜掉。该来的总是要来，该散的终究要散，他不是不懂。

"教教我嘛。"

"教你什么？"

"咳痰呀。"

"咳痰还需要教？"

"当然，我不会。怎么发力的，哪处使劲？"

"在北京，咳痰是活命的能耐。你家那边空气质量也忒好了吧？没事儿你咳什么痰，我这是刚需。"

当时的覃爽总会向齐名提出各种莫名其妙的要求，那是一段需要大把大把的莫名其妙来填充生活的时光。

今晚这一餐，两人都没怎么动筷。菜色原封不动地暗下去，师傅勾芡也枉然。

显然，这个转折点齐名没弄好，折到了。他成了大渡河边的石达开。

常言事不过三，可就是在第四次约会的时候，齐思的襄阳城守不住了。那天晚上他们没有分开。齐思那时躲在车里问，不然前后脚进去？余乾摘下墨镜，说不需要，没事儿。

一切都像梦，醒来更像梦一场。第二天齐思刚一睁眼，就看到余乾浮在视线之上的脑袋。他的脸本身不吓人，不能说很好看，却自有它的章法，只是看见这件事本身很吓人。应该是别扭吧，齐思想，还得再适应。

"你的身份证上不是写着齐思吗，怎么又说是刘明媚？"他娇滴滴地对齐思说，他的脸快要抵到齐思垫高的鼻梁上。

"干吗偷看我身份证？"齐思想把自己彻底喊醒，然后顺势拉开彼此的距离。

"我可没故意偷看，昨晚在酒店前台，你拿出来的时候，我不小心瞥见的。"

余乾还要再靠过去，齐思赶紧用手将他支开。"快别看，卸了妆，丑死了！"她把被子卷在身上，一溜小跑进了卫生间。

衣服、妆容、清醒的大脑、沉淀下去的多巴胺，所有这些让齐思重新恢复某种镇定，支离破碎的镇定。

"在巴黎塞纳河上，你知道最古老的桥叫什么吗？"镇定下来的齐思走出来问。

"你说。"余乾露出了整齐的牙齿。齐思当时在想，如果他们真的在一起，不是闹着玩儿，她一定要杜绝他把牙齿美白得如此失真。

"新桥。"

"古老的新桥，有意思。"余乾也从床上站起，他几乎是强行从背后把齐思搂进怀里。他的胸肌非常坚固，像一堵墙，压过来。他的嘴钻到齐思的耳朵里喃喃地说："下月陪我去呗，我想见识见识新桥。"齐思的耳朵痒到了，心头起腻了，脖子一缩，赶紧笑着再度脱开身，退到一个她认为合适的距离。

"我本名叫刘明媚，身份证上的名字是后来改的，我并不喜欢，但小孩子没有话语权。后来等有了话语权，又嫌起了麻烦，毕竟名字不过是一个记号。所以，干脆拿它当艺名，反正艺名通常是假的嘛。真真假假的，多好。"她夸张地笑了一下，再迅速恢复正色。

"有点意思。"余乾缴械了，他坐到沙发上滑起了手机。

"我该走了。"下午齐思确实还有一个通告，话题是出国旅游不得不提防的雷区。她还得负责一段开场舞。最主要的是，她想逃离梦境。

毫不意外，他们因为在酒店前台办理入住手续的画面登上了热搜。

于是公开恋情，于是再度登上热搜。齐思有种坐云霄飞车的感觉。

从那以后，有了余乾或准确地说余父的助推，齐思能够很直观地感受到她正变得越发忙碌。她的忙从最开始的慌不择路，到逐渐变得有条不紊，成了精心挑选过的忙。在网上，先是谩骂取笑和夸赞各占一半，然后大家似乎就渐渐适应了她刺眼的存在，再适应她耀眼的存在。

现在的齐思不仅可以随时发出自如的笑，还能够任意切换不同的表情。她开始接受一对一的深度访谈，主持人是她此前甚至不敢奢望同台的大前辈。她得体又不失风趣地回答着他们抛来的诘问，委婉地接纳他们的奉承，同时避开某些陷阱，观众们被她的高情商所折服。以至于她的容颜，也开始得到越来越多粉丝的认可。网友们说，齐思的脸蛋，整得美而不失原态。

她勒令自己保持稳健，动作放缓一点，语调戒急，举手投足务必张弛有度，稍微端着点儿，但不能用力过猛，否则易被诟病为矫情。像小S那样的谐星，已经不能满足各方的需求。齐思顺利戒掉了之前大量吊儿郎当的肢体动作。她强忍疼痛，把几处显眼位置的文身都给清洗掉，否则上电视会被遮上马赛克，给真善美的观众朋友留下不好的印象，太社会，不够知性。

齐思接获了不少电影通告，最近刚刚杀青的这部都市科幻爱情片，跟她演对手戏的男一号是胡凡。发行方放出的宣传标语是，当红小花旦首度联袂人气偶像小生。小花旦，可齐思已经二十八了。她做贼心虚似的掠过这三个她其实格外珍视的字眼，再掠回去。

它们跟她一样，晚熟。

三

一只年迈的鸵鸟埋头，从齐思身旁"扑嗒扑嗒"走过。这只鸵鸟非常高大，瘦死的鸵鸟也比齐思大。一股浓烈的杂食动物的臊气漫过来，脏而暖。在这条藏蓝色的隧道里，鸵鸟踉跄而行，巨大的后肢不断拍打地面，沉重，杂沓。齐思也走在这条幽暗的隧道内，空气里浸满水分和苔藓的草腥。她的红色高跟鞋踩在湿滑的路面上，发出类似马蹄铁的"咯噔咯噔"响。

经纪人把齐思拍醒，但她其实没睡，只是靠在车座上眯眼，胡思乱想。她戴上跟脸一般大的墨镜,从保姆车跳下来,再不时低头看一眼捏在手里的这张杏色名片。她的高跟鞋响得急且脆,她像一匹马,彷徨于玻璃和水泥构成的迷阵。

"鸢飞生态摄影文化传媒有限公司。"一楼大堂的保安紧皱眉头,进一步松开手和眼的距离,远远地打量这张被揉皱的小纸片。他用充满乡音的普通话,念了一遍公司的名称。现在,他终于出现恍然大悟的神色,然后领着齐思走到电梯口,再度用充满乡音的普通话说:"十楼,十楼然后左拐,往里走。一扇很大很大的玻璃门,敞着的,进去就是。"他张开双手加以比画,样子看起来像一只振翅的秃鹫。

齐思遵照执行。在那扇很大很大的玻璃门前,她被一位身着深灰套装的短发女子拦下。弄清来意以后,这位年轻的女士匆匆领她穿过一片明晃晃的开放办公室,齐思感觉这里的热闹充满了秩序和克制。齐思习惯性去拽一拽自己的渔夫帽。

他们最终来到一间采光很足的独立办公室,格局气派,有原木的清香。女子跟坐在转椅里的男人短暂交谈了几句,然后自行退出。这个暂时猜不出具体头衔的男人,让齐思坐在待客的硬皮沙发上。穿过墨镜,齐思看到办公桌背后的墙面上,挂着上书"望峰息心"四个行草大字的扁额。

"你是他姐?"男人捋着两侧的油头问。

齐思耐住气性,点点头。

"他倒是没跟我们提起过,不过他向来都不怎么爱聊自己的事儿。"男人现在坐到根雕茶几边,为齐思沏上一杯滇红,"这是对的,小心驶得万年船嘛。"

"我就想知道具体的情况。"齐思劝导自己再耐心一点。

"你也太小看你弟弟了,一年多前,他就炒了我们鱿鱼。单干,能力强嘛。不过,小齐确实是我们的得力干将,胆大心细,任劳任怨,我们一直都很珍惜他,也很努力地在栽培他,直到他翅膀硬了起来。当然了,现在说这些已经没有意义。我真没想到会发生这样的意外。"他轻轻叹出一鼻子的气。

"印尼的急救水平，太他娘的差了，连一条金环蛇的一口咬都搞不赢。"男人突然起立，站到落地窗前叉上腰，继续发牢骚，"发展中国家就是发展中国家。"

有轻微的敲门声，又一位身穿银灰裙装的女士走了进来。从服饰到妆发，都跟先前那位如出一辙。她的手里抱着一个铜黄的信封。男人接过，递个眼神示意她出去，然后亲自走到沙发边，是要塞给齐思。

"这是我们的一份心意。齐名怎么说，都是从我们鸢飞出去的人，是我们曾经一起奋斗过的战友。买卖不在，情义还在嘛。话说我跟他还经常有联系，我很喜欢他的那些照片。他懂，懂自然，懂鸟，而且是真爱这玩意儿。这年月，没几个人了。"

齐思冷笑一声，将墨镜摘下，款款地站起来。

"我说了，只想了解一下情况，别拿这玩意儿丢人了。"她"咯噔咯噔"地往外走去，穿过那个充满秩序的开放办公室。在她走后，办公室里漫开一阵薄雾一般的吵闹。

办公室里的男人追了出来，众人齐刷刷望向他的油头。油头半天说了句："刚那人是齐思？齐名是她弟？"

除去一堆摄影器械和帐篷睡袋，齐名还留下很多封信，是鸟迷写给他的，他都塞在随身携带的背包里。他的那只背包还装了一本书，威尔·杜兰特《哲学的故事》，封面有些残旧。在书页里掉下一张照片，估计是被他拿来当作书签。照片里是一个女孩，而不是极乐鸟或朱鹮之类的名鸟。女孩五官清秀，圆脸，留着一头齐肩短发，短发梨花内扣，两耳微微招风。

齐思不知道这女孩是谁。显然不是明星，她一眼就能认出明星的姿态，而且齐名从来不追星，白白浪费了她齐思的资源。直觉告诉齐思这里面有故事，她找到齐名几个要好的发小,让他们认照片里的人。到这时齐思才了解到,齐名谈过恋爱,经历了分手,都齐活儿了。

齐思那天直接从怀柔片场开车前往那家知名的教育辅导机构。覃爽在这里教授托福、雅思和 GRE 课程,主要负责英美留学这块。一位负责人把齐思请到 VIP 休息室,覃爽还得半个小时才下课。工作人员捎进来一碟水果、曲奇饼和一杯拿铁,很多人跑来跟齐思合影,索要签名,齐思一一照办。覃爽走进来的时候,礼节性地跟齐思说了声你好,并没有在齐思身上浪费多余的目光。她们看起来像一对因为某件小事而闹僵的闺密,都觉得不至于,也都不想这么快就和好如初。

她们随后坐上齐思的车,开去齐名常去的一家麻辣烫,小店开在齐名和覃爽大学边的一条窄巷里。因为齐名,她们都算得上这里的常客。撞上饭点,人在店外排起了长队,齐思说了声抱歉,戴上帽子,捂好口罩。

覃爽刚一落座就开始哭,哭声躲在一片年轻的喧闹里。她抱怨地说,我就知道这样,就不该来这里的。她们其实都知道,她们不就是想找个伴来一起哭。自己哭自己的,根本不知道限度在哪里,似乎有无穷无尽的泪等着流干。

齐思拿出那张照片。"这是从他书里翻到的,漂洋过海又回来了。想了想,还是给你吧。"照片背面右下角,有一颗手绘的心。

她们稍晚转场去一家酒馆,齐思熟,可以直接要到一个私密包间。

流过泪,再喝一点酒,心头暖和多了。

"你对我们家的情况,应该很了解吧?"齐思问。

"也还好,他提到他爸多一些。齐名把他爸描绘成一个兼具陈世美和周扒皮的混蛋性的角色。"

她们好不容易偷着一点笑,齐思假装白去一眼,说:"还说不清楚。"覃爽当然清楚,他们曾经起誓,要对彼此毫无保留。

"我看过你一些节目,我跟齐名说过,你们果然不是亲兄妹,哪哪都不像。我其实不是很喜欢你演的那些电影,跟你的演技没关系,纯粹是不喜欢剧本,太单薄。我喜欢韩国电影,特别是李沧东的片子,每部都看了不下三遍。他用一种很轻柔的方式讲述人身上普遍的痛。但我很高兴认识你,如果不是因为这事才认识,就再好不过了。"一种无来由的歉疚浮现在覃爽的脸上。

"来,干杯!"齐思想要扫除那种歉疚。

覃爽后来问:"他爸现在还好吗?"她真的什么都了解。

齐思点起一根烟,雾袅袅地说:"里头给他的待遇还不错,毕竟局级干部。就是糖尿病这事儿比较折腾,得天天打针。我还没告诉他齐名的事。"是两年前,齐名父亲因收受贿赂,勾结院线、影视公司洗钱,被组织双开。据说,他生活作风上也犯了一点错误。

覃爽向齐思要了一根烟,她吞吐起来有些费劲,太青涩。这种青涩齐思想演都演不出。

她们后来聊起了齐家的一些情况。当年齐名母亲心灰意懒,回了老家,在河北某个小县城,从此与齐家再无联系。是齐思在整理齐名的手机时发现的,原来他们母子一直保持联络。齐名经常会从国外寄明信片给一个在河北的女孩。母亲后来改了嫁,给他生了一个妹妹。这个女孩就是他的妹妹。

齐思母亲倒是挺懂示好。每次齐名从学校回家,她爱给他做冬荷煲老鸭汤,说是跟广东人学的。齐名通常象征性地吃几口,味道再好,也都在了那几口里。齐名父亲家教甚严,从不让他玩游戏。齐思母亲偷偷为他买过一台最新款的PSP,给他使眼色,说别让你爸知道,注意劳逸结合。她越是这样,齐名就越反感,觉得她恶心透顶。齐名后来跟齐思说过,他说我可不是那姓齐的,不吃这套。齐名并没把这台PSP拿去学校,而是一脚踢进了床底。齐思母亲出身书香门第,斯文惯了，穷爱干净，打扫卫生的时候不会看不到的。

齐思想起有一回，就在那个局促闷热的麻辣烫小店里，她和齐名两人吃得汗流浃背。当时齐名对她说："姐，做自己就好，不需要证明给谁看。"齐思印象中那是齐名仅有一次当面喊她姐。那时候，刘明媚已经拥有了艺名，"齐思"二字悖谬地聚焦在镁光灯下。她开始煞有介事地在公共场合横起一面暗灰色的日本进口口罩。

记事起，齐思就喜欢取母亲的高跟鞋来穿，抹她的口红，戴她的发卡，在镜前沉迷、流连那个不伦不类的自己。后来在为自己进行一番精加工后，她开始名正言顺地以美女自居。

每次去见母亲，齐思打了过多肉毒杆菌的脸，都不容易有好脸色。管她要钱，齐思也是一副不卑不亢的样子，似乎一切都是理所应当。母亲有原罪。

齐思能入行娱乐圈做通告艺人，凭借的是她的前任。她的前任是一家经纪公司的资深经纪人，带着她到几个酒局里熟了几回脸，再炒了几个作，敲门砖就有了。进门归进门，想要在圈里占得一席之地，三分天注定，七分靠打拼。齐思豁得出去，也懂看人眼色，她觉得自己是这块料。节目里的齐思，敢于扮丑，常常口无遮拦引发意外爆点。以前表演系里学过的声乐、台词、形体，通通扔到一边，齐思感觉自己又回到了高中，高中时期的齐思可是名满朝阳区的大飒蜜，有什么是她不敢的，愿不愿罢了。她最终从茫茫的女艺人里杀了出来，成为多档综艺节目的固定班底。

那时的齐思，正全心全意为成为第二个小S而奋斗。她把自己留了十年的长发给铰了，换上一头短波波。她觉得自己距离小S，只差一个蔡康永和一档名为《康熙来了》的节目。齐思后来在某个饭局上见过一次小S徐熙娣，她比镜头上看起来还要精致，也来得安静，竟有一种悲凉感。没有人能够察觉到，曾经的齐思是何等痴迷她眼前的这位女前辈。

在齐名发生意外以后，齐思一直戴着一条极乐鸟形状的手链。这是齐名早年从印尼带回给她的生日礼物，说是如假包换的钻石手链，鸟的眼珠是祖母绿做的，而这些都是商家说的。这条项链花了他四十多万卢比。齐思私下查了一下汇率，折合人民币大概两百元。她翻了半天家里的梳妆盒，终于把它找到。

极乐鸟是住在天界的神鸟，以天露花蜜为食，它能给人带来好运。齐思后来把从百度上搜来的信息，添上自己亲身的遭遇，剪辑成一个感人的故事，讲述给按照商定的提纲问起手链话题的主持人。

齐思后来把齐名的头像文在了自己的右小腿外侧。一寸余宽，不算显眼。在他的身旁，环绕着一只振翅欲飞的极乐鸟。她把自己的第一个彩色文身献给了这只鸟，眼珠是祖母绿。

齐思现在有的是经验，遮瑕膏拍多一点，以后拍都市剧，照样热裤一提，露出两条细直的长腿。

四

太多的事，唐突得像密谋已久。那段时间，网上陆续爆出很多齐思的黑料。欺压剧组女演员，片场迟到早退；更往前，穿着校服抽烟的照片，与前前前前任男友的情侣文身，非常不堪的大学成绩单都被扒了出来，自然也少不了整容前后的对比照，还有慈善诈捐的所谓铁证。齐思的名字，一度挂在热搜榜的好几个位置，张扬了很长一段时间。

自家粉丝对她的捍卫，终究难以抵挡好事者的围攻。齐思发现网上开始散布涉及她家人和家庭变故的隐私。公司显然已经失去了对事态的控制，试过丢出几个新闻，没能转移网友的注意力。

就是那段时间，齐思和余乾的恋情走到了尾声。

齐思去质问网上的那些消息，余乾否认。再一闹，余乾顺势提出分手，整个过程干脆利落。

齐思很早就认清了余乾。每次在外拍戏，总会有很多女性小演员夜里去敲他的房门，向他请教演技。这时的余乾好为人师，通常来者不拒。远不止一次。人证物证都有，她只是懒得理会。如今她的名气、地位、吸金能力，远远超过不温不火的余乾。为什么不分呢？齐思也问过自己。可能是吃水不忘挖井人吧，再实锤下去，余乾的演艺生涯很可能就被捶没了。

真正摧毁齐思的是余乾的反击。他当面说，别以为我不知道你跟胡凡那点破事儿。齐思当时就冲了过去，她希望自己就是一头猎豹，一口咬断他的喉管。

"戳中要害，跟我急呢？"余乾从桌上抓起一把瓜子，他阴森地笑，起劲地嗑起来，一呸一呸地将瓜子壳啐得很远很离谱。

"杀青那天，一起去钱柜，唱到凌晨三点，然后一起乘车回酒店，车是他那辆破牧马人。在去停车场的路上，你们又搂又抱，果然是刚好上的小两口。近拍的，像素还不赖。那天晚上他进了你房间，你们后来一直没分开，他是早上七点离开的，你得到中午十二点才出门。睡得够死啊，折腾一宿，给你弄乏啦？"

"余乾，我去你大爷！"齐思去掐他的脖子，反被余乾掐住手腕，一把推到地上。

"急什么急啊，好故事才刚起头。你跟那个非亲非故的弟弟走得那么近，不就是想骗取人家老爹的关照？广电总局的领导，这后台，说出去是挺唬人啊。结果呢，发现还是我爹更好使吧？"余乾睁大双眼，笑得非常剧烈，牙齿白得瘆人，最后来一句，"你说哪个编剧写的剧本能有这么精彩？烂我手里，岂不怪可惜的？"

齐思一直在骂脏话，余乾将手里的瓜子砸到她脑门。遍地奚落的碎响。他摔门走了。

是他率先在微博发布两人分手的消息。文字说得非常清楚，由于第三者的介入，他选择退出，因为爱情里不被爱的人才是小三。

那段时期齐思一直受困于同一个梦。一只年迈的鸵鸟埋头，从她的身旁"扑嗒扑嗒"走过。鸵鸟不会飞。一股浓烈的杂食动物的臊气漫过来，脏而暖。天空呼啦啦地飘落瓜子雨。在这条藏蓝色的隧道里，她和鸵鸟一同踉跄而行，蹚踏的声音沉重、杂沓。空气里充满水分和苔藓的草腥。隧道漫无边际，她不知道会走向何处，又要走到何时，便只好随着鸵鸟一路走，默然地想，总会有个头吧。

余乾一举扭转多年糟糕的风评，很多网友跑到他的微博底下为他打气，给予一个被戴绿帽者应有的同情。不少跟齐思不远不近的女艺人，跟着放出一些似是而非的风凉话。在风口浪尖上没人出来挺她，沉默已经是金，甚至是慈悲为怀。胡凡也没有出现，不论是微博还是微信，哪怕一帖冷冰冰的声明。公司那边对齐思说，先避避风头，最近的活动给你停了，广告解约的事，我们再拖一拖，看看有没有转机的可能。齐思照单全收。

她关闭了微博评论，然后一条一条地删去自己的内容。这同样是一项不小的工程。她花了一整个晚上，删尽了过往所有的风光。这个举动让她最后一次登上热搜榜，她希望是最后一次。没什么好解释的，就是有些倦了，她想好好睡一觉。

直到一个月后，齐思才重新出门，全副武装。是覃爽开车把她接走的，车子直接开往那家麻辣烫小店。

她们选在小店最角落的位置，照例点了两杯扎啤。齐思对着碗里红彤彤的午

梁豪｜囚鸟

餐肉、蟹棒、金针菇、面筋、藕片和鸭血片，默默地啜泣。覃爽什么也没说，只是静静地给她递去纸巾。齐思的鸭舌帽帽檐足够长，暗影深浓，让她哭得不为人知。那是齐思最后一次为这件事情而哭，她希望是最后一次。

齐思凉掉了。半年过去，一年过去。热搜榜上每天人来人往，眼下似乎没有谁再去关心这个曾经辉煌过的女艺人。她为他们送去过欢笑，带来过寄托，引发过话题，也激起过怒火。她现在已彻底淡出人们的视线，就好像她从未来过，从未在大家的生活里留下任何痕迹。似乎，天底下所有的淡出，不是顺理成章，就是咎由自取。

新春，北京的树梢还没挂上新芽。天气冷一阵，暖一阵，天淡一时，稠一时。齐思终于收到了来自 UCLA 影视戏剧学院导演系的通知书。

那是两年后的三月。世界开始有点热。

只有一个三十寸的日默瓦拉杆箱外加一个北极狐背包，齐思很快就飞了过去。她上一次去美国还是参加影展，她走了红毯，跟一群她不认识也不认识她的老外频频挥手。她走得非常缓慢，她其实并不是很清楚自己究竟在干吗。她后来想，那时候的她经常不知道自己在做什么，只是别人让她去做，或是她觉得应该这样去做，便做了。唯一的好处，可能就是那时坐的都是头等舱，头等舱的座椅确实比经济舱来得舒服。

临行前，齐思跟覃爽约了餐饭。她能顺利出国覃老师功不可没，覃爽不收学费，齐思就硬给。覃爽现在谈了一个男友，也是教育机构的老师。"下个月去塞舌尔，"覃爽说，"估计是求婚，这呆脑瓜，哪里藏得住秘密。"覃爽爽朗地笑起来，她一笑，齐思就由衷地替她感到开心。覃爽的头发重新变回了黑色，黑得透亮，发丝极细，软软贴贴。齐思半玩笑地说："在美国混不出来，我就去做代购，反正饿不死。"

齐思去监狱看望过齐名父亲。他现在整个的状态比先前要苍老许多，也来得温驯，温驯而决绝，一脸的故事，却不与外人说。可能跟头发没有染黑也有一定关系，几乎白透，除去局部发根带着一点褐红，像朱鹮的羽毛。齐思是从齐名的相机里翻到的朱鹮。靠着每天定时注射的两针胰岛素，老爷子的血糖大体稳定。他是在去年知道了齐名的情况。去年的时候，齐思一直没敢去看他的脸，她觉得他的脸一定很乖张，是天塌的样子。

在临行前一天，齐思去了一趟墓园。她给齐名买了一束白百合，另一只手上是一个保温盒。齐思将保温盒放到墓碑前，打开盒盖，钻出一团蒸汽，是她做好的火锅，里头有齐名喜欢的牛眼肉、牛骨髓、毛肚和黄喉。

"再吃一回你姐的手艺，以后可就没那么多机会了啊。"

办签证，订机票，联系房东，沟通入学，什么都得靠自己，跟很久的以前一样。齐思多少有些手忙脚乱，得重新调整，好在现在她感受到了前所未有的踏实。一种着陆的感觉，一种穿越了隧道的感觉。

在美国，齐思有更充分的自由去安排自己的作息。她彻底戒掉了帽子和口罩，墨镜除外，她喜欢戴墨镜完全是出于爱美之心。除去上课和拍摄小片，她现在也玩起了摄影，经常拿起相机，到各处走走拍拍。拍花草，也拍人像，拍云端的山，拍树上的鸟，也拍垃圾场和流浪汉。她由此结识了不少摄影爱好者和从业者。她后来给一个策展人看过齐名当年拍摄的林林总总的鸟。策展人盯着 iPad 的屏幕，从头到尾，慢慢地滑了一个下午。他想为齐名举办一个鸟类摄影展。

齐思选在一个天高云淡的周末黄昏，开上自己的二手福特车，奔赴丹佛。她此行的目的地是落基山脉。她想去拍几种松鸡。齐名曾经告诉过她，四月中旬以后，落基山脉山林里的松鸡就开始求偶。那时，雄鸡会立起尾羽，不断鼓胀自己

梁豪 | 囚鸟

颈部的两个气囊，歇斯底里地抖给雌鸡看，也抖给竞争对手看，展现自我风采的同时也一并打击情敌。这样的场面拍出来会非常饱满，构图极富张力。

在十五号州际公路上，齐思隐隐发觉自己右小腿外侧有灼热感。是那只环绕着齐名的极乐鸟。它乖乖地候在那里，乖了有些年头。它在等一个时机，比如现在，忽然扑腾而出，顺着副驾驶未闭合的窗口飞出去。齐思确定车里并没有载着大卫·科波菲尔，但她乐见这种情形的降临。

这只极乐鸟扶摇而上，它越飞越远，越远越大，彻底背弃了人类的生理学和物理学。它几乎要盖住整片夜空，彩色的羽毛把沉闷的天空变得非常绚亮。她们就这样结伴，穿越拉斯维加斯灯火通明的夜晚，扎进地广人稀的犹他州，驶向科罗拉多砂岩滚滚无尽的褐红之中。

夜风起，捎来一股齐思再熟悉不过的辣味。远隔重洋的风，呛出了齐思一声笑。那样轻柔。

选自《十月》2019年第5期